ELLE COSIMANO

NEARLY DEAD

Am Ende stirbst du

ELLE COSIMANO

NEARLY DEAD

Am Ende stirbst du

Aus dem Amerikanischen
von Stefanie Frida Lemke

KOSMOS

Umschlaglayout: Henry's Lodge, Zürich, unter Verwendung eines Fotos von © Getty Images/Photostock – Israel

FSC
www.fsc.org
MIX
Papier aus verantwortungsvollen Quellen
FSC® C014496

ISBN 978-3-440-14655-2
Redaktion: Ina Lutterbüse
Lektorat: Dr. Iris Schubert
Übersetzung: Stefanie Frida Lemke
Produktion: Verena Schmynec
Innenlayout und Satz: DOPPELPUNKT, Stuttgart
Druck und Bindung: GGP Media GmbH, Pößneck
Printed in Germany/Imprimé en Allemagne

Für Connor und Nick
Ihr werdet immer *das Wichtigste für mich sein*

Die meisten wissenschaftlichen Gesetze lassen sich auf eine simple mathematische *Wenn-dann*-Gleichung herunterbrechen. Wenn man sich an die Regeln hält, dann bekommt man das gewünschte Ergebnis. Wenn man von den Regeln abweicht, dann hat das Konsequenzen. Die wissenschaftlichen Gesetze halten sich nicht mit Fragen nach dem *Warum* auf.

Meine Mutter hatte bloß drei Regeln für mich: a) Bekomm keine schlechten Noten, b) mach keinen Ärger und c) lass dich nicht von Typen begrapschen. a + b + c = Zulassung zu einer guten Uni. Für sie war das ein unanfechtbarer direkter mathematischer Beweis. Es war keine Theorie. Es war das einzig mögliche Ergebnis.

Früher habe ich das auch geglaubt. Doch das war, bevor ich angefangen habe, mich nach dem Warum zu fragen.

Manchmal ist der einzige Weg zu einer Lösung, die Regeln zu brechen.

KAPITEL 1

»Wer kann mir Dr. Schrödingers Experiment erklären?« Mr Rankin ging zwischen den Tischreihen auf der anderen Seite des Klassenzimmers auf und ab.

Ich saß über mein aufgeschlagenes Lehrbuch gebeugt, unter dem ich den Teil der Zeitung mit den Kontaktanzeigen verborgen hatte, und analysierte die Worte auf eine versteckte Botschaft. *Newton hat sich geirrt. Wir stehen Gelb gegenüber. Triff mich heute Abend unter der Tribüne.* Es klang wie ein wissenschaftliches Rätsel und ich konnte nicht aufhören, daraufzustarren. *Blöd.*

»Niemand?« Rankin blieb mit seiner kreidebeschmierten Hose neben mir stehen. Langsam legte ich den Arm über die Anzeigen. Ich war noch nie so unvorsichtig gewesen, sie im Unterricht zu lesen. Vor allem nicht so kurz vor Schuljahresende, wenn es bis zu den Abschlussprüfungen nur noch ein paar Wochen waren. *Blöd.* Keine Kontaktanzeige war es wert, deswegen ein Stipendium zu verlieren.

Er ging weiter und ich schob das Lehrbuch ganz über die Zeitung.

An der Tafel unterstrich Rankin die Worte *TOT ODER LEBENDIG*. Er hatte sie gestern am Ende der Stunde zusammen mit unserer Hausaufgabe, einem verstörenden Vorgeschmack auf den heutigen Unterricht, dort hingeschrieben.

»Tot oder lebendig? Mit dieser Frage beschäftigt sich die Quantenphysik, seit Erwin Schrödinger das Experiment 1935 erstmals aufgestellt hat. Mr Petrenko, würden Sie uns vielleicht aufklären?«

Alle Köpfe drehten sich nach hinten, wo Oleksander Petrenko mit ausgestreckten Beinen und im Nacken verschränkten Händen zurückgelehnt auf seinem Stuhl saß. Die Schnürsenkel seiner schwarzen Sneakers waren rot, was, wie ich fand, irgendwie nicht zu ihm passte. Alles andere an ihm – die kurz geschorenen Haare, der kantige Unterkiefer, der schroffe ukrainische Akzent – wirkte abgehackt, karg und asketisch.

Er zuckte unter seiner Kapuze mit den Schultern. »Und zu welchem Zweck?« Die Konsonanten rollten von seiner Zunge und krachten dann gegen die quadratischen weißen Zähne. Er blinzelte mit seinen grauen, von dunklen Wimpern scharf umrandeten Augen. Er hatte die Augenlider gesenkt und sah ziemlich gelangweilt aus, als er schließlich sagte: »Schrödinger war Physiker. Wir haben gerade Chemie.«

Ich unterdrückte ein Lächeln. Ich hatte überhaupt nichts mit Oleksa gemein, aber in dieser Sache konnte ich ihm nur recht geben. Schrödingers Experiment hatte nichts mit Chemie zu tun, noch nicht einmal mit Physik. Es war eine philosophische Frage, und Philosophie hatte hier nichts zu suchen. Die Naturwissenschaft folgt Regeln. Die aufgestellten Behauptungen sind messbar und konkret. Wenn man die Fakten vor eine helle Lampe hält und zehnfach vergrößert, bis die Details absolut klar sind, muss man über die Wahrheit nicht mehr diskutieren. Sie *ist* einfach.

Rankin zog eine Augenbraue hoch, ging zu Oleksas Tisch und trommelte mit den Fingern darauf. Oleksa betrachtete sie, als würde er sich gerade genüsslich vorstellen, Rankin die Finger zu brechen.

»Wie immer mangelt es Ihnen an Fleiß, aber nicht an schlauen Kommentaren, Mr Petrenko. Das hier ist in der Tat Chemie, und zwar ein Chemie-Vorbereitungskurs fürs College. Weswegen ich auch davon ausgehe, dass Sie in der Lage sind, die weitreichenden Implikationen von Schrödingers Experiment zu erfassen. Ich bin immer wieder erstaunt, dass jemand mit einem so großen Gehirn so engstirnig sein kann.« Ich zuckte innerlich zusammen. Ich war nicht engstirnig.

Oleksa verschränkte die Arme vor der Brust und ließ sich auf seinem Stuhl noch tiefer sinken.

»Anh Bui, wollen Sie es mal versuchen?« Rankin drehte sich um und meine Mitschüler wandten die Köpfe wieder nach vorn. Anh neben mir räusperte sich.

»Es ist ein Gedankenexperiment«, sagte Anh. »Schrödinger hat ein Szenario präsentiert, bei dem eine Katze zusammen mit einer tödlichen Substanz in eine Kiste gesperrt wird, um zu beweisen, dass man nicht mit Sicherheit sagen kann, ob die Katze tot oder lebendig ist, bis man die Kiste wieder geöffnet hat.«

Rankin fuchtelte mit dem Zeigefinger in der Luft und eilte zur Tafel. »Beweis!«, rief er und ließ Anh und mich zusammenschrecken, als er anfing, hektisch an die Tafel zu kritzeln. »Beweis durch Widerspruch! Ein indirekter Beweis, durch den eine Behauptung verifiziert wird, indem man beweist, dass sie unmöglich *falsch* sein kann.« Er schlug die Hände gegeneinander und fabrizierte eine Kreidestaubwolke. »Schrödinger setzt eine Katze in einen Stahlkasten mit einer Vorrichtung, die ein Fläschchen Blausäure und eine winzige Menge radioaktiver Substanz enthält. Wenn von der radioaktiven Substanz auch nur ein einziges Atom während der Testzeit zerfällt, wird durch den Geigerzähler über ein Relais ein Hämmerchen betätigt und das Fläschchen zertrümmert, sodass die Katze stirbt. Aber wie können wir es mit Sicherheit wissen?« Er hält kurz inne und sieht uns erwartungsvoll an. »Schrödingers Experiment ist ein Paradoxon. Die Katze kann nicht gleichzeitig tot und lebendig sein, und doch behaupten frühe Theorien der Quantenmechanik, dass die Katze für die Welt außerhalb der Kiste beides ist – tot und lebendig.«

»Die Katze ist tot«, murmelte TJ hinter mir. Rankin sah ihn an, woraufhin sich die Klasse kollektiv zu TJ umdrehte. Er verlagerte das Gewicht und knallte mit seiner Beinschiene gegen meinen Stuhl. TJs Mutter hatte sich vor fünf Jahren in ihrem Saab mit laufendem Motor in der Garage eingeschlossen. Für TJ war alles, was man mit Gift in eine Kiste steckte, tot.

»Da würden Ihnen viele zustimmen, Mr Wiles«, sagte Rankin, um das unangenehme Schweigen zu beenden, und lenkte damit die Aufmerksamkeit aller wieder nach vorn. Aller bis auf TJ, der ein Loch in seinen Tisch starrte. »Schrödinger selbst war klar, dass die Vorstellung absurd ist, und er argumentierte trotzdem, dass wir nicht wissen können, wie der wahre Zustand der Katze ist, bis wir die Kiste öffnen. Bis wir den Beweis haben.«

TJ grummelte etwas Unverständliches. Anh saß mit hängenden

Mundwinkeln neben mir. Als wir in Biologie Frösche seziert hatten, war sie zu Hause geblieben und hatte lieber eine Woche lang Extrahausaufgaben erledigt, um die Punkte wiedergutzumachen. Anh war Vegetarierin, die Spinnen mit einem Glas einfing und aussetzte, statt sie zu töten. Dass wir Labor-Partnerinnen und außerdem Freundinnen waren, war ihr damals egal gewesen. Wenn Rankin uns für unsere Abschlussprüfung etwas Schreckliches mit einer Katze anstellen ließ, würde ich damit allein klarkommen müssen. Was, so ungern ich es mir auch eingestand, vielleicht nicht das Schlechteste war. Unsere Punkte, aufs gesamte Jahr gerechnet, lagen etwas zu dicht beieinander, als dass ich deswegen hätte entspannt sein können.

Ich malte einen sterbenden Frosch auf den oberen Rand meiner Zeitung. Eine übertrieben lange Zunge hing ihm aus dem Mund, und die Augen waren so verdreht, dass man nur noch das Weiße sah. Ich schob die Zeitung ein Stück zu Anh. Sie schlug sich die Hand auf den Mund, um ein Kichern zu unterdrücken, und erregte damit Rankins Aufmerksamkeit. Ich zog mein Lehrbuch wieder über die Zeitung.

Rankin sah uns stirnrunzelnd an, sagte aber nichts. Stattdessen blickte er seufzend auf seine Uhr. »Apropos absurd, kommende Stunde findet in der Sporthalle eine Party zur Unterstützung des Fußballteams statt. Ihre Labor-Noten werden wie immer Montag aushängen, und nächstes Mal werden wir über Ihre bevorstehende praktische Prüfung reden, in der Sie in einem chemischen Experiment Ihr Verständnis vom Widerspruchsbeweis demonstrieren dürfen. *Das*, Mr Petrenko, ist der *Zweck*.«

Durch das einsetzende Papierrascheln und das Zuschlagen von

Lehrbüchern waren seine letzten Worte gedämpft. Rankin hob die Stimme. »Mr Petrenko, kommen Sie nächste Woche bitte vorbereitet. Und Leigh Boswell, lassen Sie die Kontaktanzeigen in Zukunft bitte in Ihrem Spind, damit Sie sich auf meinen Unterricht konzentrieren können.« Die Klingel ertönte und Rankin nahm seinen Becher. »Sie können gehen.«

Mir wich die Luft aus den Lungen, als ob mich jemand geschlagen hätte. Ich hatte das Schuljahr fast überstanden, und Rankin musste mich ausgerechnet jetzt – am Ende des vierten Quartals – vor allen anderen lächerlich machen.

Anh starrte Rankin an, wie er über seinen Tisch gebeugt dasaß. »Mach dir nichts draus, Leigh. Ihm hat eh keiner mehr zugehört. Aber du solltest die Kontaktanzeigen vielleicht wirklich besser im Spind lassen. Wir kriegen sonst noch beide Ärger.«

Ich wischte meine von Tinte schwarzen Finger an meiner Hose ab. »Es sind keine Partnerschaftsanzeigen.«

»Was auch immer.« Sie verdrehte spielerisch die Augen, als wüsste sie etwas, wovon ich nichts wusste. Ich bewunderte Anh. Ehrlich. Aber in den letzten Wochen fiel es mir schwer, mich nicht über ihre leuchtend weißen Hemden und ihre perfekt geschnittenen Haare über ihren wohlgeformten Augenbrauen zu ärgern, und darüber, dass sie vor Prüfungen nie in Panik geriet.

Es gab nur ein Chemie-Stipendium und ich war einen Bruchteil von einem Punkt hinter ihr, was bedeutete, dass Anh zwischen mir und meiner Chance auf ein neues Leben stand. Das Schicksal hatte uns wegen der alphabetischen Reihenfolge die letzten drei Jahre als Labor-Partnerinnen bestimmt, und zusammen hatten wir immer die besten Noten im Kurs gehabt. Wir brauchten einander genauso, wie wir einander schlagen mussten. Meistens tat die Vorstellung, Anh zu schlagen, einfach nur weh. Und doch wollte ich sie so unbedingt überholen, dass ich es beinah schmecken konnte.

Ich verabscheute mich selbst für diese Gedanken, von denen ich hoffte, dass Anh sie mir nicht ansehen konnte. Ich fühlte mich wie Schrödingers verdammte Katze. Es war blöd zu denken, dass es mehr als ein Ergebnis geben konnte. Zu wünschen, dass wir beide Erste würden. Unsere Situation anders als schwarz-weiß zu sehen.

Ich stopfte die Kontaktanzeigen in meinen Rucksack, nahm meine Bücher und hielt inne. Da stand etwas auf meiner Tischplatte, was gestern noch nicht da gestanden hatte. Ich hatte es so eilig gehabt, die Zeitung durchzusehen, dass es mir vorher gar nicht aufgefallen war. Die Buchstaben waren in blauer, kräftiger Schrift und bildeten genau die Worte ab, die Rankin gestern Nachmittag an die Tafel geschrieben hatte. TOT ODER LEBENDIG? Mit den Büchern im Arm blickte ich auf. Das Klassenzimmer war fast leer.

»Ich wollte in die Bibliothek und für die Matheprüfung lernen. Gehst du mit Jeremy zur Fußballparty?«

Anh stand neben mir und wartete. Zögernd fuhr ich mit dem Finger über die Buchstaben. Sie fühlten sich unheimlich an, als steckte mehr dahinter. Die blaue Farbe verwischte nicht, aber ich konnte immer noch den Textmarker-Geruch wahrnehmen. Anscheinend war es der gleiche blaue Textmarker, den wir während der Laborstunden verwendeten. Irgendjemand musste sich vor dem Unterricht auf meinen Platz gesetzt und es für eine witzige Idee gehalten haben, mir Angst einzujagen. Es wäre nicht das erste

Mal gewesen, dass jemand aus der Schule sich auf meine Kosten einen Scherz erlaubte. Da schien mir dieser hier noch recht harmlos.

Anh wartete immer noch. Gerade wollte ich nichts anderes, als mich so weit wie möglich von Mr Rankin und dem Gerücht, das er vor meinem ganzen Chemiekurs in die Welt gesetzt hatte, zu entfernen. Als wenn die Leute nicht so schon genug Stoff gehabt hätten, um über mich zu lästern. »Fußballparty. Klar. Wir sehen uns beim Essen.«

KAPITEL 2

Jeremy wartete vor dem Chemieraum auf mich. Er lehnte an der Wand und fummelte an seiner Kameratasche herum. Der hellblonde Pony fiel ihm weich über die Augen. Er hielt kurz inne, um sich mit einem langen, schmalen Finger die Brille aus Drahtgestell die Nase hochzuschieben. Als ihn jemand im Vorbeigehen anrempelte, sah er mit seinen blassgrauen Augen auf und unsere Blicke trafen sich. Er lächelte.

Ich wollte sein Lächeln erwidern, aber nach der Stunde bei Mr Rankin war ich in viel zu düsterer Stimmung, um zurückzugrüßen.

»Na, mein Sonnenschein?«, sagte er und warf mir eine Packung Twinkies zu. Jeremys Lächeln kam mir in letzter Zeit strahlender vor. Anh behauptete, dass er nur so lächelte, wenn er mit mir zusammen war. Die einfache Tatsache, dass ich mich dafür verantwortlich fühlte, bewirkte, dass mir sein Lächeln vorkam wie Scheinwerferlicht. Und ich hatte heute schon genug im Scheinwerferlicht gestanden.

Er sah an mir vorbei, über meinen Kopf hinweg und runzelte die Stirn. »Kommt Anh nicht mit?«

»Sie will lernen.«

Ich drückte ihm den Zeitungsteil mit den Nachrichten aus aller Welt in die ausgestreckte Hand und behielt den Rest. Die Weltnachrichten waren Jeremy wichtig. Jeremys Welt war größer als meine. Seine Eltern hatten Ferienwohnungen auf Aruba und den Cayman-Inseln. Ich dagegen hatte noch nie besonders viel Sinn darin gesehen, mich mit globalen Themen zu beschäftigen, wenn meine ganze Welt in einen Wohnwagen und auf den Beifahrersitz von Jeremys Civic passte.

Ich gab ihm einen der beiden Twinkies zurück und futterte meinen mit wenigen Happen auf, während ich zwischen mich und das Labor immer mehr Abstand brachte. Jeremys Kamerahülle schlug ihm gegen die Brust, als er versuchte, mit mir Schritt zu halten.

»Guten Morgen, Jeremy«, sagte er mit vollem Mund. »Schön, dich zu sehen. Wie war dein Tag bisher? Großartig, *Nearly*, danke der Nachfrage. Hey, das freut mich. Meiner auch.«

Ich zuckte zusammen, als er meinen richtigen Namen aussprach. In der Mittelstufe hatten wir mal eine Schreibaufgabe bekommen, in der wir überflüssige Adverbien streichen sollten, und die Klasse hatte sich an meinem Namen festgebissen: Nearly Boswell. Ich war nur noch ein Adverb. Nearly. Beinah. Überflüssig.

Jeremy hatte sich überlegt, dass mir ein neuer Name mehr Selbstbewusstsein geben würde. Und sich Leigh ausgedacht.

Nicht dass es etwas geändert hätte. In der Grundschule war ich »Nearly A Freak« – Nearly, die fast Verrückte –, in der Mittelstufe dann »Nearly Has Boobs« – Nearly, die kaum Titten hat –, und jetzt auf der West River Highschool war ich für die meisten »Nearly Invisible« – so gut wie unsichtbar.

Jeremy nannte mich nie bei meinem richtigen Namen, es sei denn, er wollte mir etwas Bestimmtes sagen.

Er sah mich nachdenklich an. »Lass dich von Rankin nicht unterkriegen. Er wird dich nicht schlechter benoten, nur weil du im Unterricht Kontaktanzeigen gelesen hast.«

»Du hast schon davon gehört?« Ich blickte mich um, ob uns jemand zuhörte.

»Sollte ich eifersüchtig sein?«, neckte er mich. »Die Kontaktanzeigen waren doch mal *unser* Ding. Seit wann liest du sie mit Anh?«

»Wie lange hast du schon da draußen gestanden? Warum warst du nicht im Unterricht?«

Er wedelte mit einem rosafarbenen Blatt Papier. »Ich hab eine Entschuldigung. Meine wöchentliche Therapiestunde bei Dr. Matthews.«

Ich blickte ihm weiter in die Augen, um zu sehen, ob er log. Er ging zu Dr. Matthews, seit er mit zwölf versucht hatte, sich mit einer Überdosis Hustensaft umzubringen. »Und warum warst du dann nicht zur Therapie?«

Jeremy zog triumphierend ein zweites rosafarbenes Blatt Papier hervor. »Entschuldigung wegen Krankheit.«

Ich betrachtete ihn von oben bis unten. Er war eindeutig nicht krank. Aber er lächelte das gleiche strahlende Lächeln wie an dem Tag, als er mich zum ersten Mal zur Schule abgeholt hatte, nachdem ihm sein Vater gerade verboten hatte, mit dem Auto auch nur in die Nähe meines Viertels zu fahren. Er hatte das gleiche sorglose Funkeln in den Augen wie an den Freitagabenden, wenn meine Mom arbeiten war und ich ihn durch das Hinterfenster in den Wohnwagen zog, damit unsere neugierigere Nachbarin ihn nicht sah.

Normalerweise hätte ihn der bloße Gedanke daran, zu schwänzen, sofort hektisch nach einem Beruhigungsmittel greifen lassen. Jeremy tat schon sein ganzes Leben lang, was seine Eltern von ihm erwarteten – bis auf die Zeit, die er mit mir verbrachte. Sein Vater war viel zu streng, als dass Jeremy irgendetwas anderes riskieren würde. Und jetzt strahlte er, als hätte er von seiner eigenen Freiheit gekostet und als ob ihm der Geschmack gefalle.

»Wie viele Sitzungen hast du schon sausen lassen?«

Er ignorierte meine Frage und ging gelassenen Schrittes auf die Sporthalle zu.

Ich trabte hinter ihm her, machte zwei Schritte, wenn er einen tat, und wurde immer beunruhigter, als das Lächeln von seinem Gesicht verschwand. »Du wirst richtig Ärger bekommen, wenn deine Mutter spitzkriegt, dass du die Therapie geknickt hast.«

»Das ist ihr doch egal«, murrte er. »Sie hat ja noch nicht mal mitbekommen, dass ich mit Dads Pokergeld eure Miete bezahlt habe …« Sein Adamsapfel hüpfte auf und ab und er verschluckte den Rest des Satzes, als ob er gerade erst gemerkt hätte, dass er es laut ausgeprochen hatte.

Ich riss die Augen auf. »Du hast was?«

»Keine große Sache«, sagte er und hakte mich unter, während er weiterging. »Dad ist gestern Abend ziemlich betrunken und mit einer Menge Bargeld nach Hause gekommen. Vince' Dad hat ganz schön abgelost.« Er sah mich verschwörerisch an. »Ich hab ein paar Hunderter abgezweigt und sie meiner Mom gegeben. Hab gesagt, es wäre eure Miete. Das sollte sie deiner Mom für ein paar Tage vom Hals halten.«

»Das hättest du nicht tun sollen, J. Nicht dass du deswegen noch Ärger kriegst.« Seine Eltern waren unsere Vermieter, und seit mein Dad uns verlassen hatte, konnten sie uns nicht mehr leiden. Wahrscheinlich, weil wir die Miete immer zu spät zahlten.

»Keine große Sache.«

Er setzte ein papierdünnes Lächeln auf, aber mit irgendetwas hielt er hinterm Berg. Ich konnte keine verräterischen Anhaltspunkte dafür sehen, dass er und sein Dad einen Streit gehabt hätten, aber Jeremy war schon immer gut darin gewesen, seine gelegentlichen blauen Flecken zu verbergen.

Meine Finger in den Hosentaschen zuckten. Ich wollte ihn anfassen, aber ich wollte auch nicht schnüffeln. Wenn er es mir nicht sagte, dann war ihn zu berühren die einzige Möglichkeit herauszufinden, was er fühlte. Doch es kam mir falsch vor, als würde ich in jemandes Zimmer herumstöbern oder jemandem etwas wegnehmen, was mir nicht zustand. Ich würde seine Gefühle spüren, sie schmecken, als wären sie etwas Greifbares, was ich verzehrt hatte.

Als ich Jeremy zum ersten Mal angefasst hatte, waren wir zwölf. Unsere Finger berührten sich, als wir gleichzeitig nach dem letzten Keks auf dem Silbertablett in Jeremys Küche griffen, während unsere Väter Poker spielten. Bis zu jenem Abend hatten wir nie viel miteinander geredet, wenn mein Dad mich freitags abends mit nach Belle Greene schleppte, damit er mit Mr Fowler Karten spielen konnte. Ich fühlte mich in seinem Haus fehl am Platz. Es war voller teurer und zerbrechlicher Dinge. Dinge, die ich nicht hätte anfassen sollen, was ich aber trotzdem tat, weil sie so anders waren als die Dinge bei mir zu Hause. Doch als ich Jeremy berührte, fühlte er sich genauso an wie ich. Einsam. Er war bei sich zu Hause, in seinem Viertel, aber trotzdem passte er nicht rein. Ich kannte diese Art von Einsamkeit, denn es war auch meine.

Wir teilten uns den Keks an jenem Abend, und seitdem teilten wir alles. Wir waren zwar immer noch einsam, aber zusammen war die Einsamkeit irgendwie erträglicher, weil wir sie teilten.

Ich zog die Hände aus den Taschen, und als ich nach seiner griff, schnürten mir die Emotionen den Hals zu. Seine Depression schmeckte wie trockener Salzteig. Wenn sie durch die Antidepressiva, die Dr. Matthews ihm verschrieb, nicht gedämpft gewesen wäre, hätte ich kaum weiteratmen können. Trotzdem brannten meine Augen, als ob ich geweint hätte, und ich schluckte, bis der Knoten in meinem Hals zu einer geballten Faust in meiner Brust geworden war. »Was ist los? Du kannst es mir ruhig sagen.«

Jeremy schüttelte den Kopf. »Es ist nichts.«

Doch das stimmte nicht. Es war stark und hatte einen bitteren Nachgeschmack und wollte sich schon wieder hochkämpfen. Jeremy war wütend, aber hatte die Wut tief in sich vergraben. Ich hatte das Gefühl, dass seine Wut sich gerade auch unter meiner Haut durchwühlte.

»Irgendwas ist doch.«

Er schüttelte es ab und mied meinen Blick. »Ich hab mich heute Morgen mit meiner Mom angelegt, das ist alles.«

Ich drückte seine Hand. Was auch immer es war, er würde es mir erzählen, wenn er so weit war. »Ich zahle dir die Miete zurück, versprochen. Ich will nicht, dass du deswegen Ärger kriegst.«

Er erwiderte meinen Händedruck, doch das kurze Gefühl von Zuneigung war mit Zweifel durchsetzt. Ich ließ seine Hand los und schob meine Brille hoch, sodass ich sein angespanntes Lächeln wieder schärfer sah. Noch vor einer Sekunde hatte ich Jeremy viel deutlicher gesehen, und jetzt wünschte ich, es nicht getan zu haben.

»Ist schon okay. Mach dir deswegen keine Gedanken«, sagte er, als ob auch er in mich hineinsehen könnte.

Wir näherten uns der Sporthalle, und schon auf dem Gang hörte man den ohrenbetäubenden Lärm klatschender Hände und das regelmäßige Stampfen von Füßen auf der Tribüne. Das Fußballteam der West River High hatte es ins Entscheidungsspiel um die Highschool-Meisterschaft geschafft. Die Spieler versammelten sich gerade vor der Vitrine mit den Pokalen, um ihre Spiegelbilder in der Scheibe zu begutachten oder sich selbst vor ihrem eigenen Altar anzubeten, bevor sie in die Sporthalle laufen würden. Als ich um den Pulk von blauen Trikots herumging, passte ich auf, dass ich sie nicht berührte.

»Achtung!«

Ich duckte mich und hielt die Luft an, als ein Fußball über Jeremy hinwegflog. Er prallte gegen die Wand und traf Jeremy dann seitlich am Kopf.

»Mann, entspann dich. Ist doch bloß Fowler.« Vince DiMorello sammelte seinen Ball ein und dribbelte damit zurück durch die Menge.

»Geht's noch?«, rief ich.

»Leck mich, Boswell«, erwiderte Vince und zeigte mir den Stinkefinger. Ich schluckte einen ganzen Mund voll verschiedenster

Beleidigungen herunter, die bei Vince' eingeschränktem Vokabular und armseligem IQ die reinste Verschwendung gewesen wären, als eine perfekt manikürte Hand ihn gegen den Hinterkopf schlug. Und zwar ordentlich. Für alle anderen hatte es vielleicht wie ein spielerischer Klaps ausgesehen, aber ich kannte diese Cheerleaderin, und Emily Reinnerts Gesichtsausdruck war gerade alles andere als flirtend.

»Sei nicht so ein Arsch«, murmelte sie, als sie an ihm vorbei auf die Sporthalle zuging.

Sie sah mich nicht an, als sie an mir vorbeikam. Nicht direkt. Stattdessen zog sie den Mundwinkel hoch, sodass das Wild-Cats-Logo auf ihrer Wange sich wellte. Das Gedränge um uns herum wurde immer dichter, je näher wir den Türen zur Sporthalle kamen. Unauffällig drückte sie mir einen Zettel in die Hand, und bei dem unerwarteten Körperkontakt erschauderte ich. Eine Welle ihrer vielschichtigen Emotionen durchfuhr mich. Ein Übelkeit erregendes Kribbeln, das ich als Lampenfieber interpretierte. Dann folgte ein kühler Schauer von Dankbarkeit.

Ich knüllte den Zettel zusammen und zog die Hände in meine Pulloverärmel zurück, während Jeremy dem Saum ihres Cheerleader-Röckchens hinterherblickte, als sie in der Sporthalle verschwand. »Bilde ich mir das ein oder ist der Rock kürzer als sonst?«

»Jeremy!« Ich zog an seinem Kameragurt. »Warum machst du kein Foto? Das wird länger halten.«

»Ich hab eigentlich vor, gleich ein paar Dutzend zu machen«, sagte er. »Für die Schülerzeitung. Meinst du, sie gibt mir ein Interview?«

Ich schnaubte. »Wenn du an ihrem Freund vorbeikommst. Für

deinen nächsten Akt der Rebellion würde ich vorschlagen, dass du TJs Freundin nach einem Date fragst. Bin gespannt, wie lange er braucht, um dich mit seiner Beinschiene totzuprügeln.«

»Das würdest du doch nicht zulassen.«

Er sagte es leichthin, als müsse er überhaupt nicht darüber nachdenken. Jeremy war Pazifist – das Gegenteil von seinem Dad –, wohingegen ich dazu neigte, für uns beide zu reagieren. Als wir vierzehn waren, hatte ich einmal mit dem Telefon am Ohr in seiner Küche darauf gewartet, dass das Sozialamt ranging. Jeremy hielt meine Hand umklammert, sein Handgelenk war voller blauer Flecken, und er schmeckte reumütig und unsicher, als hätte er es vielleicht verdient. Ich legte auf und Jeremy ließ mich los, aber ich verabscheute mich deswegen immer noch.

»Kommst du?«, fragte er und riss mich aus meinen Gedanken. Hinter ihm wogte zu der dröhnenden Musik und den lauten Rufen jetzt ein Meer aus blau-weißen Trikots und Pompoms.

»Nee, ist nicht so meins. Anh muss nach der Schule für ihren Bruder im Laden arbeiten. Wir könnten doch mal wieder was zu zweit machen«, sagte ich hoffnungsvoll. Wenn wir unter uns wären wie früher, würde er sich mir vielleicht öffnen und mir sagen, was los war.

»Ich kann nicht. Ich muss über das Spiel in North Hampton berichten.« Er hielt die Kamera hoch und winkte mir entschuldigend zum Abschied.

Die blau-weiße Masse verschluckte ihn, und über ihr war nur noch Jeremys blonder Schopf zu sehen, wie die Sonne über dem Meer. Ich drückte meine Hand, mit der ich eben noch seine gehalten hatte, und hoffte, dass er eine Weile ohne mich auskommen würde. Bereits im Rückwärtsgang winkte ich ihm hinterher, bis er ganz in der Halle verschwunden war.

Ich hatte immer noch Emilys zerknitterten Zettel in der Hand und stahl mich damit in die nächste Toilette, um ihn zu lesen. Alles daran blubberte, von den gruseligen Kringeln an den Buchstaben bis hin zu den dreifachen Ausrufezeichen.

Ich hab 79% in der Mathe-Arbeit. Bestanden!!!

Seufzend zerknüllte ich den Zettel und warf ihn in den Müll.

Es war *beinah* ein Dankeschön. Dass sie bestanden hatte, hieß, dass sie ihren Platz in der sozialen Rangordnung behalten konnte. Leider würde ihr Bestehen nichts an meinem Platz ändern, obwohl *ich* diejenige war, die ihr nach der Schule Nachhilfe gab.

Jede Woche.

Seit drei Monaten.

Gemeinnützige Arbeit. Fünf Tage die Woche. Eine Stunde am Tag. Obligatorisch für alle Kandidaten für ein Stipendium. Die Leute, die ein Auto oder das Geld für den Bus hatten, konnten in Krankenhäusern oder Laboren oder am Smithsonian in Washington arbeiten. Oleksas Dad hatte ihm einen Job irgendwo bei der Regierung besorgt, wo er mathematische Codes entschlüsseln durfte. Wohingegen wir, die wir uns etwas größeren Herausforderungen gegenübersahen, was die Fortbewegung anging, unseren Mitschülern nach dem Unterricht noch Nachhilfe geben durften.

Was sich auch durchaus gelohnt hätte, wenn ich dafür bezahlt worden wäre. Dann hätte ich mir das Geld für meine Zeitungen nicht aus der Keksdose stibitzen müssen, in der meine Mutter ihr

Trinkgeld aufbewahrte, und ich wäre nicht auf Jeremys Twinkie-Gaben angewiesen gewesen, um meinen Junkfood-Hunger zu stillen.

Ich schloss die Augen und ließ den Kopf gegen die Wand knallen, was gegen die aufkommenden Kopfschmerzen allerdings nicht half. Jeremy zu berühren hatte mir richtig Stress bereitet. Die Kopfschmerzen und die ständige Übelkeit waren der Grund dafür, dass ich meine Mutter nicht mehr berührt hatte, seit mein Vater uns vor fünf Jahren verlassen hatte. Ich hatte es versucht, hatte gedacht, ich könnte die Lücke ausfüllen. Ich hatte geglaubt, ihren Schmerz lindern zu können, indem ich ihr nah war, um damit vielleicht auch meinen eigenen Kummer stillen zu können. Doch ich war nicht genug, und schließlich wurde sie so verbittert, dass ihr Schmerz, wenn wir uns berührten, noch tagelang an mir haften blieb und der Geschmack mir Übelkeit verursachte. Ich wurde immer dünner und schwänzte die Schule, versteckte mich unter der Bettdecke und in langärmeligen Shirts. Meine Mutter fing an, sich Sorgen zu machen, und ging mit mir zu verschiedenen Ärzten, die ihr aber durchweg bescheinigten, dass körperlich alles in Ordnung mit mir sei. Sie vermuteten, dass ich gestresst war, emotional labil, weil mein Vater uns verlassen hatte. Von nun an haftete der Trauer meiner Mutter eine Spur Erleichterung an – vielleicht auch, weil die Ärzte ihr einen weiteren Grund geliefert hatten, ihm die Schuld zu geben.

Doch damit lag sie falsch. Sie lagen alle falsch. Mein Vater war nicht für meine Gefühle verantwortlich. Meine Gefühle kamen nicht aus *mir* heraus. Es waren die Gefühle der Leute, die ich berührte. Ich wusste nicht, wie es funktionierte – es ist ja schließlich nicht so, dass man solche Dinge in der Schule lernen würde –, aber ich hatte eine Theorie. Gefühle sind Energie, und wenn Energie stark genug ist, kann sie sich zwischen zwei Punkten bewegen. Vielleicht war ich eine Art Medium, das anderer Leute Energien empfangen konnte. Und irgendwie erfuhr ich so Dinge über diese Menschen, die anderen verborgen blieben. Doch die meisten dieser Dinge hinterließen einen bitteren Nachgeschmack, sodass ich mir wünschte, den Leuten niemals nahegekommen zu sein. Also vermied ich es, andere zu berühren. Ich machte keinen Sport, ging auf keine Partys und auch nie mit Jungs aus.

Und ich erzählte niemandem davon.

Ich spülte zwei Aspirin mit einer Handvoll Leitungswasser herunter. Dann lehnte ich mich auf das Waschbecken und betrachtete mein Spiegelbild, betrachtete die Details in meinem Gesicht, an die ich mich noch von meinem Vater erinnerte, zwischen den Eigenheiten, die ich von meiner Mutter geerbt hatte. Ich sah immer nur fast, aber nie ganz einem von beiden ähnlich.

Ich war immer noch bloß Nearly.

KAPITEL 3

Nach der Schule schlug ich in meinem Zimmer die Zeitung auf dem Fußboden auf. Ich interessierte mich nicht für die ganze Zeitung, sondern nur für den Teil mit den Kontaktanzeigen. In der Schule hatte ich sie nur überfliegen können, und ich klammerte mich an die Möglichkeit, vielleicht etwas Wichtiges übersehen zu haben.

»Was meinst du, Doc? Werde ich ihn diese Woche finden?«, fragte ich das Poster an meiner Wand. Es war ein Geburtstagsgeschenk von Anh, die es urkomisch fand, dass Albert Einstein der einzige Kerl war, der bisher in meinem Zimmer gewesen war, bis ich sie darauf hinwies, dass das immerhin einer mehr war als bei ihr.

Ich hatte Anh nie von den Freitagabenden erzählt, an denen Jeremy und ich früher gemeinsam auf dem Fußboden in meinem Zimmer gelegen und uns Twinkies essend über die Kontaktanzeigen kaputtgelacht hatten. Das war gewesen, bevor wir auf einmal drei waren.

Als ich die paar Kontaktanzeigen, die am Vormittag noch einen

Funken Hoffnung in mir hatten aufglimmen lassen, jetzt genauer ansah, stellte ich fest, dass sie nichts weiter als bedeutungslose Anmachen waren.

> Ich hab dich im Bus gesehen. Blaue Linie. Du bist Van Dorn ausgestiegen. Du hast rote Haare und tolle Titten. Ich glaube, du hast mich auch bemerkt. Wenn ja, morgen gleiche Zeit, gleicher Ort. Ich halte dir einen Platz frei.

Ich lachte schnaubend und hielt mir die Hand vor den Mund, um durch die dünnen Wohnwagenwände meine Mutter nicht zu wecken.

> Du hast bei der Post auf der Wythe Street deine Briefmarken fallen gelassen und ich habe sie für dich aufgehoben, war aber viel zu nervös, um etwas zu sagen. Wenn du das hier liest, verrate mir, was ich anhatte, damit ich weiß, dass du es bist.

Seufzend ließ ich mich rückwärts auf den abgewetzten Teppich fallen. Fünf Jahre waren jetzt schon vergangen, und immer noch kein Zeichen von dem Mann, der jeden Samstag mit mir in den Belle Green Park gegangen ist, Pusteblumen hervorzauberte und mit einer einzigen Handbewegung Münzen verschwinden ließ.

Ich griff unter die Matratze meines Bettes und holte eine kleine Plastiktüte hervor, in der sich eine sorgfältig zusammengefaltete Kontaktanzeige von vor fünf Jahren befand, außerdem eine abgenutzte braune Brieftasche, ein goldener Ehering und ein Zugticket. Die Brieftasche und der Ehering waren alles, was von der persönlichen Habe meines Vaters noch übrig war. Meine Mutter hatte beides in seinem Auto gefunden, das er im Parkhaus am Flughafen hatte stehen lassen.

Ich hatte Mona dabei zugeschaut, wie sie die Ausweise und Bankkarten zerschnitten und alles, sogar den Ring, in den Müll geworfen hatte. Als sie sich weinend in ihr Schlafzimmer zurückgezogen hatte, fischte ich die Schnipsel, die von meinem Vater noch übrig waren, aus dem Müll und versuchte, sie wieder zusammenzukleben. Es waren unglaublich viele Teile. Sie passten zusammen wie ein Puzzle, und als ich schließlich fertig war, hatte ich vier Führerscheine, alle mit einem anderen Namen. Die Bilder sahen meinem Vater alle ähnlich, aber keiner davon war er. Ich überlegte mir verschiedene Theorien, warum er diese gefälschten Ausweise besessen hatte. Ich stellte mir vor, dass er in irgendeinem Zeugenschutzprogramm war und deswegen so viele unterschiedliche Namen hatte. Wir wohnten in der Nähe von Langley und dem Pentagon. Ich redete mir ein, dass er undercover für die CIA arbeitete. Mein Vater wäre nicht einfach so abgehauen. Er musste einen Grund gehabt haben. Und ich glaubte daran, dass er eines Tages zurückkommen würde. Dass alles eine notwendige Maßnahme gewesen war und er wie eine Karte bei einem Kartenspieltrick auf einmal wieder auftauchen würde, so als wäre er nie weg gewesen.

Ich hatte die falschen Ausweise wieder in den Müll geworfen und alles andere in einer Plastiktüte verstaut.

Die Kontaktanzeige hatte ich in der Mittelstufe gefunden. Jeremy und ich lasen die Anzeigen jeden Freitagabend, während unsere Väter zusammen Poker spielten. Ich hatte immer gedacht, wir wären wegen unser beider Einsamkeit so von den Anzeigen fasziniert. Dass wir vielleicht *beide* nach etwas suchten. Aber dann hatte ich eines Tages, ungefähr ein Jahr nachdem mein Vater verschwunden war, diese eine Anzeige gefunden, die alles veränderte.

Vorsichtig faltete ich das brüchige Papier auseinander. Ich musste es eigentlich nicht lesen. Ich kannte jedes Wort auswendig.

N., ich bin hier und es geht mir gut. Ich werde immer bei dir sein.

In Liebe, D.

Ich hatte keinen Beweis dafür, dass es mein Dad war. Jeremy meinte, N. könnte für alles Mögliche stehen. Aber ich wusste, dass ich gemeint war. Ich wusste, dass die Anzeige von meinem Vater war, auch ohne Beweis und entgegen jeder Wahrscheinlichkeit. Es war einfach eine Gewissheit tief drin in meinem Herzen. Mein Vater hatte unser Freitagabendritual gekannt und er musste es für die perfekte Möglichkeit gehalten haben, mich unauffällig zu kontaktieren.

Danach hatte ich die Anzeigen nur noch allein lesen wollen. Ich fand sie nicht mehr lustig, konnte nicht mehr über die Verzweifelten lachen. Ich war selbst auf der Suche. Verzweifelt. Jeremy glaubte nicht daran, dass mein Dad mir eine Nachricht hatte zukommen lassen wollen, und ich war an nichts anderem mehr interessiert, als eine neue zu finden. Von da an brachte Jeremy die Kleinanzeigen nicht mehr mit, und ich kaufte sie mir selbst. Es war nicht mehr unser gemeinsames Ritual. Es war meins.

Jeden Freitag durchsuchte ich die Anzeigen. Einmal war ich mir ganz sicher, ihn gefunden zu haben.

Beinah ein Jahr seit meiner letzten Anzeige. Ich bin in der Stadt und will dich sehen. Triff mich Samstag an unserem alten Ort.

Gleich nach Sonnenaufgang war ich im Belle Green Park. Den ganzen Tag beobachtete ich den Parkplatz und die Wege, während die Eltern, die ihre Kinder auf den Schaukeln anschubsten, mich argwöhnisch beäugten. *Das sind die Kinder, mit denen du dich anfreunden solltest*, hatte mein Vater einmal auf meine Frage geantwortet, warum wir jeden Samstag in diesen Park gingen statt zu dem am Ende unserer Straße. Die Eltern der Kinder sahen mich jetzt genauso an, wie sie mich schon damals angesehen hatten. Als gehörte ich nicht hierher. Sie hatten recht. Als es dunkel wurde, ging ich nach Hause. Und eine Woche später fand ich die Antwort auf die Anzeige, die mir bestätigte, dass sie nicht von ihm stammte.

Als ich noch jünger gewesen war, hatte ich in den Kontaktanzeigen immer nach meinem Vater gesucht. Aber jetzt? Manchmal las ich eine Anzeige, die so perfekt meine eigene Einsamkeit ausdrückte, dass ich sie ausschnitt und aufbewahrte. Ich sah sie mir genau an und überlegte, woran es lag, dass manche Anzeigen beantwortet wurden und andere nicht. Ich wusste gar nicht mehr genau, nach wem oder was ich suchte, aber manchmal fühlte es sich an, als suchte ich nach einem fehlenden Teil meiner selbst.

Ich las die ausgeschnittene Anzeige noch einmal, legte sie vorsichtig zurück in die Tüte und schob sie weit unter die Matratze. Dann blätterte ich zurück zu der Anzeige, die mich den ganzen Tag schon nicht losgelassen hatte, wegen der ich in Chemie Ärger bekommen hatte.

Newton hat sich geirrt. Wir stehen Gelb gegenüber.

Triff mich heute Abend unter der Tribüne.

Diese Anzeige war ganz anders als die triefend süßen Bitten, die ich freitags sonst so gewohnt war. Diese Anzeige hinterließ einen sauren Geschmack in meinem Mund. Irgendetwas daran ... stimmte nicht. Aber nicht, weil es sich nach einem Perversen an der Bushaltestelle anhörte. Auch nicht nach einem unter Liebeskummer leidenden Vollidioten. Diese Anzeige war irgendwie anders. Anders als alles, was ich bisher in den Kontaktanzeigen gelesen hatte.

»Nearly!« Meine Mutter klopfte an meine Zimmertür und ich fuhr zusammen. Leise fluchend sprang ich auf.

»Nearly, mach die Tür auf!«

Ich wischte die Hände an meinen Shorts ab, was dunkle Flecken auf dem Stoff hinterließ.

Tief Luft holend entriegelte ich die Tür und öffnete sie einen Spalt. Mona stand mit einem leeren Kaffeebecher und einer Packung Menthol-Zigaretten in den Händen auf dem Flur. Da sie noch Zigaretten hatte, bedeutete das wohl, dass sie noch nicht in die Keksdose gesehen hatte. Meine Schultern entspannten sich, aber nur minimal. Meine kleinen Diebstähle aus ihrer Trinkgelddose waren bloß eine notwendige Umschichtung unseres Haushaltsgeldes – ich brauchte meine Zeitungen dringender als sie ihre Zigaretten. Doch auch wenn *mich* meine Sucht nicht umbringen würde, hatte ich trotzdem nicht vor, mich erwischen zu lassen.

Sie hob eine ihrer dünn gezupften Augenbrauen. Wenn ich ihr nicht ins Gesicht sah, konnte ich mir einbilden, dass sie unter dem Bademantel einen Flanell-Schlafanzug mit Teddybären und Herzen darauf anhatte. Wenn ich die Glitzersteine ignorierte, die an ihren Augen klebten, hätte sie irgendeine Mutter sein können. Aber sie war nicht irgendeine Mutter. Sie war meine.

Mona zündete sich eine Zigarette an und atmete eine lange Rauchfahne aus. »Ich gehe zur Arbeit.«

Ich zögerte, weil ich nicht wusste, ob ich ihr die Tür vor der Nase zuknallen oder uns beide sicher drinnen einschließen sollte.

»Jeremy hat gesagt, wir haben die Miete mal wieder nicht gezahlt.«

Sie ließ sich Zeit mit der Antwort, und für einen Augenblick fürchtete ich, dass wir dieses Mal tatsächlich nicht genug Geld hatten. Jeremy hatte uns mit dem Pokergeld von seinem Dad einen Tag Aufschub gewährt, aber ich musste ihm das Geld zurückgeben. Wo würden wir hinziehen, wenn seine Eltern uns kündigten? Fragend sah ich Mona an. Sie zog die Augenbrauen zusammen, sodass die Glitzersteine zusammenrückten und die Falten um ihre Augen tiefer wurden.

»Jim hat ein neues Mädchen eingestellt und mir wurden die Stunden gekürzt«, sagte sie. »Heute Abend hab ich die Miete zusammen. Du kannst Montag einen Scheck mit zur Schule nehmen.« Mona blickte an mir vorbei auf die auf dem Boden ausgebreiteten Kontaktanzeigen. Sie lachte spöttisch, als würde sie schlechte Erinnerungen abhusten. Es war das gleiche schneidende Lachen, das dafür sorgte, dass ich meine Gefühle der Einsamkeit lieber geheim hielt. Ich zog die Tür weiter zu.

»Das lohnt sich nicht«, sagte sie. »Keine Ahnung, was du in den Anzeigen zu finden hoffst, aber es gibt auf der ganzen Welt keinen Mann, der dein Leben in Ordnung bringen wird.«

Ich wollte ihr das Gleiche sagen. Dass es das Geld, das man ihr zuwarf, nicht wert war. Dass nichts dadurch in Ordnung gekommen war, dass sie sich für wildfremde Männer auszog. Aber uns war beiden klar, dass es hier nicht um irgendeinen Mann ging. Es ging um den einen, der uns mit einem Haufen Schulden zurückgelassen hatte, ohne irgendwelches Geld, um die Rechnungen zu bezahlen. Mona hatte das Auto verkaufen müssen und würde für immer bei Gentleman Jim's arbeiten müssen, wo sie zu Fuß hingehen konnte und gerade genug verdiente, um die Miete für unseren Wohnwagen aufzubringen.

Dieses Thema hatten wir regelmäßig jeden Freitagabend – dass man Männern nicht trauen konnte, und wenn man sich von ihnen abhängig machte, hinterher mehr Probleme hatte als vorher. Genau so eine Unterhaltung hatte vor zwei Jahren dazu geführt, dass ich mir ein Zugticket nach Kalifornien gekauft hatte, weil ich langsam anfing, ihr zu glauben. »Und auch wenn er zurückkäme, würde es alles nur noch schlimmer machen«, sagte sie.

»Sieh dich doch um, Mona. Könnte es wirklich noch schlimmer werden?«

Sie zog nachdenklich an der Zigarette. »Sei vorsichtig, wem du vertraust«, sagte sie mit ihrer tiefen, rauchigen Stimme, die traurig und weise klang, von der ich mich aber nicht beeindrucken ließ. »Du kannst dich glücklich schätzen. Du bist mit Intelligenz gesegnet. Mach nicht den gleichen Fehler wie ich.« Sie zeigte mit der Zigarette auf mich. »Deine Bildung ist das Einzige, was dich hier rausholen kann. Wenn ich mehr Zeit in meine Bildung investiert hätte, statt einem Jungen hinterherzulaufen, wäre keine von uns beiden jetzt hier.«

Glücklich ... Sie meinte, ich hätte Glück gehabt. Natürlich konnte sie sich nicht eingestehen, dass mein Vater mit seinen Genen möglicherweise auch etwas zu meiner Intelligenz beigetragen hatte. Für sie war er tot. Und an manchen Tagen taten mir ihre Wut und Trauer mehr weh als seine Abwesenheit.

Die Aschespitze ihrer Zigarette war inzwischen gefährlich lang geworden. Mona sah müde aus und um so vieles älter als ihre fünfunddreißig Jahre. »Ein Diplom. Ein Universitätsabschluss. Das ist das Einzige, was dich hier rausholt.« Sie schüttelte den Kopf und stieß eine Rauchwolke aus. Die Asche fiel auf meinen Fußboden.

»Hallo?« Seufzend zeigte ich auf das Schild an meiner Tür. »Das ist ein Nichtraucherzimmer.«

Mona zog belustigt eine Augenbraue empor. Ihr Lächeln war bloß aufgemalt, weit über den natürlichen Rand ihrer Lippen hinaus, sodass es voller aussah, als es in Wirklichkeit war. Aber ich wusste es besser. Seit mein Vater uns verlassen hatte, war unter dem Lippenstift kein Lächeln mehr.

»Überlegst du nie, wo er wohl steckt?«, fragte ich sie und warf ihr meine Hoffnung zu wie einen Rettungsring. »Ob er vielleicht an uns denkt?«

Sie lehnte sich gegen den Türrahmen. »Er wird nicht mehr zurückkommen, Nearly. So viel ist sicher.« Sie drückte die Zigarette im leeren Kaffeebecher aus. Der verschmähte Rettungsring trieb zwischen uns im trüben Wasser. »Sieh zu, dass du deine Hausaufgaben machst.«

KAPITEL 4

Ich stieß die Wohnwagentür auf und blickte links und rechts die Straße runter, bevor ich den vollen Müllsack auf die Veranda und die morschen Holzstufen hinunterzog. Die »Sunny View«-Wohnwagensiedlung hatte die Form eines Fisches. Oder besser gesagt die der Überreste eines verwesenden Fischskeletts. Heruntergekommene Wohnwagen standen in parallelen Reihen an den kurzen Wegen, die wie Gräten vom Sunny View Drive abgingen. Die schiefe Wirbelsäule der Siedlung fing als Sackgasse an, es war eine ausgefahrene, enge Teerstraße, die seit den 1960ern nicht mehr asphaltiert worden war. Der Spielplatz am Ende der Straße – der Schwanz des Fisches – war fast genauso alt und bestand aus einem Sammelsurium rostiger Metallrahmen, an denen Reste von Absperrband hingen. Am anderen Ende stieß der Sunny View Drive auf einen sechsspurigen Highway, und dahinter lag der Parkplatz einer abgewirtschafteten Einkaufsstraße mit dem Laden von Anhs Eltern, einem Waschsalon, Ink & Fear Tattoos, Gentleman Jim's und einem Videoverleih, der ohne seine Kabine mit dem roten Vorhang im hinteren Bereich hätte dichtmachen können. Ein halbes Dutzend kleiner Läden, in denen die Bedürfnisse der kaputten Bewohner von Sunny View befriedigt wurden.

Unser Wohnwagen stand auf einer Eckparzelle in der Mitte des Sunny View Drive. Die Wohnwagen auf der gegenüberliegenden Seite standen versetzt und ein Stück von der Straße entfernt, sodass ich von unserer Terrasse aus die Scheinwerfer auf der Route 1 sehen konnte. Mona war fast am Ende der Straße angekommen. Ihr langer Mantel ging ihr bis zu den hohen Absätzen. Ich warf den Müllsack etwas zu heftig in die verbeulte Blechtonne, die scheppern umkippte und dabei noch ein paar Tonnen mitriss. Das Echo hallte von den rostigen Wänden der Wohnwagen wider. Die zugezogenen Gardinen unserer Nachbarin wurden vorsichtig zur Seite geschoben.

Mona drehte den Kopf und warf einen argwöhnischen Blick über die Schulter, während sie festen Schrittes weiter über den Schotter ging. Ich sah ihr hinterher, bis sie die helleren Straßenlaternen an der Kreuzung erreicht hatte.

Mona arbeitete, schon solange ich denken konnte, nachts bei Gentleman Jim's. Als ich noch klein war, schlief ich auf Jims Sofa im Nebenraum, während sie die Leute an den Tischen bediente. Jetzt klebte ein gelber Notizzettel mit Jims Telefonnummer am Kühlschrank in der Küche. Ich hatte einmal dort angerufen, als die Erdnussbutter alle war. Jim hatte gesagt, er würde Mona einen Zettel hinlegen und dass sie gerade auf der Bühne sei – und nicht die Leute an den Tischen bediente – und dass sie mich zwischen den Auftritten zurückrufen würde. Er hat ihr nie Bescheid gesagt. Und ich habe nie wieder angerufen.

Ein Auto bog auf den Sunny View Drive und das blauweiße Licht der Halogenstrahler blendete mich. Ich schirmte die Augen ab, bis die Strahler wieder auf die Straße gerichtet waren, und als ich aufsah, war Mona verschwunden. Das Auto kam näher, es war ein schlanker, schwarzer Mercedes älteren Modells mit Diplomatenkennzeichen, der sich offenbar verfahren hatte. Langsam fuhr er auf mich zu, und ich wartete darauf, dass er umständlich in drei Zügen wendete. Was er aber nicht tat. Ich sah durchs Fenster auf den Fahrersitz und stellte überrascht fest, dass hinterm Steuer Oleksa Petrenko fläzte. Unsere Blicke begegneten sich für einen kurzen Moment, während der Mercedes geisterhaft vorbeiglitt und scheinbar kaum den Kies berührte, bis er auf einem Parkplatz ein paar Türen weiter neben Lonny Johnsons Lexus hielt.

Lonny wiederholte die zwölfte Klasse, was ihm so ziemlich egal war. Er war kein Schüler, sondern Geschäftsmann und nach bereits mehreren Aufenthalten im Jugendknast gerade mal wieder zu Hause. Das letzte Mal war er länger weg gewesen, und als wir uns die Tage am Briefkasten begegnet waren, schien er mir größer geworden zu sein. Dünner. Die Augen lagen tiefer in ihren Höhlen und waren dunkler als sonst. Er hatte neue Tattoos, die seinen Hals emporrankten und erst beim Schatten eines Barts haltmachten, der vorher nicht da gewesen war. Er trug einen silbernen Bullenring in der Nase, der zum Piercing in seiner Unterlippe passte.

Eine Fliegengittertür knallte, ein Bewegungsmelder ging an und warf einen breiten Lichtschein auf ihn.

Lonny fuhr sich mit den tätowierten Händen durch die blondierten Haare und blickte die Straße zu beiden Seiten runter. Mich übersah er einfach, als wäre ich gar nicht da. Doch als er sich Oleksa zuwandte, stellte er sich so vors Autofenster, dass mir sein Rücken den Blick auf ihr Geschäft versperrte. In seinem Hosenbund blitzte Metall auf, eine Warnung, mich um meinen eigenen Kram zu kümmern.

Ich drehte mich um und fing mit gerümpfter Nase an, die umgefallenen Mülltonnen aufzustellen. Als ich wieder reingehen wollte, sah ich einen kleinen Karton unter der untersten Verandastufe. Ich nahm an, er wäre leer, aber als ich ihn aufhob, rutschte etwas darin umher. Der Karton war notdürftig zugeklebt, und als ich ihn schüttelte, hörte ich ein leises, kratzendes Geräusch. Ich hielt den Karton unter das schwache Verandalicht, während sich ein komisches Gefühl in meinem Bauch breitmachte.

FÜR NEARLY, stand in blauen Großbuchstaben darauf, die mir seltsam bekannt vorkamen.

Ich sah mich um. Da war niemand außer Lonny und Oleksa, die immer noch in ihr leises Gespräch vertieft waren. Langsam zog ich am losen Ende des Klebebands und öffnete den Deckel.

Sofort ließ ich den Karton fallen und schlug mir die Hand auf den Mund. Der kleine Haufen verrottenden Fleisches war ganz steif. Die weiße Kehle blutverkrustet.

Eine tote Katze.

Die Worte TOT ODER LEBENDIG standen mit Blut auf die Innenseite des Deckels geschrieben. Die Buchstaben waren bereits trocken und blätterten ab wie Fingerfarbe, aber die Handschrift war die gleiche wie die der blauen Buchstaben auf meinem Tisch in Chemie.

Ich hatte die bunt gefleckte Katze immer aus einem Loch unter Mrs Moates' Wohnwagen kommen und wieder darin verschwinden sehen. Ich blickte die Straße hinunter zu ihrem Fenster, aber Mrs Moates hatte schon das Licht aus und ich sah keinen Sinn darin, sie zu wecken. Das arme Ding war wahrscheinlich eh eine streunende Katze gewesen.

Ich hielt den Atem an, hob mit dem Karton den leblosen Körper auf und warf ihn in die nächste Mülltonne, bevor ich schnell wieder den Deckel zumachte. Ich atmete durch den Stoff meines Pulloverärmels, und trotzdem schnürte sich mir von dem Gestank die Kehle zu. Mit verschwommenem Blick stolperte ich gegen die nächste Tonne, woraufhin der Deckel scheppernd zu Boden fiel. Das Geräusch hallte durch die Gasse. Oleksa und Lonny sahen mich finster an. Meine Nachbarin zog den Vorhang wieder beiseite, als ihr Bewegungsmelder anging, und ihr Hund bellte und kratzte an der Tür. Schnell lief ich die Stufen zu unserem Wohnwagen rauf, warf die Tür hinter mir zu und schloss ab.

Ich tastete nach dem Baseballschläger, den meine Mutter neben der Eingangstür aufbewahrte, ließ mich auf den Boden sinken und wartete im Dunkeln, bis das Scheinwerferlicht des Mercedes über das ausgefranste Sofa und die abblätternde Tapete geglitten war und sich im Raum wieder Dunkelheit ausbreitete. Ich horchte nach Schritten auf dem Kies oder einem Rascheln am Fenster. Aber bis auf die Autos auf der Route 1 war alles still.

Ohne das Licht anzumachen, krabbelte ich angezogen, wie ich war, ins Bett und zog mir die Decke bis zum Kinn. So lag ich da, unfähig, den Geruch aus dem Kopf zu bekommen. Unfähig, das Bild der blutigen Buchstaben loszuwerden.

Ich fasste unter die Matratze nach dem Ehering meines Vaters und lauschte, ob Mona nach Hause kam. Aber ich wusste, dass ich ihr das mit der Katze nicht erzählen würde. Ich konnte es nicht zulassen, dass sie wegen irgendeines Idioten aus der Schule ausrastete und ihre Wochenendschichten ausfallen ließ, nur um bei mir zu Hause zu bleiben. Das konnten wir uns gar nicht leisten. Und davon abgesehen war es auch egal, was Schrödinger dachte. Ich hatte den Karton geöffnet und die Katze war tot, es gab nichts, was Mona und ich noch für sie hätten tun können.

KAPITEL 5

Ich stand auf Zehenspitzen in der Menge vor dem Chemieraum. Die Noten hingen jeden Montagmorgen neben der Tür aus, damit wir alle ganz genau wussten, wo wir standen. Als ob ich irgendeine Erinnerung gebraucht hätte.

Da war ich.

Boswell, Nearly.

Auf dem zweiten Platz hinter Bui, Anh Thi. Auf dem Papier waren es bloß ein paar Millimeter – ein halber Prozentpunkt zwischen Freundinnen –, aber für mich waren diese Millimeter Meilen. Ich hatte noch fünf Wochen, um die Lücke zu schließen, sonst würde ich Anh die Hand schütteln und ihr gratulieren müssen, dass sie mit dem Ticket, das mich aus Sunny View rausbringen sollte, davonging.

Mit den Lehrbüchern vor der Brust drängte ich mich durch den Pulk der Hoffnungsvollen und achtete darauf, mit niemandem Hautkontakt zu haben. Ich hatte es beinah geschafft, als mir ein Fuß im Weg stand und ich daraufhin über den Gang stolperte, bis ich gegen etwas Hartes stieß. Meine Bücher schlitterten über den Boden, und ein großer Kerl mit unordentlichen schwarzen Haaren und mehreren Piercings in der Augenbraue blickte mich offensichtlich verärgert von oben herab an. Er hatte Ringe unter den kalten blauen Augen, als hätte er schon sehr lange nicht mehr gut geschlafen, und suchte, wie es aussah, nach einem Schuldigen.

Ich machte einen Schritt zurück, als er sich hinunterbeugte, um etwas vom Boden aufzuheben. Als er sich wieder aufrichtete, hatte er einen Motorradhelm in der Hand, den er auf Kratzer untersuchte, bevor er ihn unter den tätowierten Arm klemmte. Neben ihm stand Lonny Johnson und kaute auf seinem Unterlippenpiercing, und ich schluckte herunter, was auch immer ich sagen wollte.

Ich murmelte eine Entschuldigung, aber der Typ schubste mich nur zur Seite und knurrte: »Pass besser auf.« Dann trat er mit seinen schweren schwarzen Stiefeln meine Bücher über den Flur und ging weiter.

Ich sammelte meine Bücher auf und starrte Lonny und seinem Freund hinterher. Der Typ musste neu sein. Ich hatte ihn noch nie vorher gesehen. Ich hätte mich an ihn erinnert. Als er den Flur entlangging, wichen alle nach rechts oder links aus, wie Wasser bei einem Ölteppich.

»Er hat angeblich jemanden umgebracht.« Anh schlich sich heran und sah ihm finster hinterher, während sie mir half, die Bücher aufzuheben.

»Es gibt eine Menge blöde Gerüchte.« Ich wusste, wovon ich redete. Die meisten waren nämlich über mich. Lonnys neuer Freund war vielleicht ein Arschloch, aber ich weigerte mich einfach aus Prinzip, die West-River-Gerüchteküche am Laufen zu halten.

Mir war gar nicht bewusst, dass ich ihm immer noch hinterherstarrte, bis mir auffiel, dass auch Anh es tat. Ihre Haare fielen zur Seite, während sie seiner langsam kleiner werdenden Gestalt hinterherblickte. »Nicht unbedingt was für den Abschlussball, aber vielleicht ganz süß, wenn man auf Bad Boys steht. Sein Hintern ist auch nicht schlecht«, sagte sie, als er schließlich um die Ecke verschwand.

Erstaunt sah ich sie an. »Ich suche überhaupt niemanden für den Abschlussball.«

»Na ja, aber irgendjemanden suchst du ganz offensichtlich.«

»Ich hab doch schon wen«, grinste ich. »Ich hab Albert Einstein.«

»Ich hab gehört, er soll ganz schlecht küssen.«

»Das ist mir egal.«

»Was ist mit Jeremy? Hat er dich schon gefragt?« Ich dachte zuerst, sie würde einen Scherz machen, aber sie meinte es ernst.

»Ich hab dir doch gesagt, ich gehe nicht. Von Schulfeiern kriege ich die Krätze. Massen von dummen Leuten in einem Raum, der für solche Massen viel zu klein ist, machen das Gedränge nur noch schlimmer.«

»Sei nicht albern. Du kannst doch nicht von vornherein ausschließen, einen schönen Abend zu haben.«

»Klar kann ich das. Wenn ich zum Ball gehe, ist das ein singuläres Ereignis. Dass ich mich bei diesem Ball amüsiere, ist eins von zwei möglichen Ergebnissen besagten Ereignisses. Wenn aber das Ereignis und das Ergebnis sich gegenseitig ausschließen, kann man mit Sicherheit daraus schließen, dass es absolut unmöglich ist, dass ich mich bei diesem Ball amüsieren könnte.«

Anh lachte. »Du bist so eine Spinnerin.«

»Deswegen magst du mich doch. Seit wann bist du eigentlich so wild darauf, zum Abschlussball zu gehen?«

»Seit mein Bruder entschieden hat, dass ich kein Leben brauche. Er lässt mich nichts anderes tun, als im Laden zu arbeiten und zu lernen. Er hat mich bis zum Ende des Schuljahrs für alle Freitag- und Samstagabende eingetragen. Und zum Theaterstück am Freitag darf ich nur gehen, weil ich gesagt habe, es wäre Pflicht für die Leute aus dem Literaturkurs. Ich glaube, wenn ich schnell genug eine Begleitung für den Abschlussball finde und mir das Kleid schon gekauft habe, bevor er Nein sagen kann, wird er mich gehen lassen müssen.« Sie ließ sich gegen die Wand fallen und verdrehte die Augen. »Ich bin so froh, wenn das Schuljahr endlich um ist und er aufhört, mich wegen dieses blöden Stipendiums zu nerven.«

Die Klingel ertönte zum ersten Mal und unser Lächeln verblasste, als wir zur Tür des Chemieraums sahen. Montagmorgens nach der Veröffentlichung der Ergebnisse war es immer am härtesten, und die Türschwelle zum Labor zu überschreiten fühlte sich an, als würden wir zu einem Deathmatch in den Wrestling-Ring steigen.

Der Gang war immer noch voll, alle warteten auf das zweite Klingeln. Ich machte mich auf das Schlimmste gefasst, als ich an Vince vorbeiging, der mit ein paar Leuten aus seinem Team zusammenstand. Doch er blickte noch nicht einmal auf, als ich vorbeikam, was mir höchst seltsam vorkam. Er hatte noch nie vorher eine Gelegenheit ausgelassen, mich zu demütigen. Anscheinend hatte er gar nicht mitbekommen, wie ich mich gerade eben blamiert hatte, obwohl sein blonder Kopf mehrere Zentimeter aus der Menge seiner Freunde ragte und er mit Sicherheit ungehinderte Sicht gehabt hatte. Seltsam. Der Gang summte regelrecht, alle redeten ernst mit gesenkten Stimmen, sogar Vince, der sonst eher für sein lautes Mundwerk bekannt war.

Im Chemieraum hellte sich die Stimmung erheblich auf. Oleksa saß auf einem Tisch, ein Bein ließ er lässig herunterhängen, und sein roter Schnürsenkel streifte den Boden. Ein Haufen Jungs drängte sich um ihn, was merkwürdig war. Oleksa war Einzelgänger – so einer, der eigentlich einen Stacheldrahtzaun mit einem »Betreten verboten«-Schild um sich hatte. Versteht mich nicht falsch, der Typ sah nicht schlecht aus. Und sollte er jemals lächeln, könnte man ihn vielleicht sogar als gut aussehend bezeichnen. Er hatte volle Lippen und hervorstehende Wangenknochen, aber das machte ihn trotzdem nicht unbedingt attraktiv. Er war eher auf gefährliche, beunruhigende Weise gut aussehend.

Oleksa schüttelte die Kapuze ab. »Wie viel?«

Sein Laborpartner, ein großmäuliger Typ namens Eric Miller, holte ein kleines Bündel Dollar-Scheine hervor und knallte es auf den Tisch wie ein schwergewichtiger Glücksspieler in Las Vegas.

»Fünfzehn«, sagte er, straffte die schmalen Schultern und sah Oleksa in die Augen. Ich fragte mich, ob Eric auch so kühn gewesen wäre, wenn Oleksa gestanden hätte. Eric schien gerade den gleichen Gedanken zu haben. Er machte einen kleinen Schritt zurück und wendete den Blick ab.

»Wir sind auch dabei.« Vier andere legten ihre Scheine auf Erics Dollar-Bündel.

Ich wäre gern näher herangegangen, um zu sehen, was dort vor sich ging, aber ich hielt mich zurück.

Oleksas klare graue Augen verrieten nichts, als er in die Gesichter und dann auf das Geld blickte.

»Abgemacht«, sagte er. Er rührte sich nicht. Er neigte bloß den Kopf und hielt die Hand auf. »Gib her.«

Eric zog einen Zauberwürfel aus der Hosentasche seiner Baggy-Shorts. Grinsend verdrehte er die Seiten in alle möglichen Richtungen, bis das Puzzle nur noch aus einem einzigen Wirrwarr von verschiedenen Farben bestand. Einer der anderen Jungs schob seinen Ärmel hoch, streckte den Arm in die Luft und brachte seine Finger über den Knöpfen seiner Armbanduhr in Position.

Oleksa sah die Jungs an, ohne auch nur mit der Wimper zu zucken.

»Zehn Sekunden«, sagte der Junge mit der Uhr und trat von einem Bein aufs andere. »Und ... los!«

Oleksa nahm den Würfel und ließ seine langen Finger in schnellen Drehbewegungen über die Oberfläche blitzen, wobei er die Farben mit jedem Dreh genauer einander zuordnete. Mein Herz schlug schneller, während ich im Kopf mitzählte.

»Das schafft er nicht ...« Eric ballte die Hände und warf einen Blick auf sein Geld. »Der Weltrekord liegt knapp unter sieben.«

Ich ging auf die Zehenspitzen, um besser sehen zu können. Der Junge mit der Uhr zählte die Sekunden herunter. »Fünf ... vier ... drei ...«

Oleksa drehte noch ein letztes Mal und knallte den Würfel auf den Tisch.

»Gewonnen«, sagte er.

Die Klingel durchbrach die Stille. Alle standen mit offenen Mündern da, aber niemand sagte etwas. Dann piepste die Stoppuhr, um Oleksas Sieg zu untermauern. Von draußen strömten die Leute herein und setzten sich auf ihre Plätze, aber ich blieb wie angewurzelt stehen. Oleksa könnte Anh und mir durchaus Konkurrenz für das Stipendium machen. Und wahrscheinlich gewinnen.

Ich hatte Oleksas schlechte Noten bisher immer für ein Ergebnis von Faulheit gehalten, für mangelnden Kampfgeist, doch der schneidende Blick seiner stahlgrauen Augen verriet, dass ich mich in ihm geirrt hatte. Aber warum gab er sich dann nicht mehr Mühe?

Oleksa richtete seinen kalten Blick auf mich, es war der gleiche bohrende Blick wie Freitagabend in Sunny View. Dann griff er schnell und geschmeidig nach dem Geld auf dem Tisch, gerade noch rechtzeitig, bevor Rankin den Raum betrat.

Ich eilte zu meinem Tisch und fühlte immer noch Oleksas Blick auf mich gerichtet. Die blauen Buchstaben waren heute blasser, so als ob die Putzkraft erfolgslos versucht hätte, sie wegzuschrubben. Ich legte meine Lehrbücher darüber, aber die Worte *tot oder lebendig* schienen mir mehr zu sein als eine zufällige Schmiererei und verstärkten das Gefühl, beobachtet zu werden.

»Zuhören, bitte«, rief Rankin die Klasse zur Ordnung. Er ging durch die Reihen und blieb immer wieder stehen, um ein paar Blätter abzuzählen und auszuteilen. Als er einen Stapel vor mich legte, nahm ich mir ein Blatt und schob den Rest weiter zu Anh. »Sie haben fünfundvierzig Minuten.«

Es war mucksmäuschenstill, als wir alle die Aufgabenstellung für die heutige Stunde durchlasen. »Wir werden chemische Reaktionen bestimmen. Wenn Sie Ihre Hausaufgaben gemacht haben, dann werden Ihnen die sechzehn Reaktionen, mit denen Sie sich heute beschäftigen dürfen, bereits bekannt vorkommen.«

Eric stöhnte. »Schon wieder Hydrochlorid? Wann können wir

denn endlich mal mit was Coolem arbeiten, zum Beispiel mit Hydrogenfluorid?«

Die Hälfte der Leute drehte sich nach ihm um. Oleksa sagte irgendetwas auf Ukrainisch und schien sich zu ärgern, Eric als Laborpartner zu haben. Rankin sah Eric mit gerunzelter Stirn an. »Sie hängen ganz offenbar mit Ihrem Lesepensum hinterher, sonst wüssten Sie, dass Flusssäure ein tödliches Gift und stark ätzend ist.« Er ließ den Blick zum Orangensaftfleck auf Erics weißem Shirt wandern. »Und in Anbetracht der Tatsache, dass Sie unglaublich ungeschickt sind, würde ich Ihnen doch raten, sich mit der heutigen Aufgabe zufriedenzugeben.«

Rankin beugte sich über den Lehrertisch und wartete, bis unser Gelächter verebbte. »Lassen Sie mich kurz unsere drei Kandidaten mit der höchsten Punktzahl fürs Stipendium nennen: Anh Bui, Nearly Boswell und Thomas Wiles, in dieser Reihenfolge.« Er deutete mit einem Kopfnicken auf den Platz hinter mir. »Weiß jemand, ob Mr Wiles gedenkt, an der heutigen Stunde teilzunehmen?«

Alle blickten auf TJs leeren Stuhl. Da erschien er wie gerufen in seiner blau-weißen Sportjacke in der Tür.

»Tut mir leid, dass ich zu spät bin.« Er setzte sich auf seinen Platz und ließ das steife Bein in den Gang ragen.

»Gibt es dafür einen Grund?«

TJ runzelte die verschwitzte Stirn. Die dunklen Locken klebten ihm am Kopf und der Schweiß lief ihm den Hals hinunter in den Kragen. Er besaß kein Auto, und die Spieler unserer Football-Mannschaft wären niemals mit dem Bus gefahren, egal wie weit oder heiß der Weg von Sunny View zur Schule oder wie beschwerlich er mit einem kaputten Bein war.

»Nein, Sir«, sagte er leise.

Rankin nickte nachsichtig. Keine sarkastische Bemerkung. Keine witzige Ermahnung. Er sagte bloß: »Dass mir das nicht noch einmal vorkommt.« Dann warf er einen Blick auf die Uhr an der Wand. »Zweiundvierzig Minuten.«

Um mich herum brach hektische Betriebsamkeit aus, überall wurde geflüstert. Ich sah auf meinen Aufgabenzettel und schrieb meinen Namen darauf.

»Miss Boswell«, rief Rankin über die Köpfe der nach vorne gelaufenen Leute, die jetzt Bunsenbrenner und Erlenmeyerkolben aus den Schränken holten, hinweg. »Kann ich Sie kurz sprechen?«

Die Spitze meiner Bleistiftmine brach ab und Grafitkrümel flogen übers Blatt. Neben mir warf Anh einen Blick auf die Uhr und biss sich auf die Unterlippe. Ich schob meinen Stuhl zurück und ging mit gesenktem Haupt nach vorn. Meine Mitschüler standen in weißen Laborkitteln zusammen und redeten hinter vorgehaltener Hand miteinander. Es kam mir vor, als wäre die seltsame Schwere auf dem Gang TJ in den Raum gefolgt.

Rankin sprach leise. »Sie werden Emily heute Nachmittag keine Nachhilfe geben können. Miss Reinnert war Freitag in einen unglücklichen Unfall verwickelt. Die Schulleitung hat mich informiert, dass sie so schnell nicht wieder zur Schule kommen wird.«

»Geht es ihr gut?«

Rankin blickte kurz zu TJ und senkte die Stimme noch mehr, offenbar wusste er so gut wie alle anderen auch, dass TJ und Emily Reinnert ein Paar waren. So viel Feingefühl hatte ich ihm gar nicht zugetraut, und ich vermutete, dass es um Emily schlechter bestellt war, als er zugeben wollte.

»Marcia Steckler steht auf der Warteliste für Mathe-Nachhilfe. Ich werde die Nachhilfestunden für montags arrangieren, damit Sie mit Ihren gemeinnützigen Stunden nicht ins Hintertreffen geraten. Ich werde Marcia für die zweite Stunde eine Nachricht schicken und sie um Bestätigung bitten. Wenn Sie nichts weiter von mir hören, treffen Sie Marcia um Viertel vor drei hier.«

Ich öffnete den Mund, um zu fragen, was Emily zugestoßen war, aber er deutete mit seinem Kaffeebecher auf meinen Platz und sagte: »Das ist alles.«

Als ich zu meinem Tisch zurückging, warf ich einen kurzen Blick auf TJ. Er massierte sich geistesabwesend das Bein, während sein Laborpartner sich beeilte, ihre Geräte aufzubauen. Auf der anderen Seite des Gangs flüsterten unsere Mitschüler während der Versuche miteinander und bedachten TJ mit mitfühlenden Blicken. Immer wieder trugen leise, besorgte Stimmen Emilys Namen durch den Raum.

»Hey«, flüsterte ich Anh zu. Sie war gerade dabei, Glasfläschchen mit Permanent-Marker zu beschriften. Von dem Lösungsmittelgeruch traten mir Tränen in die Augen. »Hast du mitbekommen, was Emily Reinnert am Freitag passiert ist?«

Anh war mit ihrer Aufmerksamkeit ganz bei unserem Versuchsaufbau. Sie blickte noch nicht einmal auf, sondern stellte die Gläser eins nach dem anderen vorsichtig in den Ständer. »Die Leute haben heute Morgen im Bus darüber geredet«, sagte sie mit einer Stimme, die kaum mehr als ein Flüstern war. »Es heißt, sie sei nach dem Fußballspiel in North Hampton einfach verschwunden. Sie ist wohl ins Schulgebäude gegangen, um aufs Klo zu gehen, und nicht mehr wiedergekommen.«

TJs Stuhl quietschte und alle blickten sich nach ihm um. Eine tiefe Falte zeigte sich auf seiner verschwitzten Stirn und ich konnte nicht sagen, ob er wütend war oder sich übergeben musste. Jedenfalls humpelte er aus dem Raum.

Anh und ich blickten uns schuldbewusst an. Im Bestreben, die Sache fürs Erste zu vergessen und mit der Arbeit anzufangen, setzte ich meine Schutzbrille auf und legte die Gummischürze um, aber das Flüstern im Klassenzimmer hörte nicht auf und ich hatte Mühe, mich zu konzentrieren.

»Hat man sie gefunden?«, fragte ich schließlich.

Anh zuckte die Achseln. »Ja. War wohl ein Streich, der ein bisschen zu weit gegangen ist. Der Putzdienst hat sie nackt und bewusstlos unter der Tribüne in der Sporthalle entdeckt. Angeblich waren es Drogen.« Anh schüttelte den Kopf und setzte die Kappe auf den Marker. »Echt krank. Sie wurde angemalt.«

Ich runzelte die Stirn. »Was meinst du damit, sie wurde angemalt? So Picasso-mäßig?«

Anh verdrehte die Augen. »Nichts derart Anspruchsvolles. Wir reden hier vom Fußballteam. Eher so wie bei Malen nach Zahlen.« Sie goss eine Lösung in die Fläschchen und notierte die Reaktionen. »Sie war komplett mit Farbe bedeckt. Sie haben ihr mit Permanent-Marker eine Zehn auf den Arm geschrieben und den Rest ihres Körpers mit diesen schaurigen Ölfarben beschmiert, die sich die Leute bei den Spielen immer ins Gesicht kleistern.«

Ich kämpfte gegen den Drang an, mich zu TJs leerem Platz umzudrehen. Langsam begriff ich, warum die gesamte Schule so seltsam drauf war. »Eine Zehn? Warum denn eine Zehn?«

»Das weiß niemand. Aber es wird vermutet, dass es die Trikotnummer von jemandem ist.« Sie winkte ab. »Ein paar der Spieler waren heute Morgen bei uns im Laden und mein Bruder hat sie reden gehört. Der Kapitän der Hornets hat die Nummer zehn, aber er behauptet, es wäre Vince DiMorello gewesen.«

»Was? *Unser* Vince DiMorello? Vince ›Ich-bin-so-stolz-auf-meinen-Mittelfinger‹ DiMorello?« Vince war in unserem Team die Nummer zehn, aber so eine Aktion konnte ich mir von ihm absolut nicht vorstellen. Außerdem waren TJ und Vince beste Freunde. »Warum sollte er denn so etwas machen?«

Anh schob mir einen frisch gespitzten Bleistift zu, als wollte sie mich daran erinnern, wieder zu unserem eigentlichen Thema zu kommen. »Anscheinend haben Vince und Emily sich in letzter Zeit oft gestritten.« Mir fiel sein Gesichtsausdruck vor der Fußballparty wieder ein, als Emily ihm vor versammelter Mannschaft gegen den Hinterkopf geschlagen hatte. »Ist aber auch egal. Das ganze Team steht hinter ihm. Sie haben der Polizei erzählt, dass Vince nach dem Spiel die ganze Zeit bei ihnen war. Und alle aus North Hamptons Team wurden befragt.«

Natürlich würden sie sagen, was immer notwendig war, um ihren besten Spieler zu schützen. Aber das Ganze klang auch nach mehr als einem Streich. Unter Drogen gesetzt, ausgezogen und mit Farbe beschmiert unter der Tribüne liegen gelassen zu werden war um einiges schlimmer als Stinkbomben im Spind oder Schmierereien auf dem Tisch. Sogar noch schlimmer als eine tote Katze unter der Veranda.

Ich versuchte, die Sache abzuschütteln und mich darauf zu konzentrieren, Anh zu helfen. Aber ich hatte ein seltsames, unbestimmtes Gefühl dabei, das immer weiter an mir nagte, wie wenn einem etwas auf der Zunge liegt, aber man kommt nicht drauf. Ich musste die ganze Zeit an Emily denken. Emily in ihrer blauen Cheerleader-Uniform. Emilys regloser Körper unter der Tribüne.

Unter der Tribüne.

Newton hat sich geirrt. Wir stehen Gelb gegenüber. Triff mich heute Abend unter der Tribüne.

Ich ließ mich auf meinen Stuhl fallen, als die Farben von Newtons Farbkreis sich vor meinem Geist zu drehen begannen. Isaac Newtons Farbenlehre basierte auf einem Kreis. Farben, die einander im Kreis gegenüberliegen, sind Komplementärfarben und ergänzen einander. Aber wenn wir von Schulfarben reden, wie im Falle des Spiels am Freitag, wären die Farben nicht komplementär. Sie würden sich ... als Gegner gebenüberstehen. Unsere Schulfarbe war blau. Und die Farbe direkt gegenüber im Farbkreis war ...

Wir stehen Gelb gegenüber.

»Ihre Schulfarbe ...«, murmelte ich und eine kribbelnde Neugier erfasste mich. Ich griff nach einem Becherglas und versuchte meine Stimme so neutral wie möglich klingen zu lassen. »Weißt du, in welchen Farben sie angemalt wurde?«

Anh zog sich die Handschuhe aus, die Versuchsreihe war beendet, bevor ich überhaupt angefangen hatte. »Die eine Seite war blau und die andere ...«

Gelb, dachte ich. Nur hatte ich es anscheinend laut ausgesprochen, denn so wie Anh mich anblickte, hatte sie jetzt jede Menge Fragen.

Ich drehte mich weg. Fing unbeholfen an, die Gerätschaften einzusammeln. Da sie die ganze Arbeit gemacht hatte, würde ich den

Abwasch machen dürfen. Ich zuckte die Achseln, als ob ich nicht das kleinste bisschen überrascht wäre, bevor ich die sich auf ihrem Gesicht abzeichnende Frage beantwortete. »Nur so ein Gefühl.«

• • •

Am Nachmittag dachte ich immer noch an Emily, als ich ein leichtes Zupfen an meinem Ärmel spürte.

»Hey, alles okay?«

Ich zog meinen Arm zurück. Ich mochte es nicht, angefasst zu werden, aber Marcia Steckler war eine »Künstlerin«, und die neigten dazu, schnell auf Tuchfühlung zu gehen.

»Ja, alles bestens.« Ich schob zum sechshundertundsiebenundneunzigsten Mal meine Brille die Nase hoch. Sie rutschte wieder herunter. Ich überlegte, sie abzunehmen, aber ich war so schon unkonzentriert genug. »Tut mir leid, was hattest du gerade gesagt?«

»Schon gut.« Marcia streckte sich anmutig. »Ich bin auch nicht ganz bei der Sache. Dieses Wochenende ist Premiere. Algebra ist wirklich das Letzte, woran ich gerade denke.«

Sie sah aus wie eine Tänzerin. Ihr Baumwoll-Tanktop hing ihr locker über den blassen, schlanken Gliedern. Wie konnte sie sich mit so viel nackter Haut so wohlfühlen?

»Algebra sollte aber für die nächsten fünfunddreißig Minuten das Einzige sein, woran du denkst.« Ich sah demonstrativ auf die Uhr.

Sie beugte sich zu mir vor, als wollte sie mir ein Geheimnis anvertrauen, und ich wich zurück.

»Ich habe neunundsechzig Prozent in Mathe. Wenn ich nicht

bestehe, wird Romero mich nicht auftreten lassen. Und wenn unser Schulleiter es mir nicht verbietet, wird es meine Mutter tun.«

»Dann sollten wir mal besser weitermachen.« Ich blätterte im Lehrbuch und hätte ihr am liebsten einen Bleistift in die Hand gedrückt, damit sie ihre Finger von mir ließ. Sie schien ja ganz nett zu sein, aber man kann die Leute nicht immer danach beurteilen, was sie von sich preisgeben. Jemanden zu berühren enthüllte mir immer die dunkleren Seiten, die sie mir eigentlich nicht zeigen wollten. Und ich wollte von Marcia Stecklers tiefen, dunklen Geheimnissen nichts wissen. »Das Schauspiel sei die Schlinge …«, murmelte ich.

»Hey, du kennst Shakespeare?« Strahlend drückte sie den Rücken durch, als hätte jemand an einem Faden an ihrem Hinterkopf gezogen. »Das gibt's doch nicht!«

Ich antwortete mit einem sauren Lächeln. Warum dachten eigentlich alle, dass ich, nur weil ich gut mit Gleichungen klarkam, eindimensional war?

»Die Dame, wie mich dünkt, gelobt zu viel.« Ich ließ einen Bleistift über den Tisch rollen. »Und jetzt Konzentration, Ophelia. Zeit für Algebra.«

KAPITEL 6

Meistens war es ganz okay, mit Mona zusammenzuleben. Sie schlief den ganzen Tag und arbeitete nachts. Und wir waren uns grundsätzlich einig, was die Regeln anging.

Regel Nummer eins (keine schlechten Noten) war leicht zu befolgen. Ich war schon immer gut in der Schule gewesen.

Regel Nummer zwei (keinen Ärger machen) fächerte sich in ein Dutzend überfürsorgliche Einschränkungen auf. Wie: Gib dich nicht mit den Nachbarskindern ab, zieh keine schlampigen Sachen an und bleib dem Büro des Schulleiters fern. Das war auch leicht. Ich zog einfach an, was Mona an T-Shirts und Jeans von irgendwelchen Flohmärkten und Secondhandläden mitbrachte. Die Sachen waren immer zu groß und verdeckten zu viel, was mir aber nur recht war. Und mit den Rowdys aus der Nachbarschaft wollte ich eh nichts zu tun haben.

Die dritte Regel (lass dich von keinem Typen begrapschen) hatten Mona und ich gemeinsam, was gut für uns beide war. Ich brauchte keinen Freund; Körperkontakt machte das Leben nur kompliziert. Aber für meine Mutter waren Berührungen außerdem gefährlich. Butch, der Rausschmeißer bei Gentleman Jim's, stellte sicher, dass alle Kunden diese eine Regel im Club respektierten. Er gab gern damit an, wie er einmal jemandem den Arm gebrochen hatte, der versucht hatte, meine Mutter anzufassen, als sie arbeitete. Er hatte mir in der Gasse hinter dem Club Selbstverteidigungsunterricht gegeben, sobald ich alt genug war, eine Faust zu machen, und er fuhr Mona jede Nacht nach Feierabend nach Hause. Wenn ich seinen Van draußen auf dem Kies hörte und kurz darauf die Wohnwagentür und Monas Schlafzimmertür zufielen, wusste ich, dass sie sicher zu Hause war.

Butch kam nie mit rein. Seit dem Verschwinden meines Vaters war bis auf ein Mal ungefähr ein Jahr später kein einziger Mann in unserem Wohnwagen gewesen. Mona hatte damals jemanden aus dem Club mitgebracht, sie rochen beide nach Alkohol und Schweiß, aber Monas Wangen waren zum ersten Mal seit Monaten gerötet und sie lächelte. Sie war in ihr Zimmer gegangen, um sich umzuziehen. Der Mann setzte sich auf unser Sofa und griff nach mir. Mir drehte sich der Magen um, so falsch war sein Geschmack, und so widerwärtig süß und abstoßend war sein Geruch. Ich wand mich aus seiner Umklammerung und schrie: »Fass mich nicht an!« Meine Mutter kam aus ihrem Zimmer geeilt und schmiss ihn raus. Dann zog sie mich an sich und sagte immer und immer wieder: »Alles ist gut.« Ich fühlte, wie die Leere in ihr wieder aufriss, weiter und tiefer als zuvor, als ob ich sie selbst hineinfressen würde. Das war das letzte Mal, dass ich sie berührt hatte.

Ihre Tür war jetzt immer noch zu und durch die dünne Wand konnte ich ihren sanften Atem hören. Sie war erst seit ein paar

Stunden im Bett und schlief den Schlaf der Gerechten. Ich griff in die Trinkgeld-Keksdose. Sie war voller Scheine – die Miete für den Monat und Geld für Lebensmittel. Donnerstagabends war immer viel los bei Jim's, sodass Mona es selten merkte, wenn ich mir freitags ein paar Scheine herausnahm. So wie ich es sah, war das Geld von Männern, die jeden Tag einen kleinen Teil meiner Mutter von mir abkauften. Ich nahm also nur, was mir rechtmäßig zustand.

Das Problem mit den Regeln war, dass sie zwar darauf ausgelegt waren, mich auf eine gute Uni zu bringen, mir aber nicht verrieten, wie ich so ein Studium bezahlen sollte. Doch Mona schien sich darum keine Gedanken zu machen. Die letzten drei Jahre hatte sie im ganzen Wohnwagen Universitätsbroschüren verteilt. Georgetown University, Lake Washington Institute of Technology, George Mason University und Johns Hopkins University – alles Top-Unis und alle im engeren Umkreis von zu Hause. Die Unis auf meiner eigenen Wunschliste würden mehr Abstand zwischen mich und Sunny View bringen, aber das Problem der Finanzierung wuchs mit jedem Kilometer, den ich mich weiter weg wünschte. Doch ich sagte mir, dass es gleichgültig war, auf welche Uni ich ging, solange ich nur aus Sunny View rauskam.

Am Sonntag wollte ich Mona eine Kleinigkeit zurückgeben. Sonntag war Muttertag. Sie feierte ihren Geburtstag nicht – sie war die älteste Tänzerin bei Jim's, und wir fragten uns immer, wie viele Geburtstage es wohl noch dauern würde, bis sie ihren Job verlor –, aber über Muttertag freute sie sich immer. Da wachte sie früh auf und ließ sich von mir Kaffee ans Bett bringen. Dann fragte sie mich, wie es in der Schule lief, und wir redeten über meine Noten. Und ihre Augen leuchteten ein bisschen.

Ich zog leise die Wohnwagentür zu, schloss hinter mir ab und ging zu den Tischen eine Straße weiter. Freitags war Flohmarkttag in Sunny View, und die Straßen der Wohnwagensiedlung waren voll mit Leuten, die Kisten durchwühlten, und Kindern auf dem Weg zur Schule.

Ein Mädchen mit magentafarbenen Strähnen im Haar lehnte rauchend an einer Laterne und wartete auf den Bus. Es war die gleiche Straßenecke, an der sie sich auch abends herumdrückte und darauf wartete, von wahrscheinlich wildfremden Männern mitgenommen zu werden. Wir warfen uns ein angespanntes Lächeln zu, so als ob wir uns irgendwie kannten, aber insgeheim froh waren, dass wir es nicht wirklich taten.

Als ich an TJ vorbeiging, hielt er den Blick gesenkt. Er saß auf der rostigen Fitnessbank, die sein Onkel an die Achse des Wohnwagens gekettet hatte. Seine Beinschiene hatte er auf dem Schoß liegen. Ein Stapel Hanteln war an die Bank angeschlossen und TJ trat mit seinem Turnschuh danach. Wie üblich grüßten wir uns nicht. Vielleicht, weil es uns beiden so vorkam, als würden wir in einen Spiegel schauen und eine andere Version von uns an einem Ort festsitzen sehen, an dem wir nicht sein wollten. Sobald Vince' Camaro mit heruntergelassenen Scheiben und laut tönender Musik um die Ecke geschossen kam, warf sich TJ seinen Rucksack über die Schulter, nahm die Beinschiene und sprang von der Bank. Vince beugte sich über den Beifahrersitz, stieß die Tür auf und TJ schoss hinein, als könnte er gar nicht schnell genug von hier wegkommen. Was ich gut verstehen konnte.

Ich wedelte den Kiesstaub weg, den Vince' Auto aufgewirbelt hatte, und ging zu den Kartons voller Nippes und Plunder. Nichts auf Mrs Moates' klebrigem schiefem Tisch entsprach meiner Vorstellung von einem Schatz, aber bei den Kaffeebechern blieb ich stehen. Auf einem war ein Kätzchen, das an einem Ast hing und sich nur noch mit den Krallen festhielt, und die Worte in der Gedankenblase – *Halt durch!* – gingen mir irgendwie nah.

»Was kostet der Becher?«, fragte ich. Eine räudige Katze strich Mrs Moates um die Beine.

»Der mit dem kaputten Henkel?«, fragte sie.

»Nein, der andere.«

»Fünfzig Cent«, lispelte sie. Ich gab ihr fünfundsiebzig. Nicht, dass ich damit die Katze, die unter ihrem Wohnwagen gewohnt hatte, hätte ersetzen können. Aber jemand hatte das arme Ding in einen Karton mit meinem Namen darauf gestopft und ich fühlte mich irgendwie verantwortlich. Die Geste, so klein sie auch war, bewirkte, dass ich mich besser fühlte.

Mit dem Becher im Rucksack ging ich weiter zum Bui-Markt. Als ich die Tür öffnete, läutete die Ladenglocke, und aus einem Lautsprecher plärrte eine Achtzigerjahre-Metal-Band. Bao sah vom Tresen auf und lächelte mich an.

Anhs Bruder wurde von allen bloß »Bo« genannt, obwohl ich mir ziemlich sicher war, dass es nicht die richtige Aussprache von *Bao* war, genauso wie wir Anh »Ann« nannten.

»Morgen, Leigh.« Er hatte bereits meine Zeitung und den Kakao für mich hingelegt. Ich angelte mir einen Schokoladen-Donut aus dem Korb mit dem Gebäck vom Vortag. »Hab gehört, meine kleine Schwester zieht dich in Chemie ab.« Bao kicherte. »Vielleicht ist dieser ganze Müll, den du isst, nicht gut für dein Gehirn.«

»Dieser Müll ist das Frühstück der Gewinner.« Ich biss in den

Donut und ging zum Kartenständer mit den billigen Grußkarten, leckte mir die Schokolade von den Fingern und nahm eine Muttertagskarte für neunundneunzig Cent, auf der so ungefähr stand: Herzlichen Glückwunsch zum Muttertag, danke, dass du es mit mir aushältst. Ich legte sie zu den anderen Sachen auf den Tresen.

Bao tippte alles in die Kasse ein und zählte, ohne in die Schublade oder seine Hand zu sehen, mein Wechselgeld ab. Er musste sich in dem Laden zu Tode langweilen. Bao war unheimlich schlau. Vielleicht noch schlauer als Anh. Das war einer der Gründe, warum ich ihn so sehr mochte. Warum ich ihm seinen Musikgeschmack und die widerlichen Skinny-Jeans, die er mit den Bui-Markt-Polohemden kombinierte, verzeihen konnte. Und die Tatsache, dass er pausenlos mit mir am Flirten war.

»Du musst mal zu uns zum Abendessen kommen. Dann zeige ich dir, was du dir entgehen lässt.« Bao ließ den Blick über meinen Körper wandern, als ob er mich in Gedanken ausziehen würde. Als er bei meinen Baggy Pants angelangte, runzelte er die Stirn. »Du bist zu dünn. Du verbringst zu viel Zeit mit diesem Typen aus dem Country Club. Ich weiß, dass seine Eltern dir nichts zu essen geben.«

»Jeremys Eltern würden mich noch nicht mal in ihr Haus lassen. Und deine im Übrigen auch nicht«, schnaubte ich, während ich meine Einkäufe in den Rucksack steckte. »Wovor hat eure Mutter eigentlich solche Angst? Dass ich mich ausziehen und auf dem Tisch tanzen könnte?«

Bao wurde rot.

»Mach dir deswegen keine Gedanken«, sagte ich, bevor er sich zu irgendeiner falschen Entschuldigung durchrang. Wir wussten beide noch genau, wie seine Mutter mich angeguckt hatte, als Anh mich in der siebten Klasse einmal nach der Schule mit nach Hause gebracht hatte. Daraufhin hatte Anh ihre Mutter gefragt, was denn so schlimm daran sei, als Bedienung zu arbeiten, und Bao hatte bloß auf den Boden geschaut. Er hatte damals schon mehr begriffen als ich. Wenigstens konnten wir jetzt darüber lachen. »Außerdem spare ich mir das ganze Fett und die Kalorien für den Endspurt am Schuljahrsende auf. Deine Schwester wird mich gar nicht kommen sehen, so schnell, wie ich sie überholen werde.«

»Bring mich nicht dazu, deinen Kakao zu vergiften.« Er drohte mir mit dem Zeigefinger. »An diesem Stipendium hängt ihr ganzes Herz. Das Herz von jedem in unserer Familie. Ich würde nicht davor zurückschrecken, dir gegenüber den bösen großen Bruder raushängen zu lassen.« Sein scherzhafter Ton passte nicht mehr zu seinem restlichen Auftreten. Für Bao war die Uni nie eine Option gewesen. Solange seine Eltern lebten, würde er hier arbeiten, weil es das war, was von ihm erwartet wurde.

Er knallte die Kassenschublade zu. Ein Foto von Anh, so groß wie ein Portemonnaie, war an die Kasse geklebt. Er war genauso stolz auf sie wie ihre Eltern. Anh brauchte das Stipendium gar nicht so sehr, wie sie dachte. Sie hatte doch schon so viel. Ich fragte mich, wie es wohl wäre, jemanden wie Bao zu haben, der auf mich aufpasste. Jemand, der stolz auf mich war, mich beschützte und stark war. Jemand, der seine eigene Zukunft für mich opfern würde. Ich klemmte mir die Zeitung unter den Arm. Sie fühlte sich ungewöhnlich leicht an.

»Hier.« Er schob fünfundsiebzig Cent über den Tresen. »Der Donut geht auf mich. Ich wette immer noch auf Anh.«

Ich schlug die Zeitung auf und blätterte durch die einzelnen Teile. Der Anzeigenteil fehlte. Ich faltete die Zeitung wieder zusammen und legte sie auf den Tresen. »Kannst du mir eine andere geben? Hier fehlt ein Teil.«

»Alle wichtigen Teile sind drin. Wofür brauchst du schon die Kontaktanzeigen? Alles, was du brauchst, steht direkt vor dir.« Bao lehnte sich gegen die Hotdog-Maschine und wackelte mit den Augenbrauen.

Ich spürte, wie ich rot anlief. »Ich brauche nicht die Kontaktanzeigen«, log ich. »Es sind auch noch eine Menge andere Sachen im Anzeigenteil.«

Ich zuckte zusammen, als auf einmal eine Packung Twinkies vor mir auf dem Tresen landete.

»Muss ich es persönlich nehmen, dass meine billigen Kuchenspenden wegen Fettgebackenem mit Zuckerglasur vom Vortag verschmäht werden?« Jeremy beugte sich über meine Schulter und legte Pfefferminzpastillen, eine Limo und einen Schokoriegel neben die Twinkies auf den Tresen und gab Bao damit etwas anderes zu tun, als sich wegen der Anzeigen über mich lustig zu machen.

»Was machst du hier?«, fragte ich erstaunt.

»Dich zur Schule bringen.«

»Es ist doch Freitag. Solltest du nicht bei ...«

Jeremy hustete laut hinter vorgehaltener Hand, um mich abzuwürgen. »Ich brauche jemanden, der sich die Twinkies mit mir teilt. Wenn Anh mich noch eine einzige Möhre essen lässt, krieg ich orange Haare.« Er warf mir einen beschwörenden Blick zu, der wohl heißen sollte: *Bitte, tu das nicht*. Er wollte nicht, dass Bao von seiner Therapie wusste. Seit wann machte er sich darüber Gedanken? Andererseits wollte ich auch nicht, dass irgendjemand davon wusste, dass ich die Kontaktanzeigen las, also waren wir wohl quitt.

»Vielleicht steh ich ja auf Rothaarige. Schon mal daran gedacht?«, sagte Anh, als sie, eine Packung fettfreien Hüttenkäse, eine Banane und eine Flasche Wasser balancierend, zwischen den Regalen auftauchte. Sie legte alles auf den Tresen und Bao notierte die Sachen auf einer Karteikarte, statt sie in die Kasse einzugeben. Dabei waren seine Augen die ganze Zeit auf Jeremy gerichtet.

»Du teilst dein Essen mit ihm? Scheint ja was Ernstes zu sein.« Bao sah Jeremy prüfend an.

»Ein paar Möhrchen unter Freunden«, sagte Jeremy und lächelte mich verlegen an.

Ich hielt ihm den Rest meines Donuts hin. Wahrscheinlich brauchte er ihn mehr als ich. Er stopfte ihn sich in den Mund und sah erleichtert aus, eine Ausrede zu haben, nichts mehr sagen zu können.

»Jeremy fährt mich freitags zur Schule«, sagte Anh. »Und zum Dank versuche ich ihn vor einem langsamen Tod durch Fettstoffwechselstörung zu retten.«

Jeremy hörte auf zu kauen und sah mich von der Seite an. Sein Adamsapfel hüpfte, als er schluckte. Er hatte mir nichts davon erzählt, dass er Anh freitags zur Schule brachte. Und deswegen seine Therapiesitzungen ausfallen ließ. Anh redete weiter und bekam von unserem wortlosen Austausch offenbar nichts mit.

»Wissen Mom und Dad davon?«, fragte Bao und sah dabei ganz ernst und elterlich besorgt aus.

»Ich fahr doch bloß mit ihm zur Schule«, sagte sie. »Und zur Theateraufführung ...«

»Krass! Schon ganz schön spät. Wir sollten vielleicht mal los, bevor wir zu spät zur Schule kommen.« Jeremy fühlte sich offenbar unwohl, so eine Show, wie er dabei abzog, auf seine Uhr zu gucken.

Eine unangenehme Pause folgte, und dann drehten wir uns alle zur Tür um, als die Glocke klingelte und Lonny Johnson hereinspazierte. Hinter ihm her kam sein neuer Freund, der, der mich in der Schule angerempelt hatte. Wie zwei dunkle Wolken kamen sie hereingeschwebt und sofort veränderte sich die Atmosphäre im Laden.

Jeremy wurde blass und legte einen Fünf-Dollar-Schein auf den Tresen. »Stimmt so«, murmelte er. »Ich warte im Auto.« Schnell ging er mit gesenktem Blick zur Tür. Lonny sah ihm aufmerksam hinterher. Als die Glocke wieder verstummt war, ging Lonny ohne ein Wort zur Kühltheke im hinteren Bereich.

Sein Freund drehte uns den Rücken zu und streifte langsam durch die Gänge. Am Kartenständer blieb er stehen, fuhr mit dem Finger über eine Muttertagskarte und zögerte kurz, bevor er weiterging. Dann fasste er nach etwas im Regal mit den Snacks.

»Hast du auch vor, das zu bezahlen?«, rief Bao. Der Typ ließ seine Hand über einer Packung Beef Jerky verharren. Bao griff unter den Tresen. »Ihr solltet besser los«, sagte er zu Anh und mir, ohne den Blick von dem Typen zu lösen.

Anh machte einen zaghaften Schritt und sah ihren Bruder besorgt an. Er deutete mit dem Kinn auf die Tür, und sie folgte Jeremy hinaus.

Lonnys Freund nahm das Beef Jerky, kam langsam zum Tresen

und stellte sich neben mich. Falls er mich erkannte, ließ er es sich jedenfalls nicht anmerken. Ich hielt die Luft an, als er unter seine Jacke griff. Doch er holte nichts weiter hervor als ein abgetragenes Lederportemonnaie.

Er sah erst mich an, weil ich die Kasse blockierte, dann Bao, dann wieder mich. Spöttisch zog er einen Mundwinkel und eine gepiercte Augenbraue hoch. »Stehst du an, oder was?« Seine Stimme war tief, als wäre er gerade erst aufgewacht. Es klang mehr wie ein Knurren.

Ich räusperte mich, um Bao auf mich aufmerksam zu machen, aber er blickte weiterhin den Typen an. »Meine Zeitung?«, drängte ich.

Bao zog, ohne mich anzusehen, ein frisches Exemplar unterm Tresen hervor. Die Zeitung war schwerer als diejenige, die ich ihm zurückgegeben hatte, also vertraute ich darauf, dass die Anzeigen alle darin waren, statt es vor Lonnys Freund zu überprüfen, der langsam die Geduld zu verlieren schien.

Ich faltete die Zeitung, klemmte sie mir unter den Arm, nahm meinen Kakao und ging schnurstracks aus dem Laden und zur Beifahrertür von Jeremys Auto. Aber auf meinem Platz saß bereits Anh. Ich kämpfte mit meinem Rucksack und versuchte, es mir hinter ihr bequem zu machen. Anhs Sitz war weit zurückgestellt, so wie ich es normalerweise gernhatte, und jetzt war kaum noch Platz für mich.

Jeremy fuhr los, bevor ich mich anschnallen konnte, und hielt trotz des auf uns zukommenden Verkehrs auch nicht an, als er vom Parkplatz auf die Straße einbog. Jemand hupte.

»Meint ihr, wir sollten noch mal nachsehen, ob mit Bao alles in

Ordnung ist?«, fragte Anh, während sie sich an der Armlehne festklammerte und den Hals verdrehte, um sich nach dem Laden umzusehen.

»Bao kommt mit den Typen schon klar. Außerdem dürft ihr nicht zu spät kommen. Bao und ich haben eine Wette auf euch laufen.« Jeremy sah mich dabei im Rückspiegel an, aber ich war mir, auf den Rücksitz verbannt, nicht so sicher, auf wen er gesetzt hatte.

KAPITEL 7

Archimedes wusste, es geht nicht um das Stück.

Zähl eins und eins zusammen und triff mich hinterher.

Ich umkringelte die Anzeige mit meinem dicken blauen Marker, wobei ich aufpasste, nicht die Druckerschwärze zu verschmieren. Kein Zweifel, die Anzeige war von der gleichen Person wie die mit Newton. Es waren der gleiche Ton und die gleiche Wortwahl. Beide Anzeigen lasen sich wie ein Rätsel, das gelöst werden wollte. Aber was sollte es bedeuten?

Hinter mir murrte jemand. Schnell blätterte ich die Seite mit der Anzeige um, bevor ich über die Schulter blickte und bemerkte, dass TJ mit seiner Beinschiene kämpfte und ziemlich fertig aussah. Er war früh dran heute, ich hatte gedacht, ich wäre allein. Der Unterricht würde erst in zehn Minuten anfangen.

TJ beugte sich vor und versuchte, nach dem unteren Riemen zu fassen. Er hatte sich gelöst und hing gerade so eben außer Reichweite. Die Müdigkeit in TJs Gesicht, die stumpfe, farblose Maske –

die gleiche wie bei meiner Mutter, nur dass Mona sie mit Make-up kaschierte – spiegelte jeden einzelnen Verlust wider, den er erlitten hatte. Sein Vater war ins Gefängnis gekommen, als TJ in der Mittelstufe war. Kurz darauf hatte sich seine Mutter umgebracht. Und jetzt war er dazu verdammt, bei seinem ständig betrunkenen Onkel in Sunny View zu leben, vielleicht für immer, denn die Chance auf ein Football-Stipendium hatte sich durch seine Knieverletzung im letzten Jahr erledigt. Wir waren alle gar nicht so verschieden, und ihm den Rücken zuzukehren fühlte sich irgendwie falsch an.

»Kann ich dir helfen?« Die Worte waren so schnell heraus, dass mir erst hinterher klar wurde, dass ich ihn würde anfassen müssen. Ich schob mir die Hände unter die Oberschenkel.

Er bemerkte es. »Nein, trotzdem danke.« Mit Gewalt beugte er sich vor, bekam den Riemen zu fassen und befestigte ihn mit rotem Gesicht.

»Ich wollte dich noch nach Emily fragen«, sagte ich und hatte ein schlechtes Gewissen, weil ich noch nicht einmal versucht hatte, hilfsbereit auszusehen. »Ich hoffe, es geht ihr gut.«

»Es geht ihr gut«, sagte er mit zusammengezogenen Augenbrauen, als schmerzte es ihn, an sie zu denken. »Sie hat nur tierisch Schiss. Ich sehe sie nach der Schule. Ich sag ihr, dass du dich nach ihr erkundigt hast.«

Auf meine von Druckerschwärze verfärbten Finger blickend fragte ich mich, was Emily und TJ eigentlich verband. Emily war alles, was er hatte. Sie war bei ihm geblieben, als er von Belle Green in den Wohnwagen in Sunny View gezogen war, während all der Zusammenbrüche, die folgten, und der unzähligen Zurückweisungen, bis die Universitätsscouts und Anwerber nicht mehr nach ihm fragten. Aus irgendeinem Grund wollte ich unbedingt verstehen, warum Emily ihm treu geblieben war, obwohl die Zukunft, die sie sich mit ihm erträumt hatte, nicht mehr möglich war.

Eine Handvoll Leute kam in den Raum, und ich schob die Zeitung unter meine Sachen und betrachtete ihre Gesichter zum hundertsten Mal diese Woche. Ich versuchte immer noch herauszufinden, wer mir die tote Katze vor die Tür gelegt und auf meinen Tisch geschrieben hatte. Es musste jemand aus einem von Rankins Chemiekursen gewesen sein – oder jemand, der die Schrödinger-Hausaufgabe an der Tafel gesehen hatte und wusste, wo ich wohnte –, aber das konnte jeder sein. Ich blickte gerade, als Oleksa Petrenko sich auf seinem Platz niederließ, in seine Richtung. Er hatte die letzten drei Tage gefehlt und ich hatte die Hoffnung gehabt, dass er nicht wiederkommen würde. Wir starrten einander an, und offensichtlich amüsiert lehnte er sich auf dem Stuhl zurück.

»Hör auf, ihn anzugucken. Nachher denkt er noch, du stehst auf ihn, das wäre echt gruselig.« Anh ließ ihren Rucksack fallen und setzte sich neben mich. »Und die packst du besser ein, bevor Rankin die sieht.«

Ich blickte auf ein Stück Zeitung mit Kontaktanzeigen, das unter meinen Sachen hervorschaute, und wurde rot. Ich steckte die Zeitung weg, verschränkte die Arme und starrte auf die Tafel, bevor Anh noch ein Wort sagen konnte.

Sie hob eine Augenbraue. »Wenn du jemanden suchst …«

Ich schlug mein Lehrbuch auf und tat so, als würde ich darin lesen. »Hast du nicht noch eine Extraaufgabe zu erledigen?«

»Okay. Aber *falls* du zum Beispiel noch jemanden für das Theaterstück heute Abend suchen solltest ... könnte ich ein Date mit meinem Bruder arrangieren.«

Ich wollte ihr schon sagen, dass das wirklich die bescheuertste Idee seit Langem war und ich auf gar keinen Fall mit Bao ausgehen würde. Aber die Worte blieben mir im Hals stecken. Ich hatte wieder dieses seltsame Gefühl.

»Was hast du gerade gesagt?«, flüsterte ich, um Rankins Aufmerksamkeit nicht zu erregen.

»Ich sagte, mein Bruder könnte heute mit dir zum Theaterstück gehen, wenn du noch eine Begleitung brauchst. Wir könnten alle zusammen gehen.«

Die Theateraufführung. *Hamlet*. Es war heute. Ich dachte zurück an meine Unterhaltung mit Marcia. *Das Schauspiel sei die Schlinge ...*

Das Schauspiel. Das Stück.

Archimedes wusste, es geht nicht um das Stück.
Zähl eins und eins zusammen und triff mich hinterher.

Was sollte das heißen?

Rankin schrieb gerade etwas an die Tafel. Ich warf mir den Rucksack über die Schulter und flüsterte Anh zu: »Ich fühl mich nicht gut. Sag Rankin, ich bin im Krankenzimmer.«

Ich war weg, bevor sie sich zu mir umdrehen konnte.

KAPITEL 8

Ich nahm den Bus an der Ecke der Route 1, stieg so nah wie möglich bei der Polizeiwache aus und lief die letzten drei Blocks. Nachdem ich meinen Schülerausweis vorgezeigt und mich auf einer Liste eingetragen hatte, setzte ich mich und wartete unruhig darauf, aufgerufen zu werden. Ich vermied es, den anderen Leuten im Wartebereich in die Augen zu sehen. Sie sahen alle erschöpft aus. Alle verschwanden irgendwann durch eine dicke Metalltür. Hinter dem Plexiglasfenster klingelte pausenlos ein Telefon. Nervös kaute ich an meinen Fingernägeln und hoffte, dass endlich jemand rangehen würde. Ich war noch nie vorher auf einer Polizeiwache gewesen. Ich war ganz zappelig, als hätte ich gegen eine von Monas Regeln verstoßen.

»Verdammt noch mal, wer hat den koffeinfreien Kaffee ausgetrunken und keinen neuen aufgesetzt?« Das Bürogeplapper erstarb und die dröhnende Stimme wurde lauter. »Und wo sind meine ganzen Mitarbeiter? Ich hab keine Zeit, mir Aussagen von irgendwelchen Rotznasen anzuhören. Dafür habe ich Sie alle eingestellt!« Die Metalltür summte und wurde von einem mürrisch dreinblickenden Bär von einem Mann aufgestoßen.

»Nearly Boswell? Kommen Sie mit.«

Ich folgte ihm in ein steriles graues Zimmer mit verspiegelten Wänden, einem massiven Tisch und zwei Metallstühlen – genau wie ich es von den Polizeiserien im Fernsehen kannte. Ich umklammerte meinen Rucksack und fühlte mich in meinen übergroßen Sachen noch kleiner als sonst. Am liebsten hätte ich mir das Shirt über die Knie gezogen, so wie ich es in der Mittelstufe ständig getan hatte. Mona ist dann immer total sauer geworden und meinte, ich würde damit meine Klamotten ausleiern. Und ich hatte zurückgeschrien, dass ich wenigstens Klamotten anhätte. Keine Widerworte zu geben, gehörte nicht zu Monas Regeln, aber mich von der Polizeiwache fernzuhalten schon.

Hierherzukommen war eine blöde Idee gewesen. Was wollte ich denn sagen? Guten Tag, Officer. Ich glaube, auf meiner Schule gibt es einen verrückten Stalker. Meine Beweislage war buchstäblich papierdünn – zwei Zeilen Text, den ich aus der Zeitung ausgeschnitten hatte. Es gab keine stichhaltige Argumentation, warum die Anzeige irgendetwas mit dem Fall von Emily zu tun haben sollte, was wahrscheinlich eh nur ein dummer Streich gewesen war.

Der Officer stellte eine kleine Flasche Wasser vor mich auf den Tisch. Dann setzte er sich, schlug die Beine übereinander und verschränkte die Hände hinterm Kopf, sodass der Kolben einer ziemlich großen Pistole unter seiner Jacke zum Vorschein kam. Der Polizist stellte sich mir als Lieutenant Nicholson vor.

»Nun, Miss Boswell.« Er ließ meinen Ausweis auf den Tisch

knallen. »Sie sind also Schülerin auf der West River Highschool und glauben, Informationen über einen Vorfall letztes Wochenende zu haben? Sind Sie mit Emily Reinnert befreundet?«

»Nein.« Mit Jeremy war ich befreundet. Und mit Anh. Emily war eher eine Bekannte, mit der ich gezwungen war über Algebra zu reden.

Lieutenant Nicholson seufzte und runzelte die Stirn. »Haben Sie etwas beobachtet, wovon Sie glauben, dass es relevant ist?«

»Nein ... ich meine ... ja ... vielleicht.« Ich schüttelte den Kopf. »Was ich sagen will, ist, ich glaube, ich könnte vielleicht etwas beobachtet haben.«

»Nur dass ich Sie richtig verstehe –« Er blickte überdeutlich auf seine Armbanduhr und verschränkte die Arme vor der Brust. »Sie *glauben*, dass sie *vielleicht* etwas beobachtet haben *könnten*?«

Als ich nicht sofort antwortete, wurde sein Blick immer bohrender, als würde er in meinem Kopf herumwühlen. Das kalte Neonlicht betonte die tiefen Falten um seinen Mund. Es war egal, was ich als Nächstes sagen würde. Er glaubte mir sowieso nicht.

»Tut mir leid, Ihre Zeit verschwendet zu haben. Das war eine dumme Idee von mir hierherzukommen.« Ich stand auf und wollte schon den Rucksack wieder aufsetzen.

»Setzen Sie sich, Miss Boswell.«

Ich blickte zwischen ihm und der Tür hin und her. Sicherlich gab es irgendein Gesetz, das besagte, dass man mich nicht festhalten durfte, wenn ich gar nichts getan hatte. Schließlich war es kein Verbrechen, die Zeit eines Polizeibeamten zu vergeuden.

»Wissen Sie, Miss Boswell, ich schreibe nicht besonders gerne Briefe wegen unentschuldigten Fehlens in der Schule. Das ist immer viel zu kompliziert. Viel zu viele Leute, die da involviert sind. Eltern, Lehrer, die Schulleitung ... Was auch immer Sie mir sagen wollten, muss ziemlich wichtig sein. Sonst hätten Sie nicht den Unterricht ausfallen lassen, um hierherzukommen. Warum sagen Sie mir also nicht, weswegen Sie hier sind, und lassen mich entscheiden, was eine Verschwendung meiner Zeit ist?« Er sah demonstrativ auf meinen Stuhl und machte deutlich, dass er mir keine Wahl lassen würde. Wenn ich jetzt ging, würde meine Mutter einen Anruf bekommen. Und wegen Schwänzens meine Chance auf ein Stipendium zu ruinieren wäre echt ärgerlich gewesen.

Ich ließ mich auf den Stuhl fallen und legte die beiden Kontaktanzeigen nebeneinander auf den Tisch.

»Was ist das?« Lieutenant Nicholson drehte sie eine nach der anderen um, damit er sie lesen konnte. Sein Gesichtsausdruck verriet nichts, aber ich bemerkte die leichte Veränderung seiner Körperhaltung, als er die erste Anzeige zu sich hinzog. Die mit den Farben.

»Ich weiß, was mit Emily in North Hampton unter der Tribüne passiert ist. Ich weiß von der blauen und gelben Farbe.«

Er schob die Anzeige wieder zurück. Er schien verwirrt zu sein.

»Ich glaube, sie wird nicht die Einzige bleiben. Ich glaube, die beiden Anzeigen wurden von derselben Person verfasst. Die hier war heute in der Zeitung.« Ich tippte auf die zweite Anzeige. »Das mit dem Stück ist eine Anspielung auf *Hamlet*.« Ich schob den Flyer mit der Ankündigung der Theateraufführung über den Tisch. »Heute ist die Premiere. Ich weiß, das hört sich etwas weit hergeholt an, aber ich glaube, während der Aufführung wird etwas Schlimmes passieren.«

Lieutenant Nicholson sah mich ausdruckslos an. Den Flyer beachtete er gar nicht. Der Minutenzeiger der Wanduhr über der Tür war das einzige Geräusch im Zimmer. Unruhig rutschte ich auf meinem Stuhl hin und her und zwang mich, nicht auf die Uhr zu sehen, sondern Nicholson weiter direkt in die Augen zu blicken, bis mir die ersten Schweißtropfen den Rücken hinunterliefen.

Er nahm den Flyer in die Hand. Sein Gesicht war immer noch vollkommen ausdruckslos. »Warum sind Sie hier?«

Das fragte ich mich auch. Warum war ich hier? Ich war mit Emily nicht befreundet. Ich schuldete ihr keinen Gefallen. Ich hätte mich besser um meinen eigenen Kram kümmern sollen. Doch dafür war es jetzt zu spät.

»Ich dachte einfach, ich müsste es jemandem sagen. Das ist alles.« Ich strich mir mit den Händen über die Jeans.

Lieutenant Nicholson beobachtete mich.

»Wieso glauben Sie, dass diese beiden Anzeigen etwas miteinander zu tun haben?«

Ich zuckte die Achseln, denn eine plausible Erklärung hatte ich dafür nicht.

»Kennen Sie die Person, die diese Anzeigen geschrieben hat, Miss Boswell?«

»Woher soll ich das wissen?«, fragte ich und wischte mir über die Oberlippe. Irgendwie war ich die Einzige, die schwitzte. Der kleine Verhörraum fühlte sich auf einmal ganz heiß und stickig an.

»Das weiß ich nicht. Aber es ist eine sehr gute Frage. Vielleicht können Sie es mir verraten.« Er dachte, ich würde lügen. »Wem wollen Sie eins auswischen? Einem Ex? Was ist passiert? Ist er

Ihnen auf die Nerven gegangen und jetzt wollen Sie seine schmutzige Wäsche waschen?«

Natürlich dachte er das. Wer ging schon zur Polizei, um von einem Verbrechen zu berichten, bevor es passierte? Es sei denn, man war irgendwie darin verwickelt. Normale Leute lasen keine Kontaktanzeigen.

Ich verschränkte die Arme und lehnte mich zurück. Als ich sein herablassendes Grinsen sah, ging ich in die Defensive. »Ich habe keinen Freund. Und ich habe keine Ahnung, wer die Anzeigen geschrieben hat.«

»Wie kommen Sie dann zu der Annahme, dass sie etwas mit Emily zu tun haben?«

»Das ist ja nicht besonders schwer. Emily wurde am gleichen Tag unter der Tribüne in North Hampton gefunden, als diese Anzeige erschien.« Ich schob ihm die Anzeige wieder zu. »Unsere Schulfarbe ist Blau. Die von North Hampton ist Gelb. Sagt Ihnen Newton was? Isaac Newton?« Entweder konnte er sich nicht mehr daran erinnern oder er hatte diesen Kurs in der Highschool nicht besucht. Sein Gesichtsausdruck war undurchdringlich. »Und die Anzeige von heute mit *Hamlet* ... Es schien mir einfach ein zu großer Zufall zu sein.« Ich drückte meine Nasenwurzel mit Daumen und Zeigefinger. Die Unterhaltung mit diesem Mann bereitete mir Kopfschmerzen, dabei hatte ich ihn noch nicht einmal berührt.

Lieutenant Nicholson starrte mir Löcher in den Schädel, als ob darin die Antwort auf seine Fragen verborgen wäre. »Lesen Sie die Zeitung immer von vorn bis hinten durch ...« Er hielt inne und blickte auf meinen Ausweis. »Nearly heißen Sie?« Sein Mundwinkel zuckte, es schien ihn zu amüsieren. Als ob ich ein Witz wäre.

Ich überkreuzte die Beine, drückte die Knie aneinander. Ich fühlte mich wie auf dem Präsentierteller. »Nein.«

»Nur die Kontaktanzeigen also?« Er zog die grau werdenden Augenbrauen hoch.

»Nein.« Ich steckte die Hände in die Taschen meiner Kapuzenjacke und ballte sie zu Fäusten.

»Ich dachte, die jungen Leute würden heutzutage Onlinedating betreiben. Ich dachte, nur so alte Säcke wie ich lesen noch die Zeitung.« Er senkte die Stimme und beugte sich zu mir vor. »Warum haben Sie die Kontaktanzeigen gelesen, Nearly?«

Die Hitze stieg mir den Nacken empor und in meinem Kopf begann es zu pochen. Die Metallbeine meines Stuhls kratzten über den Boden. Ich war freiwillig hierhergekommen. Ich konnte genauso gut auch wieder gehen, wenn ich wollte. Wenn ich dafür wegen Schuleschwänzens Ärger bekäme, müsste ich eben einen Weg finden, damit klarzukommen. Ich stand auf und warf mir den Rucksack über die Schulter. »Ich bin zufällig auf die Anzeigen gestoßen. Ich wollte bloß helfen.«

Ich ging zur Tür, aber die fleischige Hand des Lieutenants war schneller auf der Klinke. Er reichte mir eine Karte. Sein Gesichtsausdruck war jetzt wärmer. »Hören Sie zu«, sagte er und wartete, bis ich ihm in die Augen sah, bevor er mich die Karte nehmen ließ. »Wenn Ihnen noch etwas einfällt, wovon Sie glauben, dass es wichtig sein könnte, rufen Sie mich an. Ich will Ihnen helfen.«

Für einen Moment dachte ich, dass er das vielleicht wirklich wollte. Dass es vielleicht richtig gewesen war, hierherzukommen. Ich fasste nach der Karte, berührte dabei seine Fingerspitzen und riss sie ihm aus der Hand.

Wie eine Dunstglocke legte sich sein Misstrauen über mich. Er glaubte mir nicht. Kein bisschen.

Ich steckte die Karte ein, ohne sie anzusehen, und richtete den Blick auf die Tür. Nicholson trat zur Seite, aber sein Misstrauen blieb den ganzen Weg bis zum Ausgang an mir hängen.

• • •

Meine Erleichterung war dahin, als mir einfiel, dass ich meinen Schülerausweis nicht mitgenommen hatte. Ich ging also an den Tischen und Büros vorbei wieder zurück.

Die von dem engen, mit Leuchtstoffröhren beleuchteten Gang abgehenden Türen sahen alle gleich aus. Polizeibeamte führten zerzaust aussehende Prostituierte und ihre Vergewaltiger über den Gang. Ich hielt den Blick gesenkt und tat so, als wüsste ich, wohin ich ging. Ich konnte mich nicht mehr erinnern, aus welchem Raum ich gekommen war, also schaute ich überall hinein, wo die Tür offen stand.

Ich hörte Lachen, das lauter wurde, je näher ich einem Raum mit offener Tür kam. »Ich sehe nicht besonders viel Geld auf dem Tisch«, sagte eine Männerstimme, die aber nicht Nicholsons war.

»Ich setze mein Geld auf den Jungen.«

»Wie viel?«

Vor einem Raum, der genauso aussah wie der, in dem ich gerade noch gewesen war, blieb ich stehen. Als ich den Kopf hineinsteckte, sah ich vier uniformierte Polizeibeamte mit dem Rücken zu mir um den Tisch stehen. Mein Ausweis lag nicht darauf. Stattdessen ein Zauberwürfel und drumherum kleine Scheine. Auf einem Metallstuhl hockte Oleksa Petrenko. Seine stahlgrauen Augen blickten zwischen den blauen Uniformen hindurch in meine.

»Ich sage nichts mehr ohne meinen Anwalt«, verkündete er mit seinem harten ukrainischen Akzent. Das Lachen im Raum erstarb und vier Augenpaare richteten sich auf mich. Ich zuckte zusammen, als die Tür vor meiner Nase zuknallte.

Schnell ging ich weiter und sah in die nächsten beiden Zimmer. Wenigstens müsste ich mir keine Sorgen machen, dass Oleksa irgendwelche Gerüchte über mich in die Welt setzte. Soviel ich wusste, redete er eh mit niemandem. Und was auch immer er verbrochen hatte – inklusive mit Polizeibeamten um ihr Taschengeld zu spielen –, war ganz klar schlimmer als meine Beweggründe, freiwillig hierherzukommen.

Als ich vor der nächsten Tür stehen blieb, hörte ich Lieutenant Nicholson mit leiser Stimme reden.

»Emily Reinnerts Vater sitzt im Stadtrat. Er löchert mich die ganze Zeit mit Fragen, und wir haben *nichts*. Ich will, dass bei der Theateraufführung an der Schule heute Abend jemand in Zivil dabei ist.« Ich hörte das *Tap-tap-tap* von Plastik auf der metallenen Tischplatte. Mein Ausweis. »Und ich will, dass wir dieses Boswell-Mädchen im Auge behalten. Sie weiß mehr, als sie rauslässt. Wen haben wir in der Schule?«

Eine Frau antwortete. »Das sind alle, die in den Highschools für uns arbeiten.« Ein schweres Rumsen, so als würde ein Stapel Akten auf den Tisch geknallt. Leises Blättern.

»Nein, ich will keinen Cop«, knurrte Nicholson. »Ich will jemanden, der an das Mädchen rankommt, ohne dass mir das Dezernat für interne Ermittlungen wieder die Hölle heiß macht.«

»Wir haben einen Informanten an der West River High – Whelan«, sagte sie. »Den haben wir vor drei Wochen aus der Jugendhaft geholt.«

Kurze Stille und Rascheln von Papier.

»War dieser Whelan nicht in die Schießerei in North Hampton verwickelt?«, fragte Nicholson.

»Wir haben eine Abmachung mit ihm. Er geht weiter zur Schule und behält eine saubere Weste, und als Gegenleistung haben wir ihn als Informanten aufgenommen. Laut seiner Akte wohnt er in einem Apartment in Huntington. Die Bewährungshelferin sagt, er gehe seit dieser Woche wieder zur Schule. Sie telefoniert täglich mit ihm und trifft ihn jeden Samstag.«

Nicholson grunzte. »Und was haben wir davon, abgesehen von dem schönen Gefühl, jemandem etwas Gutes getan zu haben, und noch einer Person mehr, die von meinem Budget bezahlt werden muss?«

»Er hat eingewilligt, uns zu helfen, Lonny Johnson zu schnappen.«

Ich hielt den Atem an. Wieder Papierrascheln.

»Werfen Sie ihm einen Knochen hin. Sagen Sie ihm, er soll sich an dieses Boswell-Mädchen ranmachen, und wir streichen den tätlichen Angriff aus seiner Akte. Und stellen Sie sicher, dass er keinen Unfug treibt.«

»Wir haben ihn heute Morgen getroffen und ihn zum Reinnert-Fall befragt. Er ist ziemlich großspurig, aber scheint kein schlechter Kerl zu sein. Wir haben ihm gesagt, er soll in der Angelegenheit die Augen offen halten. Lonny verkauft wohl hauptsächlich Speed und Kokain, aber er will uns Informationen über die

Leute besorgen, die mit Special K dealen. Das Labor hat in Emily Reinnerts Wasserflasche Ketamin festgestellt.«

Tap-tap-tap ...

»Ich will mehr Informationen. Ich will, dass Whelan mir alles über Nearly Boswell besorgt, was er kriegen kann.«

Ich verzichtete auf meinen Ausweis und schlich davon.

KAPITEL 9

Er war nicht schwer auszumachen. Der Mann im blauen Anzug kam während der Aufführung bestimmt ein Dutzend Mal aus der Aula. Seine Jackettknöpfe spannten sich über etwas Unförmigem an seiner Taille. Er ging zum Wasserspender, und während er trank, ließ er den Blick zu beiden Seiten den Flur entlangschweifen. Die dünnen, über die Halbglatze gekämmten Haare fielen im Bogen nach vorn und flirteten jedes Mal, wenn er sich vorbeugte, mit dem Wasserstrahl. Wenn er sich wieder aufrichtete, blickte er auf die Armbanduhr und gähnte.

Nicholson hatte einen erbärmlichen, kurz vor der Pensionierung stehenden Cop geschickt, aber mehr war meine dünn untermauerte Theorie wohl nicht wert gewesen. Ich hatte seine wenig beeindruckende Observation jetzt seit fast einer Stunde vom Hof aus beobachtet. Es war der perfekte Ort, um alle Flure im Blick zu behalten, und gleichzeitig dunkel genug, um nicht gesehen zu werden. Nicholson hatte mich im Verdacht, und ich wollte nicht noch Öl ins Feuer gießen, indem ich meine Anwesenheit hier zur Schau stellte.

Der Cop verschwand wieder im rötlichen Licht des Theaters und ich schlich in den Vorraum, gerade als die Türen der Aula langsam zugezogen wurden. Ich zog die Anzeige hervor. Es gab nur zwei Lösungsmöglichkeiten.

Die erste – die Anspielung auf das Theaterstück und die Aufforderung, sich danach zu treffen – war offensichtlich. Aber die zweite?

Archimedes wusste, es geht nicht um das Stück.

War das Theaterstück bloß ein Lockmittel? Fand die eigentliche Tat ganz woanders statt? Irgendwo, wo Archimedes – einer der größten Mathematiker der Geschichte – sich aufhalten würde? *Zähl eins und eins zusammen* … Ich konnte nicht an zwei Orten gleichzeitig sein.

Der Polizist war bereits im Publikum, also folgte ich meinem Instinkt und schlich mich zum Mathetrakt am anderen Ende der Schule, wobei ich alle paar Meter stehen blieb und lauschte.

Ich kauerte mich unter die Treppe, von wo aus ich den Großteil des Flügels überblicken konnte, und weil ich nicht wusste, wonach ich genau suchte, wartete ich. In der Anzeige stand nur »triff mich danach«. Ich blickte zur Uhr über dem Wasserspender. Zehn. Das Stück musste jetzt zu Ende sein. *Danach* war jetzt. Ich ging noch tiefer in die Hocke, mein Atem war flach. Der Trakt lag vollkommen still da.

Der Minutenzeiger kroch langsam über das Ziffernblatt, und

mit jeder Sekunde kam ich mir idiotischer vor. Meine Knie begannen auf den kalten Fliesen zu schmerzen und ich hatte einen Krampf in der Wade. Ich verlagerte das Gewicht, streckte die Beine, blickte wieder auf die Uhr. Wahrscheinlich war das Ganze reine Zeitverschwendung. Ich wusste noch nicht einmal, ob ich am richtigen Ort war oder was ich tun sollte, wenn ich jemanden sah, oder was ich mir überhaupt vorstellte, was sich abspielen würde, aber ich dachte daran, was mit Emily geschehen war, und rührte mich nicht vom Fleck. Wenn etwas Derartiges vielleicht noch einmal passieren sollte, konnte ich meinen Verdacht nicht einfach in den Wind schlagen und gehen. Ich wünschte, dass die Zeiger der Uhr sich schneller drehten und diese Nacht vorbeiging.

Um elf war ich mir sicher, dass die Zuschauer längst alle gegangen waren. Die Theaterleute würden sich wahrscheinlich gerade noch die Schminke abwaschen und dann zur Premierenfeier gehen. Der Polizist schüttelte bestimmt den Kopf darüber, dass er wegen eines paranoiden Mädchens den Abend vergeudet hatte.

Ich trat unter der Treppe hervor, streckte mich und sah den dunklen Flur hinunter. Alle Türen waren geschlossen.

Mit einer Ausnahme. Raum 112. Mein Physikraum.

Die Tür war nur ganz leicht angelehnt, aber ich ärgerte mich trotzdem, dass es mir nicht schon eher aufgefallen war. Ich stieß die Tür auf und lauschte. Der Raum war absolut still. Und rabenschwarz. Mir stellten sich die Nackenhaare auf.

Ich tastete nach dem Lichtschalter. Die Leuchtstoffröhren flackerten und verwandelten unförmige Schatten in klare Umrisse. Stühle, die ordentlich auf Tischen standen, die sauber gewischte Tafel, der geleerte Mülleimer.

Alles, wie es sein sollte. Nichts Ungewöhnliches. Bis auf einen Stuhl.

Meiner. Er lag auf dem Boden. Umgekippt, als wäre jemand in Eile aufgesprungen. Ich ging hinüber und blickte auf den Tisch.

In das Holz waren tiefe Buchstaben geritzt.

DU HAST DIE GOLDENE KRONE VERLOREN.
VIELLEICHT KLAPPT ES JA NÄCHSTES MAL.

Ich bekam eine Gänsehaut. Die letzte Botschaft auf einem meiner Tische hatte zu einer toten Katze vor meiner Tür geführt. Und die war bloß mit Filzstift geschrieben gewesen. Diese war in wütenden Zügen geritzt, die tief genug waren, das Holz splittern zu lassen. Und dieses Mal hatte ich keinen Zweifel daran, dass die Botschaft mir galt.

Du hast die goldene Krone verloren.

Ich ging zwischen den Tischen hin und her und überlegte, was ich über Mathematik und Archimedes wusste.

Das archimedische Prinzip basierte auf der Geschichte einer goldenen Krone. Archimedes hatte seine Abhandlung *Über schwimmende Körper* geschrieben, nachdem er herausgefunden hatte, dass er das Gewicht einer Goldkrone durch das von der Krone verdrängte Wasser bestimmen konnte.

Und? Was sollte das jetzt mit irgendetwas zu tun haben? Oder mit dem Theaterstück? Was konnte die Goldkrone mit *Hamlet* zu tun haben?

Mein Gehirn arbeitete auf Hochtouren, noch schneller als mein Puls, während es alle Faktoren wegkürzte, bis nur noch ein gemeinsamer Nenner übrig blieb. Mir lief es kalt den Rücken hinunter. Es gab einen schwimmenden Körper in *Hamlet* ... Ophelia.

Ich rannte los. Meine Schritte hallten von den Wänden der endlos scheinenden Flure wider. Ich raste um die Ecke zur Sporthalle und lief in die Mädchenumkleide. Während ich außer Atem wartete, bis meine Augen sich an das schwache gelbe Licht gewöhnt hatten, fiel die Tür hinter mir zu. Dann folgte ich dem Chlorgeruch, bis der Betonboden unter meinen Füßen von Gummimatten abgelöst wurde.

Als ich bei der Tür ankam, holte ich noch einmal tief Luft, bevor ich sie langsam öffnete.

Um das Sportschwimmbecken schimmerte es dunstig und grün. Die Beleuchtung am Beckengrund brach sich im Wasser und ließ verschwommene Linien an der Decke tanzen. Ich stand da und lauschte. Die riesige Halle lag still da, als ob das Wasser alle Geräusche verschluckte – bis auf meinen unregelmäßigen Atem, den ich nicht beruhigen konnte. Ich trat langsam näher ans Becken und suchte die Tribüne nach Schatten oder Bewegungen ab.

»Marcia?«, rief ich zaghaft.

Meine eigene Stimme antwortete mir in leisen Echos.

»Marcia, bist du hier?«

Ich setzte mich auf den Beckenrand unter den Sprungbrettern. Neben mir war die Wassertiefe notiert ... 3,65 Meter. Ich blickte über das Wasser, folgte den schwarzen Linien auf dem Grund, die wie lange Fäden im Wasser waberten und die Richtung zum anderen Ende des Beckens anzeigten. Bis auf eine, die sich ganz weit hinten in einem unscharfen Schatten aufzulösen schien.

Es prickelte in meinem Nacken, als ich um die Ecke des Schwimmbeckens ging. Während ich mich näherte, wurde der Schatten größer und darüber schwebte eine dunkle Masse. Ich lief schneller und da erkannte ich, dass die dunkle Masse Strähnen schwarzer Haare waren, die wie Spinnweben über einem blassen Gesicht trieben und sich zwischen blauen Lippen verfangen hatten.

»Marcia!« Ich lief zum Beckenrand.

Ihre Augen waren geschlossen, als ob sie schliefe. Sie lag am Boden des flachen Beckenendes, mit offenem Mund und gespreizten Beinen, das große Baumwollkleid blähte sich um sie herum. Ihre grauen Finger streckten sich nach der Wasseroberfläche, ohne sie zu erreichen.

Ich ließ mich auf die Knie fallen und tauchte die Arme ins Wasser. Ihre Hand war kalt und glitschig und reagierte nicht auf meine Berührung. Ihr Kleid, das schwerelos unter der Oberfläche trieb, hing an einem Abfluss am Beckenboden fest. Ich zerrte daran, so fest ich konnte, aber das Kleid war wie ein Anker und zog ihren Körper nach unten.

»Komm schon, Marcia! Bitte!« Ich umfasste ihr Handgelenk und setzte mein ganzes Körpergewicht in Hebelkraft um. Ihr Ellbogen schrappte über den Beckenrand. Dann durchbrach ihr Kopf die Wasseroberfläche, die schweren Haare zogen den Kopf in den Nacken. Erst tauchte ihre Nase auf, danach die Augen und die Lippen. Dann war das Gesicht vollständig über Wasser, in dem fahlen Licht schimmerte es bläulich. Ich zog noch einmal, zerrte ihren Unterarm auf den Boden. Ihr Kopf fiel zur Seite und Wasser lief ihr aus dem Mund übers Kinn.

Ich flüsterte verzweifelt, flehte Marcia an aufzuwachen, flehte ihr Kleid an, nicht weiter gegen mich anzukämpfen. Aber je stärker ich zog, desto mehr entglitt sie mir. Ich blickte auf ihren Unterarm, sah, wie überdehnt ihr kraftloses Handgelenk war. Dann rutschte der nasse Ärmel zurück und ein Zeichen wurde sichtbar.

Eine Zahl.

Durch das Wasser erkannte ich eine Achtzehn, die wie ein blaues Tattoo auf ihrem Unterarm prangte. Ich hörte zu atmen auf, konnte mich nicht mehr rühren, während ihre Hand durch meine Finger glitt. Ich sah zu, wie ihr Mund und ihre Nase unter Wasser tauchten. Sah zu, wie die Zahl langsam zu Boden sank. Der Ärmel war immer noch hochgerutscht, er klemmte in ihrer Ellenbeuge fest. Die dunklen, langen Haare trieben über ihr.

Ich bedeckte meinen Mund mit meinem Ärmel und kaltes Schwimmbeckenwasser lief mir über die Brust.

Dann wurde auf einmal an den verschlossenen Außentüren gerüttelt. »Marcia? Bist du da drin?«, kamen gedämpfte Stimmen von der anderen Seite.

Ich rappelte mich auf und blickte ein letztes Mal zu Marcia hinunter, als an der nächsten Tür gerüttelt wurde, diesmal lauter. Ich hatte nur noch Minuten, wenn überhaupt, ehe die Leute durch einen anderen Eingang hereinkommen würden. Und ich konnte nichts mehr für Marcia tun. Sie war tot.

• • •

Ich lief eine Hintertreppe hinauf in den ersten Stock und versteckte mich in einer abgelegenen Mädchentoilette, wo ich mich erst einmal übergeben musste. Dann wusch ich mir das Gesicht und wrang meine Ärmel über dem Waschbecken aus. Der Föhn hätte wahrscheinlich zu viel Lärm gemacht. Ich musste unbemerkt hier rauskommen.

Jemand hatte gewollt, dass ich heute Abend hier war. Dass ich Marcias Leiche finde. Vielleicht sogar mit ihr erwischt werde.

Und dieser Jemand hatte sie markiert. Aber warum? Was hatte es zu bedeuten? Die Zahl war mit blauer Farbe auf ihren Arm geschrieben worden, die durch das Wasser weder verschmiert noch ausgeblichen war. Es war Permanent-Marker.

Sie haben ihr mit Permanent-Marker eine Zehn auf den Arm geschrieben …

Wie die Zehn auf Emilys Arm.

Wie die blaue Schrift auf meinem Tisch im Chemieraum …

TOT ODER LEBENDIG …

Ich sackte auf dem Boden zusammen.

Die Person, die die Anzeigen geschrieben hatte, kannte mich. Wusste, dass ich jeden Freitagmorgen die Kontaktanzeigen las. Die Person wusste ganz genau, wo ich hingehen würde, und hatte deswegen die Tür des Physikraums offen gelassen. Mir eine Botschaft in den Tisch geritzt und den Stuhl unten stehen gelassen, damit ich sie auch mit Sicherheit fand. Diese Person wusste, wie sie mit mir kommunizieren konnte.

Irgendwie ging es bei alldem um mich.

Ich musste hier raus. Ich schlich mich die Treppe hinunter und auf den Flur hinter der Zuschauertribüne. Blaulicht drang vom Parkplatz durch die Fenster und ich hörte gedämpfte Stimmen aus Funkgeräten. Ich drückte mich an die Wand und linste um die Ecke, lauschte auf das Chaos auf der anderen Seite.

Die Leute aus der Theatergruppe standen dicht beisammen,

während Rettungssanitäter und die Polizei sich einen Weg durch die Menge bahnten. Jeremy war wie immer einen Kopf größer als alle anderen und fotografierte mit seiner Kamera, bis ihm ein Polizist die Hand vor die Linse hielt. Ich hätte Jeremy gern auf mich aufmerksam gemacht, hätte ihn gern zu mir hinter die Wand gezogen und ihm alles erzählt. Aber neben ihm stand ein Mädchen mit dunklen Haaren, um das er jetzt den Arm legte und das er an sich drückte, während es sich mit einem Taschentuch die Augen tupfte. Anh.

Von den dunklen Fenstern zum Hof, auf dem ich vor einer Weile noch gestanden hatte, starrte mich mein Spiegelbild an. Ich war viel zu nah, viel zu leicht zu sehen. Langsam entfernte ich mich von dem Blaulicht. Als ich um die Ecke war, rannte ich los, über dunkle Flure, die ich in- und auswendig kannte. Ich blieb an jeder Tür stehen, aber alle waren verschlossen.

Als ich in der Eingangshalle ankam, war alles still. Niemand mehr da. Ich warf mich gegen die Tür und sie ging so leicht auf, dass sie außen gegen die Wand knallte. Ich wäre vor Schreck beinah in Ohnmacht gefallen. Draußen war es dunkel. Vom kühler werdenden Asphalt stieg Dampf auf. Ich zog mir die Kapuze tief ins Gesicht, aber die Polizei war so damit beschäftigt, die letzten Schüler vor der Aula zu befragen, dass keiner zu mir herübersah.

Auf dem Parkplatz standen nur noch ein paar Autos, auch Jeremys Civic. Ich musste nach Hause. Sicher würde die Polizei mich sprechen wollen oder mich zumindest ganz genau im Auge behalten. Ich hatte ein Verbrechen gemeldet, bevor es begangen wurde. Nicholson wäre bescheuert, wenn er mich nicht verdächtigen würde.

Auf einmal hatte ich das Gefühl, beobachtet zu werden. Neben einem schwachen Lichtkreis erkannte ich in der Dunkelheit eine Gestalt. Ich beschleunigte meine Schritte. Da erkannte ich Lonnys Freund, den Typen, über dessen Fuß ich auf dem Flur gestolpert war. Er lehnte an einem Motorrad und sah zu mir rüber.

Mit gesenktem Blick stahl ich mich vom Gehweg in den Schatten. Ich überquerte den Baseballplatz, wobei ich darauf achtete, nicht zu nah an den Bewegungsmeldern vorbeizukommen, und schlug den Nachhauseweg durch die Gärten rauer Viertel ein, die vielleicht noch gefährlicher waren als das, was ich gerade hinter mir gelassen hatte. Ich wollte mich nur noch unsichtbar machen. Aber ich konnte es nicht.

Er hatte mich beobachtet.

Und er hatte mich erkannt.

KAPITEL 10

Die Geschwindigkeitsbegrenzung in Sunny View lag bei unglaublichen dreißig Stundenkilometern, und die meisten Leute betrachteten die drei Stoppschilder eher als Anregung. Von unserer Treppe aus beobachtete ich den Civic, der vor jedem einzelnen Stoppschild anhielt. Ich legte für Jeremy eine kleine pantomimische Darbietung hin, indem ich genervt auf meine nicht vorhandene Armbanduhr sah. Wir würden noch zu spät kommen, dabei wollte ich heute extra früh in der Schule sein. Ich musste wissen, was die Leute Freitagabend gesehen oder gehört hatten, und die Gerüchteküche würde jetzt schon in vollem Gang sein. Jeremy lächelte mich schwach durch die Windschutzscheibe an, als er den Wagen langsam vor mir zum Stehen brachte.

Ich riss die Beifahrertür auf und stieg ein. Die Luft draußen war heiß und drückend. Ich kurbelte das Fenster hoch, und ohne ein Wort machte Jeremy die Klimaanlage an und stellte den Lüftungsschlitz auf seiner Seite zu mir rüber.

»Du hast das mit Marcia Steckler wahrscheinlich mitbekommen, oder?« Er hielt den Blick auf die Straße gerichtet. Seine Hände lagen genau auf zehn und zwei Uhr.

Ich schluckte, bevor ich antwortete. »Nein. Was ist mit ihr?«

»Sie ist Freitag nicht mehr zur Premierenfeier gekommen. Sie hatte einen ... Unfall.«

Ich starrte aus dem Fenster. Die Welt bewegte sich zu schnell, alles verschwamm. Ich schloss die Augen. »Was ist passiert?«

»Die Polizei hat sie gefunden ... im Schwimmbecken.«

Ich gab mir Mühe, mit fester Stimme zu sprechen, um mich nicht zu verraten. An dem Abend hat mich nur eine einzige Person gesehen, aber das war schon eine zu viel. Ich wollte nicht, dass Jeremy für mich lügen musste, sollte die Polizei ihm Fragen stellen. »Geht es ihr gut?«

»Sie ist tot, Leigh«, sagte er vorsichtig, als würde er mir etwas Zerbrechliches in den Schoß legen. »Ich hätte es selbst nicht geglaubt, wenn Anh und ich nicht mit eigenen Augen gesehen hätten, wie sie rausgetragen wurde.«

Anh und ich. Ich biss mir auf die Unterlippe und eine zurückgehaltene Träne rollte mir über die Wange. Sie war für Marcia, aber auch für mich. Ich steckte ernsthaft in Schwierigkeiten. Und Jeremy hatte den Freitagabend mit Anh zusammen verbracht. Als ich ihn gebraucht hätte. Als er mit mir hätte zusammen sein sollen.

»Hattet ihr ein Date oder was?« Sie hatten mich noch nicht mal gefragt, ob ich mitkommen wollte. Ich hatte noch nicht mal Nein sagen können. Er war mit ihr ins Theater gegangen. Hatte den Arm um sie gelegt. Und er hatte es mir nicht erzählt, weil er nicht wollte, dass ich es wusste. Weil sie mich nicht dabeihaben wollten.

»Ein Date? Anh und ich? Nein.« Er zog die Nase kraus. Die Brille rutschte herunter und er schob das Drahtgestell mit dem Zeigefinger wieder hoch. Eine nervöse Angewohnheit von ihm. »Warum?«, fragte er. »Würde es dir was ausmachen?«

Ich antwortete nicht, aus Angst, ich könnte etwas sagen, was ich hinterher bereute. Etwas, das ihm zu sehr wehtun würde, als dass ich es wiedergutmachen könnte.

»Natürlich nicht«, murmelte er vor sich hin.

Die Stille war schwer erträglich.

»Ich sollte einen Bericht über das Stück schreiben«, sagte er schließlich und seine Stimme klang müde. »Für die Schulzeitung. Anh war bloß ... mit mir da.«

Anh war mit mir da.

Und ich war es nicht, sollte das anscheinend heißen. Ich wollte ihm sagen, dass ich sehr wohl da war. Dass ich *alles* gesehen hatte. Dass ich Marcias blaue Finger berührt hatte. Dass ich ihre kalte Hand gehalten und sie angeschrien hatte, dass sie aufwachen sollte, während er meinte, Anh trösten zu müssen. Aber ich konnte ihm nichts sagen.

Er fuhr auf den ihm zugewiesenen Parkplatz, zog die Handbremse an und den Schlüssel aus dem Zündschloss. Wir hörten zu, wie der Motor abkühlte, und als die Spannung zwischen uns nicht mehr auszuhalten war, nahm ich seine Hand.

Seine Haut brannte vor Sorge. Er schmeckte nach Magensäure und roch nach Schweiß. So hatte Jeremy sich schon seit Jahren nicht mehr angefühlt. Normalerweise konnte ich spüren, wie die Tabletten seine düstere Stimmung dämpften und nur einen leicht scharfen Nachgeschmack hinterließen. Aber heute war Jeremys

Sorge so bitter, dass ich hätte würgen können. Sie war pur und ungefiltert. »Du nimmst deine Tabletten nicht mehr.« Es sollte eigentlich eine Frage sein, aber ich wusste es mit absoluter Sicherheit.

»Mir geht's gut«, sagte er, ohne mich anzusehen.

»Dir geht's nicht gut. Das weiß ich. Du lässt deine Sitzungen ausfallen und nimmst deine Medikamente nicht mehr. Warum?«

Er antwortete nicht. Strich sich bloß die dünnen blonden Haare zurück, die ihm schweißnass an der Schläfe klebten.

»Hat es etwas mit Anh zu tun?«

Er sah mich genervt an. »Können wir das Thema einfach lassen?«

Ich nickte kurz. Wenn er mir nicht mitteilen wollte, was in ihm vorging, würde ich ihn nicht drängen. Aber ich konnte das Gefühl nicht abschütteln, dass diese ganzen unbeantworteten Fragen zwischen uns, die für sich allein vielleicht unbedeutend schienen, sich zu etwas Unüberwindbarem anhäufen würden.

Widerwillig ließ ich seine Hand los. Wir blickten beide geradeaus. Die Sporthalle starrte zurück. Die Türen waren mit gelbem Absperrband zugeklebt.

»Warum ist die Sporthalle abgesperrt?«

Jeremy zuckte die Achseln. »Die Polizei glaubt nicht, dass Marcia Selbstmord begangen hat. Sie stand unter Drogen, als sie ertrunken ist. Ich hab die Funkgespräche Freitagabend auf dem Parkplatz mitgehört. Es heißt, es war vermutlich Mord.«

Vermutlich. Da gab es nichts zu vermuten. Sie wurde ermordet und dort für mich liegen gelassen. »Gibt es irgendeinen Verdacht, wer es war?«, fragte ich und legte noch etwas mehr auf meinen wachsenden Lügenberg.

»Ich weiß es nicht.«

»Hat irgendwer was gesehen?«

»Ich hab gesagt, ich weiß es nicht«, fuhr er mich an.

»Was bist du eigentlich für ein lausiger Reporter?«, schnauzte ich zurück. Die Schärfe seiner düsteren Stimmung haftete mir immer noch an. Ich hatte bloß sarkastisch sein wollen, aber so, wie es herauskam, hörte es sich eher frustriert und abwertend an. Vielleicht, weil ich mich selbst auch so fühlte.

Er stieg aus.

»Hey«, rief ich ihm hinterher, während ich ebenfalls aus dem Auto stieg, doch er ging weiter. Ich hatte ihn nicht verletzen wollen, aber er war so angespannt, so nervös ohne seine Medikamente. Ich hätte vorsichtiger mit ihm sein müssen. Das war blöd von mir. Ich hätte ihn gar nicht erst berühren sollen. »Könntest du mal stehen bleiben und mich ansehen?« Ich wollte ihm nur noch mal ins Gesicht blicken. Er blieb stehen und seufzte unübersehbar, bevor er sich umdrehte. Wir starrten uns übers Autodach hinweg an. Ich steckte die Hände in die Hosentaschen und senkte die Stimme. »Was auch immer es ist, du kannst es mir erzählen«, sagte ich und fühlte mich dabei ganz schön scheinheilig. Hier stand ich also und erwartete von ihm, dass er mit mir teilte, was in seinem Kopf vor sich ging, dabei war ich selbst nicht bereit, es zu tun. Er sagte nichts, und ich drängte ihn nicht. Ich hatte kein Recht dazu.

Stattdessen sagte ich, was in meinem Herzen vor sich ging. »Ich hab dich lieb, J. Das weißt du doch, oder?«

Er dachte einen Augenblick nach, dann sagte er: »Wir sehen uns beim Essen?« Und ohne meine Antwort abzuwarten, ging er.

KAPITEL 11

Die Klingel läutete zum Ende der siebten Stunde, Rankins letztem Chemiekurs heute. Ich stand vor dem Anschlagbrett, wartete darauf, dass der Raum sich leerte, und starrte auf mein letztes Testergebnis. Das, welches die Lücke zwischen Anh und mir noch vergrößerte und ihr die einsame Führung sichern würde. Die Gesamtergebnisse würden zwar erst am Freitag veröffentlicht, aber man musste kein Mathegenie sein, um sich auszurechnen, was diese neunundvierzig Punkte aus meiner Note machen würden.

Als der letzte Schüler den Raum verlassen hatte, ging ich hinein und ließ mich auf meinen Stuhl fallen. Warum war ich eigentlich hier? Marcia war tot, und durch Wunschdenken würde sie auch nicht zurückkommen. Allein fürs Auftauchen gab es keine Punkte fürs Stipendium.

Ohne ein Wort zu sagen, legte Rankin meinen Test vor mich hin.

Ich starrte darauf. Beziehungsweise hindurch. Auf die blaue Schrift auf meinem Tisch. Die Worte TOT ODER LEBENDIG waren sogar durch das Papier zu sehen. Sie waren leider keine verblassende Erinnerung, sondern vielmehr ein Versprechen, das es mir unmöglich machte, an irgendetwas anderes zu denken.

Rankin tippte mit seinem Stift auf meinen Test. »Ich hatte ein spannenderes Rennen erwartet. Sie lassen Anh davonpreschen. Und TJ ist nicht mehr weit hinter Ihnen.«

Statt durch das Blatt sah ich jetzt darauf. Lauter blaue Anmerkungen, wo mir für blöde Fehler Punkte abgezogen worden waren. Die blaue Farbe. Rankins Standard-Permanent-Marker. Den wir alle hatten. Jeder Chemieschüler. Genau die gleiche Farbe, die über meinen ganzen Test gekritzelt war. Über meinen ganzen Tisch. Auf Marcias Arm. Emily hatte eine Zehn. Marcia eine Achtzehn. Aber warum? Worin bestand der Zusammenhang? Die Botschaft, die in meinen Tisch im Physikraum geritzt war, deutete darauf hin, dass es noch mehr geben würde.

Vielleicht klappt es ja nächstes Mal.

»Ich weiß, was Sie denken«, sagte Rankin, »aber Sie haben immer noch vier Wochen Zeit, und das Stipendium hängt von der Gesamtnote ab.«

Ich nickte. Das größte Stipendium in der Geschichte der West River High – 25.000 Dollar für gute Noten und gemeinnützige Arbeit. Sehr gute Noten in Chemie und fünf Stunden ehrenamtliche Arbeit die Woche ... und voilà! Ein fettes Uni-Stipendium. Jedes Jahr für einen glücklichen Schüler oder eine glückliche Schülerin, bis das Geld alle war.

Das hier war mein Jahr. Meine einzige Chance, hier rauszukommen.

Und ich war dabei, sie zu verbocken.

»Nun«, sagte Rankin bestimmt, »wir können es nicht riskieren, dass Sie mit Ihrer gemeinnützigen Arbeit ins Hintertreffen geraten. Die Sache mit Marcia ist äußerst beunruhigend, und ich weiß, dass es nicht leicht ist, aber Sie dürfen sich durch diesen Verlust nicht zu lange ablenken lassen. Sie haben so hart gearbeitet und ich fände es sehr bedauerlich, wenn Sie so kurz vor Schuljahrsende den Anschluss verlieren würden.« Er tätschelte mir leicht die Schulter. Die Berührung kam völlig unerwartet, und ich musste mir auf die Lippe beißen, um nicht zusammenzuzucken. Ich war froh über die Barriere aus Stoff zwischen uns. Ich wollte Rankins Enttäuschung nicht spüren. Oder sein Mitleid. »Ich muss zu einer Konferenz«, sagte er mit einem Blick auf die Uhr und trottete zu seinem Tisch. »Ich habe mir erlaubt, einen neuen Nachhilfeschüler für Sie zu bestellen ...« Zögernd hob er eine Augenbraue. »Wenn Sie sich dem gewachsen fühlen.«

Ich nickte wieder.

»Gut. Er wird gleich kommen. Er braucht Nachhilfe in Grundlagen der Chemie.« Er nahm einen Stapel Bücher von seinem Pult und murmelte: »Ganz von Anfang an ...«

Als Rankin gerade zur Tür hinausging, kam jemand anderes herein. Die beiden tanzten unbeholfen umeinander und grüßten sich höflich. Rankin presste sich seinen Stapel Bücher an die Brust und ein kleiner, dicker Junge drückte sich an ihm vorbei. Ich unterrichtete Teddy Marshall eigentlich donnerstags und wunderte mich, ihn jetzt schon zu sehen. Sein Förderunterricht fand in einem kleinen Flügel ganz am anderen Ende der Schule statt und wir sahen uns nur äußerst selten mal außerhalb unserer wöchentlichen Nachhilfestunden. Er strahlte, seine kleinen Augen hinter den dicken Brillengläsern glänzten und seine Zunge lugte durch die Lücken zwischen den Zähnen.

»Hey, Leigh!«

Ich zwang mich zu einem kleinen Lächeln, aber mehr bekam ich nicht hin. »Hey, Teddy«, sagte ich und gab mir Mühe, ihm zuliebe fröhlich zu wirken.

Er streckte mir die pummelige Faust entgegen und führte mich durch einen komplizierten Handschlag, wobei wir mehrmals die Fingerknöchel der geschlossenen Faust gegeneinanderstießen und die offenen Handflächen aufeinanderschlugen und ich Probleme hatte mitzukommen, was ihn zum Lachen brachte. Teddy war jemand, der die Leute gern berührte, und ich hatte nie versucht, ihn davon abzuhalten. Seine Freude schmeckte wie warmer Honig auf meiner Zunge.

»Was machst du hier?«, fragte ich und hatte das Gefühl, als würde sich eine schwere Wolke verziehen. »Ich dachte, du wärst mein Donnerstags-Date?«

»Ja, ich bin dein Date für donnerstags, genau. Aber Donnerstag muss ich zum Kardiologen, also kann ich da nicht.«

»Oh.« Ich kratzte mich am Kopf, als mir Rankins Bemerkung – »ganz von Anfang an« – wieder einfiel. »Dann bist du also statt Donnerstag heute da?«

»Nee.« Er steckte die Daumen unter die Riemen seines Rucksacks und wippte vor und zurück. »Heute hab ich Fußball. Wir müssen uns für wann anders verabreden.«

»Fußball?« Ich dachte kurz nach. Das war die Gelegenheit, in Erfahrung zu bringen, was ich Jeremy heute Morgen im Auto nicht fragen konnte. Teddy war Balljunge, er kannte wahrscheinlich jeden einzelnen Spieler aus unserem Team. Anh hatte gesagt, die Polizei glaube, dass Emilys Zahl etwas mit der Fußballmannschaft zu tun hatte. Dass sie vielleicht mit einer Trikotnummer zusammenhing. »Weißt du, wer die Nummer achtzehn ist?«

Teddy kratzte sich am Kopf und blinzelte. »Wir haben keine Nummer achtzehn.«

»Was ist mit North Hamptons Team?«

Er dachte kurz nach. »Die auch nicht.«

So viel also dazu. *Vielleicht klappt es ja nächstes Mal.* Der Gedanke, dass es ein nächstes Mal geben würde, gefiel mir gar nicht, und auch nicht, dass ich noch bis Freitag würde warten müssen, um einen nächsten Hinweis zu finden.

»Ist alles okay, Leigh?« Teddy sah mich besorgt an.

»Alles okay.« Ich schüttelte das Bild von Marcia auf dem Grund des Schwimmbeckens ab und holte meinen Kalender hervor. »Diesen Freitag geht es nicht. Da haben wir den Ausflug zum Vergnügungspark und sind schon zum Karussellfahren verabredet. Wie wäre es mit dem Freitag danach?«

Teddy nahm den Rucksack ab und holte eine Einverständniserklärung hervor, deren Ränder mit Sternen und Raumschiff-Bildchen verziert waren. Der untere Teil für die Unterschrift der Eltern war schon abgeschnitten, sodass der Zettel jetzt nur noch die Information zum Ausflug ins Museum für Luft- und Raumfahrt enthielt. »Nächsten Freitag geht Mrs Smallwood schon mit uns ins Smithsonian. Ich hab gefragt, ob ich meine Freundin mitbringen kann, aber sie meinte, es ist nur für Kinder mit besonderen Bedürfnissen.« Er zwinkerte mir zu. »*Ich* finde ja, du bist ziemlich besonders, aber sie sagt, du kannst nicht mitkommen.«

Ich wuschelte ihm durch die Haare und mir ging das Herz auf. »Mach dir deswegen keine Gedanken. Ich rede mal mit Mr Rankin. Wir sehen uns dann am Karussell.«

Teddy strahlte mich an und lief davon. Den Flyer mit dem Ausflug zum Museum hatte er liegen gelassen.

»Teddy, du hast deinen ...«, rief ich ihm hinterher, doch dann fiel mir auf, dass auf der Rückseite auch noch etwas stand. Ort und Zeit unserer Verabredung zum Karussellfahren am Freitag. Daneben waren zwei Strichmännchen, die Händchen hielten. Sie trugen beide eine Brille und eines hatte gekräuselte Haare. Ich biss mir auf die Unterlippe und musste trotz meiner miesen Laune lächeln. Als ich von der Zeichnung aufsah, war Teddy weg.

Ich ließ mich wieder auf den Stuhl sinken und legte den Kopf auf die Tischplatte. Hinter meinen Augen kündigten sich leichte Kopfschmerzen an. Ich konnte es mir nicht leisten, auch nur eine einzige Stunde gemeinnütziger Arbeit ausfallen zu lassen, und ich verlor meine Nachhilfeschüler einen nach dem anderen. Ich roch die Farbe des Permanent-Markers auf meinem Test, und es fühlte sich an wie Salz in der Wunde.

Ich wusste nicht, wie lange ich so dagelegen hatte, als jemand ins Leuchtstoffröhrenlicht trat und einen langen Schatten auf meinen Tisch warf. Der strenge Geruch von Leder stieg mir in die Nase und ich hob den Kopf.

Lonnys Freund stand vor meinem Tisch und starrte auf meinen Test. Die Haare fielen ihm ins Gesicht. Die rechte Augenbraue war mit zwei Silberringen gepierct, darunter lagen dieselben unverwandt dreinblickenden blauen Augen, die Freitagabend beobachtet hatten, wie ich aus dem Schulgebäude gekommen war.

Ich setzte mich aufrechter hin. Niemand sonst hatte mich gesehen. Er konnte nicht beweisen, dass ich da war. Ich hatte nichts zu befürchten. Ich drehte meinen Test um und zog ihn weiter zu mir heran. Er verstand die Andeutung nicht.

»Kann ich dir irgendwie helfen?«

Er betrachtete mich eingehend. Fing mit meinen Haaren an, die ich am Hinterkopf zu einem strengen Knoten gebunden hatte. Unbeeindruckt wanderte sein Blick weiter nach unten und hielt bei meinem zwei Nummern zu großen T-Shirt inne. Die Ärmel gingen mir bis zu den Ellbogen, aber fühlten sich auf einmal an, als könnten sie gar nicht lang genug sein. Ich verschränkte die Arme.

»Du bist Nearly?« Seine Stimme war tief und rau. Das passte zu ihm.

»Was willst du?« Ich konnte mir nicht vorstellen, dass er gekommen war, um sich zu entschuldigen.

Er blickte auf die Uhr. »Es ist drei. Ich bin hier.«

»Und?«

Er verzog den Mund zu einem Grinsen. »Du sollst mir Nachhilfe geben. Rankin hat gesagt, ich soll um drei hier sein.«

Auf gar keinen Fall.

Sein Blick bohrte sich in meinen und zwischen uns lief ein ganzes Gespräch ab, bevor auch nur einer von uns beiden blinzeln konnte.

»Da hat Rankin sich wohl vertan.« Ich nahm mein Buch und war entschlossen, eine andere Möglichkeit zu finden, *irgendeine* andere, meine gemeinnützige Arbeit abzuleisten.

»Kein Problem.« Er zuckte die Achseln und sah mir zu, wie ich mich mit meinen Büchern abmühte. »Was ist mit morgen?«

»Schon verplant«, sagte ich, ohne aufzublicken.

»Mittwoch?«

»Hab ich Geometrie mit Kylie Rutherford.«

»Donnerstag?«, fragte er mit einem sarkastischen Unterton, der mich erst recht nervös machte.

Ich zog den Reißverschluss meines Rucksacks zu.

»Lass mich raten. Donnerstags wäschst du dir die Haare?« Er streckte die Hand aus, um nach einer losen Strähne zu greifen. Mein ganzer Körper versteifte sich, und irgendetwas ließ ihn zögern. Ein paar Zentimeter vor meinem Gesicht hielt er inne, und langsam fing er an zu grinsen. Er beugte sich über den Tisch und senkte die Stimme. »Oder hast du donnerstags Schwimmen?«

Ich konnte nichts sagen. Von Nahem waren seine Augen von erstickender Tiefe. Ich musste wieder an Marcias lebloses blaues Gesicht denken. Er war viel zu nah, er hatte viel zu viel gesehen, und in meinen Gedanken herrschte totales Chaos.

»Nein!« Ich sagte es laut genug, dass ihm das Grinsen verging. Ich räusperte mich und versteckte die Hände unterm Tisch. Er sah ihnen hinterher. »Donnerstags gebe ich Teddy Marshall Nachhilfe.«

Mit einem leichten Lächeln schüttelte er den Kopf, so als fände er mich unterhaltsam. »Verstehe. Du bist ziemlich gefragt.« Er schob mir über den Tisch etwas zu. »Vielleicht mal ein paar Stunden nach der Schule?«

Ich wartete, bis er die Hand zurückgezogen hatte, bevor ich nach dem Stück Papier griff. Eine Telefonnummer. Seine Nummer. Ich schob sie zurück und er legte die Hand über meine, sodass die Nummer zwischen uns gefangen war. Ich schnappte nach Luft, als seine Gefühle in mich hineinkrochen. Er war mir gegenüber misstrauisch. Und gespalten. Schuldgefühle und Selbstzweifel köchelten dicht unter der Oberfläche, unter dieser Fassade von überheblicher Selbstsicherheit, die er sich wie eine Lederhaut übergestreift hatte.

Ich riss meine Hand zurück und ließ seine Nummer fallen. Er hatte sie mir sowieso nicht geben wollen. Ich hatte auch sein Bedauern gespürt. »Wie heißt du?«

»Reece.« Er sah mich skeptisch an, dann streckte er die Hand aus. »Reece Whelan.«

Ich nahm sie nicht. Ich sah ihn an, während mein Gehirn versuchte, eine Erinnerung zu fassen zu kriegen.

Er steckte die Abfuhr locker weg. »Dann bist du also dabei?«

Whelan ... Wir haben einen Informanten an der West River High ... Ich will, dass Whelan mir alles über Nearly Boswell besorgt, was er kriegen kann.

Ich stand auf, schnappte meinen Rucksack und lief schnell zur Tür. Nein, ich war ganz sicher nicht dabei.

KAPITEL 12

Als ich am nächsten Morgen meinen Spind öffnete, fielen ein Stoß Papier und ein rosafarbener Zettel aus den Luftschlitzen. Der rosa Zettel war von Rankin, der mir mitteilen wollte, dass ich diese Woche zwei Nachhilfestunden verschieben müsste, für Teddy Marshall ... und Reece Whelan.

Der Stoß Papier war einmal gefaltet und zusammengepresst worden, um überhaupt durch den Luftschlitz zu passen. Ich blätterte ihn auf. Es war das herausgerissene erste Kapitel aus dem Lehrbuch *Grundlagen der Chemie*. Auf der ersten Seite stand in eckigen blauen Buchstaben:

ICH BRAUCHE DICH ... BITTE. RW

Ich zerknüllte die Seiten und warf sie in meinem Spind auf den Boden. Reece Whelan konnte es vergessen. Er arbeitete für Nicholson. Auf keinen Fall würde ich zulassen, dass er sich an mich hängte und alle Einzelheiten meines miserablen Lebens bei der Polizei ausplauderte, nur damit er seine »Du kommst aus dem Gefängnis frei«-Karte behalten durfte.

Es klingelte zur ersten Stunde. Noch fünf Minuten bis zum zweiten Klingeln, kaum genug Zeit, um das ganze Schulgebäude zu durchqueren und in den zweiten Stock zu gelangen. Wenn ich über den Hof ginge, wäre ich ein paar Sekunden schneller. Ich drehte mich zum Gehen und prallte gegen eine Wand aus schwarzem T-Shirt-Stoff.

Mein Puls schnellte in die Höhe. Ich lehnte mich gegen den Spind und fuhr ihn an: »Schleichst du dich immer so an?« Ich duckte mich, um an ihm vorbeizukommen. Er war mir mal wieder viel zu nah.

»Hey, warte doch.« Er fasste nach meiner Hand und fluchend zog ich sie zurück. Sein plötzlicher Schwall von Gefühlen war so bitterkalt, als hätte mir jemand Eiswürfel hinten ins T-Shirt gekippt.

»Was ist denn los?« Er senkte die Stimme. »Es tut mir leid. Ich weiß zwar nicht, was ich gesagt habe, dass du gestern so wütend geworden bist, aber wenn du nach der Schule nichts zusammen machen willst, kein Problem. Ist in Ordnung.«

Ich holte tief Luft und tat es als Ungeduld ab. Und dann nahm ich seinen Geruch wahr. Ein würziger maskuliner Seifenduft vermischt mit dem Geruch seiner Lederjacke, was zusammen etwas Warmes, Verlockendes ergab. Ich massierte mein Handgelenk. »Nichts ist in Ordnung. Lass mich einfach in Ruhe.« Ich drängte mich an ihm vorbei, wobei ich darauf achtgab, ihn nicht zu berühren, und lief los.

Er kam mir hinterher, und ich musste mich ziemlich beeilen,

um von seinen langen Schritten nicht eingeholt zu werden. Er war beinah so groß wie Jeremy.

»Hey«, sagte er vorsichtig. Ich konnte regelrecht hören, wie er sich zurückhalten musste. »Könntest du ein bisschen langsamer gehen?«

»Nein.«

»Warum nicht?« Er brauchte eh nur einen Schritt zu machen, wenn ich drei machte. Ich schlüpfte zwischen kuschelnden Pärchen hindurch, drängte mich durch Gruppen breitschultriger Sportskanonen. Doch er ließ sich nicht abschütteln. Der Strom der uns entgegenkommenden Leute teilte sich für ihn wie durch umgekehrten Magnetismus.

»Ich bin spät dran«, sagte ich.

»Na und?«

»Vielleicht ist es für dich ja egal. Du kannst das Jahr einfach noch mal wiederholen. Aber es gibt Leute, die versuchen, ein Stipendium zu bekommen.«

Reece lief inzwischen neben mir. »Ich will das Jahr nicht wiederholen. Deswegen habe ich dich ja gebeten, mir Nachhilfe zu geben.«

Ich warf ihm einen verstohlenen Blick zu. Er war rasiert und hatte sich ordentlich gekämmt.

»Und ich werde dir keine Nachhilfe geben. Was ich dir gestern schon gesagt habe.«

Er murmelte etwas vor sich hin und fuhr sich frustriert durch die Haare.

»Können wir nicht noch mal von vorn anfangen? Ich weiß nicht, was ich getan hab, dass du so sauer auf mich bist. Ich hab mich doch bloß vorgestellt und um deine Hilfe gebeten.«

»Ja«, sagte ich und dachte an meinen Besuch auf dem Polizeirevier. »Ich weiß, wie sich das anfühlt.«

»Was soll das denn jetzt heißen?«

»Ach, vergiss es.«

»Okay, ich fang noch mal von vorn an.«

»Dann viel Erfolg«, murmelte ich.

Er lächelte verführerisch und sagte: »Freut mich, dich kennenzulernen, Nearly.«

»Nenn mich nicht so.«

»Wie?«

Ich stapfte an der Tür zur Bibliothek vorbei, die die Hälfte der Strecke zum Unterrichtsraum markierte. Ich wäre gern schneller gelaufen, aber meine Beinmuskeln brannten bereits und ich hatte Seitenstechen. Mit den Händen in den Taschen boxte ich mich mit den Ellbogen durch die Menge.

»Leigh. Du kannst mich Leigh nennen.«

»Leigh?« Er war kein bisschen außer Atem. »Warum? Magst du deinen Namen nicht?«

Ich verdrehte die Augen. »Ich versuche nur, mich anzupassen.« Was ein Drogenfahnder doch sicher verstehen konnte. »Und fürs Protokoll: Nein, ich mag meinen Namen nicht.«

»Okay, Leigh«, sagte er. »Kann ich dich mal was fragen?«

In zwei Minuten würde diese Unterhaltung vorbei sein und ich würde in einem Unterrichtsraum verschwinden, zu dem er keinen Zutritt hatte. »Was?« Ich behielt mein Tempo bei und nahm zwei Stufen auf einmal.

»Warum hasst du mich so sehr?«

»Ich hasse dich nicht.«

»Na ja, ganz offensichtlich magst du mich nicht.«

»Das ist nicht wahr«, sagte ich. »Um dich nicht zu mögen, müsste ich dich erst einmal kennen, und ich kenne dich kein Stück.«

»Genau!« Er schnitt mir mit einem großen Schritt den Weg zum Naturwissenschaftsflügel ab. »Ich würde dich gern besser kennenlernen. Warum machst du es mir so schwer?«

Ich versuchte, um ihn herumzugehen, aber er ließ mich nicht vorbei. »Dass es leicht werden würde, stand bestimmt auch nicht im Aufgabenprofil.« Ich zuckte zusammen und tadelte mich innerlich selbst dafür, es laut ausgesprochen zu haben. Ich sollte einfach weitergehen, ihn ignorieren, und dann würde er schon das Interesse verlieren. Aber er blieb hartnäckig. Und auch wenn es blöd von mir war, konnte ich nicht anders, als darauf zu reagieren.

Er schüttelte den Kopf. »Ich verstehe dich einfach nicht. Ich kann dir echt nicht folgen.«

»Ach was. Du folgst mir doch die ganze Zeit. Und ich hätte gern, dass du damit aufhörst!«

Ich blickte auf die Uhr hinter ihm. Ich hatte noch dreißig Sekunden Zeit, dieses Gespräch zu beenden und meinen Hintern in den Unterrichtsraum zu bewegen. Ich fühlte die neugierigen Blicke der Leute um uns herum. »Das ist reine Zeitverschwendung«, murmelte ich.

Seine Kiefer mahlten und beleidigt sah er mich an. »Was soll das heißen? Willst du damit sagen, ich bin zu blöd für Chemie?«

»Geh mir aus dem Weg!«

»Nicht, bis du mir sagst, warum es Zeitverschwendung ist, mir zu helfen.« Ich konnte seinen Pfefferminzatem riechen. Wen versuchte er hier eigentlich zu beeindrucken?

»Meinst du das ernst?« Ich warf die Hände in die Luft. »Den einen Tag trittst du meine Bücher über den Flur, und das nächste Mal gibst du mir deine Nummer. Was glaubst du eigentlich, wer du bist?«

Der Blick seiner dunklen Augen wanderte zwischen meinen Augen hin und her.

»Was soll ich sagen?« Er hob kapitulierend die Hände. »Du hast recht. Es ist kein Geheimnis, wo ich war. Ich hab ein paar ziemlich beschissene Sachen gemacht und ein ganzes Halbjahr im Jugendknast verbracht. Wahrscheinlich bin ich deine Zeit wirklich nicht wert.« Er stützte die Hände locker in die Hüften, blickte sich verstohlen um und senkte die Stimme. »Aber ist das nicht ein bisschen scheinheilig von dir?«

Ich versteifte mich und warf nervöse Blicke auf die vorbeieilenden Leute. »Was meinst du damit?«

Er antwortete mit einem tiefen Knurren, seine Stimme war kaum mehr als ein Flüstern. »Ich weiß, wo du wohnst. Wie deine Mutter ihr Geld verdient. Das ist ja auch kein Geheimnis. Aber warum ist es für dich okay, wenn du versuchst, etwas aus deinem Leben zu machen, für mich aber nicht?«

Ich hatte erwartet, dass er auf Freitagabend anspielen würde – wie ich mich wagemutig vom Ort des Verbrechens entfernt hatte –, nicht auf meine Mutter. Ich wusste nicht, was von beidem schlimmer war.

»Rankin sagt, du musst mir Nachhilfe geben, um eine Chance auf das Stipendium zu haben.«

»Ich muss gar nichts«, fuhr ich ihn an. Aber Reece hatte recht. Wenn ich mich weigerte, ihn zu unterrichten, würde ich Minusstunden machen. Die Tür zu meiner Zukunft würde zufallen wie der Deckel eines leeren Koffers, und mein Ticket raus aus Sunny View wäre dahin. Ich würde ewig dort festhängen. Seufzend betrachtete ich das Tattoo, das sich um seinen Arm wand, und die Piercings in seiner Augenbraue. Ich bereute bereits, worauf ich mich gleich einlassen würde.

»Was?« Sein Mund formte sich zu einem verführerischen Grinsen. »Sehe ich gefährlich aus?«

»Das könnte man wohl so sagen.« Ich wandte den Blick ab.

»Ich will doch nur Chemie bestehen. Bitte.«

Nur Chemie zu bestehen war zwar nicht alles, was er wollte, aber Rankin hatte mich in eine Zwickmühle gebracht. Whelans Augen weiteten sich, als spürte er, dass er doch eine Chance hatte. Sie waren jetzt heller, sein Lächeln wärmer – und gefährlich genug, dass ich alles andere vergaß, sogar Marcia. »Also, was sagst du? Treffen wir uns nach der Schule?«

Ich biss mir auf die Lippe. Nicholson hatte das hier ausgeheckt, damit Reece Whelan mir nachspionieren konnte. An mich herankommen konnte. Informationen bekam. Aber ich hatte mir nichts zuschulden kommen lassen, also war es doch eigentlich vollkommen egal. Vielleicht war der Schnüffler vor meiner Nase auch die Lösung. Wenn er erst einmal herausgefunden hatte, dass ich einfach nur eine langweilige, ganz gewöhnliche Person mit einem ganz gewöhnlichen Leben war, würde er genau das Nicholson erzählen. Mich mit Reece anzufreunden könnte mir vielleicht die Polizei vom Hals halten.

»Nur Chemie«, versprach er und hob gespielt unterwürfig die Hände.

Genau. Nur Chemie. Letztendlich war das die unbestreitbare Wahrheit, auf die es hinauslief. Reece Whelan hielt mein Stipendium in seinen aalglatten Lügenfingern.

»Okay«, sagte ich, bevor ich es mir anders überlegen konnte. »Vier Uhr.«

Er warf mir ein selbstzufriedenes, strahlendes 100-Watt-Lächeln zu und wandte sich zum Gehen.

»Ich hoffe, du bist es wert«, rief ich ihm, ohne nachzudenken, hinterher.

Reece blieb stehen, und als er sich zu mir umdrehte, war sein Lächeln verschwunden.

• • •

Ich nahm mein selbst mitgebrachtes Mittagessen mit in die Bibliothek und ging nach hinten zu einem kleinen Tisch. Jeremy saß an unserem üblichen Platz über sein iPad gebeugt. Vor ihm auf dem Tisch waren mehrere große Karten ausgebreitet. Ich ließ meinen Rucksack mit einem dumpfen Knall auf den Boden fallen.

»Wo warst du nach der ersten Stunde?«

»Warum? Hast du mich vermisst?«

»Natürlich.«

»Und ich hab immer gedacht, du würdest mich nur wegen der Twinkies mögen.« Ein leichtes Lächeln formte sich auf seinen Lippen und ich war froh, dass die Spannung vom Vortag offenbar verflogen war. Er blickte von seinem iPad auf eine der Karten und umkringelte mit einem gelben Textmarker sorgfältig einen Punkt. »Kannst du mir noch mal verraten, warum wir das hier machen?«

»Weil ich sonst den Sommer nicht überstehen würde.«

»Bis Syracuse sind es nur sechs Stunden. Ich hab ein Auto.«

»Und ich nicht. Deswegen müssen wir einen Weg finden, die Wochenenden zusammen zu verbringen, wenn du dein Praktikum machst.«

Er stützte das Kinn auf. »Ich hab 'ne bessere Idee. Ich mach das Praktikum einfach nicht.«

»Soll das ein Witz sein? Dieses Fotojournalismus-Programm ist doch die perfekte Gelegenheit für dich!«

»Es ist in Syracuse. Ich will nicht auf der Syracuse University landen. Meine Mutter will das.« Weil es weit weg war. Weil es einfacher war, jemanden fortzuschicken, als ständig den Schmerz zu sehen, den man ihm verursacht hat.

»Ist es nicht egal, was deine Mutter will? Syracuse ist eine tolle Uni.« Und eine Möglichkeit, endlich von seinem Vater wegzukommen. »Es wäre ganz schön dumm, die Gelegenheit, einen Sommer auf dem Campus zu verbringen, einfach in den Wind zu schlagen. Du hättest schon einen Fuß in der Tür, wenn du dich im Herbst bewirbst.«

»Ich gehe nicht nach Syracuse.« Er warf den Marker auf die Landkarte. Es war eine Regionalkarte von Maryland, Washington, D.C. und Virginia. Er hatte alle Unis umrandet, für die ich mich bewerben wollte.

Ich hätte mich eigentlich nicht darüber freuen sollen, aber egoistischerweise lächelte ich. Ich wüsste nicht, was ich tun sollte, wenn Jeremy für vier Jahre wegginge – er war mein bester Freund. Ich nahm den Textmarker und einen Busfahrplan und fragte: »Wo fangen wir an?«

»College Park«, sagte er, »University of Maryland«, und sah mich aus den Augenwinkeln an. Mein Lächeln wurde breiter. College Park war nur eine gute halbe Stunde entfernt.

»Deine Mutter wird einen Anfall kriegen.«

»Meine Mom muss ja nichts davon mitbekommen.«

Ich nahm die Landkarte und verband Busstationen und Umsteigepunkte miteinander, während ich nebenbei mein Sandwich aß.

»Nearly«, sagte Jeremy nach ein paar Minuten.

»Was?«, fragte ich. »Hab ich Marmelade am Kinn?«

Er schwieg einen Moment, bevor er in seinen Rucksack langte und ein Foto hervorholte. »Als ich das Pokergeld von meinem Dad, mit dem ich eure Miete bezahlt hatte, zurücktun wollte, hab ich das hier gefunden. Ich wusste nicht, ob ich es dir zeigen sollte. Ich will nicht, dass du traurig wirst.«

Er legte das Foto auf den Tisch. Darauf war eine Gruppe Männer zu sehen, die Arm in Arm vor einem Banner mit der Aufschrift *Belle Green Poker Club* standen.

Ich erkannte meinen Vater sofort. Es war, als würde ich in den Spiegel blicken. Seine Augen, die Nase, die Wangen und das Lächeln – wie bei mir. Im Gegensatz zu dem ausdruckslosen Bild auf seinem Führerschein wirkte dies, als würde er mich direkt ansehen. Ich berührte die glänzende Oberfläche, während ich von Erinnerungen überwältigt wurde.

Er hatte einem der anderen den Arm um die Schultern gelegt. Als ob Jeremy meine Gedanken lesen konnte, zeigte er auf die einzelnen Gesichter. »Das ist Vince' Dad. Der links von Mr DiMorello ist mein Dad. Der Kleine ist der Vater von Eric Miller. Und der am Rand ist, glaube ich, Emily Reinnerts Dad. Wer das ist, weiß ich nicht«, sagte er und zeigte auf den Mann, den mein Vater umarmte. Er hatte das Gesicht abgewandt.

»Es klebte an einem anderen Foto. Ich musste sie auseinanderreißen, dabei ist ein Stück abgerissen. Tut mir leid.« Er zuckte die Achseln.

»Machst du Witze? Das ist wunderbar, Jeremy.« Ich warf beide Arme um ihn, bevor mir klar wurde, was ich getan hatte.

Zuerst fühlte ich seinen Schock. Dann den Schmerz. Es war ein physischer Schmerz. Jeremy schnappte nach Luft und zuckte zusammen. Seine Arme hingen wie gelähmt an seinen Seiten.

Ich schloss die Augen. Ich hätte heulen können.

»Er hat dich dabei erwischt, wie du das Pokergeld zurückgetan hast, stimmt's?«, flüsterte ich, ohne ihn loszulassen.

Jeremy hob langsam die Hände und umarmte mich. Seine Gefühle wurden zu etwas Zärtlichem und Verworrenem. »Schon okay. Dein Gesichtsausdruck, als du das Bild gesehen hast, war es wert.«

Hinter mir räusperte sich jemand. Jeremy und ich lösten uns voneinander, und Anh legte ihre Tasche auf die Karten auf dem Tisch. »Störe ich?«, fragte sie. Jeremy blickte schuldbewusst auf die Mappe in Anhs Hand. Bewerbungsunterlagen für ein Praktikum während der Sommerferien. In Syracuse.

Betreten sahen wir drei einander an.

»Du störst überhaupt nicht«, sagte ich schließlich. »Ich wollte gerade los.«

KAPITEL 13

Am Nachmittag stand ich mit Rose Washington, die schulterzuckend auf ihre Uhr sah, vor der Schule. Eine feuchte Brise fuhr durch die Blätter, deren helle Unterseite sich in den Wind drehte, und blies Steinchen und Dreck über den Gehweg. Ich versuchte, die Überreste von gelbem Absperrband dazwischen zu ignorieren. Vier Tage waren seit dem Mord an Marcia vergangen. So nannte es die Polizei. Die Sporthalle war nicht mehr abgeriegelt, aber von den immer noch andauernden Ermittlungen erfuhr man nichts. Wir blickten beide auf die dunklen Wolken. Keine von uns sprach das Thema an, das wie ein Schatten über der West River High hing. »Zwanzig nach vier«, sagte sie entschuldigend und rieb sich die milchkaffeebraunen Arme.

»Macht nichts, mein nächster Schüler ist eh zu spät.«

Ein etwas älterer Minivan kam auf den Schulparkplatz gefahren und blieb vor uns stehen. Rose' jüngere Brüder und Schwestern machten auf der Rückbank einen Heidenlärm und ihre Mutter lächelte uns müde durchs Fenster an.

Rose war die Älteste von fünf Kindern und würde als Erste auf die Uni gehen. Und bei dem Tempo, das sie hinlegte, würde sie die jüngste Schülerin sein, die jemals von der West River High abging. Sie hatte zwei Klassen übersprungen und war eine zierliche vierzehnjährige Elftklässlerin. Sie brauchte die Nachhilfe eigentlich nicht, aber Rose hatte seit Anfang des Schuljahrs jeden Dienstagnachmittag mit mir verbracht. Wahrscheinlich war es nicht besonders leicht für sie, sich mit ihren Mitschülerinnen anzufreunden, und während sie in unseren Stunden nur so durch den Stoff flog, fragte ich mich immer, ob sie nur der Gesellschaft wegen zur Nachhilfe kam.

Rose' kleiner Bruder machte an der Scheibe ein Fischmaul, und ich musste grinsen und mich zurückhalten, ihm nicht auch eine Grimasse zu ziehen. Das musste schön sein, in ein Zuhause voller Lachen zurückzukehren.

Rose stieg auf den Beifahrersitz und umarmte ihre Mutter. Dann winkte sie mir mit einem traurigen Lächeln zu und sah mich noch weiter im Rückspiegel an, bis ich verschwunden war, als wäre es in Wirklichkeit ich, die die Gesellschaft während der Nachhilfestunden brauchte.

Der Minivan rollte vom Parkplatz und in der Ferne grollte der Donner.

Ganz offensichtlich hatte Reece nicht vor, noch aufzutauchen, und obwohl ich die Stunden eigentlich brauchte, war ich erleichtert. Ich zog meine Rucksackriemen fester, machte den Reißverschluss meiner Kapuzenjacke zu, um mich vor den feuchten Böen zu schützen, und trat meinen langen (und mit Sicherheit bald nassen) Heimweg an.

Ein Motorrad heulte auf. Es kam über den Parkplatz, das Knattern wurde lauter und mir krampfte sich der Magen zusammen, als es vor mir stehen blieb. Reece hatte mich nicht versetzt. Er war nur ganz schön spät dran.

Einen Helm trug er nicht, dafür hatte er die Augen hinter einer Fliegersonnenbrille versteckt, obwohl die Sonne überhaupt nicht schien. Ich wartete, dass er den Motor ausschaltete.

Was er nicht tat.

Stattdessen drehte er am Gas und ließ den Motor aufheulen, wohl um mir zu zeigen, dass er nicht absteigen würde.

Ich drehte mich um und ging auf das Schulgebäude zu. Wenn er lernen wollte, sollte er seine Höllenmaschine gefälligst abstellen und mit reinkommen. Doch als ich an der Tür zog, war sie bereits abgeschlossen.

Ich warf Reece einen tödlichen Blick zu, als ein fetter Regentropfen auf meiner Wange landete.

Reece schüttelte sich vor Lachen. Von seinen Fingern baumelte ein Helm, einen Finger krümmte er dabei in einer »Komm her«-Geste, von der ich etwas weiche Knie bekam.

Ein paar Kilometer entfernt donnerte es, der Himmel war dunkellila.

»Auf das Ding steig ich garantiert nicht.«

Er blickte achselzuckend zum Himmel und trat den Schalthebel nach unten.

»Wie du meinst«, sagte er und lockerte die Finger um die Kupplung. Über den Himmel zuckte ein Blitz. Der Wind fegte Dreck über den Gehweg. In ein paar Minuten würde ich ein nasser Blitzableiter sein, der die Route 1 entlangtrottete.

»Na gut. Meinetwegen.« Ich schnappte mir den Helm, drückte ihn mir auf den Kopf und fummelte fluchend am Verschluss herum, während die ersten fetten Regentropfen auf den Bürgersteig klatschten.

Reece fasste nach meinem T-Shirt und zog mich zu sich heran. Ich spürte die Hitze der Auspuffrohre, die mir in die Wangen schoss. Mit geübtem Griff ließ er den Verschluss einrasten, wobei seine Finger wie aus Versehen mein Kinn berührten.

»Bist du schon mal Motorrad gefahren?«, fragte er laut über das Brummen des Motors hinweg.

Ich schüttelte den Kopf.

»Ist nicht schwer. Entspann dich einfach. Halt dich an mir fest. Lehn dich zur Seite, wenn ich es tue.« Reece wartete, bis ich mich hinter ihn gesetzt hatte. Ich tastete nach einem Haltegriff, aber da war keiner. Er fasste nach hinten, zog meinen Arm um sich und legte meine Hand auf seinen Bauch, wo der Saum des T-Shirts auf die Jeans traf. Mein Handgelenk streifte die warme Haut und ich glaube, ich vergaß, wie man atmete. Seine Gefühle waren erstickend schwer. Ein Bedauern vermischt mit tiefen Schuldgefühlen, deren Geschmack ich sicher nie wieder von der Zunge bekommen würde. »Versuch, nicht runterzufallen.«

Er ließ den Motor aufheulen, und als das Motorrad einen Satz nach vorn machte, umklammerte ich ihn fest mit beiden Händen.

Nach Luft japsend hakte ich die Finger in seine Jeansschlaufen ein. Als wir uns der ersten Kurve näherten, presste ich das Gesicht zwischen seine Schulterblätter und kniff die Augen zu. Eiskalte Tropfen trafen mich im Nacken. Wir schossen die Straßen hinunter, das Motorrad legte sich in die Kurven, der Wind fegte über mich hinweg. Je schneller wir wurden, desto mehr verblasste Reece' bitterer Geschmack. Ich presste mich an seinen Rücken, bis ich nichts anderes mehr roch als seine Lederjacke und nichts mehr schmeckte als das süße, prickelnde Gefühl, jeden Moment abzuheben.

• • •

Als wir schließlich anhielten, stieg mir der Geruch von Pommes in die Nase – wir standen auf dem Parkplatz eines Schnellrestaurants. Mit wackeligen Beinen stieg ich ab, meine Ohren dröhnten, aber ich lebte.

Reece schwang das Bein übers Motorrad und half mir, den Helm abzunehmen. Er lachte.

»Was ist denn so komisch?« Ich strich mir die elektrisch aufgeladenen Haare zurück.

»Nichts. Das hast du super gemacht. Du hast nur eine lustige Helmfrisur.« Ihm selbst fielen die Haare in mühelos geordnetem Chaos ins Gesicht.

»Ich dachte, wir wollten lernen.«

»Tun wir ja auch.«

Reece nahm seinen Rucksack vom Gepäckträger, auf dem er ihn mit einem Spanngurt befestigt hatte, und ich folgte ihm ins Diner. Eine Kellnerin führte uns zu einer ruhigen Sitznische im hinteren Bereich.

Ich wartete, bis Reece sich in die Karte vertieft hatte, bevor ich meine zur Seite legte.

»Was ist? Hast du keinen Hunger?«

»Nein«, sagte ich, obwohl mein Magen knurrte. Ich verschränkte die Arme vorm Bauch.

»Bestell einfach, worauf du Lust hast.« Grinsend schob er mir die Karte wieder hin. »Sieh es als Wiedergutmachung dafür, dass du meinetwegen Todesängste ausstehen musstest.«

»Ich hatte keine Angst«, log ich.

Die Kellnerin kam mit zwei beschlagenen Wassergläsern zurück und nahm unsere Bestellungen entgegen. Als sie gegangen war, packte Reece sein Chemiebuch aus und legte es zwischen uns auf den Tisch.

Ich hob die Augenbrauen. »Du hast an dein Buch gedacht?«

»Vielleicht bin ich doch nicht ganz so blöd, wie ich aussehe.« Die Falte zwischen seinen Augen war echt und ich fühlte mich auf einmal ganz klein. Ich zog das Buch näher an mich heran.

»Sorry, ich bin nur überrascht.«

»Warum?«

»Aus keinem bestimmten Grund.« Ich biss mir auf die Unterlippe. Dieses Gespräch lief in eine gefährliche Richtung. Lieutenant Nicholson hatte mich bereits im Verdacht. Wenn Reece mitbekam, dass ich wusste, dass er für die Polizei arbeitete und bloß versuchte, mir näherzukommen, um Nicholson Informationen zu liefern, würde das nicht besonders gut aussehen. Aber meine Neugier siegte. »Ich kenne einfach nicht besonders viele Elftklässler, die noch überhaupt kein Chemie hatten.«

Mit langsamen Handbewegungen drehte er sein Glas auf dem Tisch. Langsam genug, dass ich das Tattoo auf seinem Arm genauer ansehen konnte. Die Blätter einer stacheligen Pflanze rankten seine Haut empor. »Ich hab dir doch bereits gesagt, dass ich 'ne ganze Zeit lang im Knast war. Ich hab eben ein paar Kurse verpasst.«

Die Kellnerin kam mit zwei großen Tellern und einer Schüssel Pommes wieder. Als sie das Essen zwischen uns auf den Tisch stellte, schlug Reece das Buch zu. Sein Appetit auf Frikadellen mit geschmolzenem Käse war offenbar größer als sein Interesse zu lernen. Was das anging, war er wohl wie jeder andere Schüler an der Highschool. Wieder knurrte mein Magen. Ich schlang eine Handvoll Pommes hinunter und verbrannte mir die Zunge, woraufhin mir Tränen in die Augen stiegen. Ich hatte seit Freitagabend nichts mehr essen können, doch das Loch in meinem Bauch war inzwischen einfach zu groß geworden.

Reece sah mich verwundert lächelnd an und ich versank beinah unterm Tisch.

»Ich hatte wohl doch mehr Hunger, als ich dachte.« Ich hoffte nur, dass ich kein Ketchup am Kinn hatte. Um von mir abzulenken, fragte ich: »Weswegen warst du noch mal im Knast?«

Er blickte auf seinen Teller. »Nichts, worauf ich stolz wäre.«

Die Worte »tätlicher Angriff« fielen mir wieder ein. Wie oft er wohl schon eingesessen hatte und für wie lange? Wenn ich ihm so ins Gesicht sah, konnte ich absolut nicht sagen, wie alt er war. Sein Bartschatten war dunkel und dicht und nur von einer dünnen weißen Linie unterbrochen, wo er offenbar eine verblasste Narbe am Kinn hatte. Er war mindestens so alt wie ich. Vielleicht auch älter. Aber Chemie stand schon in der neunten Klasse auf dem Lehrplan. Spätestens in der zehnten Klasse für diejenigen, die etwas langsamer waren. Er musste mindestens ein ganzes Jahr verpasst haben. Aber langsam war er bestimmt nicht.

»Warum bist du nicht wieder auf deine alte Schule gegangen?«, fragte ich.

Er kaute nachdenklich. Ich hatte den Eindruck, er wollte Zeit schinden, um seine Worte sorgsam abzuwägen. »Ich bin in North Hampton von der Schule geflogen und konnte nicht mehr zurück. Und dann wurde ich auf die West River High geschickt.«

»Geschickt? Von wem? Deinen Eltern?«

Reece runzelte die Stirn. »Von meiner Bewährungshelferin.«

Nicholson hatte gesagt, Reece sei in eine Schießerei verwickelt gewesen. Eine Schießerei war schlimm, richtig schlimm. Und trotzdem haben sie ihn freigelassen. Irgendetwas daran stimmte doch nicht. »Wenn sie dich wieder auf freien Fuß gesetzt haben, kann es ja nicht so schlimm gewesen sein«, bohrte ich weiter. Ich weiß nicht, warum ich es unbedingt von ihm hören wollte. Dass Anh unrecht hatte und er gar nichts so Schreckliches getan hatte. Schließlich war er ja nur wegen Körperverletzung verurteilt worden. Und Körperverletzung war etwas anderes als Totschlag. »Ich meine, es ist ja nicht so, dass du jemanden umgebracht hast, oder?«

Reece antwortete nicht.

Der Hamburger blieb mir im Hals stecken. Nein, er wollte mir wahrscheinlich nur Angst einjagen. Die Polizei hätte doch niemals einen verurteilten Mörder auf mich angesetzt ... es sei denn, sie wusste genauso wenig über Reece Whelan wie ich.

Ich schob meinen Teller weg, der Appetit war mir vergangen. »Wollten wir nicht lernen oder so?«, fragte ich, schlug das Buch auf und fing an, unbeholfen darin herumzublättern. Dort, wo einmal Kapitel eins gewesen war, klaffte eine Lücke. Ich vergrub das Gesicht in meinen Händen. »So werden wir nicht besonders weit kommen ...«

»Entspann dich.« Reece zog die fehlenden Seiten aus der Jackentasche, legte sie auf den Tisch und strich sie glatt. Das Periodensystem wellte sich an den Seiten und war ganz zerknittert.

Ungläubig starrte ich darauf. »Wo hast du das her?«

»Hab ich auf dem Boden vor deinem Schrank gefunden.«

»Aber ich hätte schwören können, dass ich es *in* meinen Schrank geworfen habe.«

»Muss rausgefallen sein«, sagte er, wie um die Frage zu beantworten, die mir wohl ins Gesicht geschrieben stand. Er hob eine Augenbraue. »Wollen wir mit chemischen Reaktionsgleichungen anfangen?«, fragte er, als ob ich auf irgendwelche Anweisungen wartete. Als ich nicht antwortete, zeigte er auf die handgeschriebenen Worte auf der ersten Seite.

ICH BRAUCHE DICH ... BITTE. RW

»Bitte.« Er ging auf ein Knie herunter und lächelte mich schief an.

»Okay.« Ich betrachtete das Chaos auf dem Tisch und mir fiel der rosafarbene Zettel in meinem Spind wieder ein, der mich überhaupt erst in diese Situation gebracht hatte. »Du hast eine Stunde, also pass gut auf. Ich mach das hier nur einmal.« Ich nahm Spiralblock, Taschenrechner und Bleistift aus meinem Rucksack. Dann schrieb ich eine simple Gleichung auf, während die Kellnerin die Teller abräumte und Wasser nachschenkte.

$Al + O_2 \rightarrow Al_2O_3$

Ich drehte Reece den Block zu. »Das ist eine chemische Reaktionsgleichung. Aluminium und Sauerstoff sind die Ausgangsstoffe. Aluminiumoxid ist das Produkt. Deine Aufgabe ist es, beide Seiten der Gleichung auszugleichen.«

Reece nickte und blickte drein, als würde es ihn tatsächlich interessieren.

»Auf beiden Seiten muss die gleiche Menge an Aluminium und Sauerstoff vorhanden sein. Wie würdest du das anstellen?«

»Das ist ja einfach.« Er nahm den Bleistift und schrieb eine Zwei vor das Aluminium. Dann knallte er triumphierend den Bleistift auf den Tisch.

»Okay, du Ass. Jetzt hast du auf der Ausgangsseite zweimal Aluminium. Und wie würdest du den Sauerstoff ausgleichen?«

Stirnrunzelnd blickte er auf das Blatt. Dann kritzelte er 1,5 vor den Sauerstoff, behielt aber den Bleistift in der Hand, offenbar selbst nicht ganz überzeugt.

Das hatte ich kommen sehen. Den Fehler machten die meisten. Es lag in der menschlichen Natur, nach dem einfachen Weg zu suchen, der nicht unbedingt immer der richtige war. Reece bildete da keine Ausnahme. »Würde funktionieren, wenn man ein halbes Atom nehmen könnte, aber das geht nicht. Atome sind nicht teilbar. Du kannst sie nicht einfach nach deinem Willen formen, damit sie in eine Gleichung passen.«

Er sah mich lange an. »Warum nicht? Machst du nicht genau das?«

Verwirrt schaute ich auf die Gleichung. »Wovon redest du?«

»Deinen Namen ändern, um dich anzupassen?« Reece beobachtete mich durch die regennassen Haarspitzen. »Bist du nicht froh, keine Jennifer oder Susan zu sein? Was hast du eigentlich gegen deinen Namen?«

Wie bitte? Er hatte ja keine Ahnung, wie es war, mit einem Namen wie Nearly aufzuwachsen. »Ist das nicht offensichtlich?«

»Nein.« Er ließ nicht locker und ignorierte meinen Blick, der ihm eigentlich bedeuten sollte, das Thema fallen zu lassen. »Was ist denn die Geschichte dazu? So ein Name hat doch garantiert eine Geschichte.«

Ich ließ den Stift fallen und lehnte mich auf der Bank zurück. »Ich war 'ne Frühgeburt und der Arzt sagte zu meiner Mutter, dass ich es ›beinah‹ nicht geschafft hätte. Meine Mutter hatte sich noch für keinen Namen entschieden, aber dann fand sie Nearly – also eben ›beinah‹ – sehr passend ...« Bei meinem Namen verdrehte ich die Augen. Warum erzählte ich ihm das überhaupt? Nur Chemie. So war die Abmachung. Ich musste ihm rein gar nichts über mich erzählen. »Hör auf abzulenken«, sagte ich und bohrte den Finger in den Block mit der Gleichung. »Außerdem reden wir hier nicht davon, nur den *Namen* des Elements zu ändern. Und auch wenn es möglich wäre, würde deine Lösung die zugrunde liegende *Natur* des Elements verändern. Es würde sich in etwas ganz anderes verwandeln.«

Reece sah vom Block zu mir. Er setzte einen ernsten Blick auf, aber das Blitzen in seinen Augen verriet ihn. »Du willst damit also sagen, dass ein umherirrendes – und möglicherweise leicht aus dem Gleichgewicht geratenes – Element sich nicht grundlegend ändern kann?«

»Genau das will ich damit sagen.«

Er beugte sich vor. »Auch nicht, wenn es das unbedingt wollte?«

Ich trommelte mit den Fingern auf den Tisch. So langsam verlor ich die Geduld. »Können wir uns bitte einfach nur auf die Gleichung konzentrieren?«

»Okay, gut.« Er lehnte sich zurück. »Die Elemente auf beiden Seiten sind also unterschiedlich. Na und? Können wir sie nicht einfach zusammenschmeißen, wie sie sind, und gucken, was passiert?«

Ich biss nicht an. Das hier war alles ein großer Spaß für ihn. »Das geht nicht. Das Aluminiumoxid-Molekül ist, was es ist. Du kannst die Elemente eines Moleküls nicht zwingen zu passen.«

Er warf den Stift hin. »Bist du immer so streng?«

»Das ist Chemie. Da ändern sich die Gesetze nicht bei guter Führung.«

»Dann sind es scheiß Gesetze.« Er sah mich über den Tisch hinweg an. »Ich versuche doch nur, dich besser kennenzulernen.«

»Das war aber nicht Bestandteil unserer Abmachung.« Das war seine Abmachung mit Nicholson, aber ich wäre schön blöd, wenn ich mich darauf einließe.

»Und wenn ich unsere Abmachung ändern will? Wenn ich gern mal mit dir ausgehen würde?«

»Du bist nicht mein Typ.«

»Und dieser Jeremy, mit dem du immer abhängst? Ist der dein Typ?«

Ich stand auf und nahm meinen Rucksack. Mich zu beobachten war eine Sache. Jeremy mit hineinzuziehen ging mir aber eindeutig zu weit. »Das war's.«

»Hey, warte. Tut mir leid.« Er griff nach meiner Hand.

Mein Mund wurde ganz trocken vor Durst, und eine Leere wie

eine kalte Grube klaffte in mir auf. Einsamkeit. Reue. Neugier. Aber vor allem spürte ich seine Einsamkeit.

Ich entzog ihm meine Hand und setzte mich wieder hin.

Nach einem Moment stillen Nachdenkens beugte er sich zu mir vor und stützte die Ellbogen auf den Tisch. »Hör zu. Ich weiß, dass wir ziemlich unterschiedlich sind. Ich weiß, dass du wahrscheinlich mit einem Kerl wie mir nichts zu tun haben willst. Aber wenn ich die Teile, die nicht in die Gleichung passen, nicht einfach ausradieren kann ... wenn ich nichts ... grundlegend ändern kann ...« Er blickte mir in die Augen. »Wie soll ich es denn dann hinkriegen?«

Ich fasste nach dem Bleistift. Er hielt das andere Ende eine Sekunde zu lang fest, sodass ich gezwungen war, ihm in die Augen zu sehen, bevor er losließ. Wie sollten wir das hier hinkriegen?

Ganz ruhig. Er tut so, als würde er mich mögen. Ich tue so, als würde ich es mir gefallen lassen. Er bekommt irgendwann mit, wie langweilig ich bin – und fertig. Die Polizei findet heraus, wer Marcia umgebracht hat, und mein Leben kann wieder weitergehen wie vorher.

Ich radierte die 1,5 vor dem Sauerstoff und die 2 vor dem Aluminium aus und wischte die Krümel vom Tisch. »Wir können die nicht passenden Teile nicht einfach loswerden – egal wie sehr wir es uns vielleicht wünschen ...« Ich warf ihm einen kurzen Blick zu. »Aber wir können beide Seiten aufbauen, bis sie zueinander passen. Versuch mal, sie mit zwei zu multiplizieren.«

Erstaunt sah ich zu, wie er den Stift nahm und meinen Anweisungen folgte. Er kritzelte ein paar Zahlen hin und drehte den Block langsam zu mir um. »Also ... wenn ein unberechenbares Element gewillt ist, sich doppelt ins Zeug zu legen, hat es vielleicht eine Chance?«

Die Sitznische fühlte sich auf einmal viel zu klein an. »Eine Chance worauf?«

»Du weißt schon, diese ganze Sache mit dem Zueinanderpassen.«

Er sah aus, als ob er es ernst meinte. So ernst wie die Person, die ich in ihm versteckt gespürt hatte, als er mich berührte. Es musste unglaublich schwierig sein, ständig zwischen zwei Leben und zwei Identitäten zu wechseln. Es sei denn, diese zwei Personen waren gar nicht so verschieden voneinander. »Ich denke, das kommt darauf an, wie schlimm das Element wirklich ist.«

Auf seinem Gesicht zeichnete sich kurz ein Gefühl ab, das ich nicht zuordnen konnte. Ich bereute es schon, seine Hand losgelassen zu haben. Er nahm ein Messer und balancierte es zwischen den Fingern. Nach einer kurzen Stille sagte er: »Ich bin bei einer Drogenrazzia aufgeflogen.«

»Als Dealer oder als Kunde?«

»Als Dealer.«

»Ist dabei jemand verletzt worden?«

Er zuckte zusammen, als ob die Frage ihm Schmerzen verursachte, aber er antwortete nicht.

»Wenn du dich wirklich ändern willst, warum hängst du dann mit Lonny Johnson rum?«

»Das ist kompliziert«, sagte er mehr zu sich selbst. »Aber ist ja auch egal. Einmal Knast, immer Knast.« Die Worte klangen leer. Hohl. Als hätte er sie schon so oft gehört, dass sie die Bedeutung verloren hatten.

Ich konnte ihm richtig ansehen, wie er in eine dunkle Ecke seiner selbst fiel, und widerstand dem Drang, ihn zu berühren, denn ich wollte die Tiefe des Gefühls, das sich auf seinem Gesicht abzeichnete, nicht auch noch spüren. Seine Vergangenheit auszulöschen schien für ihn genauso ein Ticket raus aus einem Leben, das er nicht wollte, wie für mich das Stipendium.

»So ein Quatsch.« Ich blätterte um und nahm den Unterricht wieder auf. »Dass es kompliziert ist, heißt noch lange nicht, dass es keine Lösung gibt.«

KAPITEL 14

Marcia würde nicht zurückkommen. So viel war klar.

Aber am Donnerstag wussten wir, dass auch Emily nicht zurückkommen würde.

Jeremy und ich kamen gerade durch die Schultür, als die Poster zur Wahl der Abschlussball-Königin mit Emilys Gesicht darauf in riesige Müllbeutel gestopft und wie alte Zeitungen entsorgt wurden. Poster mit neuen Gesichtern wurden sofort an ihrer Stelle aufgehängt. Ihr Lächeln schien zu sagen: »Hier gibt es überhaupt nichts zu sehen, Leute. Alles wieder beim Alten.« Aber ich wusste, dass es anders war.

Es war nicht wieder alles beim Alten. Die Botschaft, die jemand im Physikraum in meinen Tisch geritzt hatte, erinnerte mich daran, dass es alles andere als vorbei war. *Vielleicht klappt es ja nächstes Mal.* Emilys Abwesenheit stand in direkter Verbindung mit dem Mord an Marcia, auch wenn die Polizei sich große Mühe gegeben hatte, nicht durchsickern zu lassen, dass auf Marcias Arm eine ähnlich Zahl war wie auf Emilys Körper.

»Was glaubst du, was passiert ist?«, fragte eine raue Stimme dicht hinter mir und ich fuhr zusammen. Reece beugte sich über meine Schulter. Er war nah genug, dass seine Haare meine Wange kitzelten.

»Lass das!«

Er lachte nur.

»Ich geh dann mal«, sagte Jeremy und schluckte schwer. Das Auf und Ab seines Adamsapfels ließ ihn in seiner Verabschiedung stocken. »Bis nachher, Leigh.« Bevor ich etwas antworten konnte, war er hinter einer Reihe Spinde verschwunden.

Reece trat neben mich. »Ich glaube, er mag mich nicht besonders.«

»Dann solltest du vielleicht mal darüber nachdenken, an deinem Erscheinungsbild zu arbeiten ... wenn es dir wichtig ist.« Ich beschleunigte meine Schritte und er ging schweigend neben mir her.

»Und ...«, sagte er schließlich, »wie denkst du darüber?«

Ich wagte einen Blick zur Seite. Er ging rechts neben mir, und wenn ich ihn so von links im Profil anschaute, sah er aus wie eine vollkommen andere Person. Weder die Piercings in der rechten Augenbraue noch die Narbe an seinem Kinn noch sein Tattoo waren sichtbar. Er sah täuschend glatt und unglaublich attraktiv aus. Selbst sein Lächeln war auf dieser Seite viel charmanter. Als wenn er sich nur umdrehen musste, um sein Erscheinungsbild komplett zu ändern. »Ich weiß nicht ... Vielleicht sind die Piercings ein bisschen zu viel.«

Er fasste nach den Ringen in seiner Braue. »Das meinte ich nicht. Wie denkst du über die Sache mit Emily und Marcia? Es wird so viel darüber geredet. Was glaubst du, was passiert ist?«

Seit Tagen hatte ich den leisen Gesprächen in den Pausen zwischen den Kursen zugehört, den flüsternden Grüppchen auf den Fluren. Alle waren so mit Marcias Tod beschäftigt gewesen, dass niemand mehr an Emily gedacht hatte, bis ihre Poster zur Wahl der Abschlussball-Königin heute abgenommen wurden. Doch nichts in all den wilden Gerüchten hatte die beiden Fälle bisher miteinander in Verbindung gebracht. Was bedeutete, dass die Polizei Reece erzählt hatte, dass es einen Zusammenhang gab. Und jetzt versuchte er, etwas aus mir herauszukitzeln. Mir eine Falle zu stellen, damit ich etwas Unüberlegtes sagte, was er dann an Nicholson weitertragen konnte.

»Ich glaube, ihre Familien haben wahrscheinlich schon genug durchmachen müssen. Darüber zu reden wird nichts mehr daran ändern, was mit ihnen passiert ist.«

Ich warf Reece einen kurzen Blick aus den Augenwinkeln zu. Ich hoffte, dass meine Antwort vage und desinteressiert genug klang, um überzeugend zu sein. Doch weil ich nicht nach vorn sah, lief ich geradewegs in Vince DiMorello hinein. Er grinste mich von oben herab breit an, als wäre ihm gerade eine wunderbare Gelegenheit vor die Füße gelaufen.

»Hey, Boswell.« Er strich sich mit funkelnden Augen übers Shirt. Ich blickte auf den Boden. Vince konnte man echt nur schwer ansehen. Er war so perfekt, dass mir die Welt immer noch ein bisschen ungerechter vorkam als ohnehin schon. »Wir gehen Freitag mit dem Fußballteam aus. Dachten, wir könnten mal deine Mutter besuchen.«

In der neunten Klasse war Vince' älterer Bruder mal mit einem gefälschten Ausweis bei Gentleman Jim's reingekommen. Er hatte es geschafft, ein paar eindeutige Fotos mit dem Handy zu machen, bevor er von Butch rausgeschmissen wurde. Auf keinem der Bilder war das Gesicht meiner Mutter zu sehen, aber das war ja auch nicht das, was die Jungs interessierte.

»Lass gut sein, Vince.« Die Witze über meine Mutter kannte ich schon seit Jahren alle auswendig, und heute hatte ich echt keinen Nerv dafür.

»Ich hab ein ganz schönes Bündel Scheine«, dröhnte er laut genug, dass die Leute schon die Köpfe nach uns umdrehten. Um uns herum bildete sich eine Traube und die Leute reckten die Hälse, um besser sehen zu können. Vince war das Zentrum seines eigenen Universums, und wie immer drehte sich alles um ihn. Er zog eine Rolle Scheine aus der Tasche, löste einen Zwanziger daraus und wedelte damit in der Luft herum, damit alle ihn sehen konnten. »Was meinst du, wo deine Mutter mich *den* hinstecken lässt?«

Ein paar Leute lachten und der Kreis um uns wurde enger. Mir brannten die Tränen in den Augen, aber ich blinzelte nicht.

»Und du, Boswell? Was würdest du für einen Dollar machen?« Vince fasste sich in den Schritt und machte eindeutige Bewegungen mit dem Unterleib, wobei er den Mund zu einem »O« formte.

Wenn ich jetzt ginge, würden die Leute mich sogar durchlassen, auch wenn sie hinter meinem Rücken lachen würden. Aber die Genugtuung wollte ich Vince nicht geben. Ich machte einen Schritt auf ihn zu. »Lass mich vorbei«, sagte ich mit so fester Stimme, wie ich konnte. Wenn er mich auch nur mit einem Finger berührte, würde ich ihn von der Schule verweisen lassen. Er bewegte sich nicht und ich machte noch einen Schritt auf ihn zu. Seine Hand zuckte.

»Fass mich nicht an«, warnte ich ihn.

Ich spürte seinen heißen Atem in meinem Gesicht, während er noch einen Schein aus dem Bündel zog. »Ich hab gehört, dafür nimmt deine Mutter auch extra was.«

Ich versteifte mich und wollte ihm schon sagen, dass er mich mal kann, aber jemand zog mich zurück. Das Lachen erstarb, als Reece zwischen uns trat.

»Lass sie in Ruhe«, sagte Reece leise.

TJ legte Vince eine Hand auf die Schulter und raunte ihm ins Ohr: »Komm schon, Mann. Lass das besser.«

Doch Vince riss sich so heftig von ihm los, dass TJ ins Stolpern geriet. TJ richtete sich wieder auf und machte einen Schritt zurück. Er würde nicht noch mal versuchen, ihn aufzuhalten.

Ein Flüstern ging durch die Menge. Die Luft zwischen den beiden war schwer und wie elektrisch geladen, als Vince von Reece zu mir und wieder zu Reece blickte.

»Das ist nicht wahr, Whelan, oder? Ist Nearly a Virgin etwa deine neue Freundin? Ich wusste gar nicht, dass zu deinen Bewährungsauflagen auch Wohltätigkeitsarbeit gehört.« Gedämpftes Lachen und Pfiffe waren zu hören. Jemand schubste mich gegen Reece' Rücken.

Reece ballte die Hände zu Fäusten.

»Du musst das nicht machen«, flüsterte ich gegen seine Schulter, weil ich zu klein war, um sein Ohr zu erreichen. Ich zog an seinem Ärmel. Er rührte sich nicht.

»Entschuldige dich bei Leigh«, sagte er mit kontrollierter Stimme.

»Das ist wirklich total gentlemanhaft von dir, Whelan. Seit

wann bist du so ein Kavalier? Heißt das etwa, du hast sie noch nicht gevögelt?«

Reece ließ seine Faust hervorschnellen und Vince' Kopf flog zurück. Ich wurde zur Seite gestoßen, als Lehrer sich durch die Menge drängten und Reece und Vince von hinten festhielten. Anweisungen wurden gebrüllt, aber die Menge war längst ein einziges Chaos.

»DiMorello! Whelan!« Direktor Romero und zwei Sicherheitsleute arbeiteten sich zum Kern des Ganzen vor. Romeros Gesicht war ganz rot, es sah wie eine Landkarte aus roten Adern aus. »In mein Büro! Aber sofort!«

Die Lehrkräfte wiesen alle anderen an, sich in ihre Kurse zu begeben. Vince' Zähne waren blutverschmiert. Mit spöttischem Grinsen warf er mir die zwei Zwanziger vor die Füße, während die Sicherheitsleute ihn abführten. Ich hob sie nicht auf. Da stieß jemand mit der Schulter gegen mich, und als ich aufblickte, sah ich, wie Reece sich mit ausdruckslosem Gesicht von den Sicherheitsleuten weiterziehen ließ.

Er würdigte mich keines Blickes und seine Worte waren so kalt, dass sie brannten.

»Ich hoffe, du bist es wert.«

KAPITEL 15

Ich nahm mein Sandwich und versteckte mich damit unter einer Weide auf der ruhigeren Seite des Schulgeländes. Die Zweige hingen bis auf den Boden und verbargen mich hinter einem grünen Schleier. Aber Jeremy würde mich finden. Genauso wie er mich an jenem Freitagmorgen vor zwei Jahren am Bahnhof gefunden hatte, als ich nach einem besonders schlimmen Streit mit Mona weglaufen und meinen Vater finden wollte.

Dabei hatte ich Jeremy noch nicht mal angerufen. Ich hatte ihm überhaupt nicht gesagt, wo ich hingehen wollte und warum. Aber als ich die Fahrkarte am Schalter entgegennahm und mich umdrehte, stand Jeremy hinter mir in der Schlange, mit einem Seesack über der Schulter und seinem Portemonnaie in der Hand.

»Was machst du denn hier?«, hatte ich ihn gefragt.

Und er hatte geantwortet: »Ich komme mit.« Und in dem Moment änderte sich alles. Meinen Vater zu finden – herauszufinden, wer David Boswell in Wirklichkeit war – schien gar nicht mehr so wichtig zu sein wie die Tatsache, dass Jeremy da war. Er würde bei mir bleiben, egal was es ihn kostete, auch wenn sein Vater ihn deswegen verprügeln würde. Und ich konnte ihn genauso wenig zurücklassen, wie ich ihn mitnehmen konnte.

Wie aus meiner Erinnerung heraus kam Jeremy durch die Weidenzweige getreten und setzte sich neben mich ins Gras. Mir liefen schon wieder die Tränen über. Lächelnd wischte ich sie mit dem Ärmel fort.

»Weinst du etwa?« Überrascht sah er mich an. Als ob er mich noch nie zuvor hätte weinen sehen.

Ich putzte mir die Nase mit einer abgerissenen Ecke meiner Brottüte. »Das kann schon mal vorkommen.«

Jeremy saß dicht neben mir, sodass unsere Arme und Beine sich beinah berührten. »Ich hab von der Sache mit Vince gehört.«

»Das haben wahrscheinlich alle mitbekommen, oder?« Ich legte das Kinn auf die Knie. Eine warme Brise blies über das Schulgelände, junge Blätter raschelten in den Bäumen, und gemähtes Gras wehte über die Wege.

»Man sagt« – Jeremy beugte sich noch weiter zu mir herüber – »und mit *man* meine ich das kollektive Unterbewusstsein der gesamten Schülerschaft der West River High –, du hast ihm ordentlich was auf die Mütze gegeben. Hast ihm die Lippe blutig geschlagen und mit seinen Haaren den Boden aufgewischt.«

Ich gab ihm einen freundschaftlichen Schubs. »Vince hatte tatsächlich eine blutige Lippe, aber nicht von mir. Er hat Reece Whelan gegenüber das Maul zu weit aufgerissen. Und Reece hat einmal ordentlich zugeschlagen.« Ich konnte mir eine gewisse Schadenfreude nicht verkneifen, auch wenn Reece' Abschiedsworte mich mehr verletzt hatten als das, was Vince über meine Mutter gesagt hatte.

»Ich weiß. Die ganze Schule redet davon, wie Prinz Charming dich gerettet hat.« Jeremy fasste sich an die Stirn und ließ sich in einem vorgetäuschten Ohnmachtsanfall gegen meine Schulter sinken. »Wie hat es sich denn so angefühlt als Jungfrau in Nöten?«

»Hör auf.« Ich stieß ihn mit dem Knie an. »Was hast du sonst noch gehört?«

»Nur dass Vince mit einer Verwarnung davongekommen ist. Er hat ja nicht zugeschlagen und anscheinend will ihm die Schulleitung seine saubere Sportlerlaufbahn nicht ruinieren ...«

Ich warf mein Pausenbrot in den Dreck. Solange Vince DiMorello Tore schoss, konnte er in den Augen der Schulleitung überhaupt nichts falsch machen. Da war es vollkommen egal, wenn er Nacktfotos von meiner Mutter rumzeigte oder Schlägereien provozierte. Niemand wollte ihn als das sehen, was er war – ein Krimineller. Aber ich wusste es besser. Vince DiMorello war genauso verdorben wie sein schiefes, blutiges Grinsen.

»Whelan wurde für eine Woche der Schule verwiesen und fliegt wohl das nächste Mal, wenn er sich irgendetwas leistet, ganz.«

Ich schloss die Augen und lehnte den Kopf gegen den Baumstamm. Das musste ich erst einmal sacken lassen. Eine Woche der Schule verwiesen. Ich hätte mich freuen, nein, regelrecht begeistert sein sollen, ihn eine Woche lang los zu sein. Aber irgendwie konnte ich das Gefühl, daran mitschuldig zu sein, nicht abschütteln.

Wir haben einen Deal mit ihm. Er geht weiter zur Schule und behält eine saubere Weste ...

Mir war schlecht. Wenn Reece von der Schule flog, würde er wieder ins Gefängnis kommen. Und er hatte sich meinetwegen mit Vince angelegt – welche Motive auch immer dahintersteckten.

Ich hoffe, du bist es wert.

Jeremy stieß mich mit dem Ellbogen an und zog seinen Ärmel hoch. Dann spannte er seinen sehnigen Bizeps an. »Wenn *ich* da gewesen wäre, hätte *ich* mich um Vince gekümmert.«

Ich zog müde die Augenbrauen hoch. Wenn Jeremy da gewesen wäre, hätten wir die verbale Tracht Prügel zusammen erleiden müssen. Vince hätte sie gerecht unter uns aufgeteilt.

»Ernsthaft«, versicherte er mir und versteckte seine jämmerlichen Waffen wieder. »Ich hätte ihn zu einem Buchstabierwettkampf herausgefordert. Ich hätte ihn gnadenlos vernichtet, um deine Ehre zu retten.« Er presste sich die Faust aufs Herz und neigte den Kopf an meinen.

Ein Lachen blubberte an dem Kloß in meinem Hals vorbei. Ich lehnte mich an ihn und legte den Kopf auf seine Schulter. Mit der Stirn berührte ich sein Kinn. Er fühlte sich warm und vertraut und erstaunlich gelassen an. Er schmeckte nach Kamille und Honig. Ich atmete seine Gefühle tief ein und ließ mich von ihnen durchdringen wie von wärmenden Sonnenstrahlen.

»Es scheint dir besser zu gehen als letzte Woche.« Es war leichter, es anzusprechen, wenn wir uns nicht direkt ansahen. Er zuckte die Achseln und holte tief Luft, bevor er antwortete.

»Ja, letzte Woche.« Er atmete aus. »Irgendwie war ich da nicht ganz ich selbst.«

»Du musst dich nicht entschuldigen. Ich hätte dich niemals einen miesen Reporter nennen dürfen.«

»Oh, jetzt bin ich also ein ›mieser‹ Reporter?« Mein Kopf auf seiner Schulter wackelte.

»Du weißt, dass ich das nicht so gemeint habe.« Ich reckte das Kinn, um nachzusehen, ob er lachte. Was er tat. Er gab mir einen flüchtigen Kuss auf die Stirn und blickte schnell weg, bevor irgendeiner von uns beiden seine Motive hinterfragen konnte.

Wenigstens war Jeremy sich selbst gegenüber aufrichtig. Er versuchte nie, jemand anders zu sein, und akzeptierte uns beide so, wie wir waren, mit all unseren Macken. Er war ein echter Freund, kein bezahlter. Ich wusste, es würde ihm nichts ausmachen, wenn ich ihn bat, mich in der Mittagspause nach Hause zu fahren, damit ich den Rest des Tages so tun könnte, als wäre ich krank.

Ich wusste, dass er auf dem Weg sein Sandwich mit mir teilen würde.

Und wir beide wussten, dass ich ihm dafür nichts zurückgeben musste.

KAPITEL 16

Am Abend zog ich, das Telefon zwischen Ohr und Schulter geklemmt, den aus einem Bettlaken bestehenden Vorhang vor meinem Fenster zur Seite. Ich hörte Anh nur mit halbem Ohr zu, während sie sich über ihren Bruder aufregte. »... er hat sich also geweigert, den Wisch zu unterschreiben. Meinte, es wäre Zeitverschwendung, den ganzen Tag in einem Vergnügungspark zu verbringen. Dafür soll ich am Wochenende lauter Unis abklappern. Ich bin so was von angepisst!«

Mona trat aus dem Lichtkreis des Bewegungsmelders unserer Nachbarin. Nacheinander gingen die Lichter an und wieder aus, die Dunkelheit schnappte nach Monas Fersen, während sie von Lichtkreis zu Lichtkreis ging, bis sie bei der Ampel am Straßenende ankam.

Von da, wo sie gerade verschwand, bog ein einzelner Scheinwerfer in die Straße ein und blendete mich beim Näherkommen.

»Ich glaube, er hat einfach irgendwas gegen Jeremy ...«

Reece. Er fuhr an denselben Bewegungsmeldern vorbei, die Mona gerade hinter sich gelassen hatte. Mir krampfte sich der Magen zusammen. Kam er etwa, um mir die Schuld zu geben? Um mir zu sagen, dass er meinetwegen der Schule verwiesen worden war? Oder wollte er unser Gespräch an der Stelle fortsetzen, wo wir aufgehört hatten, bevor der Streit mit Vince losging, als er mich gefragt hatte, was ich glaubte, was mit Emily und Marcia passiert war?

»Leigh, hörst du mir überhaupt zu?«

Ich ließ den Vorhang los und lehnte mich gegen die Wand. »Tut mir leid, Anh. Ich ruf dich zurück. Ich muss Schluss machen.« Ich legte auf und wartete mit rasendem Herzen darauf, dass Reece anhielt. Aber er blieb nicht vor unserem Wohnwagen stehen. Sein Motorrad brauste vorbei und ich zählte die Sekunden, bis er am Ende der Straße den Motor abstellte.

Was hatte Reece Whelan vor? Niemand hielt im Dunkeln beim Spielplatz am Ende des Sunny View Drive, es sei denn, um Geschäfte zu treiben. Und es gab nur zwei Arten von Geschäften in Sunny View. Ich wurde von einer seltsamen Neugier erfasst. Ich hatte mein Leben lang beobachtet, wie Männer am Rande des Spielplatzes Prostituierte aufsammelten. Ich war schon ziemlich abgestumpft, was das anging. Aber irgendwie wurde mir ganz anders, wenn ich mir Reece dabei vorstellte. Oder wenn ich mir überlegte, dass die Alternative vielleicht sogar noch schlimmer wäre.

Wenn er nicht wegen der Mädchen hier war ... Er hatte gesagt, er war im Gefängnis, weil er bei einer Drogenrazzia aufgeflogen war. Wie tief konnte er fallen, wenn er glaubte, eh schon alles verloren zu haben?

Stellen Sie sicher, dass er keinen Unfug treibt.

Shit.

Ich stieß mich von der Wand ab und machte meine Zimmertür auf. Abgestandener Zigarettenrauch schlug mir entgegen. Ich nahm den Baseballschläger, schloss die Wohnwagentür auf und atmete noch einmal tief durch.

Ich schlich mich durch die Dunkelheit hinter den Wohnwagen entlang zum Spielplatz, wobei ich aufpasste, keinen der Bewegungsmelder auszulösen und den Wohnwagen mit Hunden nicht zu nahe zu kommen. Ich duckte mich hinter eine Mülltonne, deren stinkender Inhalt mich würgen ließ, und linste um die Ecke.

Ich sah Reece neben dem alten Schaukelgerüst stehen. Dann hörte ich, wie schnell hintereinander drei Autotüren zugeschlagen wurden. Das Innenlicht von Lonnys Lexus blieb die ganze Zeit aus, aber im schwachen Mondlicht erkannte ich seine blondierten Haarstacheln und den weißblonden Ziegenbart, als er ausstieg. Zwei Personen, deren Gesichter ich unter ihren Kapuzen nicht ausmachen konnte, flankierten ihn.

Mir stellten sich die Härchen an den Unterarmen auf. Wenn das hier nur ein ganz gewöhnliches Geschäft sein sollte, warum trafen sie sich dann nicht bei Lonnys Wohnwagen, wie Lonny es neulich auch mit Oleksa getan hatte? Warum trafen sie sich hier im Dunkeln mit zwei seiner Schlägertypen?

»Du bist spät dran«, knurrte Lonny.

»Ich bin da.« Reece zuckte unbeeindruckt die Achseln. »Was ist jetzt?«

Lonny gab den beiden Typen ein Zeichen, woraufhin sie auf Reece zugingen, der bereitwillig die Arme hob und die Hände hinterm Kopf verschränkte. Er machte einen vollkommen entspannten Eindruck, so als hätte er das schon etliche Male zuvor gemacht. Doch als einer der beiden – der Große mit den fetten Sneakers mit roten Schnürsenkeln – die Kapuze fallen ließ, versteifte er sich.

Oleksa.

Er warf Reece ein kaltes Lächeln zu. Flüsterte ihm etwas ins Ohr. Reece antwortete mit einem kaum sichtbaren Kopfschütteln. Dann fuhr Oleksa mit den Händen seine Beine entlang, über die Lederjacke und die Innenseite der Lederjacke, genauso flink und geschickt, wie er mit dem Zauberwürfel umgegangen war. Zufrieden hob er Reece' T-Shirt an und bot Lonny einen Blick auf Reece' nackte Brust.

Das Spiel von Licht und Schatten betonte seine Bauchmuskeln. In der rechten Brustwarze glitzerte ein Piercing, und an einer Kette hing ein Anhänger, der gewissermaßen auf die dunkle Linie zeigte, die unter seinem Bauchnabel begann und dann in seiner Jeans verschwand.

Lonny nickte. Oleksa ließ das Shirt fallen und trat zurück. Langsam nahm Reece die Hände herunter, wobei er Oleksa die ganze Zeit im Auge behielt.

»Entschuldige die Formalitäten«, sagte Lonny und strich sich nachdenklich über den Ziegenbart.

Reece zog sich das T-Shirt zurecht. »Kein Thema.«

»Wir haben uns ja bereits über die Konditionen geeinigt?«

Reece nickte und warf Oleksa einen vorsichtigen Blick zu, bevor er einen kleinen Umschlag aus der Hosentasche zog. Oleksa nahm ihm das Geld ab und zählte es mit dem Daumen. Dann gab er Lonny ein Zeichen mit dem Kinn und drückte Reece einen Beutel in die Hand.

»War mir ein Vergnügen«, sagte Lonny und drehte sich um. Seine Schläger folgten ihm. »Können wir gern mal wieder machen.«

»Ich hätte da tatsächlich noch eine Bitte.« Reece' Stimme war absolut fest.

Lonny blieb stehen, blickte sich aber nicht um. Er hatte mit seinen tätowierten Fingern bereits den Türgriff umfasst. »Und das wäre?«

»Ich hätte gern ein bisschen *Special K*.«

Es entstand eine Pause, die vor Spannung nur so knisterte. Dann antwortete Lonny mit leiser, vernichtender Stimme: »Du bist ein gut aussehender Kerl, Whelan. Die Mädels reden alle von dir. Würden wahrscheinlich schon die Höschen fallen lassen, wenn sie dich nur angucken. Es fällt mir sehr schwer zu glauben, dass du da irgendwelche ... Hilfsmittel brauchst.«

Reece verlagerte das Gewicht von einem Fuß auf den anderen und sah Oleksa besorgt an. Lonnys Misstrauen war beinah spürbar. Etwas zwischen ihnen hatte sich verändert. Lonny neigte den Kopf und beäugte ihn argwöhnisch. »Das ist eine ziemlich seltsame Bitte für jemanden wie dich.« Er warf Oleksa einen Blick zu. »Und das beunruhigt mich ein wenig.«

Die Schläger stürzten sich auf Reece. Ich klammerte mich an die Mülltonne, als der Stämmige Reece den Arm auf den Rücken drehte. Oleksa nahm Reece den Beutel wieder ab und warf ihn Lonny zu.

»Dass du kein verstecktes Mikro trägst, heißt noch lange nicht, dass ich dir vertraue.« Lonny ging auf ihn zu und blieb kurz vor ihm stehen. »Die Bullen schnüffeln überall rum, seit Dornröschen ins Schwimmbecken gefallen ist, und stellen alle möglichen Fragen. Aber damit hast du nicht zufälligerweise irgendwas zu tun?«

Mich durchfuhr es eiskalt. Zusammengekauert machte ich einen Schritt zurück, um ungesehen zu entkommen. Als ein Zweig unter meinem Fuß knackte, erstarrte ich, aber niemand hatte es gehört.

Lonny ging auf und ab und warf seine Schlüssel dabei immer wieder in die Luft. »Ich hab Freunde im Knast, Whelan. Ich hab von dir gehört. Ich weiß, wer du bist. Was du getan hast.« Seine Schlüssel klimperten. Er warf sie wieder hoch und fing sie auf. »Ich weiß nur nicht, wie du's rausgeschafft hast.« Lonny blieb stehen und fuhr sich mit der Hand über die gegelten Haarstacheln, vor und zurück. »Bei dem Scheiß, den du gebaut hast, gibt es nur zwei Möglichkeiten, wieder rauszukommen. Entweder du hast die richtige Bewährungshelferin erwischt und besorgst es ihr ... oder du bist ein Spitzel.«

Reece würde jeden Moment auffliegen.

Lonny blieb vor ihm stehen. »Also, was davon ist es?«

Reece' Gesichtsausdruck war ungerührt, aber seine Stimme war nicht mehr ganz so fest wie vorher. »Ich bin wegen guter Führung draußen, Mann.«

Lonny zeigte mit zwei Fingern auf Reece' Brust. »Beantworte meine Frage.«

»Ich bin kein Spitzel.« Reece versuchte, sich loszureißen. Sein Brustkorb hob und senkte sich sichtlich.

»Schön zu hören.« Lonny rammte Reece eine Faust in den Bauch. Ich umklammerte den Baseballschläger und kniff die Augen zu, als Reece in die Knie ging.

»Aber es macht keinen Unterschied. Ich vertraue dir nicht, und auch wenn du ein Spitzel bist, wär mir das egal. Die Bullen können mir überhaupt nichts anhaben. Ich hab einige Dinge gelernt. Meine Hände sind sauber ...« Lonny strich sich über die Knöchel und betrachtete seine Fingernägel. »Meine Hände sind immer sauber. Ich hab Geschäfte am Laufen. Ich kann es mir nicht leisten, mir die Finger schmutzig zu machen.« Er verzog das Gesicht zu einem Lächeln. Ich wusste nicht, was schrecklicher war – Lonny dabei zuzusehen, wie er Reece Gewalt antat, oder die Ankündigung, von etwas noch Schlimmerem in seinem Lächeln. »Ich werde etwas Zeit brauchen, deine ... Referenzen zu überprüfen, bevor wir so etwas hier noch mal machen.«

Reece rollte sich ächzend auf die Seite und rang nach Luft. Lonny gab Oleksa ein Zeichen, und als sie Reece auf die Knie zerrten, bekam ich echt Angst. Ich wollte hier weg. Wollte mich in meinem Metallcontainer einschließen und so tun, als würde das hier nicht passieren. Aber ich konnte mich nicht dazu bewegen abzuhauen.

Oleksas Faust traf Reece mitten ins Gesicht. Sein Kopf flog zurück und das Blut lief ihm in einem dicken, dunklen Strom aus der Nase. Lonny sah zu, warf seine Schlüssel in die Luft und fing sie wieder auf. Den Baseballschläger umklammernd hielt ich mich wie ein Feigling im Dunkeln versteckt und wartete darauf, dass die Polizei kommen würde und Reece hier rausholte – oder ihn festnahm. Aber die Polizei kam nicht. Er trug kein Mikrofon. Die Polizei konnte gar nicht wissen, dass er in Schwierigkeiten steckte.

Oleksa schlug wieder zu.

Ich hoffe, du bist es wert.

Ich packte den Baseballschläger, schlich mich in weitem Bogen um sie herum, bis ich hinter Lonnys Auto stand. Ich legte eine Hand auf die Motorhaube, hievte mich hoch und stellte mich, die

Füße weit auseinander, darauf, um mich für das, was ich mir Verrücktes überlegt hatte, zu wappnen.

Ich hob den Baseballschläger über meinen Kopf.

»Lasst ihn gehen!«, rief ich. »Oder ich zertrümmere dein Auto!« Lose Haare flogen mir ins Gesicht. Ich sah ihnen in die Augen, einem nach dem anderen, und hielt Lonnys Blick stand. Ich würde nicht nachgeben.

Reece' Kinn lag auf seiner Brust, das T-Shirt war blutgetränkt. Oleksa sah zwischen mir und Lonny hin und her, seine Hände zuckten an seinen Seiten. Belustigt und ungläubig schüttelte Lonny den Kopf.

»Nun seht euch das an.« Seine Stimme war süß wie Honig und sie flößte mir genauso viel Angst ein wie sein Lächeln. »Wen haben wir denn da?«

Er kam auf mich zu und jede einzelne Zelle meines Körpers schrie mich an, endlich wegzulaufen. Reece hob langsam den Kopf. Seine Augen waren halb geschlossen und sein Blick ging ins Leere. Dann sah er auf die Motorhaube von Lonnys Auto. Auf mich. Er wurde ganz blass, als würde er einen Geist sehen. Er öffnete den Mund, um etwas zu sagen, und versuchte, auf die Beine zu kommen, aber Oleksa trat ihm in den Bauch, sodass er sofort wieder zusammensackte.

»Ich hab gesagt, lasst ihn gehen!« Ich hob den Baseballschläger und zielte nach der Windschutzscheibe.

Lonny lachte in sich hinein. Niemand bewegte sich. Er versuchte, mich hinzuhalten. Er dachte, ich würde bloß bluffen. Ich wog den Baseballschläger in der Hand, ließ ihn über meine Handflächen rollen. Lonny hob eine Augenbraue.

»Ich hab von deinem Zusammenstoß mit DiMorello heute gehört. Hab gehört, Whelan ist dir zu Hilfe geeilt. Hast du was mit ihm? Oder bist du bloß hier, um dich zu revanchieren?«

Ich wog meine Worte vorsichtig ab. Lonny war Reece gegenüber bereits misstrauisch. Die falsche Antwort könnte ihn umbringen.

»Was ich mit Reece habe oder nicht, geht dich gar nichts an.«

»Vielleicht aber doch, Boswell. Dein Freund hier will ziemlich krasse Pillen kaufen. Pillen, die süße Mädchen wie dich ziemlich derbe Sachen machen lassen.« Lonny zuckte die Achseln. »Aber was geht's mich an? Vielleicht machst du's ja eh schon.«

Er ließ den Blick über meinen Körper wandern und beäugte ausgiebig meine Brüste und Hüften, wobei er sich mit der Zunge über die Zähne fuhr und mit seinem Unterlippenpiercing spielte, sodass mir ganz schlecht wurde.

»Pass auf, dass dein Freund auf deiner Straßenseite bleibt. Ich weiß noch nicht so recht, ob ich ihn mag.« Lonny gab seinen Schlägern ein Zeichen. Der Stämmige ließ Reece los und sein kraftloser Körper sackte zu Boden.

»Dich allerdings ...«, Lonny sah mich an und wackelte mit dem Zeigefinger, »fange ich langsam an zu mögen. Und jetzt sieh zu, dass du deinen dünnen Arsch von meinem Auto bewegst. Das nächste Mal, wenn du so 'ne Show abziehst, breche ich dir deine hübschen Beine.«

Ich hatte keinen Zweifel daran, dass er das ernst meinte. Mit dem Baseballschläger in der Hand sprang ich auf der Seite von der Motorhaube runter, auf der Lonny nicht stand, und lief zu Reece.

»Dafür kannst du deiner Freundin danken«, sagte Lonny und

warf ihm ein Tütchen Pillen hin. Reece schwankte, er glänzte vor Blut und Schweiß, und rote Tropfen fielen auf den Plastikbeutel.

Ich spürte Lonnys Blick auf mir, als er ins Auto stieg. »Die Nummer werde ich nicht vergessen, Boswell.«

Der Lexus glitt fast unsichtbar und geräuschlos davon. Ich warf den Baseballschläger hin und setzte mich neben Reece. Ich hatte Angst, ihn zu berühren. Er hielt sich den Brustkorb und sein Atem ging flach und rasselnd.

»Was hast du dir nur dabei gedacht?« Er spuckte Blut aus, dann nahm er den Beutel und steckte ihn ein. »Er hätte dich umbringen können!«

»Was *ich* mir dabei gedacht hab? Was hast *du* dir dabei gedacht? Sieh dich doch mal an!«

Er hatte einen klaffenden Spalt in der Lippe, aus der ihm das Blut übers Kinn lief, und auch aus der linken Augenbraue sickerte Blut. Er war total blut- und dreckverschmiert, aber er hatte Glück gehabt. Oleksa war Rechtshänder, sodass Reece' Piercings nichts abbekommen hatten. »Du musst ins Krankenhaus. Kannst du aufstehen?«

»Nein! Ich kann nicht ins Krankenhaus. Die rufen sofort die Bullen.« Als er versuchte aufzustehen, verzog er vor Schmerzen das Gesicht. »Mir geht's gut. Hilf mir einfach hoch.«

Reece legte sich den linken Arm um den Brustkorb. Ich nahm den rechten Arm, und zusammen bekamen wir ihn auf die Beine. Stöhnend kämpfte er sich aus der Lederjacke und pellte sich aus dem T-Shirt. Er bekam schon überall riesige blaue Flecken.

Hilflos sah ich zu, wie er das T-Shirt zusammenknüllte und es sich gegen die Wunden im Gesicht drückte, um die Blutungen zu stoppen. Mit kontrollierten Atemzügen steckte er die Arme langsam wieder in die Jacke, dann ging er zu seinem Motorrad und stieg auf.

»Komm schon«, sagte er mit krächzender Stimme, als er den Ständer einklappte.

Er konnte mich mal. Ich trat nach dem hohen Gras und hob den Baseballschläger auf. »Ich geh nach Hause.«

»Leigh, warte!« Der Ständer rastete wieder ein und ich hörte Reece' Stiefel hinter mir.

Ich ging weiter.

»Leigh! Es tut mir leid.« Seine Entschuldigung hallte von den Wohnwagen wider. »Du kannst nicht nach Hause. Du kannst da heute Nacht nicht allein bleiben. Das ist viel zu gefährlich.«

Ich wirbelte herum. »Ich kann schon auf mich aufpassen!«

Er sah mich an, sah mich zum ersten Mal richtig an. Und ich wollte es. Wollte, dass er begriff, was ich bereit gewesen war zu opfern, auch wenn ich selbst nicht wusste warum.

Blut lief ihm ins Auge und er blinzelte und drückte sich das T-Shirt wieder auf die Wunde. »Du hättest dich nicht einmischen müssen. Hast du noch nie von einem Handy gehört?«

»Ich hab keins!«

»Das solltest du aber. Was ist, wenn dir was zustößt? Es wär für deine Sicherheit besser, du hättest ein Handy dabei statt …« Er deutete auf den Baseballschläger in meiner Hand.

Wütende Tränen stiegen mir in die Augen. »Nächstes Mal werde ich nicht stören!« Das Adrenalin verpuffte und ich fühlte mich nur noch verwundbar und verletzt.

Er stieß einen langen Seufzer aus. »Tut mir leid, dass ich dich angeschrien hab. Ich hätte mich bedanken sollen. Könntest du jetzt bitte den Baseballschläger loslassen und mit mir mitkommen?« Er hielt mir eine Hand hin und wartete.

Ich ließ den Baseballschläger fallen und sah auf meine Hände. Auf das Blut unter meinen Nägeln. Mein Kapuzenpulli und meine Hände waren blutverschmiert. Meine Hände zitterten und ich starrte sie an und rechnete beinah damit, dass sie jeden Moment zerbröselten. Reece fasste nach meinem Kapuzenpulli und zog mich an sich.

»Du musst ...« Er sah mir in die Augen, und sein Gesichtsausdruck spiegelte alle möglichen verworrenen Emotionen wider. Dann ließ er mich los und der Moment war vorbei. Er räusperte sich. »Du musst das hier festhalten, wenn ich fahre.« Er drückte mir das zusammengeknüllte T-Shirt in die Hand.

Ich warf einen Blick in Richtung unseres Wohnwagens, die ganze Reihe der Metallcontainer mit Bolzenschlössern und Bewegungsmeldern, die sich nie sicher genug anfühlten. Ich wollte nicht allein sein.

Ich setzte mich mit wackeligen Beinen aufs Motorrad. Er fasste hinter sich, nahm meinen Arm und drückte meine Hand mit dem T-Shirt auf die Wunde. Ich legte ihm den anderen Arm um die Hüfte und versteckte die Hand in meinem Ärmel, um die nackte, heiße Haut unter seiner Jacke nicht zu berühren.

»Wo fahren wir hin?«, fragte ich.

»Zu einer Freundin. Und dann bringe ich dich nach Hause.«

KAPITEL 17

Reece klopfte an die Tür eines einfachen Reihenhauses und ich zog mir die Kapuze tiefer ins Gesicht. Die Geräusche waren ganz ähnlich wie die in Sunny View: das Stampfen eines Subwoofers, das aus einem alten Auto mit heruntergelassenen Scheiben dröhnte, von nebenan hörte man die Nachbarn schreien und Glas splittern, Hundegebell. Gewohnte Geräusche waren nicht unbedingt immer beruhigend.

Reece klopfte noch einmal, dieses Mal lauter. Hinter dem Spion bewegte sich etwas. »Gena, ich bin's, Reece. Ich hab noch jemanden mitgebracht.« Die Türkette und das Schloss wurden geöffnet.

Das Mädchen, das offensichtlich Gena hieß, stand in der Tür und sah Reece ausdruckslos von Kopf bis Fuß an. Dann trat sie zur Seite und ließ uns hinein. Das kleine Zimmer war karg eingerichtet. Es gab ein verschlissenes Sofa und zwei umgedrehte Getränkekisten, die als Beistelltische dienten. In der Ecke stand ein kleiner Fernseher, der flackerndes Licht auf die zerschrammten Wände warf, und in der Küche lagen jede Menge leere Pizzakartons.

Gena lehnte sich an die Tür und beobachtete mich. Sie war mindestens achtzehn, vielleicht auch älter, hatte zimtfarbene Haut und schokoladenfarbene, mandelförmige Augen. Die Haare fielen ihr in lockigen, verschiedenfarbigen Strähnen über die Schultern. Sie wirkte ziemlich schrill. Zu viel Make-up. Zu viel Parfüm. Zu wenig Klamotten. Noch bevor wir ein Wort miteinander geredet hatten, wusste ich, dass ich sie nicht mochte. Sie deutete mit dem Kopf auf mich.

»Nicht wichtig«, murmelte Reece und machte eine abschätzige Handbewegung. »Nur jemand aus der Schule.«

Meine Wangen brannten. Wichser. Ich streckte Gena eine blutverschmierte Hand entgegen. »Ich bin die nicht wichtige Person, die gerade seinen Hintern gerettet hat. Freut mich, dich kennenzulernen.«

»Gena Delgado. Leigh Boswell«, verkündete Reece durch zusammengebissene Zähne. »Leigh ist eine Freundin von der West River High.«

Die beiden tauschten vielsagende Blicke. Ein stummes Zwiegespräch, von dem ich ausgeschlossen war und das ich bloß unbeholfen beobachten konnte.

Dann drehte Gena sich um, ging mit wiegenden Hüften in die Küche und erregte damit nicht nur meine, sondern auch Reece' Aufmerksamkeit. Für ihren Hintern hasste ich sie nur noch umso mehr. Ihre trendigen Klamotten bestanden aus ziemlich wenig Stoff – die Brüste waren in verführerische Kurven gepresst, die anzüglich aus ihrem rückenfreien Oberteil lugten, die Jeans saß ihr so tief auf den Hüften, dass man ihre geschwungenen Beckenknochen sah. Im gepiercten Bauchnabel trug sie einen goldenen Ring.

»Du siehst echt scheiße aus«, sagte sie. »Wer hat dich denn so durch den Fleischwolf gedreht?«

»Einer von Lonny Johnsons Leuten.« Reece folgte ihr in die Küche und tupfte sich Blut von der Wange.

»Dann kannst du ja froh sein, dass er dich so gründlich vermöbelt hat, dass Nicholson es sich jetzt sparen kann.« Dampf stieg um sie herum auf, als heißes Wasser aus dem Hahn schoss. »Der wird austicken, wenn er dich sieht.«

Ich versteifte mich. Woher wusste Gena von Nicholson? War sie etwa auch von der Drogenfahndung? Ich versuchte, möglichst unbeteiligt auszusehen, und tat so, als hätte ich den Namen noch nie vorher gehört.

»Wer ist Nicholson?«

»Ein Bulle«, sagte sie selbstgefällig und beugte sich vor, um in einem der Küchenschränke zu wühlen. »Reece darf sich eigentlich nicht prügeln.«

»Nicholson wird es überhaupt nicht mitbekommen.«

»Ach ja? Sagt wer?«

»Sagt der Kerl, der gerade Hundefutter aus meinem Gesicht gemacht hat. Vielleicht kennst du ihn sogar.« Reece' Stimme wurde lauter, als Gena anfing, mit Töpfen und Pfannen zu klappern. »So ein Arschloch namens Petrenko.«

Das Klappern hörte auf.

Für einen Augenblick sagte niemand etwas.

Gena machte den Schrank zu. »Was ist passiert?«

»Lonny hatte auf einmal Schiss bekommen.«

Sie stellte eine Schüssel in die Spüle und drehte sich zu Reece um. »Wieso das?«

»Keine Ahnung. Alles lief gut. Bis ich ihn nach ein bisschen Ketamin gefragt hab und er … keine Ahnung … Er ist einfach ausgetickt und meinte, ich wäre ein Spitzel.« Wieder eine bedeutsame Pause. Ein kurzer Blickwechsel. Reece nickte. »Er hat sich aber wieder eingekriegt.«

»Wie das?«

»Ich weiß auch nicht genau.« Dieses Mal warf er mir einen vielsagenden Blick zu.

Gena brachte eine Schüssel mit heißem Wasser, ein paar Handtücher und einen Erste-Hilfe-Kasten ins Wohnzimmer. Sie zog eine Holzkiste vor die Couch, stieß Reece neben mich in die Polster und setzte sich zwischen seine Beine. Ich sah weg, als sie ihm aus der Jacke half und anfing, die schlimmsten Wunden zu reinigen. Er zuckte zusammen und fluchte, und sie tätschelte ihm spielerisch die Schulter. Jedes Mal, wenn sie ihn berührte oder sich vorbeugte, um sein Gesicht näher zu betrachten, krampfte sich mir der Magen zusammen.

Reece hatte gesagt, ich wäre *nicht wichtig*, und das tat mehr weh, als es sollte. Ich wollte lieber nicht wissen, ob *sie* ihm irgendwie wichtig war.

Er sah mich mit seinem guten Auge an und berührte mein Bein. Reflexartig zog ich es zurück.

»Alles okay?«, flüsterte er. Ich nickte und rückte ein Stück von ihm ab. Ich war gereizt und erschöpft. Ich wollte nichts mehr fühlen. Er zog die Hand zurück, wischte sich mit beiden Händen über die Jeans und ballte sie dann zu Fäusten, um den restlichen Dreck und das getrocknete Blut zu verbergen.

Gena begutachtete ihre Arbeit. »Pass auf, dass du das Klammerpflaster sauber und trocken hältst. Ich glaub, genäht werden muss es nicht. Du hast ein paar geprellte Rippen, also mach die nächsten Tage besser keine verrückten Sachen.« Sie warf ihm ein sauberes T-Shirt zu. »Das hast du letztes Wochenende in meinem Auto vergessen. Ich hab's für dich gewaschen.« Sie grinste und wieder lief eine wortlose Unterhaltung zwischen den beiden ab. Ich musste dringend an die frische Luft.

»Ich warte draußen auf dich«, sagte ich und war schon halb bei der Tür. Ich hatte keine Lust zuzusehen, wie er ihr einen Gutenachtkuss gab.

Doch seine Hand lag bereits auf dem Türknauf. »Nicht nötig«, sagte er in scharfem Tonfall. »Gute Nacht, Gena«, knurrte er. »Und vielen Dank.«

»*Ten cuidado, mi hermano.*«

Ich verstand kein Spanisch, aber sie lächelte ihn zwinkernd an. Er warf ihr einen ermahnenden Blick zu, als er sich zu ihr herunterbeugte und ihr ein Küsschen auf die Wange gab. Dann zog er die Tür hinter uns zu.

• • •

»Lass mich hier runter.« Das Motorrad dröhnte durch Sunny View, und einen Block von unserem Wohnwagen entfernt blieben wir stehen. Monas Schicht ging von acht bis vier. Sie würde frühestens in einer Stunde nach Hause kommen, aber ich legte keinen Wert darauf, von den Nachbarn verpfiffen werden. Reece stellte den Motor ab und wartete, bis ich mich aus dem Helm befreit hatte. Meine Haare waren ein einziges Wirrwarr, ich strich sie mit meinen dreckigen Fingern glatt und mochte mir gar nicht vorstellen, wie ich gerade aussah. Er blickte mich an.

»Was hast du eigentlich auf dem Spielplatz gemacht?«

Ich schleuderte ihm den Helm entgegen. »Außer dich zu retten?«

Er fing den Helm vor seinen geprellten Rippen ab und biss die Zähne zusammen. Dann nahm er ihn in die Hände, als wollte er ihn nach mir werfen. »Das meinte ich nicht.«

»Ich könnte dich das Gleiche fragen.«

Er senkte die Stimme. »Du weißt ganz genau, was ich dort gemacht hab.«

»Ja, ich hab's gesehen. Und es hat mir einen ganz schönen Schrecken eingejagt!«

»Ich muss nur eins wissen ... Warst du da, um Lonny zu treffen?« Er blickte mir in die Augen und wartete auf meine Antwort, als wenn davon ein Leben abhinge. Nur warum fühlte es sich an, als ginge es dabei um mein Leben?

»Ich war deinetwegen da.« Ich spürte, wie ich rot wurde, und war froh um die Dunkelheit. »Ich hatte dein Motorrad gesehen. Ich dachte, du wärst vielleicht da ... um ein Mädel klarzumachen ...«

»Ein Mädel klarzumachen?« Es klang absolut lächerlich aus seinem Mund. Vor allem mit seinem verblüfften Gesichtsausdruck dazu. »Und du dachtest, du kommst einfach mal hinterher?«

Ich wurde ganz klein. »Ich weiß auch nicht ... Irgendwie dachte ich wohl ... du bräuchtest vielleicht Hilfe ... oder so.«

»Das war ziemlich blöd«, murmelte er.

»Du hast recht. Es war blöd. Es war blöd, mir Gedanken darüber zu machen, ob du vielleicht in Schwierigkeiten steckst. Es war blöd zu denken, du könntest vielleicht meine Hilfe brauchen.«

Er ließ den Kopf hängen und starrte auf den Helm vor seiner Brust, als wollte er noch etwas sagen, was er aber nicht tat. Wieder hatte ich dieses Gefühl zu zerfallen, und für einen kurzen Moment wünschte ich mir, er würde mich so an seine Brust drücken.

»Wie auch immer.« Ich lief nach Hause und die Stufen hinauf.

Der Baseballschläger lehnte an der Tür.

KAPITEL 18

Washington liegt nicht in DC. Der Turm weist dir den Weg.
Er ist 68 Fuß höher als dreimal die Länge seiner Grundfläche.
Wenn die Summe von beidem 1.380 beträgt, wirst du am Ende des Tages wissen, wo du mich triffst.

Wieder ein Rätsel mit einem toten alten Mann. Wir waren auf dem Schulausflug zum Vergnügungspark Kings Dominion und ich lehnte mich in der engen, schwankenden Toilettenkabine des Reisebusses gegen das Waschbecken, um etwas Halt zu finden. Es stank nach Kloake, was meine Reiseübelkeit nicht unbedingt besser machte. Ich schrieb die Zahlen ab und spielte auf meiner Handfläche ein paar Gleichungen durch.

Höhe = $(3x + 68)$
$(3x + 68) + x = (4x + 68)$
$(4x + 68) = 1380$
$x = 328$
Höhe des Turms = 1052 Fuß

Irgendwie ergab das keinen Sinn. Diese Zahlen waren genauso nichtssagend wie die auf Marcias Arm. Ich war müde – erschöpft nach einem langen Abend mit Reece und drei Stunden unruhigem Schlaf –, aber trotzdem konnte es nicht sein, dass ich mich dermaßen verrechnet hatte. Ich überprüfte die Gleichungen. Verglich sie noch einmal mit den Zahlen in der Anzeige.

Die Rechnung stimmte, aber die Lösung konnte trotzdem nicht richtig sein. Es gab keinen Turm mit mehr als tausend Fuß, also dreihundert Metern Höhe in Virginia, und in Washington, D.C. auch nicht. Verdammte Scheiße, der nächste Turm mit über tausend Fuß war in Frankreich!

Ich zerknüllte die Seite. Lass es bleiben, sagte ich mir. Die Antwort auf das alles war so simpel. Lass die Zeitung einfach auf dem Klo und geh.

Ich strich die Seite wieder glatt. Ging die Zahlen noch mal durch.

Jemand klopfte an die Tür und rüttelte am Griff. Ich riss die zerknitterte Anzeige raus, stopfte sie in die Hosentasche und faltete den Rest der Kontaktanzeigen für später wieder zusammen.

Zurück auf meinem Platz neben Jeremy schnüffelte ich an meinem Ärmel. Ich hoffte nur, ich roch nicht nach Reisebusklo.

»Geht's dir gut?«, fragte er.

»Mir ist nur ein bisschen schlecht.« Das war noch nicht mal gelogen.

»Was ist das?« Jeremy runzelte die Stirn und fasste nach meiner Hand. Ich zog sie weg.

»Nur eine Matheaufgabe, die ich zu lösen versuche.«

»Ich meine nicht die Zahlen.«

Er meinte die Druckerschwärze an meinen Fingern.

»Hast du etwa da drin die Kontaktanzeigen gelesen?«, fragte er ungläubig.

»Nein«, sagte ich abwehrend.

»Ist das dein Ernst? Du suchst in einer Bustoilette nach ihm?« Er sah angeekelt aus. »Das ist echt krank.«

»Wenn es dich beruhigt, werde ich mir sofort, wenn wir da sind, die Hände waschen«, sagte ich, um Leichtigkeit bemüht.

Jeremy schüttelte den Kopf. »Es ist jetzt fünf Jahre her, Leigh. Willst du es nicht langsam mal gut sein lassen?«

»Das kann ich nicht. Was ist, wenn er doch noch zurückkommt?«

»Er kommt nicht mehr zurück, und du verschwendest noch dein ganzes Leben, wenn du weiter auf ihn wartest. Der Typ ist es nicht wert.« Er klang wie Mona. Wenn ich die Augen zumachte und ihn berührte, würde er vielleicht sogar genauso schmecken wie sie. Ich rückte näher ans Fenster und verschränkte die Arme über meinen Händen.

»Nur weil dein Vater ein Arschloch ist, heißt das noch lange nicht, dass alle anderen Väter auch welche sind.«

»Nee, deiner ist ein Versager. Er hat dich *sitzen gelassen.*«

»Er hatte sicherlich seine Gründe.«

»Ja, ungefähr zweihundertsiebenundvierzigtausend Gründe«, murmelte er.

Ich riss den Kopf herum. »Was hast du gesagt?«

Jeremy wandte den Blick ab. »Nichts.«

Die Zahl war zu genau, sein Ton war zu sicher gewesen. Ich fasste nach seinem Arm, da musste noch mehr sein, was er nicht sagte. Als ich ihn berührte, spürte ich seine Angst als einen heißen Funken an meiner Zungenspitze. Er versuchte, sich mir zu entziehen.

Seine Gefühle waren ein einziges Chaos, flüchtige Gerüche, die ich nicht zu fassen bekam. Er verheimlichte mir etwas.

»Was verschweigst du mir, Jeremy?«

Die Trauer in seinem Blick war nicht seine eigene. Er war meinetwegen betrübt. Ich fühlte, wie er eine Entscheidung traf. Schmeckte den bitteren Geschmack der Resignation.

»Weißt du noch, wie du mich darum gebeten hast, diese Suchmaschinen-Alerts einzurichten? Ich hab einen für jeden der Namen auf den Führerscheinen eingerichtet, von denen du mir erzählt hast. Alle paar Wochen hab ich eine Mail bekommen, aber die Ergebnisse waren eigentlich ziemlich nichtssagend. Bis ich vor drei Monaten ein Muster erkannt habe.« Jeremy entzog mir seinen Arm und holte sein iPad aus dem Rucksack. Er legte es sich auf den Schoß und wischte ein paarmal über den Bildschirm, bis eine Seite mit Suchergebnissen zu sehen war. Er scrollte langsam runter und zeigte auf die Namen, die mit denen auf den gefälschten Führerscheinen meines Vaters übereinstimmten. »Aber das ist noch nicht alles. Guck dir mal die Artikel an, in denen die Namen gefunden wurden.«

Ich las die Überschriften. Jeder der Männer wurde als Gewinner eines professionellen Pokerturniers bekannt gegeben. Eins in Las Vegas. Eins in New Jersey. Und eins in Los Angeles. Die Gewinne ergaben insgesamt zweihundertsiebenundvierzigtausend Dollar. »Das kann nicht sein«, sagte ich, obwohl mir mein Bauchgefühl sagte, dass es stimmte. »Mein Vater ist ein Berufsspieler?«

»Tut mir leid, ich wollte es dir eigentlich nicht erzählen«, sagte Jeremy leise und fasste nach meiner Hand.

Ich versteckte sie schnell unter meinem Arm. Ich brauchte jetzt

Zeit für mich allein, um zu verarbeiten, was ich gerade erfahren hatte. Ich lehnte die Stirn gegen das Fenster, als die ersten Gipfel der Achterbahnen auftauchten und der Bus auf einmal von aufgeregtem Stimmengewirr erfüllt war.

»Bist du sauer auf mich?«, fragte er.

Ich wäre gern sauer gewesen. Er hatte mir etwas verschwiegen. Etwas Wichtiges. Aber es wäre scheinheilig von mir gewesen. Natürlich war Jeremy schlecht auf meinen Dad zu sprechen. Jeremy hatte seinem Vater Geld gestohlen, damit wir unsere Miete zahlen konnten. Er kaufte mir regelmäßig mein Frühstück und fuhr mich zur Schule. Und in fünf Jahren hatte ich nicht einen einzigen Schulausflug verpasst, weil Jeremy immer für mich bezahlte und nie irgendeine Gegenleistung dafür haben wollte.

Er sah immer noch auf die Stelle, wo eben noch meine Hand gelegen hatte. Sein Gesichtsausdruck tat mir in der Seele weh. Ich setzte die Kapuze auf, klappte die Armlehne zwischen uns hoch und kuschelte mich an ihn. Er legte die Wange an meinen Kopf.

»Danke für heute«, sagte ich leise.

Sein trauriges Lächeln verriet mir, dass meine Dankbarkeit fast, aber eben nur fast genug war.

KAPITEL 19

Teddys Lachen war ansteckend. Er hatte mich mit unserem »Date« zum Karussellfahren schon das ganze Halbjahr genervt, und es war mir die letzten drei Monate immer mehr wie eine Verpflichtung vorgekommen. Noch jemandes Erwartungen, die ich erfüllen musste.

Aber letztendlich war es seltsam befreiend. Die unheimlichen Kontaktanzeigen, das unsichere Stipendium, Jeremys Stimmungsschwankungen, was ich gerade über meinen Dad erfahren hatte, wie übel Reece zugerichtet worden war, sogar Marcias Tod – das alles geriet für ein paar Minuten in Vergessenheit, als ich Teddys Hand nahm und froh darüber war, gerade mit jemandem zusammen zu sein, der nichts weiter von mir wollte als nur diesen Moment.

Beinah hätte ich Jeremys Reflexion in der verspiegelten Mitte des Kettenkarussells übersehen. Beinah hätte ich Reece übersehen, der sich gegen das Metallgeländer lehnte. Doch zusammen lasteten ihre Blicke so schwer auf mir, dass ich das Gefühl hatte, sie würden das Kettenkarussell anhalten.

Teddy ließ unsere Hände vor- und zurückschwingen, als er mit mir die Treppe hinunterging. Jeremy machte einen Schritt auf uns zu.

»Ich übernehme dann, Kumpel.« Er blickte auf unsere Hände und schenkte Teddy ein mattes Lächeln.

Ich hätte Teddy gern zum Karussell zurückgezogen, um noch eine Runde mit ihm zu fahren, aber Jeremys Gesichtsausdruck verriet, dass er keine Lust hatte, noch länger zu warten.

»Danke für das Date, Teddy.« Mir taten vom vielen Lachen die Wangen weh und ich drückte noch ein letztes Mal seine Hand. Er beugte sich vor und küsste mich errötend auf die Wange.

»Das war sehr schön, Leigh«, sagte Teddy so betont, als hätte er es vorher geübt. Dann ließ er meine Hand los und nahm seine Fröhlichkeit mit. Er jubelte seinen wartenden Freunden über die Menge hinweg zu: »Ich hatte ein Date! Mit einem Mädchen! Ich hatte ein Date!«

Ich strich mir über die Wangen, um mir das Grinsen vom Gesicht zu wischen, aber es war sofort wieder da. Als Teddy in der Menge verschwand, vermisste ich ihn bereits.

Jeremy blickte finster drein und ich vergrub die Hände in den Taschen, als ich mich seinem ungeduldigen Gesicht zuwandte.

»Was ist los?«

»Ich kapier's nicht«, sagte er mürrisch. »Du hältst mit jemandem wie Teddy Händchen ... lässt dich von ihm küssen ...«

»Was willst du damit sagen?«

Die Orgel des Karussells begann wieder zu spielen. Jeremy verzog das Gesicht und sagte nichts weiter. Was wahrscheinlich auch gut so war. Mir missfiel die Vorstellung, dass er denken könnte, mit Teddy stimmte irgendwas nicht. Oder dass er vielleicht meinte, er hätte irgendein Recht, darüber zu bestimmen, wen ich küsste.

»Störe ich?« Reece nahm seine Sonnenbrille ab und stellte sich in entspannter Pose neben mich. Auf Jeremys Gesicht spielten sich alle möglichen Gefühle ab. Als er Reece' blaues Auge und die geschwollene Lippe sah, wandelte sich sein Ausdruck von verärgert über verwirrt zu verängstigt.

»Nein«, antwortete ich und sah Jeremy immer noch mit bohrendem Blick an. »Überhaupt nicht.«

»Dann wird es ihm ja nichts ausmachen, wenn ich dich kurz ausleihe.« Reece hielt mir einladend die Hand hin.

Ich wurde von freudiger Erregung erfasst, aber ich konnte seine Hand nicht nehmen.

»Was machst du denn hier?«, fragte ihn Jeremy, offenbar hatte ihm mein Zögern Mut gemacht. »Ich dachte, du hast Schulverbot.«

Reece zuckte die Achseln. »Ich hab kein Vergnügungsparkverbot. Und ich habe Eintritt bezahlt.«

»Das hab ich auch! Und zwar für Nearly!«

Ich machte einen Schritt zurück. Der Mund blieb mir offen stehen, als hätte Jeremy mich geohrfeigt. Damit hatte er eine Grenze überschritten. Ich war nicht käuflich.

Ohne ein Wort zog ich mir den Ärmel über die Finger und nahm Reece' Hand.

• • •

Reece führte mich an den süßen Gerüchen von Fettgebackenem, an Achterbahnen und Autoscootern vorbei, bis wir die Holzplattform einer Wildwasserbahn betraten. Ich blieb wie angewurzelt stehen und hielt damit die ganze Schlange auf.

»Was machen wir hier?«

»Wonach sieht es denn aus?« Er blinzelte mich mit seinem geschwollenen, lilafarbenen Auge an und das Klammerpflaster kräuselte seine Haut.

»Tut mir leid«, sagte ich und zeigte auf sein ramponiertes Gesicht. »Tut es weh?«

»Mir geht's gut. Glaub mir, ich hab schon Schlimmeres durchgemacht.« Er versuchte ein Lächeln, aber der Spalt in seiner geschwollenen Lippe drohte wieder aufzuplatzen. »Aber wenn du mir was Gutes tun willst …« Er blickte zur Wildwasserbahn. Die Leute hinter uns wurden langsam ungeduldig.

»Okay! Dann hör aber jetzt auf zu bluten!«

Reece lachte und ich folgte ihm die Rampe hinauf, wo man in die Boote einstieg. Er nahm den hinteren Platz und ich setzte vorsichtig einen Fuß nach vorn, bis ich von einer Einweiserin aufgehalten wurde. »Oh nein, Süße. Zwei auf einen Platz.« Sie winkte das nächste Pärchen heran und stieß mich nach hinten. Es war nur noch ein Platz übrig, und der war auf Reece' Schoß.

»Worauf wartest du?«, stichelte er.

Mein Magen vollführte einen Salto. Die Einweiserin schob mich ein Stück weiter und ich stieg unbeholfen ins Boot. Reece fasste nach meinem Sweatshirtrücken und zog mich zwischen seine Beine.

Mein Gesicht glühte, als das Boot losruckelte und durch die Schleuse fuhr. Ich klammerte mich an die Haltegriffe. Nach ein paar leichten Kurven stürzte das Boot die erste Abfahrt hinunter und wurde dann mit einem langsamen *Klick, klick, klick* über das Förderband wieder hochgefahren. Die Schwerkraft drückte mich gegen Reece' Brust. Sie war hart und weich zugleich, und obwohl meine Bauchmuskeln sich zusammenkrampften, merkte ich, wie ich mich immer mehr an ihn schmiegte, während wir langsam höher fuhren. Mein Kopf lehnte an seiner Schulter, und sein Hals war viel zu nah an meiner Schläfe. Ich konzentrierte mich auf das Wasser, erinnerte mich an den tiefen Fall am Ende der Fahrt, aber ich fühlte nichts anderes als das Auf und Ab seines Brustkorbs und wie ruhig seine Atmung war verglichen mit meiner.

»Hast du Angst?«, flüsterte er an meinem Ohr, aber ich fühlte es am ganzen Körper.

Ich war wie gelähmt vor Angst. »Vielleicht.«

Das Boot quietschte und hing für den Bruchteil einer Sekunde in der Luft, bevor es ins Nichts fiel. Ich schrie und drückte mich an ihn.

Dann bremste uns das Wasser ab und kichernd und triefnass fuhren wir noch durch ein paar seichte Kurven und wieder zurück zur Plattform. Als ich ausstieg, waren meine Beine wie aus Gummi.

Während wir die Rampe wieder hinuntergingen, schüttelte sich Reece das Wasser aus den Haaren, und die Tropfen landeten auf meinen Brillengläsern und perlten langsam herunter. Als ich aufblickte, sah Reece mich an, so wie er es im Diner getan hatte.

Er wirkte auf einmal ganz ernst und machte einen Schritt auf mich zu, und noch einen. Und dann stand er direkt vor mir und ich konnte nicht mehr atmen. Er hob eine Hand und ...

»Nicht«, flüsterte ich.

»Ich wollte dich nicht ...« Er presste die Lippen aufeinander, dann versuchte er es noch einmal. »Ich hatte nicht vor, dich ... dein Gesicht ... ist ganz nass ...« Seine Stimme war ganz sanft und er sah mich irgendwie traurig an.

Ich rührte mich nicht. Drehte mich nicht weg. Hielt ihn nicht auf, als er langsam wieder die Hand hob. Wäre es so schlimm, mich von ihm berühren zu lassen, jetzt in diesem Moment, in dem er an mich dachte? Wäre es so schlimm zu erfahren, was er wirklich wollte? Zu erfahren, ob irgendetwas hieran echt war?

Er umschloss mein Gesicht, fuhr mir mit dem Daumen über die Wange und strich die Wassertropfen weg. Unter seiner Haut strahlte eine Wärme wie Sonnenlicht. Fegte mir über die Wange wie ein warmer Wind. Ich schloss die Augen und atmete Sommer, hörte das Lachen zwischen den Schreien und Rufen von den Fahrgeschäften.

Reece löste den Daumen von meiner Haut und ich fasste nach seinem Handgelenk, wollte noch etwas mehr von der unerwarteten Schönheit, von der ich gerade gekostet hatte. Aber sie war weg. Stattdessen fuhr mir ein eisiges Gefühl den Rücken hinab und die Nackenhaare stellten sich mir auf. Verwirrt öffnete ich die Augen und sah, wie Reece über meine Schulter hinter mich blickte.

Seine Wut schnitt in meine Adern. Ich ließ ihn los, und als ich mich umdrehte, sah ich auf einer Bank Oleksa und Lonny sitzen, die uns beobachteten. Lonny saß zurückgelehnt mit einem Arm über der Rückenlehne vollkommen gelassen da. Oleksa hockte mit auf die Knie gestützten Armen neben ihm und massierte sich die Fingerknöchel, während er Reece einen vielsagenden Blick zuwarf. Zwischen den dreien lief ein stummer Wortwechsel ab. Waren sie überhaupt so unterschiedlich? Reece und Lonny und Oleksa?

»Warte hier auf mich«, knurrte Reece. »Ich muss mich mal eben um was kümmern.« Er ging rüber zur Bank, die Hände jederzeit bereit an den Seiten.

Da stand ich also und wartete. Während die Leute und die Farben und der Himmel um mich herumwirbelten und ich nur noch ein kleines Schwarz-Weiß-Bild von Sunny View vor mir sah. Mittendrin Reece, der mich vergessen ließ, was er war, mich in sich aufsaugte, mir sagte, ich solle auf ihn warten.

Ich hatte mich von ihm berühren lassen. Hatte gegen alle meine Regeln verstoßen.

Ein Tütchen wechselte den Besitzer. Dann ein Bündel schmuddeliger grüner Scheine.

Ich rannte los. Floh in die Menge, drängte mich hinein, bis sie mich verschluckte.

»Nearly!«, rief Reece hinter mir her.

Aber ich war weg.

• • •

Die Sonne stand bereits tief, als ich zum Ausgang trottete, wo wir abgezählt wurden und dann darauf warteten, in die Busse steigen zu können. Jeremy lehnte mit einer rosafarbenen und einer hellblauen Zuckerwatte in den Händen am Zaun und blickte in den Springbrunnen. Er sah nicht auf. Manchmal war es eben besser, nichts zu sagen. Er hielt mir die rosafarbene Zuckerwatte hin. Ich nahm die blaue.

Wir standen eine Weile so da, pickten an unserer Zuckerwatte und ließen sie uns auf der Zunge zergehen. Es kam mir ziemlich spät vor, als würden wir schon viel zu lange warten, und langsam wurden alle unruhig. Ich schirmte die Augen gegen die untergehende Sonne ab. Die Strahlen brannten mir auf der Stirn, während ich die Promenade nach einer Uhr absuchte. Mein Blick wanderte das grüne Metallgerüst vor den Springbrunnen empor, eine Nachbildung des Eiffelturms, dessen immer länger werdender Schatten der einzige Hinweis auf die späte Uhrzeit war.

»Wie spät ist es?«, frage ich Jeremy. Die Geschäfte zogen bereits die Gitter vor ihre Ladentüren. Der Park würde gleich schließen.

»Wir sollten eigentlich schon vor einer halben Stunde losfahren.«

Lehrer in den blau-weißen T-Shirts der West River High liefen mit Klemmbrettern umher und bewegten sich durch die Menge. »Rose ist noch nicht wieder da«, riefen sie. »Hat irgendjemand Rose Washington gesehen?«

Ich hatte Rose den ganzen Tag noch nicht gesehen. Was nicht besonders ungewöhnlich war für einen Vergnügungspark dieser Größe, aber es war ungewöhnlich für Rose, zu spät zu kommen. Ich trat nach dem Boden und die Blasen an meinen Fersen schmerzten noch mehr. Hinter mir lachte ein Kleinkind in einem Buggy, während die Lehrer weiter Rose ausriefen. »Hat irgendjemand Rose Washington gesehen?«, wiederholten sie jetzt lauter.

Wieder hatte ich dieses komische Gefühl, als ob mir irgendetwas auf der Zunge läge. Dann fiel es mir wieder ein.

Washington liegt nicht in DC. Der Turm weist dir den Weg ... am Ende des Tages wirst du wissen, wo du mich triffst.

Mit Washington waren weder die Stadt noch der Staat noch der erste Präsident der Vereinigten Staaten gemeint.

In der Anzeige ging es um Rose.

Ich sah auf die Rechnung auf meiner Handfläche. Höhe des Turms = 1.052 Fuß. *Er ist 68 Fuß höher als dreimal die Länge seiner Grundfläche. Wenn die Summe von beidem 1.380 beträgt, wirst du am Ende des Tages wissen, wo du mich triffst.* Blinzelnd blickte ich auf die Nachbildung des Eiffelturms, hinter dem die Sonne gerade unterging. Der echte Eiffelturm war über tausend Fuß hoch. Das musste es sein.

Wieder schirmte ich meine Augen ab und sah vom Fuß des Turms bis zur Spitze. Die Aussichtsplattform war leer, für die Nacht geschlossen. *Der Turm weist dir den Weg.* Nein. Nicht der Turm wies den Weg. Sein Schatten zeigte in Richtung Osten und er wurde von Minute zu Minute länger.

Wie von der Tarantel gestochen rannte ich los.

»Leigh!«, rief Jeremy mir nach. Gleich darauf hörte ich seine schweren Schritte direkt hinter mir. »Wo willst du hin?«

Ich wusste nicht, wo genau ich sie finden sollte, aber ich rannte einfach dem Schatten hinterher immer weiter in den Vergnügungspark hinein und hoffte, dass der Schatten weit genug reichte. Fluchend und schwitzend lief ich durch die mir entgegenkommenden Scharen von Menschen, die alle auf dem Weg zum Ausgang waren. Langsam wurden die Wege leerer und ich kam schneller voran – bis vor mir auf einmal eine Wand aus Leuten stand. Abrupt bremste ich ab und blieb wie angewurzelt vor den Toiletten neben der Geisterbahn mit dem Namen *Die Grotte* stehen. Jeremy kam kurz nach mir an.

Vor dem Eingang zur Damentoilette hatte sich eine Traube von Menschen gebildet, die auf den Zehenspitzen stehend die Hälse reckten. Eine Stimme von drinnen rief: »Wir brauchen einen Notarzt!« Die Leute blickten sich besorgt an und zückten die Telefone. Jemand lief los, um einen Parkaufseher zu finden.

»Was ist los? Was ist passiert?«, fragte ich völlig außer Atem eine Frau vor mir.

Ohne den Blick von der Toilettentür abzuwenden, sagte sie: »Da drinnen liegt wohl ein totes Mädchen.« An der offenen Tür hing ein im Wind wehendes Blatt Papier. AUSSER BETRIEB, stand in blauen Großbuchstaben darauf.

Ich hatte Rose Washington gefunden.

KAPITEL 20

»Ich muss ihr helfen! Lass mich!« Mit Händen und Füßen versuchte ich mich von Jeremy loszumachen.

Er hielt mich nur noch fester. »Wem helfen, Leigh? Du weißt doch noch nicht mal, was passiert ist. Wenn da wirklich eine Leiche liegt, wird es hier in ein paar Minuten von Polizei und Sanitätern nur so wimmeln und wir haben hier nichts verloren! Wir müssen zurück zu den Bussen!«

Ich hatte das Gefühl, zu ertrinken, während ich nach der Sirene des Rettungswagens lauschte, der immer noch nicht kam, und versuchte, über die Menge hinweg etwas zu sehen. Die Worte *ein totes Mädchen* erklangen immer wieder an der Oberfläche.

Nein, nicht tot. Rose durfte nicht tot sein. Ich zog an Jeremys Fingern, bis ich ihm meine Hände entwinden konnte, und dann rammte ich ihm den Ellbogen in die Rippen. Ich hörte ihn ächzen, als ich in die Menge schoss und mich wild entschlossen, zu Rose zu gelangen, hindurchboxte. Ich musste sie berühren. Ich blendete alles andere aus, die Gerüche, die Verärgerung der Leute, die ich zur Seite stieß, die makabre Schaulust derer, die ich berührte, und drängte mich zur Toilette durch. Gestank und Schweiß und Angst schlugen mir entgegen. Ich zwängte mich weiter hinein und hörte Jeremy nach mir rufen.

Drinnen drängten sich die Leute vor einer der Kabinen. Sie wedelten mit den Händen vor ihren Gesichtern, um den Gestank von Verbranntem zu vertreiben. Durch eine Lücke sah ich Rose' Sandalen aus der offenen Kabinentür ragen. Neben ihr, eingezwängt zwischen ihrem Körper und der Wand, kniete ein Mann. Er hustete und seine Augen tränten wie verrückt. Ich schob mich weiter vor. Der Mann fasste nach Rose' Handgelenk, konnte aber offenbar keinen Puls finden. Auf seinem Gesicht zeichnete sich blanker Horror ab, als er ihren Arm vorsichtig von sich weghielt. Aschgraue Blasen bildeten sich auf ihrer Haut und auf ihrem Unterarm zeichneten sich eine Form ab.

Die Leute schnappten entsetzt nach Luft, als sich die Zahl Drei in ihren Arm fraß und eine triefende, weiße Spur zurückließ. Der Mann presste sich seinen Ärmel auf den Mund und ließ ihre Hand los.

Ich ging auf die Knie und fasste nach ihrem Fußgelenk, als mich von hinten zwei Hände packten und zurückzogen.

Es war nur ein Augenblick. Ein schwaches Flackern. Aber ich hatte sie gespürt.

Ich ließ mich von Jeremy wegzerren und die Menge verschluckte mich, als ich schrie: »Jemand muss ihr helfen! Sie lebt!«

• • •

Eine Stunde später saßen wir im Bus auf dem Weg nach Hause. Die Notausgangsleuchten warfen ein unheimliches Licht auf die ernsten Gesichter um uns herum. Bis auf das Dröhnen des Motors war alles still. Niemand sagte etwas. Eine Lehrerin war mit der Handvoll Schüler, die Rose vor ein paar Stunden als Letzte gesehen hatten, noch im Park geblieben. Jeremy hatte mich fortgezogen, bevor die Polizei ankam, und darauf bestanden, dass wir zurück zu den Bussen gingen. Er war ziemlich wütend gewesen und hatte sich den Brustkorb gehalten, während er mich hinter sich herzog. Als er meine Hand genommen hatte, konnte ich das Kupfer und Salz seiner Wut schmecken. Unsanft hatte er mich durch die Menge gezogen und ständig wiederholt, dass alles gut sein würde, wenn wir erst einmal wieder bei den Bussen wären. Sanitäter und Polizeibeamte liefen an uns vorbei und Jeremy hielt den Kopf gesenkt und murmelte mir ins Ohr, dass ich einfach weitergehen sollte. Alles würde gut werden, auch wenn seine beruhigenden Worte in krassem Widerspruch zu seinen Gefühlen standen. »Wir können nichts für sie tun«, hatte er gesagt und mich dicht an seiner Seite gehalten, bis wir im Bus waren.

Ich zog die Beine an, legte die Stirn auf die Knie und versuchte, das Bild von Rose' Brandblasen und der eingeätzten Drei auszublenden. Drei, achtzehn, zehn. Was hatten die Zahlen zu bedeuten? Wo war das Muster? Ich zwang mich, meine Aufmerksamkeit auf die Details zu richten, die nackten Tatsachen dessen, wovon ich Zeugin geworden war. Aber es war alles vom Chaos des Augenblicks und der Aufregung der Leute vernebelt.

Denk nach.

Ich holte tief Luft und konzentrierte mich. Fing mit dem Offensichtlichen an. Die Zahl auf Rose' Arm war eine chemische Verbrennung. Aber es war das aufsehenerregende Erscheinen der Zahl, das genau getimte Bleichen von Rose' kaffeebrauner Haut, die weißen Blasen im verbrannten Fleisch, die den Hinweis darauf gaben, welche Chemikalie möglicherweise benutzt worden war.

Informationsschnipsel kreisten in meinem Kopf wie Puzzleteile, die man auf der Suche nach einer logischen Verbindung auf dem Tisch umherschob. Langsam ergaben sie ein Bild. Die Säure war wahrscheinlich fettlöslich. Flusssäure war stark ätzend und zeigte trotzdem erst sehr spät Verbrennungssymptome auf der Haut. Man konnte sie in den meisten Baumärkten kaufen und es wäre ein Leichtes, sie in einer Wasserflasche in den Vergnügungspark zu schmuggeln. Ein paar Gummihandschuhe und eine kleine Atemmaske, um die Atemwege zu schützen, wären genauso einfach zu verbergen. Mehr wäre nicht nötig gewesen, um das Gift zu verabreichen, und eine sehr kleine Menge, nur ein paar Milliliter, wären schon ausreichend, um jemanden umzubringen.

Und doch hatte Rose Washington überlebt.

»Woher wusstest du es?«, schreckte Jeremy mich auf. Die Frage war kaum mehr als ein Flüstern im Dunkeln. Ich hob den Kopf und sah ihn an. Ich wusste nicht, worauf seine Frage abzielte. Wollte er wissen, woher ich gewusst hatte, wo ich sie finden würde, oder woher ich wusste, dass sie noch am Leben war? Es war aber auch egal. Ich konnte es ihm eh nicht sagen.

Ich ließ mein Schweigen für mich sprechen. Für Emily und Marcia und Rose. Für die geheimnisvollen Zahlen auf ihrer Haut. Es gab nichts zu sagen. Mein Puzzle bestand aus lauter Löchern, überall Teile, die nicht passten. Ich hatte auf nichts eine Antwort.

Stattdessen sagte ich: »Tut mir leid. Ich wollte dir nicht wehtun. Ich musste sie einfach nur sehen. Haben deine Rippen was abgekriegt?«

Jeremy massierte sie sanft. »Erinnere mich bitte daran, mich nie wieder von hinten an dich ranzuschleichen.«

»Warum warst du eigentlich so wütend?«

Er starrte mich kopfschüttelnd an, als könnte er nicht glauben, dass ich ihn das gerade wirklich gefragt hatte. »Du wärst beinah in etwas hineingeraten, was vielleicht der Tatort von einem versuchten Mord war, Nearly.«

»Aber es war Rose!«

»Nein, es war ein Fehler!«, sagte Jeremy bestimmt. Er meinte es ernst und sein Gesichtsausdruck ließ mich jedes Argument, das ich vorbringen wollte, herunterschlucken. »Auf der Polizeiwache befragt zu werden stand eigentlich nicht mehr auf dem Programm für heute. Und wenn ich dich vorhin nicht da weggeholt hätte, wärst du jetzt genau da.«

Ich wandte den Blick ab. Er hatte recht. Ich hatte einen Fehler gemacht, aber nicht den, von dem er sprach. Ich hätte den Hinweis eher entschlüsseln müssen, statt mich von Reece ablenken zu lassen. Ich hätte dort im Schatten des Turms warten sollen, vielleicht hätte ich dann verhindern können, was Rose zugestoßen war.

Wenn ich mehr Zeit in meine Bildung investiert hätte, statt einem Jungen hinterherzulaufen, wäre keine von uns beiden jetzt hier.

Ich hatte Jeremy wegen Reece stehen gelassen, hatte mich von Reece berühren lassen und sogar überlegt, ob das mit uns vielleicht etwas werden könnte ...

»Du hast recht«, räumte ich ein. »Es war alles ein großer Fehler.«

KAPITEL 21

Rose war das Erste, woran ich dachte, als ich am frühen Samstagmorgen aufwachte. Ich hastete zum Telefon und rief in der Hoffnung, dass er Neuigkeiten hatte, Jeremy an. Hatte sie die Nacht überlebt? Gab es irgendwelche Hinweise darauf, wer ihr das angetan hatte? Jeremy sagte, er hätte im Internet nach Informationen gesucht, aber da Rose minderjährig war, wurde ihr Fall vertraulich behandelt. Mir blieb also nichts anderes übrig, als zu hoffen. Und zu warten.

Mona schlief noch, also nahm ich ein paar Dollar aus der Keksdose, klemmte mir den Korb mit schmutziger Wäsche unter den Arm, warf mir den Rucksack über die Schulter und ging zum Waschsalon auf der anderen Straßenseite.

Samstagvormittags war es im Waschsalon immer leer, und das Pumpen und Spülen und Schleudern der Maschinen war lauter als der Lärm der Route 1. Ich versuchte zu lernen. Versuchte, die Maschinen jeden anderen Gedanken in meinem Kopf übertönen zu lassen, aber ich konnte mich nicht konzentrieren. Als ich klein war, waren mein Dad und ich samstags vormittags immer zusammen waschen gegangen. Er hatte mich mit Kartentricks unterhalten, bis der Waschgang fertig war, und dann haben wir bei Bui's nebenan Donuts gegessen, während die Wäsche im Trockner war. Aber die Erinnerung an ihn, die einst so klar gewesen war, war inzwischen verschwommen, wie in Rauch gehüllt, und ich wusste nicht mehr, was wirklich war und was ich mir ausmalte.

Mein Vater konnte keiner von diesen Leuten sein, die Jeremy gefunden hatte. Ein Spieler. Ein Hochstapler. Ein Mann, der aus unerfindlichen Gründen seine Familie sitzen ließ. Er konnte keiner von diesen Leuten sein, weil er wie ich war. Er hatte die gleiche Vorliebe für Süßes. Die gleiche Nase und die gleichen Augen. Er war intelligent. Das musste er sein. Ich zog das Foto aus meinem Rucksack und betrachtete ihn, wie er Arm in Arm mit seinen Freunden vom Belle Green Poker Club zusammenstand. Wie er sie berührte und lächelte.

Sie berührte, als wäre es ganz leicht. Als würde es ihn kein bisschen aus der Fassung bringen.

Vielleicht hatte ich falschgelegen. Ich legte das Foto zwischen die Seiten meines Lehrbuchs. Vielleicht waren wir uns ganz und gar nicht ähnlich.

• • •

Als ich später wieder in den Wohnwagen kam, hörte ich Mona in ihrem Schlafzimmer rumoren. Ich stellte den Wäschekorb auf den Tisch, zog eine Bratpfanne aus dem Backofen und machte den Herd an. Das Stück Butter glitt langsam in der warm werdenden Pfanne umher, während ich Milch mit Eiern und Zucker verrührte und zwei Scheiben Toastbrot in die Mischung legte. Ich ließ das Brot quellen und machte Mona in dem Katzenbecher, den ich ihr zum Muttertag geschenkt hatte, Kaffee. Mona mochte ihn stark mit einem ganzen Päckchen Süßstoff. Ich stellte ihn dampfend auf ihren Platz.

Ihre Zimmertür ging auf und Mona kam in die Küche und rieb sich die immer noch leuchtend grün geschminkten Augen. Die Mascara war verschmiert, das Weiße ihrer Augen blutunterlaufen, sodass ihre olivfarbene Haut fahl wirkte. Sie zog den Bademantel zu und strich sich die langen, nicht zu bändigenden Haare – unsere einzige Gemeinsamkeit – aus dem Gesicht.

Sie atmete tief ein, griff nach dem Kaffeebecher und trank einen kleinen Schluck. »Rieche ich French Toast?« Argwöhnisch runzelte sie die Stirn, aber hinter dem Becher versteckt sah ich den Ansatz eines Lächelns. »Gibt es einen besonderen Anlass?«

Ich schob eine Scheibe Toast auf einen Teller und stellte ihn auf ihren Platz. »Nein.«

Mit skeptischem Blick setzte Mona sich hin, während ich mich daranmachte, die Pfanne abzuwaschen. »Willst du darüber reden?«

»Nein«, sagte ich und verdrehte die Augen. Sie nahm noch einen Schluck Kaffee und sah mich weiter an. »Okay, vielleicht doch.«

Mona nickte wissend. Grinsend setzte sie die Gabel an, um eine Ecke Toast abzusäbeln. Sie aß ein Stück und beobachtete mich, wie ich in meinem Rucksack wühlte. »Hast du mal wieder die beste Arbeit geschrieben?«

Ich zog das Foto vom Belle Green Poker Club hervor und legte es auf den Tisch. Mona hörte auf zu kauen. »Wo hast du das her?«, fragte sie, legte die Gabel hin und griff nach dem Bild.

»Von Jeremy«, sagte ich. Die Details, wie er es gefunden hatte, verschwieg ich lieber. Ich hatte den Eindruck, dass sie mir sowieso nicht zuhörte. Sie beachtete mich gar nicht, sondern war mit ihren Gedanken ganz woanders. Nach etwa einer Minute knallte sie das Foto wieder auf den Tisch und schob es mir hin. Sie stopfte sich den Mund voll, kaute und versuchte, die Tränen in ihren Augen wegzublinzeln.

»Weißt du, wer das Foto gemacht hat?«, fragte ich und versuchte, möglichst gelassen zu klingen. Sie kannte das Foto. Sie hatte es schon mal gesehen, so viel war sicher. Verbittert starrte sie darauf.

»Jenna Fowler«, antwortete sie leise.

Ich brauchte einen Moment, um zu verarbeiten, was sie gerade gesagt hatte. Jeremys Mutter hatte das Foto gemacht. Und meine Mutter wusste es, weil sie dabei gewesen war. Ich blickte auf die lächelnden Gesichter auf dem Bild, die sich umarmenden Männer in ihren Team-Shirts. Das waren die Freunde meiner Eltern gewesen. Was bedeutete, dass Mona sich daran erinnern müsste, wer der Mann war, dessen Gesicht fehlte. Wenn er meinen Vater damals gut gekannt hatte, dann würde er vielleicht wissen, wo er zu finden war. Vielleicht standen sie immer noch in Kontakt.

»Wer ist der Mann neben Dad? Der, dessen Gesicht fehlt?«

Meine Mutter kratzte geistesabwesend mit der Gabel über den Teller. Ich fasste nach ihrer Hand, damit sie mich ansah. Klappernd ließ sie die Gabel fallen, stand auf und zog ihre Hand weg. Aber ich hatte es noch gespürt. Den Kummer über ihren Verlust und die Scham. Sie schnürte den Bademantel enger und blickte auf den Tisch. »Schaff das Bild weg«, sagte sie mit leiser, verärgerter Stimme. »Ich will es nie wieder sehen.«

KAPITEL 22

Nachdem die Klingel am Montag zum letzten Mal geläutet hatte, war der Chemieraum leer und unangenehm still. Rankin lehnte sich auf seinem Stuhl zurück und trank stirnrunzelnd seinen Kaffee. Dann erhob er sich und schloss die Tür.

»Ihre Nachhilfeschülerinnen scheinen nach und nach alle zu verschwinden«, sagte er, als er zu seinem Tisch zurückging und sich auf die Kante setzte. Seine grau melierten Augenbrauen schauten hinter dem Rand der Kaffeetasse hervor, während Rankin auf meine Antwort wartete. Doch ich hatte keine. Und er fragte mich auch nichts, was ich mich nicht schon selbst gefragt hatte. Ich hatte das ganze Wochenende über versucht, etwas zu verstehen, was absolut nicht zu verstehen war. Warum ich? Warum meine Schülerinnen? Und wer könnte als Nächstes kommen?

»Da Emily, Marcia und jetzt auch noch Rose Ihre Nachhilfe nicht mehr in Anspruch nehmen können – und Mr Whelan bis Donnerstag der Schule verwiesen ist –, muss ich Ihnen leider sagen, dass Sie das mit Ihrer gemeinnützigen Arbeit mehrere Stunden in

Rückstand bringen wird. Und das weniger als drei Wochen vor den Abschlussprüfungen, wenn ich das hinzufügen darf.«

Panik stieg in mir auf. Es war nur eine Frage der Zeit, bis die Polizei die gleichen Punkte miteinander verband. Alle drei Opfer standen in Verbindung mit mir. Ich schloss die Augen und ließ mich auf dem Stuhl zurückfallen.

»Ich verstehe, dass Sie das genauso beschäftigt wie mich.« Er tippte mit den Fingern an seinen Kaffeebecher. »Deshalb habe ich mir eine Lösung einfallen lassen.«

Ich lachte beinah hysterisch. »Eine Lösung?« Es klang so einfach, wie er das sagte, als ob es nur um ein Stipendium ginge.

»Sie können die Stunden gutmachen, indem Sie die Schränke aufräumen, säubern und eine Inventur des Laborzubehörs machen. Sie können sofort loslegen.« Erwartungsvoll blickte er mich an. Ich rührte mich nicht. Die Sorge nagte an mir. »Es sei denn, Sie haben Wichtigeres zu tun?«

Ich schüttelte den Kopf.

Rankin reichte mir einen Stoß Inventurlisten.

»Sie können gleich mit den Kartons hier anfangen.« Er zeigte mit seinem Kaffeebecher auf einen Stapel Kisten. »Ich hol mir mal einen neuen Kaffee und bin in ein paar Minuten wieder da, falls irgendwelche Fragen auftauchen.« In der Tür blieb er noch einmal stehen und drehte sich zögernd um. »Direktor Romero hat ein recht interessantes Treffen einberufen. Mit der Fairfax County Police. Bisher scheint dort niemand die Fälle von Emily, Marcia und Rose in irgendeiner Art in Verbindung zu bringen, die zur Lösung beitragen könnte, auch wenn die Polizei sich ziemlich sicher ist, dass es einen Zusammenhang gibt. Heute Nachmittag wird das gesamte Kollegium befragt, um mögliche Hinweise zu erhalten. Ich denke, da Sie die drei ja nicht mehr unterrichten, gibt es keinen Grund für mich, es gegenüber der Polizei zu erwähnen. Das würde Sie letztendlich nur vom Lernen abhalten und der Polizei ihre wertvolle Zeit stehlen.« Er sah mich fragend an. »Ich hoffe, Sie sind damit einverstanden?«

Nickend blickte ich auf den Stapel Kartons. Ich war gleichzeitig überrascht und dankbar.

Als ich ihn ansehen wollte, um ihm zu danken, stand Oleksa dort, wo eben noch Rankin gewesen war.

»Was machst du denn hier?« Ich schaute an ihm vorbei den leeren Gang hinunter. Mein Herz setzte einen Schlag aus. Wie lange hatte er wohl schon da gestanden und wie viel von unserem Gespräch hatte er mitbekommen?

Er setzte sich auf seinen üblichen Platz. »Nachsitzen«, sagte er ausdruckslos. Wenn er etwas mitgehört haben sollte, hatte es ihn jedenfalls nicht besonders beeindruckt. »Wir beide scheinen Ärger anzuziehen.«

»Ich bin nicht zum Nachsitzen hier.« Die Unterstellung traf mich. Ich hatte überhaupt nichts getan, und doch fühlte sich diese ganze Schrankaufräumaktion wie eine Strafe an. Und er hatte recht. Es war nicht das erste Mal, dass wir in einer außergewöhnlichen Situation aufeinandertrafen. Erst auf der Polizeiwache, dann auf dem Spielplatz und jetzt hier.

Grinsend holte er ein Kartenspiel hervor und mischte die Karten geräuschlos. Er legte eine Karte aufgedeckt auf den Tisch. »Wenn du dich weiter mit Reece abgibst, wird es bald mehr sein als bloß Nachsitzen.«

»Und Lonny Johnson ist ein Heiliger oder was? Vielleicht solltest du dich mit deinem Urteil über andere besser etwas zurückhalten.« Ich starrte ihn an, während er den Rest des Kartenspiels so schnell auffächerte, dass ich seine Finger dabei gar nicht sah.

»Es gibt da ein paar Sachen, die du nicht über ihn weißt.« Er knallte eine Karte auf den Tisch. »Und es gibt Sachen, die er nicht über dich weiß.« Er blickte mich mit seinen klaren, grauen Augen an, als er ein Ass auf den Tisch warf, und da wusste ich, dass er alles gehört hatte.

Ich schluckte. Auf einmal war meine Kehle ganz trocken.

Und, was wäre, wenn er wüsste, dass Rankin mich deckte? Wenn er wüsste, dass ich die fehlende Verbindung war, nach der die Polizei suchte? Wem wollte er das erzählen? Ganz bestimmt nicht der Polizei, denn er selbst wollte deren Aufmerksamkeit genauso wenig wie ich ... Oder doch? Auf was für einen Deal würde sich Lieutenant Nicholson wohl einlassen für solch eine Information, so wie er es bei Reece getan hatte? Die Luft im Raum wurde auf einmal dünn und meine Hände fingen an zu zittern. Ich ballte sie zu Fäusten.

»Du bist ja wohl auch kein Engel.« Ich weigerte mich, Angst vor Oleksa Petrenko zu haben. Ich besaß auch ein paar Informationen. Ich könnte ihn als Zeugen vollkommen unglaubwürdig machen. Er war an Drogengeschäften beteiligt gewesen und ich hatte mit eigenen Augen gesehen, wie er Reece zusammengeschlagen hatte. Verdammt, ich hatte wahrscheinlich sogar seine Fingerabdrücke. Oleksa musste derjenige gewesen sein, der mir den Baseballschläger vor die Tür gestellt hatte.

Ich lächelte in mich hinein und war froh, etwas gegen ihn in der

Hand zu haben, sollte es nötig sein. »Danke, dass du meinen Schläger zurückgebracht hast«, sagte ich, drehte ihm den Rücken zu und nahm den ersten Karton. ZERBRECHLICH, stand in roten Großbuchstaben darauf.

»Ich habe überhaupt nichts zurückgebracht«, kam seine Antwort.

Vorsichtig stellte ich den Karton ab. Ich hatte keinen Grund, ihm zu glauben. Aber ich tat es.

»Wie auch immer.« Auf der Unterlippe kauend schnitt ich mit einem Cutter das Paketband auf, woraufhin mir der warme, holzige Geruch von alten Zeitungen entgegenschlug. Der Karton war randvoll mit in Zeitungspapier eingeschlagenen Gegenständen. Hinter mir hörte ich das Rascheln und Zuschnappen der Karten. Ich spürte Oleksas Blick in meinem Rücken. Ich wusste, dass er mich beobachtete. Ein Dutzend staubige Kartons warteten darauf, geöffnet und inspiziert zu werden.

Mr Rankin kehrte an seinen Tisch zurück und Oleksa sagte nichts weiter.

Ich nahm die erste Papierkugel aus dem Karton. Als ich mit zitternden Händen das Papier auseinanderfaltete, fiel eine Glasflasche zu Boden und zersprang in unzählige Scherben. Oleksa und Rankin sahen zu mir herüber. Seufzend blickte ich auf die Scherben. Die Flasche war in eine Seite mit Kontaktanzeigen gewickelt gewesen. Irgendwie fühlte es sich wie ein schlechtes Omen an.

Ich fegte die Scherben auf, dann setzte ich schweigend meine Arbeit fort. Nach einer Stunde ging Oleksa. Ich merkte es daran, dass der Raum sich auf einmal größer anfühlte und ich nicht mehr das Gefühl hatte, beobachtet zu werden. Nach zwei Stunden hatte ich ganze drei Kartons ausgepackt, den Inhalt abgewaschen, abgetrocknet, auf die Inventurliste geschrieben und wieder eingepackt.

Ich nahm die letzten Knäuel Zeitungspapier und stopfte sie in die Kartons. Als ich fertig war, hatte ich von der Druckerschwärze ganz schwarze Finger, und ich konnte an nichts anderes mehr denken als die Kontaktanzeigen und die Dinge, die passiert waren, seit ich die erste Anzeige gefunden hatte. Drei Anzeigen. Drei Opfer. Drei Schülerinnen, die alle mit mir in Verbindung gestanden hatten. Jede Menge Gerüchte waren im Umlauf, aus denen sich Fakten herausbildeten und eine Wahrheit entstand, die beinah glaubhaft war. Emilys Freundinnen hatten über die Zahl auf Emilys Arm gesprochen, auch noch nachdem die Polizei versucht hatte, ihnen das zu verbieten. Marcias Freundinnen hatten das Gleiche getan. Und die Zahl auf Rose' Arm war in einem Vergnügungspark mit tausenden von Leuten in einer derart schauerlichen Weise erschienen, dass es der Polizei unmöglich war, die Details des Verbrechens geheim zu halten. Zehn. Achtzehn. Drei. Hinter den Zahlen, die für sich genommen zufällig und belanglos erschienen, musste eine Bedeutung stecken. Früher oder später würde sich ein Muster herausbilden. Und es war bloß eine Frage der Zeit, wann die Polizei dahinterkäme, dass ich der einzige gemeinsame Nenner der drei Opfer war.

Ich schloss den Schrank, lehnte mich gedankenverloren dagegen.

Der Turm weist dir den Weg … und du wirst wissen, wo du mich triffst …

Rechne es dir aus und triff mich hinterher …

Triff mich heute Abend unter der Tribüne …

Triff mich ...

Ich hatte mir vom Turm den Weg weisen lassen und Rose gefunden, ich hatte Marcia nach der Theateraufführung gefunden, aber ... ich war nie unter der Tribüne gewesen. Ich war nie bei der Sporthalle in North Hampton gewesen.

Wie hatte ich nur so blind sein können? Ich hatte die erste Aufforderung vollkommen übersehen.

KAPITEL 23

Ich fuhr mit dem Bus bis zur Endhaltestelle, den Rest des Weges bis North Hampton ging ich zu Fuß. Die Türen der Schulsporthalle waren zu, aber nicht abgeschlossen. Ich warf einen Blick hinein. Das Licht war an. Es roch immer noch nach verschwitzten Körpern, aber die Halle war leer, und ich schlüpfte unbemerkt unter die Tribüne.

Hier war die Luft bestimmt ein paar Grad kühler. Ich wartete, bis sich meine Augen an die Dunkelheit gewöhnt hatten und ich einzelne Metallpfosten ausmachen konnte. Aber es war trotzdem zu dunkel, um irgendetwas zu erkennen. Ich holte eine Taschenlampe hervor und hoffte, dass es oben hell genug war, dass man den Lichtstrahl durch die Ritzen der Bretter nicht sehen würde. Ich schaltete die Lampe an. Wenn hier im Dunkeln eine Nachricht verborgen war, würde ich sie finden. Ich fing an der Wand unter der höchsten Stelle der Tribüne an. Sie war über und über mit Graffitis bedeckt, was nicht weiter ungewöhnlich war. Dann richtete ich die Taschenlampe auf die Unterseite der Tribüne selbst.

Bingo.

Ein Schauer durchlief mich, als ich die vertraute blaue Schrift sah.

»Bist du nicht ein bisschen weit weg von zu Hause?«

Schnell schaltete ich die Taschenlampe aus, und als ich mich nach der Stimme umdrehte, fiel mir die Lampe aus der Hand. Ich sah die Silhouette eines Typen am Anfang der Stufen, die Arme hatte er lässig über dem Kopf auf die Tribüne gelegt. Ich fühlte, wie er mich anblickte, obwohl er mich im Dunkeln wohl kaum ausmachen konnte. Als ich Reece erkannte, wie er in geduckter Haltung unter den ersten Reihen hindurch auf mich zukam, atmete ich erleichtert auf.

»Du hast mich zu Tode erschreckt.« Ich versteckte die Hände in den Hosentaschen. »Was machst du hier?«

»Das Gleiche wollte ich dich fragen. *Ich* bin immerhin mal hier zur Schule gegangen«, sagte er.

Ich zuckte zusammen, als ich ein Klicken wie von einem Taschen- oder Klappmesser hörte. Aber es war nur eine Taschenlampe. Meine Taschenlampe, die er vom Boden aufgehoben hatte.

Er richtete den Lichtstrahl auf mein Gesicht, sodass ich geblendet war und er selbst weiter im Dunkeln verborgen lag. »Was ist deine Erklärung?«, fragte er.

Ich wandte den Blick ab und machte einen Schritt zurück. »Hör auf, mich zu blenden.« Die Hände vorm Gesicht wartete ich, bis er die Lampe endlich senkte. Es dauerte einen Moment, bis sich meine Augen an das Licht und die unheimlichen Schatten, die es warf, gewöhnt hatten. Ich stand immer noch an genau der gleichen Stelle, an der ich kurz zuvor die Nachricht entdeckt hatte. Ich riskierte einen kurzen Blick.

Blaue Schrift. Wie auf meinem Tisch in Chemie. Wie auf dem Karton mit der toten Katze darin.

Fette Großbuchstaben.

Zwei Zeilen zwischen jeder Menge anderer uralter Schmierereien. Der Polizei waren sie garantiert nicht aufgefallen.

»Suchst du was?«, fragte er.

Er konnte es nicht bemerkt haben. Es war nur ein ganz kurzer Blick gewesen.

Reece machte einen Schritt auf mich zu und versperrte mir den Weg. Er legte eine Hand auf den Holzbalken über mir und senkte den Kopf so weit zu mir herab, dass ich die Wärme seiner Haut spürte, seine Lederjacke und seinen Schweiß roch. Ich schluckte. Ich war mir nicht sicher, ob es seine körperliche Nähe oder die kryptische blaue Botschaft war, die mich so außer Atem brachte. »Ich muss los.«

Er bewegte sich nicht. Ich hätte um ihn herumgehen können, aber ich tat es nicht.

»Warum machst du das?« Seine Stimme verursachte mir Gänsehaut.

»Was?«

»Weglaufen. Jedes Mal, wenn ich dir nah komme, läufst du weg.«

Wenn er mir nahe kam. Ich sah nur noch sein Gesicht. Die lila Schatten, grünen Flecken und seine blauen Augen.

»Beunruhigt es dich?«, flüsterte er. »Mir nahe zu sein?«

»Nein.« Ich schüttelte kaum merklich den Kopf. Ich war unfähig, den Blick von seinen Lippen abzuwenden. »Ja.« Sie waren viel zu nah, viel zu verwirrend. »Vielleicht.«

Er kam noch näher, obwohl eigentlich kaum noch Platz zwischen uns war. »Wo hast du Freitag eigentlich gesteckt? Du bist nach der Wildwasserbahn einfach abgehauen und ich habe dich stundenlang gesucht. Wo warst du?«

Ich blickte von seinen Lippen zu den Augen. Sah die gleichen Fragen wie in Jeremys und Rankins Blick. Alle stellten sie mir Fragen, während sie auf Zehenspitzen um mich herumtanzten, dabei hätten sie genauso gut auch mit dem Finger auf mich zeigen können. Wo war ich? Was habe ich gemacht? Warum? Warum? Warum?

»Geht dich nichts an«, sagte ich. Ich machte einen Schritt zurück und stieß mit dem Kopf gegen die Tribüne. Aber Reece sah mich nicht mehr an. Er sah an mir vorbei, mal links, mal rechts. Sein Körper, der eben noch total entspannt war, hatte sich versteift. Er trat einen Schritt zurück und richtete sich langsam auf, wobei er weiter hinter mich blickte.

Ich zuckte zusammen, als eine Tür zuknallte. Dann war ein Geräusch wie das Quietschen eines Wischeimerwagens zu hören.

Reece machte als Erstes den Mund auf. Auf einmal war er wieder ganz kalt und distanziert. »Es ist schon ziemlich spät. Wir sollten sehen, dass wir hier rauskommen.«

Ich hätte für die Ablenkung dankbar sein sollen, aber das war ich nicht. Aus irgendeinem unerklärlichen Grund fühlte ich mich gedemütigt. Ich ging um ihn herum und achtete darauf, ihn nicht aus Versehen zu streifen.

»Ich wollte sowieso grad gehen.« Meine Stimme zitterte, Erleichterung und Enttäuschung lieferten sich einen Kampf in mir. Ich konzentrierte mich auf das helle Licht am Ende der Tribüne.

Als ich dort ankam, war Reece nicht wie erwartet hinter mir. Ich blickte zurück. Ich sah ihn im Profil, wie er mit der Taschenlampe genau an der Stelle, wo ich gerade noch gestanden hatte, die Unterseite der Tribüne anleuchtete. Dann drehte er sich mir zu, aber sein Gesichtsausdruck war im Dunkeln nicht zu erkennen.

Doch ich wusste, dass er dasselbe gesehen hatte wie ich. Zwei Zeilen in blauer Schrift, die genauso klangen wie die anderen auch.

ES IST ETWAS PERSÖNLICHES. GANZ NACH DEINEM SYSTEM.
BIST DU SCHLAU GENUG, MICH RECHTZEITIG ZU FINDEN?

KAPITEL 24

Ich saß am Küchentisch und schrieb Zahlen auf einen Notizzettel. Zehn. Achtzehn. Drei. Ich war sie schon unzählige Male durchgegangen. Hatte sie umgestellt. Nach einem Muster gesucht. Doch nichts ergab Sinn.

Es ist etwas Persönliches. Ganz nach deinem System. Konnten die Zahlen vielleicht etwas mit den Nachrichten auf meinen Tischen in der Schule zu tun haben? Aber da waren bisher erst zwei gewesen. Eine Anspielung auf Schrödingers Katze auf meinem Chemietisch. Und die Anspielung auf das archimedische Prinzip, die in meinen Tisch in Physik geritzt war. Aber das waren keine Gleichungen gewesen. Nichts, wo ich die Zahlen einfügen konnte, um zu irgendeiner Lösung zu kommen. Ich tippte mir mit dem Stift gegen die Stirn und nahm mir vor, mir meine Tische heute noch einmal ganz genau anzusehen.

Ein vertrautes Dröhnen wurde lauter und erstarb dann draußen vor unserem Wohnwagen. Ein Motorrad. Ich riss den Notizzettel vom Block und steckte ihn in meine Hosentasche, sprang auf und lief zur Tür. Schnell riss ich sie auf, bevor er klopfen und meine Mutter wecken konnte.

»Was machst du hier?« Ich stützte beide Hände in den Türrahmen, damit er gar nicht erst auf die Idee kam hereinzukommen. Reece lehnte sich mit der Hüfte gegen das gesplitterte Holzgeländer und sah zu mir herauf.

Dann wanderte sein Blick hinunter zu meinen Pyjamahosen. »Meine Woche Zwangsurlaub ist vorbei. Ich fahr dich zur Schule.«

Ich biss die Zähne zusammen. Als ob ich so das Blut aufhalten könnte, das mir in die Wangen schoss. Und ihn vielleicht von meiner Türschwelle fernhalten. »Ich werde schon abgeholt.«

Er kam trotzdem die Stufen hoch, sodass ich einen Schritt zurückgehen musste. »Ich weiß schon, wer dich fährt, und abgesehen davon macht er nicht besonders viel für dich. Er war am Freitag ein ziemlicher Arsch ...«

»Das warst du auch!« Ich stützte die Hände wieder in den Türrahmen. Ich würde ihn auf gar keinen Fall reinlassen.

»Stimmt, wir hatten unser Gespräch darüber ja nicht beenden können. Darüber, wohin du Freitag auf einmal verschwunden bist.«

Dieses »Wo warst du am Abend des 23. Mai, einem Freitag?« hing mir langsam zum Hals raus. Ich würde ihm bestimmt nicht erzählen, dass ich zu den Toiletten gelaufen war, wo man Rose gefunden hatte. Ich war ihm nichts schuldig. »Ich bin mit Jeremy und allen anderen mit dem Bus nach Hause gefahren.«

Er sah mich an wie eine totale Idiotin. »Ja, Lonny erwähnte das ...«

»Lonny? Wann denn das?«

Er hielt sich am oberen Türrahmen fest und beugte sich vor. »Als er angekündigt hat, mir die Eier langzuziehen, wenn er herausfinden sollte, dass wir gelogen haben.« Er zuckte nicht mit der Wimper.

Ich sah rüber zu Lonnys Wohnwagen mit dem Lexus davor. Ich konnte den Umriss seines Kopfes erkennen. Lonny saß in seinem Auto und beobachtete uns über den Außenspiegel.

»Du hast ihn glauben lassen, dass du meine Freundin bist. Das ist der einzige Grund, warum er mich an dem Abend auf dem Spielplatz nicht mit meinen eigenen Rippen aufgespießt hat. Er hat uns beide auf dem Kieker und wartet nur darauf, dass wir in unsere eigene Scheiße treten. Dass du mich Freitag im Vergnügungspark stehen gelassen hast und mit Jeremy nach Hause gefahren bist, hat seinen Verdacht erregt. Ich musste mir eine Lügengeschichte ausdenken, dass du wegen irgendwas sauer auf mich bist.«

»Und was war daran gelogen?« Wir sahen einander an. »Ich hab dich einmal gerettet. Keiner hat gesagt, dass ich es noch mal tun müsste.«

»Es geht überhaupt gar nicht darum, *mich* zu retten.«

Das Motorrad kühlte mit einer Reihe leiser Klicks ab. Der Verkehr auf der Route 1 brauste vor sich hin, und der Gestank von verrottendem Müll wurde von Minute zu Minute schlimmer, je länger die Morgensonne auf die Mülltonnen schien. Ich blickte die Straße hinunter. Ich konnte Lonnys Gesicht im Außenspiegel sehen. Er blickte mich direkt an, legte kurz Mittel- und Zeigefinger an die Lippen und formte den Mund, als würde er den Rauch vom Lauf einer Pistole pusten.

»Warte hier«, sagte ich. »Ich hol meine Sachen.« Ich ging in die Küche und schmierte mir ein Sandwich, während ich leise vor mich hin fluchte. Als ich eine Brottüte nahm, um es einzupacken, griff mir Reece über die Schulter.

»Ich hab doch gesagt, du sollst draußen warten!«, zischte ich.

Nachdem er die Hälfte von meinem Sandwich inhaliert hatte, wischte er sich über den Mund. Dann ging er an mir vorbei, hielt vor dem Rauchverbot-Schild kurz inne und spazierte in mein Zimmer.

»Du kannst hier nicht rein! Meine Mutter kriegt einen Anfall!«, flüsterte ich verzweifelt.

»Wenn du leise bist, wird sie es niemals erfahren.« Er durchwühlte meinen Schrank mit der kümmerlichen Sammlung von Secondhandklamotten.

Eine ausgefranste, tief geschnittene Jeans landete zu meinen Füßen. Es war eine Designerjeans, die Mona auf einem Flohmarkt in Belle Green eigentlich für sich selbst aufgetan hatte und die ihr wegen der Bleichflecken praktisch hinterhergeschmissen worden war. Sie hatte sie vor etwa einem Jahr an mich abgetreten, weil sie meinte, dass sie zu viel Haut zeigte. Worin ich voll und ganz mit ihr übereinstimmte.

»Was machst du da?«

»Dir Sachen für die Schule raussuchen.« Reece nahm ein stretchiges Kragenhemd unter die Lupe, das mir zwei Nummern zu klein war. Es war Teil eines Sets, bestehend aus Hemd und Pullunder, das ich zur Mittelstufen-Abschlussfeier getragen hatte. Er warf es in meine Richtung. »Zieh das an.«

Ich zog am Saum meines Heavy-Metal-T-Shirts. »Was stimmt

nicht mit den Sachen, die ich anhabe? Es ist viel zu heiß für ein Hemd mit Pullunder.«

»Du wirst ja auch keinen Pullunder tragen.«

Ich hielt mir das Hemd vor die Brust. »Das ist viel zu klein!«

Grinsend hob er die Augenbrauen. »Ich weiß.«

»Und warum soll ich das dann anziehen?«

»Weil Lonny glaubt, du wärst nicht mein Typ.«

Ich wedelte mit dem Hemd vor seinem Gesicht rum. »Und das ist mehr dein Typ?«

Er sah das Hemd an, dann auf meine Brust und lächelte.

Ich machte ein Geräusch, das irgendwo zwischen Knurren und Seufzen lag. Ich blickte auf die Uhr auf meinem Schreibtisch. Eine Minute verging. Er rührte sich nicht. Ihm war es egal, wenn wir zu spät kamen.

»Okay!« Ich wollte ihn schon aus meinem Zimmer schicken, doch dann zögerte ich. Wenn Mona aufwachte und ihm im Wohnzimmer begegnete, würde sie mich umbringen. Wenn er hier bei mir drinnen war, könnte ich ihn wenigstens noch aus dem Fenster rauslassen. Ich schloss die Tür ab. »Dreh dich um.« Ich gab ihm einen Schubs und er drehte sich mit dem Gesicht zur Wand.

Ich stieg aus der Pyjamahose und zog mein T-Shirt lang, bevor ich in die Jeans schlüpfte, die Reece für mich ausgesucht hatte. Dann überprüfte ich zweimal, ob er auch wirklich nicht guckte, riss mir blitzschnell das T-Shirt über den Kopf und steckte die Arme in die Bluse. Der Stretchstoff war viel zu eng um die Brust und spannte zwischen den Knöpfen. Ich zupfte daran, wünschte, es wäre mehr Stoff da, und tippte Reece seufzend auf die Schulter.

»Zufrieden? Können wir jetzt los?« Ich sah absolut lächerlich aus.

Ich wich zurück, als er die Hände nach meiner Brust ausstreckte.

Entnervt verdrehte er die Augen. »Ich hab nicht vor, dich zu begrabschen.«

Finster blickte ich ihn an und legte die Hände über die Knöpfe.

»Vertrau mir.« Wieder fasste er nach mir, und bevor ich irgendetwas sagen konnte, hatte er die obersten beiden Knöpfe aufgemacht und den Kragen weit aufgeschlagen. Das Blut schoss mir in die Wangen und ich stand absolut bewegungslos da. Ich war viel zu nervös, um mich zu rühren. Er zog den Stoff um meine Taille zurecht, dann wanderten seine Hände tiefer. Ich wollte sie wegschlagen, aber er hatte bereits die zwei untersten Knöpfe geöffnet, und der Stretchstoff klaffte auf und zeigte ein Dreieck meines käsig-weißen Bauches.

»Was machst du?« Ich bedeckte meinen Bauch mit den Händen, dann fuhren sie hoch und kamen aber wieder zu spät, denn er zerzauste mir bereits die Haare. Ich erklärte ihm, er solle gefälligst zur Hölle fahren, als er den Verschluss der dicken Kette um seinen Hals öffnete und sie mir umlegte. Die Kette war immer noch warm von seiner Haut, so warm wie seine Finger, die jetzt meinen Hals berührten.

Die Gefühle, die ich durch die Berührung wahrnahm, verschlugen mir den Atem. Ich schloss die Augen, spürte den Schmerz, die Leere zwischen dem flachen Heben und Senken meiner Brust. Der Ring, der an der Kette hing, verursachte einen Kummer in ihm wie der Ehering meines Vaters bei mir. Er ließ die Kette langsam los, als ob es ihm schwerfiele, sich davon zu trennen, und ich fragte mich, wen er wohl so vermisste.

Ich nahm den Ring zwischen die Finger. Es war ein Ring des Abschlussjahrgangs von 2013. Auf der einen Seite war North Hamptons Maskottchen, die Hornisse, eingeprägt. Ich drehte den Ring und sah auf der anderen Seite eine seltsame dornige Blume, die Reece' Tattoo ähnelte.

»Was ist das?«

»Eine Distel«, sagte er stirnrunzelnd. Offenbar störte ihn noch etwas an meinem Outfit.

»Eine Distel?«

»Ja ... so ein kleines ... stacheliges ... nerviges Ding. Passt zu dir.«

Ich ließ den Ring los und sah ihn finster an, als er seinen Blick wieder an mir aufwärtswandern ließ. »Ich weiß, was eine Distel ist. Was steckt da für eine Geschichte hinter?«

»Du stellst zu viele Fragen.«

»Vielleicht stelle ich nicht genug Fragen.«

Er begegnete meinem Blick und sein verschmitztes Lächeln verschwand. Er sah ziemlich verzweifelt aus. Ich wusste nicht, ob es an den verblassenden Blutergüssen in seinem Gesicht lag oder an der Trauer, die sich dazwischen abzeichnete, dass ich nicht weiter nachfragte.

Langsam hob er die Hände vor mein Gesicht, doch ich hielt seine Handgelenke fest. Ich wusste ganz genau, was er vorhatte.

»Nein«, sagte ich, entschlossen, hier die Grenze zu ziehen. »Die Brille bleibt.«

»Gut«, sagte er mit einem halbherzigen Grinsen. »Sexy Bibliothekarin sollte gehen. Dann wäre ich fertig.«

Er drehte mich zum Spiegel. Es war genauso schlimm wie befürchtet. Das Hemd klebte an mir, der Ring baumelte wie ein leuchtender Blickpunkt zwischen meinen Brüsten. Ich fummelte am Kragen herum und versuchte, die Distel im Ausschnitt zu verstecken, aber Reece hielt mich zurück.

»Lass es so«, sagte er.

»Ich kann so nicht zur Schule«, protestierte ich. »Die Leute werden mich alle anstarren.«

»Darum geht es ja. Lonny soll sehen, wie ich die neue Leigh Boswell, die sich extra für mich aufgebrezelt hat, zur Schule fahre, und am Ende des Schultags werden alle glauben, dass wir ein Paar sind. Außerdem kannst du dich vor Typen wie Vince nicht mit großen Brillen und Kapuzenpullovern verstecken.«

»Ich verstecke mich vor niemandem.«

»Ich mich auch nicht.« Er fasste nach meinem Kinn und seine Entschlossenheit fühlte sich kalt und unnachgiebig an, als sie in meine Adern eindrang. »Lass den Ring, wo er ist.«

Er breitete sich in mir aus wie eine Droge. Ich konnte ihn in mir spüren, wie er ungebeten immer weiter zu meinem Herz vordrang. Aber es war alles eine Lüge. Ich machte einen Schritt zurück. »Warum?«

Er blickte mit sorgenvoller Miene auf den Ring. »Die Distel gehört zu mir. Es gibt Leute, die sie erkennen und wissen werden, dass du ...« Er zögerte kurz. »Sie sollen einfach sehen, dass du sie trägst. Das ist alles.«

»Reden wir hier von Lonny oder Vince?« Doch ich wusste es bereits, als ich ihm ins Gesicht blickte. Ich musste mir wegen mehr als nur Vince und Lonny Sorgen machen. Er wollte, dass Nicholson sah, dass ich den Ring trug, aber warum? Wollte er Nicholson zeigen, dass er meinen Widerstand gebrochen hatte? Dass er seinen Job gemacht und seinen Teil der Abmachung eingehalten hatte?

»Warum machst du das hier?«

Er stieß einen langen Seufzer aus, bevor er leise antwortete. »Weil ich jetzt an der Reihe bin, dich zu retten.« Er nahm seine Jacke von meinem Bett und ging zur Tür.

Er war so nah dran. So nah dran, etwas zu sagen, was vielleicht ein Fünkchen Wahrheit in sich trug, ohne dass ich es ihm stehlen musste. Ohne dass ich es fühlen musste. »Mich vor wem retten?«

Er hielt kurz inne, bevor er die Tür öffnete. »Vor dir selbst.«

Zu perplex, um irgendetwas zu sagen, sah ich ihm hinterher. Das Motorrad sprang an. Ich warf mir den Rucksack über die Schulter und lief Reece hinterher.

KAPITEL 25

Es hätte auch gleich die ganze Schule zugucken können, als wir auf den Parkplatz fuhren. Als hätte es nicht schon gereicht, einfach nur mit Reece auf seinem Motorrad aufzutauchen, aber mit seinem böse zugerichteten Gesicht und dem nervtötenden Getuschel seit dem Schulausflug am Freitag fühlte es sich an, als wären alle Augen auf der West River High auf uns gerichtet. Und dazu noch ein paar andere, mit denen ich nicht gerechnet hatte.

Reece fuhr langsam an einem direkt vor dem Zebrastreifen geparkten Auto vorbei. Der Zivilpolizist darin beobachtete durch eine dunkle Sonnenbrille die morgendliche Schülerflut. Als wir an ihm vorbeikamen, hob er das Mikrofon des Funkgeräts an den Mund und behielt uns den ganzen Weg vom Parkplatz bis zur Schultür im Auge.

Erst als die Tür hinter uns zuschlug, merkte ich, dass ich die ganze Zeit die Luft angehalten hatte. Langsam atmete ich aus, doch das Gefühl, unterm Mikroskop zu liegen, wurde drinnen nur noch schlimmer. Die Leute sahen uns ganz genau an, versuchten zu begreifen, was wir zwei miteinander zu tun hatten. Von dem Moment an, als wir über die Türschwelle traten – zehn Minuten früher als nötig –, waren wir das Zentrum aller Blicke und allen Getuschels.

Zehn Minuten früher …

Wie angewurzelt blieb ich stehen.

»Oh, nein! Jeremy wollte mich doch abholen!« Wenn ich mich beeilte, würde ich es noch rechtzeitig nach Hause schaffen.

Doch Reece zog mich in die entgegengesetzte Richtung. »Sag ihm, ich bin schuld. Er wird es verkraften.« Er umschloss meine Hand mit seinem ledernen Motorradhandschuh und ging etwas langsamer. Zögernd folgte ich ihm.

Wir hielten Händchen.

In der Öffentlichkeit.

In der Schule.

Mit Absicht.

»Könntest du mir mal sagen, was wir hier machen?« Ich ignorierte die neugierigen Blicke und die Finger, die auf uns zeigten, das Flüstern hinter vorgehaltenen Händen.

»Ich bringe dich zu deinem Kurs.«

»Ich meine, was wir … also du und ich … *hier* machen?« Ich hob unsere miteinander verbundenen Hände.

»Ich dachte, wir hätten darüber gesprochen.« Er hob eine Augenbraue, ging aber weiter. »Magst du etwa nicht mit mir Händchen halten?«

»Nein … ich meine, doch … ich meine … Nein!« Selbst wenn – es änderte nichts daran, dass er mich benutzte.

Ich schüttelte ihn ab und blieb stehen, sodass er gezwungen

war, sich zu mir umzudrehen. »Spiel keine Spielchen mit mir. Du weißt genau, wovon ich rede.« Meine Stimme hallte von den blau-weißen Wänden wider.

Er tat ganz cool, zog sich gelassen die Handschuhe aus und stopfte sie in seine Taschen. Dann hielt er mir die bloße Hand hin und wartete darauf, dass ich sie nahm. »Ich spiele keine Spielchen. Ich bringe dich nur zu deinem Kurs.«

»Und warum solltest du das tun?« Okay. Wenn er es unbedingt abstreiten wollte, ich würde ihm die Wahrheit schon noch entlocken. »Wer bin ich für dich? Deine Freundin kann ich schließlich nicht sein. Du hast ja bereits eine!«

Er blickte sich um und senkte die Stimme. »Wovon redest du? Ich hab keine Freundin.«

»Ach ja? Ich glaube, Gena sieht das ein bisschen anders.«

»Gena ist nicht meine Freundin!« Die vorbeigehenden Leute warfen uns neugierige Blicke zu.

»Lässt du deine Klamotten immer im Auto deiner Nicht-meine-Freundin liegen?«

Reece zog mich in einen leeren Gang vor einer Reihe von Spinden. Seine Schuldgefühle und seine Scham durchdrangen mich, sobald er mich berührte.

»Können wir woanders darüber reden?«, fragte er und fügte mit zusammengebissenen Zähnen hinzu: »Du erregst Aufmerksamkeit.«

»Ich dachte, das ist genau das, was du willst. Warum sonst sagst du mir, was ich anziehen und wie ich mich verhalten soll?« Zwei Mädchen in Leinenröcken riefen etwas von Girl-Power. An beiden Enden der Schrankreihe blieben die Leute stehen und glotzten, aber es war mir egal. Ich wollte einfach, dass er mir die Wahrheit sagte. »Wann willst du es mir endlich sagen?«

»Dir was sagen?«

Ich starrte ihn an, als könnte ich ihm die Worte entgegenschleudern, ohne sie auszusprechen. *Ich weiß, wer du bist.*

Er machte einen winzigen Schritt zurück und blickte mir kurz in die Augen. Dann wurde er auf einmal blass, seine Pupillen weiteten sich und ich wusste, dass er es begriffen hatte. *Sie weiß, wer ich bin.*

Ich sah ihm die Panik ins Gesicht geschrieben.

»Du machst einen Fehler. Hör damit auf«, flüsterte er. Der Schweiß stand ihm auf der Stirn.

Doch ich hatte die Lügen so satt. Ich hatte es satt, nicht zu wissen, was er eigentlich von mir wollte und was für Informationen er Nicholson zukommen ließ. »Der einzige Fehler, den ich gemacht habe, war zuzustimmen, dir Nachhilfe zu geben. Aber du brauchst nicht mehr so zu tun.«

Er fasste mich an den Schultern, grub mir die Finger ins Fleisch. »Ich verspreche dir, wir reden später darüber. Über alles.« Die Wahrheit war so nah. Ich konnte spüren, dass er kurz davor war, sie mir zu verraten, doch ich konnte den Druck nicht mehr aushalten. Ich hatte schon genug von meinen eigenen Geheimnissen, da konnte ich mir nicht auch noch seine aufladen.

Ich musste es von ihm hören. »Ich weiß, dass du nicht der bist, für den du dich ausgibst.«

Inzwischen hatte sich eine richtige Menge um uns versammelt.

Er schüttelte den Kopf. »Tu's nicht.«

»Ich weiß, dass du ein …«

Reece drückte seine Lippen fest auf meine. Gefühle stürzten auf mich ein, eine Flut von Geschmäckern und Gerüchen, die so verworren waren, dass ich nichts davon verstand. Mein Protest wurde von seinen fest verschlossenen Lippen erstickt.

Er löste sich kurz von mir, um zu flüstern: »Bitte, tu's nicht.« Seine feuchte Stirn lehnte an meiner, seine Augen suchten in meinen nach Verständnis. Er hatte Angst, und seine Angst war so stark und überwältigend, dass sie alles andere überlagerte.

Er hatte Angst vor mir, weil ich die Macht hatte, ihn zu entlarven, und seine Zukunft damit in meinen Händen lag. Es war überhaupt kein richtiger Kuss gewesen. Er hatte nur versucht, mich zum Schweigen zu bringen. Es war bloß ein Job, seine Chance auf eine Wiedergutmachung, die er wahrscheinlich noch nicht einmal verdiente.

Und was war damit, was ich verdiente? Ich kickte ihm gegen das Schienbein. »Sag es doch einfach! Ich weiß es sowieso schon!«

Reece stolperte keuchend rückwärts, dann stieß er mich gegen die Schränke und drückte mich mit seinem Körper dagegen. Er vergrub die Hände in meinen Haaren, und bevor ich noch irgendetwas sagen konnte, zog er mich an sich. Wieder versuchte er, mich zu küssen, aber ich biss ihm in die Lippe und merkte, wie er zusammenzuckte. Dann spürte ich seine Gefühle auf einmal überraschend heiß auflodern, als er mit seinem Mund wieder den meinen bedeckte. Er öffnete die Lippen, und ich fühlte seine Zunge. Ich erstarrte, als ich plötzlich etwas unglaublich Süßes schmeckte. Reece lockerte den Griff in meinen Haaren und sein Mund wurde weicher. Sanft umfasste er meinen Hinterkopf und ich vergrub die

Hände in seiner Lederjacke und erwiderte seinen Kuss. Ich wusste nicht, ob ich ihn küssen oder umbringen wollte und ob das Begehren, das ich verspürte, meins oder seins war.

Pfeifen und Johlen ertönte von der umstehenden Menge. Überrascht und mit rotem Gesicht löste Reece sich von mir. Ich leckte mir über die Lippen. Kupfer und Essig. Seine Wut und Beschämung schmeckten wie ein Tritt in die Magengrube. Ich atmete heftig und das Begehren in mir war inzwischen so stark, dass es drohte zu explodieren.

Ich gab ihm eine schallende Ohrfeige. Die Leute applaudierten, und als ich über Reece' Schulter blickte, sah ich Jeremys blasses Gesicht. Neben ihm stand Anh, die Reece und mich mit großen Augen anstarrte. Sie fasste nach Jeremys Hand, aber er drehte sich um, boxte sich durch die Menge und rannte weg.

Jede Zelle meines Körpers wollte ihm hinterherlaufen.

Oder vielleicht auch nur davonlaufen. Die Umstehenden traten ein Stück zur Seite, um zwei Sicherheitsleute durchzulassen. Ich erstarrte, aber dann merkte ich, dass sie nicht mich ansahen.

Ich drehte mich um. Reece war blass, bis auf den Handabdruck auf seiner Wange und die Platzwunde an seiner Lippe, die wieder aufgegangen war, weil ich ihn gebissen hatte. Er wischte sich mit dem Handrücken über den Mund und das Blut an der Jeans ab, bevor die Sicherheitsleute es sehen konnten.

Er schloss die Augen. Er konnte mich noch nicht einmal anschauen.

»Tut mir leid«, flüsterte er, als sie ihn abführten.

KAPITEL 26

Ich verbrachte die erste Stunde draußen unter der Weide, weil ich mich Anh und den tausend Fragen, mit denen sie mich garantiert bombardieren würde, sobald ich nur den Raum betrat, noch nicht stellen konnte. Jeremy kam nicht, und auch wenn ich gehofft hatte, dass er käme, konnte ich es ihm nicht verübeln.

Als es zur zweiten Stunde klingelte, riss ich mich zusammen und ging durch den Seiteneingang, durch den ich mich auch rausgeschlichen hatte, damit mich der Polizist auf dem Parkplatz nicht sah, wieder hinein. Ich schloss meinen Spind auf. Zwei Papierblätter segelten herunter, und im oberen Fach lag eine Packung Twinkies. Ich konnte sie nicht essen, also griff ich stattdessen nach den Zetteln. Der erste war in Reece' krakeligen Druckbuchstaben geschrieben.

WIR REDEN NOCH. VERSPROCHEN.
KÖNNEN WIR UNS MORGEN NACH DER SCHULE TREFFEN?

Doch ich konnte gar nicht lange darüber nachdenken, was das bedeuten sollte oder worüber er mit mir reden wollte, denn die zweite Nachricht war deutlich drängender – ein rosa Zettel, der mich zum Büro des Schulleiters zitierte. *Eilt* war angekreuzt und neben dem Wort *Sofort* waren jede Menge Ausrufezeichen.

Ich hatte es kommen sehen. Reece war praktisch vor der gesamten Schule über mich hergefallen. Und ich hatte ihm vor aller Augen eine geknallt. War ja klar, dass die Gerüchte bis zur Schulleitung vordringen würden. Ich hatte nur nicht damit gerechnet, dass es *sofort* passieren würde.

Ich warf einen prüfenden Blick in den kleinen Spiegel an der Innenseite der Spindtür. Die vorbeigehenden Mädchen starrten mich an, als ich mir getrocknetes Blut von der Wange kratzte. Meine Lippen waren immer noch geschwollen vom Kuss, und in einem Anflug von Schuldgefühlen gegenüber Gena biss ich mir darauf. Reece hatte zwar gesagt, sie wäre nicht seine Freundin, aber nach dem, was ich beobachtet hatte, war sie da sicherlich anderer Meinung.

Aber es war auch egal. Der Kuss war nicht echt gewesen. Wie er ja zu Gena gesagt hatte: Ich war nicht wichtig. Nur jemand, den er mit einem gespielten Kuss zum Schweigen bringen musste. Eine Last. Lonny hatte ihn im Verdacht, ein Spitzel zu sein, und ihn deshalb beinah umgebracht, und ich hatte gedroht, seine Tarnung auffliegen zu lassen. Ich hatte ihm keine andere Wahl gelassen.

Wieder klingelte es.

Und ich wollte nur noch nach Hause.

• • •

Direktor Romero empfing mich tatsächlich sofort. Ich setzte mich auf den Stuhl vor seinem Tisch und blickte beschämt auf den Boden.

»Sie haben heute Morgen die erste Stunde verpasst, Miss Boswell. Können Sie mir sagen, warum?« Seinem Ton nach zu urteilen, wusste er die Antwort bereits, aber er wollte mich anscheinend trotzdem noch Buße tun lassen. Ich hatte das überwältigende Bedürfnis, ihm alles zu erzählen. Von den Anzeigen, den Zahlen, den Schlägereien, wie ich Rose' Arm brennen gesehen und Marcia auf dem Boden des Schwimmbads entdeckt hatte. Ich kaute auf der Unterlippe.

Dann holte ich tief Luft und traf eine Entscheidung. Unter Frank Romeros Fittichen wäre ich besser aufgehoben als bei Lieutenant Nicholson in Untersuchungshaft.

»Es ist alles in Ordnung, Nearly«, unterbrach Direktor Romero meine Gedanken. »Ich weiß, was heute früh mit Mr Whelan vorgefallen ist, und ich habe bereits Abhilfe geschaffen. Er wird Sie nicht wieder belästigen. Er ist von der West River Highschool suspendiert.«

»Suspendiert?« Ich riss den Kopf hoch. Meine Geständnisse waren alle wieder vergessen. »Was soll das heißen?«

»Er wurde dauerhaft der Schule verwiesen. Vor ein paar Augenblicken hat ihn der Sicherheitsdienst vom Schulgelände gebracht. Jetzt ist nur noch ein bisschen Papierkram zu erledigen.« Er strahlte mich von seinem blöden Kunstlederthron aus an. Selbst wenn Reece versucht hätte, gegen seinen Schulverweis zu kämpfen, hätte er damit nichts mehr bewirken können. Romero hatte nie vorgehabt, ihm eine Chance zu geben.

»Es war nicht seine Schuld.«

Das Lächeln verging ihm. »Wie bitte?«

»Ich trage die Verantwortung für das, was passiert ist.« Romero warf seinen Stift auf die Suspendierungspapiere, die er gerade hatte unterschreiben wollen.

Ich konnte Reece nicht für etwas, was meine Schuld war, zurück ins Gefängnis gehen lassen. Er hatte doch bloß auf meine Provokation reagiert. Ich hatte ihm keine andere Chance gelassen.

Ich räusperte mich, um ihm eine Geschichte aufzutischen, die mir nur noch einfallen musste. Irgendeine Entschuldigung, die Direktor Romero und der Rest der Schule glauben würden. Das war ich Reece schuldig.

»Ich wollte, dass er mich bemerkt«, sagte ich und sah Romero mit gesenktem Blick an, um seine Reaktion einschätzen zu können. »Ich dachte, ich versuche es, indem ich meine Haare anders trage und andere Sachen anziehe. Aber das hat nicht funktioniert, und dann habe ich etwas ziemlich Dummes getan. Ich habe ihn praktisch vor allen Leuten angegriffen.« Ich duckte mich. Es war noch nicht mal richtig gelogen. Ich hatte ihm gedroht – was man ja auch irgendwie als Angriff interpretieren konnte. Außerdem hatte ich ihn getreten, gebissen und geohrfeigt ... und es gab jede Menge Zeugen, die diese leicht von der Wahrheit abweichende Geschichte bestätigen könnten.

»Ich habe gehört, es hat Blut gegeben? Hat er sie verletzt?« Romero sah mich eher hoffnungsvoll als besorgt an. Sein Stuhl quietschte, als er sich vorbeugte und darauf wartete, dass meine Geschichte zu bröckeln anfing.

»Nein, Sir. Das Blut war von Reece. Ich glaube, ich war ein bisschen grob.« Ich blinzelte und brachte eine Träne hervor. Was nicht schwer war, denn die Wahrheit tat weh. »Aber es ist ja auch egal. Er hat mir seine Gefühle mehr als deutlich gezeigt.«

Romero reichte mir ein Taschentuch und betrachtete meine Haare und Klamotten, als ob er gerade erst feststellte, dass tatsächlich etwas an mir anders war.

»Was wahrscheinlich auch das Beste ist«, sagte er. »Mr Rankin hat mir erzählt, Sie sind sehr nah daran, das Stipendium in Chemie zu erhalten. Es wäre bedauerlich, wenn Sie sich das wegen eines Jungen entgehen lassen würden.«

Ich schnaubte voller Verachtung ins Taschentuch. Er klang wie Mona.

»Aber auch davon abgesehen hätte Whelan einen schlechten Einfluss auf Sie. Sie sollten sich mit jemandem wie ihm wirklich nicht abgeben. Wo er auftaucht, gibt es Ärger. Seit er auf diese Schule gekommen ist, hatten wir nur Probleme.«

Ich sah ihn an. »Was für Probleme?«

»Das geht Sie nichts an.« Er schürzte die Lippen. »Sie sollten sich nur merken, dass Sie mit jemandem wie ihm nicht befreundet sein sollten.«

Da rastete irgendetwas in mir aus. Ich hatte es satt, dass die Leute mir sagten, mit wem ich befreundet sein sollte und mit wem nicht. Ich sprang auf und konnte mich nicht mehr im Zaum halten. Meine Stimme kletterte eine Oktave höher, als ich rief: »Vollkommen unabhängig davon, ob er ein netter Kerl ist oder nicht, war es immer noch meine Schuld. Es wäre unfair, ihn wegen etwas, was ich getan habe, der Schule zu verweisen.« Ich schluckte schwer und hoffte nur, dass ich mich jetzt nicht in etwas hineinmanövrierte, aus dem ich nicht mehr herauskäme. »Sie sollten eher mich der Schule verweisen.«

Für einen Moment war es absolut still.

Romero war ganz rot im Gesicht und er fummelte an seiner Krawatte, um sie zu lockern. Er hatte nur zwei Möglichkeiten: entweder uns beide von der Schule fliegen zu lassen oder nach meinem Geständnis mit Reece etwas nachsichtiger zu sein. An seiner Schläfe pulsierte eine Ader.

»Ich werde diese Information berücksichtigen«, sagte er zögerlich. »Aber ich kann Ihnen nicht garantieren, dass es meine Entscheidung ändern wird.«

Doch wir wussten beide, dass es das tun würde.

Ich warf mir den Rucksack über die Schulter, wobei der Saum meines Hemdes hochrutschte und ein paar Zentimeter meines nackten Bauchs entblößte. Ich spürte, wie Romero mich anstarrte.

Ich fasste nach Reece' Kette, um mich etwas zu bedecken. Mona hatte mich immer gewarnt, dass ich mir meine Chancen ruinieren würde, wenn ich mich mit Jungs wie Reece abgab. Dass mich das zu einer Person machen würde, die ich nicht sein wollte. Und jetzt stand ich hier, entblößt und in Lügen gekleidet. Ich wollte nicht, dass sie recht hatte.

»Mr Romero?« Die Hand an der Tür, drehte ich mich noch mal zu ihm um. »Warum war Reece eigentlich im Gefängnis?« Ich musste es einfach wissen, wollte die Bestätigung, dass es nur ein unbedeutendes Verbrechen gewesen war. Ein Missverständnis.

Romero warf einen Blick auf die Verweisungspapiere, als ob er es sich doch noch einmal anders überlegen wollte. »Er war verantwortlich für den Tod eines Schülers.«

»Von wem?«

»Ein Schüler aus dem Abschlussjahrgang in North Hampton.«

• • •

Ich weiß nicht, was ich erwartet hatte, aber ich war ganz benommen, als ich zu meinem Spind zurückging. Bis auf das Murmeln der Lehrer hinter den Türen war es vollkommen still. Ich hatte Chemie und jetzt auch noch den größten Teil von Physik verpasst, doch es war mir ausnahmsweise mal egal. Ich ließ mir Zeit auf dem Weg in die Eingangshalle, ging extra einen Umweg und blickte immer wieder durch die Fenster auf Reece' leeren Parkplatz. Ich war so nah dran gewesen, Romero alles zu erzählen, und doch hatte ich mich stattdessen entschieden, Reece zu schützen. Ich hatte ihn mal wieder gerettet, aber warum? Jedes Mal, wenn ich meinte, ihn zu kennen – wenn ich dachte, dass ich ihm vielleicht trauen könnte –, erfuhr ich etwas über Reece Whelan, das mir zeigte, dass ich ihn überhaupt nicht kannte.

Ich lehnte meinen Kopf, der sich zu schwer anfühlte, um ihn weiter aufrecht zu halten, gegen meinen Spind. *Wir reden morgen*, hatte Reece versprochen. Aber was gab es da noch zu reden? Ich hatte bereits einen schwer zu fassenden Mörder zu viel in meinem Leben, und ich war der Antwort kein Stück näher gekommen, wem ich überhaupt trauen konnte.

Ich drehte an meinem Zahlenschloss. Die Tür ging knarrend auf und ich wurde von Teddys Zeichnung, wie wir beide Händchen haltend vor dem Karussell standen, begrüßt. Ich hatte das gelbe Stück Papier einfach nicht wegwerfen können und es mir an die

Innenseite der Tür geklebt. Für einen kurzen Moment hob es meine Stimmung. Dann sah ich die Nachricht von Anh, die sie zusammengefaltet durch den Schlitz gesteckt hatte.

Leigh, was ist los?! Du hast mir einiges zu erklären! Ruf mich nachher an. Ich will Details!
Anh

Der Zettel war an unsere Chemie-Hausaufgabe getackert.

Ein anderes zusammengefaltetes Blatt Papier fiel herunter. Ich hob es auf und begann, es auseinanderzufalten. Sobald ich den ersten blauen Buchstaben sah, durchlief mich ein Schauder, und zögerlich faltete ich es ganz auf.

BLUMENLIEFERUNG FÜR ZIMMER 214
WHC

Es war mit dem gleichen blauen Stift geschrieben, wie wir sie auch in Chemie benutzten. Die gleiche Schrift wie die auf dem Karton mit der toten Katze und unter der Tribüne in North Hampton.

Ich warf den Zettel in meinen Spind und knallte die Tür zu. Ich hatte Rose schon längst besuchen wollen, aber ich hatte gehört, dass sie zum Washington Hospital Center geflogen worden war und dort die letzten vier Tage auf einer Station für Schwerbrandverletzte gelegen hatte, wo keine Besucher erlaubt waren.

Blumenlieferung für Zimmer 214. Er gab mir einen Hinweis. Rose musste verlegt worden sein. Und wenn sie nicht mehr auf der Intensivstation war, würde ich mit ihr reden können. Ich würde sie fragen können, woran sie sich erinnerte, ob sie wusste, wer ihr das angetan hatte. Sie würde es mir bestimmt sagen, wenn sie dazu in der Lage war. Einen Versuch war es wert.

Ich schüttelte über mich selbst den Kopf. Wem wollte ich hier eigentlich etwas vormachen? Das war doch genau, was der Mörder von mir wollte. Genau dort wollte er mich haben. Diese Nachricht fühlte sich an wie eine Falle. Ich würde dem Mörder wieder zuspielen, und ich verachtete mich selbst dafür. Aber ich hatte keine Wahl. Es war an der Zeit, Rose einen Besuch abzustatten.

• • •

Ich fuhr mit der Metro in die Innenstadt, dann nahm ich den Bus zum Krankenhaus. Dort angekommen ging ich durch die Empfangshalle direkt auf den Fahrstuhl zu.

»Entschuldigung«, rief die Frau hinterm Tresen mir nach. Ich drehte mich um und sie hielt mir ein Klemmbrett und einen Besucherausweis hin. »Sie müssen sich bitte noch eintragen.«

Die Fahrstuhltüren gingen zu. Zögernd trat ich an den Tresen und nahm das Klemmbrett. Wenn die Nachricht eine Falle war – wenn wirklich jemand wollte, dass ich hier war –, dann sollte ich vielleicht nicht meinen eigenen Namen aufschreiben. Zumindest würde es nicht schaden, wenn ich einen anderen benutzte. Ich schrieb »Mary Jones« in die Spalte mit den Besuchernamen. Über der zweiten Spalte, in die der Patientenname gehörte, hielt ich wieder inne. Eine Stimme in meinem Kopf flüsterte mir Warnungen zu. Wenn die Polizei Rose' Besucher im Auge behielt, sollte ich ihren Namen vielleicht auch nicht nennen.

»Wie ist der Nachname des Patienten, meine Liebe?«, fragte mich die nett aussehende ältere Empfangsdame mit Lachfältchen um die Augen. Ich fühlte mich mies, sie anzulügen.

»Smith«, antwortete ich.

Sie gab den Namen in den Computer ein und blickte über ihre Nase auf den Bildschirm. »Ronald, Evelyn oder William?«

Erleichtert atmete ich auf. Smith war immer eine sichere Sache. »Ronald«, sagte ich.

Sie reichte mir den Besucherausweis und sagte: »Zimmer 263. Sie können rauf.«

Ich befestigte den Ausweis mit dem Clip an meinem Hemd und schoss in den ersten offenen Fahrstuhl. Rose' Zimmer war einfach zu finden. Ich blickte durch das kleine Fenster in der Tür und stellte erleichtert fest, dass Rose allein war. Über dem Stuhl neben ihrem Bett hing allerdings eine Jacke. Ich hatte also nicht viel Zeit. Leise klopfte ich an und öffnete die Tür einen Spalt.

Sie antwortete mit einem rauen Flüstern, als ob sie durch zerbrochenes Glas sprechen würde. »Herein.«

Leise betrat ich das Zimmer. Rose saß gegen einen Haufen strahlend weißer Kissen gelehnt im Bett, ihre Augen waren mit Wattepads zugeklebt. In ihrer Nase verschwand ein durchsichtiger Schlauch, in den aus einem Infusionsbeutel neben dem Bett eine Flüssigkeit tropfte. An ihrem Finger hatte sie einen Clip, der ihren regelmäßigen Herzschlag auf einen Monitor übertrug. Der andere Arm, der mit den Verbrennungen, steckte in einem Verband.

»Rose?«

Sie neigte den Kopf in meine Richtung. »Leigh?« Sie lächelte schwach. »Du bist da. Ich wusste, dass du kommst.«

Auf halbem Weg zu ihrem Bett blieb ich stehen. Ein kalter Schauder lief mir über den Rücken. »Ja, ich bin's«, sagte ich mit trockener Kehle. »Woher wusstest du, dass ich komme?«

Sie drückte auf einen Knopf, um das Bett hochzustellen. »Eine der Krankenschwestern hat gesagt, du hast angerufen.«

Ich antwortete nicht. Ich hatte nicht angerufen und auch mit keiner Krankenschwester gesprochen, aber ich wollte sie nicht beunruhigen.

Ihr Lächeln erstarb. »Du hast gar nicht angerufen?«

Meine Gedanken rasten. Ich blickte auf die Uhr. »Ich hab nicht viel Zeit, Rose.«

Sie hielt den Notrufknopf umklammert und setzte sich aufrechter hin. Ich hörte, wie angestrengt sie atmete.

»Ich weiß«, krächzte sie. »Die Polizei war hier und hat mir alle möglichen Fragen gestellt. Ich hab gesagt, dass du unmöglich etwas damit zu tun haben kannst. Aber sie fragen immer wieder nach dir, als wenn ich es mir noch mal anders überlegen könnte. Ich hab ihnen aber gesagt, dass ich bei meiner Aussage bleibe.« Sie holte ein paarmal Luft und sank zurück in die Kissen. »Ich freue mich, dass du gekommen bist, aber es ist wahrscheinlich besser, du gehst jetzt wieder. Meine Mutter wird jeden Moment zurück sein, und ich will nicht, dass du Schwierigkeiten bekommst.«

Ich blickte von Rose zur Tür. Jemand hatte im Schwesternzimmer angerufen und sich als Nearly Boswell ausgegeben. Ich sollte besser gehen, aber ich hatte noch so viele Fragen. »Kannst du dich an irgendetwas erinnern ... irgendetwas, das mir helfen könnte, herauszufinden, wer dir das angetan hat? Hast du irgendjemanden gesehen? Mit jemandem geredet?«

Sie schüttelte den Kopf. »Ich erinnere mich an nichts. Die Polizei sagt, ich hätte unter Drogen gestanden. Jemand hat mir wohl was in die Limo getan. Ich weiß noch, dass ich mit meinen Freundinnen Mittag gegessen hab, und dann wurde mir auf einmal schwindelig und ganz schlecht. Ich bin zur Toilette gerannt und dann ist mir schwarz vor Augen geworden. Und als Nächstes bin ich hier aufgewacht. Es heißt, ich muss noch so lange hierbleiben, bis meine Brandwunden verheilt sind.« Ihr kurzer Bericht schien ihr alle Energie geraubt zu haben, und ich half ihr, sich wieder zurückzulegen. Sie konnte mir nicht helfen. Es war ein Fehler, hierhergekommen zu sein.

»Ist okay«, sagte ich, um Rose und gleichermaßen mich selbst zu beruhigen. »Du musst nichts weiter sagen.« Ich strich ihre Decke glatt. Am Fußende des Bettes hing ihre Krankenakte. »Rose? Darf ich mir mal deinen Krankenbericht angucken?«

Sie nickte und schnell blätterte ich die Seiten durch. Rose' Blut war positiv auf Ketamin getestet worden, die gleiche Droge, die in Emily Reinnerts Wasserflasche gefunden worden war.

Der Rest der Akte war nicht besonders überraschend. Wie ich vermutet hatte, handelte es sich bei ihren Verbrennungen um Verätzungen durch Flusssäure. Die Dämpfe hatten ihre Atemwege angegriffen, aber da es keinen direkten Kontakt mit den Augen gegeben hatte, sollte sie bald wieder sehen können, und ihre Lunge würde mit der Zeit auch wieder heilen. Von ihrem Arm konnte man das wohl nicht sagen. Die Narbe würde sie ihr Leben lang behalten. Auf den nächsten Seiten waren die Berichte über die Funktionen der lebenswichtigen Organe, die recht stabil zu sein schienen, und ein Behandlungsplan mit einem voraussichtlichen

Entlassungsdatum in ein paar Tagen. Es würde ihr schon bald wieder gut gehen.

Eine Serie lauter Pieptöne vom Monitor ließ uns beide aufschrecken. Der Infusionsbeutel war leer, die letzten Tropfen verschwanden gerade in ihrer Hand. »Du solltest besser gehen«, sagte sie. »Die Krankenschwester wird jeden Moment kommen, um den Beutel zu wechseln.«

Auf einem Stuhl in der Ecke lagen Stapel frischer Krankenhauskittel und OP-Hauben. Leise nahm ich mir einen Kittel und eine Haube und zog mir die Sachen über.

Rose keuchte und fing an zu husten. Ich dachte gar nicht nach, nahm nur ihre Hand, um mich zu versichern, dass es ihr wieder gut gehen würde. »Ist schon okay. Geh jetzt besser. Ich werde niemandem sagen, dass du hier warst.« Ich spürte ihre Kraft in regelmäßigen, beruhigenden Wellen durch meine Finger pulsieren. Rose würde wieder gesund werden und ich war doch einen Schritt näher an der Person, die ihr das hier angetan hatte. Emily, Rose und Marcia hatten alle drei unter Drogen gestanden.

Ich drückte ein letztes Mal ihre Hand und schlich mich auf den Flur. Schnell lief ich in die dem Schwesternzimmer entgegengesetzte Richtung und sah mich nach Notausgangsschildern um, die mir den Weg hinaus weisen würden. Da kam aus dem Treppenhaus ein Polizeibeamter direkt auf mich zu. Jede Nervenzelle in mir schrie mich an loszulaufen. Doch der Polizist telefonierte und schien mich gar nicht zu bemerken, also schlich ich mit gesenktem Blick an ihm vorbei. Dann rannte ich das Treppenhaus hinunter, riss die Tür auf und fand mich auf einmal in der Nähe der Krankenhauskapelle wieder. Ich lief in den nächsten Toilettenraum, zog den Krankenhauskittel aus und warf ihn in den Abfallbehälter. Dann riss ich mir den Besucherausweis vom Hemd und wollte ihn auch schon wegwerfen, um durch einen weniger auffälligen Seiteneingang zu verschwinden, doch dann zögerte ich. Wäre es nicht verdächtig, wenn Mary Jones sich nicht abmeldete?

Also ging ich mit dem Besucherausweis wieder zum Empfangstresen und blickte mich um, ob ich von irgendwem bemerkt wurde. Die Empfangsdame mit den Lachfalten hielt mir lächelnd ein Kästchen mit Besucherausweisen hin. Ich ließ meinen hineinfallen, dankte ihr und griff nach dem Stift, um mich auf der Liste auszutragen.

Ich fand meinen Namen, Mary Jones, und trug die aktuelle Uhrzeit für das Ende meines Besuchs ein. Nach mir hatten sich bereits jede Menge mir unbekannte Leute eingetragen und ich wollte das Klemmbrett gerade wieder zurückgeben, als ich auf einmal meinen Namen auf der Liste sah. Nicht Mary Jones. Meinen richtigen Namen. Nearly Boswell hatte sich eingetragen, um Rose Washington in Zimmer 214 zu besuchen, und sich vor drei Minuten wieder ausgetragen.

Ich hätte das Blatt am liebsten abgerissen und in meine Tasche gestopft, aber die Empfangsdame beobachtete mich und wartete höflich, um mich zu verabschieden. Ich hielt das Klemmbrett schon viel zu lange in der Hand. »Auf Wiedersehen«, sagte sie und nahm es mir ab. Ich blickte an die hohe Decke, als ob ich durch die Etagen hindurchsehen könnte. Nearly Boswell war gerade nicht in der Schule gewesen oder mit Freunden zusammen. Sie war offiziell als Besucherin im Krankenhaus gewesen.

Ich hätte niemals kommen dürfen.

KAPITEL 27

Ich konnte die Druckerschwärze auf Rankins Tisch beinah riechen, so sehr war ich auf seine Zeitung statt auf die leeren Seiten vor mir fixiert. Ich tippte mit dem Stift auf meinem Tisch herum und versuchte, mich auf den Test zu konzentrieren. Ich wippte mit den Beinen, sodass der ganze Tisch wackelte. Ohne aufzublicken, versetzte Anh mir einen Tritt. Es war Freitagmorgen und der Bui-Markt hatte nicht eine einzige Ausgabe der *City Post* mehr gehabt – genauso wenig wie jeder andere Laden im näheren Umkreis. Bao hatte erzählt, auf der Titelseite sei eine Schmierenkampagne gegen einen Lokalpolitiker gewesen und dessen Anhänger hätten heute Morgen alle Exemplare der Zeitung aufgekauft. Ich starrte auf die *City Post* auf Rankins Tisch, holte tief Luft, sah auf die Uhr und versuchte wieder, mich auf den Test zu konzentrieren.

Noch zwei Aufgaben, und ich war hier raus. Vielleicht hatte Jeremy ein Exemplar ... wenn er überhaupt noch mit mir redete. Ich war gestern vom Krankenhaus aus mit dem Bus direkt nach Hause gefahren und heute zu Fuß zur Schule gegangen, wie ich es jeden Freitag tat. Ich hatte Jeremy nicht mehr gesehen, seit ich ihn gestern Morgen versetzt hatte, und ich wusste nicht, was mich erwartete.

Ein kühler Luftzug fegte an meinem Tisch vorbei. Oleksa schlenderte den Gang entlang und legte seinen Test mit der Vorderseite nach unten auf Rankins Tisch ab. Wieder sah ich auf die Uhr. Auch Anh war fertig und schob ihren Stuhl geräuschlos nach hinten. TJ war der Nächste.

Ich tippte auf meinem Taschenrechner herum, kritzelte Zahlen aufs Papier und wurde, gerade als es klingelte, fertig. Mein Test war der letzte auf dem Stapel, aber ich war mir ziemlich sicher, dass ich alles richtig hatte, trotz der ganzen Ablenkung.

Ich näherte mich Rankin, der die Zeitung jetzt vor sich ausgebreitet hatte. Irgendwo dadrin war eine Nachricht für mich. Ich wusste es. Der Zettel in meinem Spind und die Besucherliste im Krankenhaus deuteten auf irgendetwas hin.

Vielleicht klappt es ja nächstes Mal.

Nein. Es durfte kein nächstes Mal geben. Ich brauchte die Zeitung.

»Irgendwelche Fragen, Miss Boswell?« Rankin hob die Zeitung und blickte mich über den Rand hinweg an.

»Nein. Keine Fragen.«

»Gut, gut.« Er hob die Zeitung ein Stück höher, sodass ich die erste und letzte Seite sehen konnte. Eindeutig die Zeitung von heute.

»Wo haben Sie die her?«, hörte ich mich selbst fragen.

Er blickte mich mit einem seltsamen Gesichtsausdruck an. »Sie meinen die Zeitung? Ja …«, sagte er, runzelte die Stirn und raschelte mit den Seiten. »Ich habe heute Morgen ganz schön lange nach einer gesucht. Und dann lag diese hier vorhin überraschenderweise auf meinem Tisch, als ich ankam.«

Mir lief ein Schauder über den Rücken, als ob mir jemand mit dem Finger die Wirbelsäule entlangfahren würde. Die einzige *City Post* im Umkreis von x Kilometern war Rankin vor der ersten Stunde auf den Tisch gelegt worden, wo ich sie mit Sicherheit sehen würde. Jemand wollte, dass ich sie in die Finger bekam, genau wie ich alle Botschaften zuvor hatte finden sollen. Ich musste an diese Zeitung rankommen.

»Darf ich sie mir ausleihen?« Ich bewegte mich auf dünnem Eis. Er hatte mir ausdrücklich verboten, die Zeitung mit zum Unterricht zu bringen, aber die Stunde war vorbei und ich konnte einfach nicht gehen, ohne gefragt zu haben. Sollte er Nein sagen, müsste ich einen anderen Weg finden. Aber ich würde die Schule nicht ohne diese Zeitung verlassen.

Er senkte die Zeitung ein kleines Stück. »Nein, dürfen Sie nicht. Ihr Physiklehrer wird es sicherlich genauso wenig begrüßen wie ich, wenn Sie im Unterricht die Zeitung lesen.«

»Aber …«

»Allerdings«, unterbrach er mich mit erhobenem Zeigefinger, »ist noch einiges an Inventur zu erledigen. Wir sehen uns um Viertel vor drei. Wenn die Zeitung dann immer noch hier ist, können Sie sie gern mitnehmen.«

• • •

Um 14:43 Uhr hastete ich durch die Tür des Chemieraums. Rankin war nicht mehr da, aber die Zeitung lag auf seinem Tisch.

Ich blätterte mit zitternden Fingern die einzelnen Teile durch und zog den Anzeigenteil aus dem Stapel. Die Seiten hafteten aneinander und lösten sich nur widerwillig. Ich ließ mich auf meinen Platz fallen, überflog die Zeilen nach einer Gleichung oder einem Theorem. Aber bei den Zahlen handelte es sich immer bloß um Brustumfänge oder Adressen von Kneipen.

Wer auch immer die Anzeigen bisher geschrieben hatte, machte es mir jedenfalls nicht leicht. Wenn in der heutigen Ausgabe eine Anzeige für mich versteckt war, würde ich sie alle von vorne bis hinten lesen müssen.

Ich legte die Zeitung auf meinen Tisch und ging sie eine nach der anderen durch. Die kryptischeren las ich besonders langsam und achtete auf einen vertrauten Tonfall oder etwas, das nach einem versteckten Hinweis klang.

Und dann hatte ich sie.

Keine Ahnung, woher ich es wusste oder warum ich mir so sicher war. Es war die einzige Anzeige, die irgendwie herausfiel. Es schwang eine Art Boshaftigkeit darin mit, wogegen die anderen irgendwie hoffnungsvoll klangen. Ich nahm einen Marker und umkreiste die Anzeige.

Ich habe es satt, mir wie ein Hund in den Schwanz zu beißen.
Ich bin der Hellste. Lehn dich zurück und sieh mich leuchten.

Was sollte das bedeuten? Ich hatte eine Zahl erwartet, eine Formel … irgendwas Konkretes. Das hier war genauso nervtötend und unsinnig wie die Botschaft unter der Tribüne.

Ich bin der Hellste. Toll. Was auch immer. Ich schob meinen Stuhl zurück, stand auf und vergrub die Hände in den Taschen. Wenn er mir beweisen wollte, dass er schlauer war als ich, warum gab er mir dann keine Aufgabe, die ich lösen konnte?

Oder hatte er das?

Ich trat wieder an den Tisch. Las die Anzeige noch mal, untersuchte jedes Wort auf eine Bedeutung. Überprüfte jeden Buchstaben auf einen Hinweis oder Code. Aber da war nichts.

Ich machte einen Schritt zurück und rieb mir die Augen. Sie brannten vor Müdigkeit und Frust. Ich war viel zu emotional bei der Sache. Zu sehr darauf versessen, die versteckte Botschaft zu finden. Die Anzeige fühlte sich an wie ein verdammtes Gemälde von Seurat. Als müsste ich weiter weggehen, um es schärfer sehen zu können.

Es sei denn, der Hinweis war etwas, was ich überhaupt nicht sehen konnte.

Skeptisch schloss ich die Augen, atmete tief ein und meine Angst wieder aus. Ließ die Stimmen, die mich abzulenken versuchten, in meinem Kopf verstummen. Dann sprach ich die Wörter laut aus. Ich lauschte ihnen nach und stellte mir vor, sie aus einer Entfernung von zehntausend Metern zu hören.

»Ich bin der Hellste«, wiederholte ich leise. »Ich bin der Hellste.«

Wie ein Hund.

Wie ein Hund.

Mein Stuhl fiel hinter mir um. Ich schnappte meine Sachen und eilte zum Raum für Astronomie. Die Karte des Nachthimmels spannte sich über die gesamte Wand des Unterrichtsraums. Ich durchsuchte die Sternbilder, bis ich schon ganz wirr im Kopf war von den ganzen kleinen Pünktchen und Linien, aus denen sich

Umrisse und Formen von Tieren und Kriegern bildeten. Doch dann hatte ich ihn gefunden. Den Hundsstern, den hellsten Stern am Himmel, im Sternbild Großer Hund.

Wie ein Hund … Ich bin der Hellste.

Ich ließ einen Siegesschrei los, der von den Wänden des leeren Raums widerhallte und erstarb.

Doch jetzt, da ich wusste, wonach ich suchte, wo sollte ich es verdammt noch mal finden?

Lehn dich zurück und sieh mich leuchten.

Ich ging alle möglichen Straßen und Brücken in meinem Kopf durch. Es gab hunderte, wenn nicht tausende von Orten in der Stadt und um die Stadt herum, zu denen man fahren konnte, um den Sternenhimmel zu betrachten. Parks am Flussufer, historische Schlachtfelder, Baseballplätze, Strände …

Doch die letzten drei Anzeigen ließen ein Muster erkennen. Sie hatten alle einen gemeinsamen Nenner. Ich hatte jedes der Opfer gekannt. Genauer gesagt hatte ich jedem der Opfer Nachhilfeunterricht gegeben. Über das Jahr verteilt hatte ich bereits dutzenden Schülerinnen und Schülern immer wieder mal Nachhilfe gegeben. Ich ging sie alle der Reihe nach durch, suchte nach einer Verbindung. Ich überlegte, wo sie wohnten, wofür sie sich interessierten, was ihre Hobbys waren, was für Kurse sie besuchten. Doch nichts passte. Ich hatte keine Ahnung, wo ich den Hundsstern finden sollte, und es waren nur noch ein paar Stunden, bis es dunkel werden würde.

Ich schleppte mich zu meinem Spind und faltete die Zeitung um die Anzeige zu einem Quadrat. Ich öffnete den Schrank und legte die Zeitung in das Fach. Teddys Zeichnung an der Innenseite der Tür leuchtete wie ein helles, gelbes Feuer. Mein Magen krampfte sich zusammen, als ich den Zettel von der Tür nahm. Ich drehte ihn um. Der Flyer vom Ausflug ins Smithsonian war mit Cliparts von Planeten und Sternen verziert. Der Ausflug war heute. Meine Hände zitterten, als ich den Flyer auf die Zeitung legte.

Lehn dich zurück und sieh mich leuchten.

Teddy Marshall war im Museum für Luft- und Raumfahrt.

KAPITEL 28

Ich stopfte das Kleingeld aus meinen Hosentaschen in den Automaten und wartete ungeduldig, bis meine Fahrkarte ausgespuckt wurde. Dann lief ich durch das Drehkreuz und die Rolltreppe runter, wo schon die nächste Bahn stand. Die Warnleuchten blinkten, und ich schlüpfte vollkommen außer Atem durch die sich schließenden Türen.

Die Yellow Line war so gut wie leer, als sie an der Huntington Station in Richtung Innenstadt losfuhr, wo gerade Hauptverkehrszeit war. Eine Bahn aus der Gegenrichtung war brechend voll mit Leuten in Businesskleidung. Als meine Bahn an Geschwindigkeit zulegte, fasste ich nach der Haltestange und lehnte mich gegen den Liniennetzplan neben der Tür. Ich ging die einzelnen Stationen durch, zählte die Haltestellen ab und war jedes Mal froh, wenn wir ein Stück oberirdisch fuhren und es noch heller Tag war. Am L'Enfant Plaza stieg ich um. Ich eilte zwischen Anzugträgern hindurch und stieß gegen jede Menge Aktentaschen. Als die Blue Line endlich an der Smithsonian Station hielt, quetschte ich mich an den stehenden Leuten vorbei die Rolltreppe hinauf. Die späte Nachmittagssonne schien in den Rolltreppenschacht. Als ich oben ankam, schlug mir die schwüle Stadtluft entgegen. Ich drängte mich an Souvenirständen vorbei, an denen mir T-Shirts ins Gesicht wehten, und blieb kurz stehen, um mich auf der National Mall zu orientieren.

Gleich links von mir ragte das Washington Monument in den Himmel und rechts am Horizont war das Kapitol zu sehen. Dazwischen lagen zu beiden Seiten der Rasenflächen die verschiedenen Museen und Galerien. Ich schoss los, rannte über die 7th Street und lief weiter an dem gepflegten Rasen entlang. Die bereits im Westen stehende Sonne warf einen langen, dünnen Schatten vor mich, wie der Zeiger einer Uhr. Taxis hupten, als ich zwischen zwei parkenden Schulbussen hindurchlief und mich schließlich vor den riesigen weißen Mauern wiederfand, die sich über einen ganzen Block des Jefferson Drive erstreckten. Das Museum für Luft- und Raumfahrt.

Auf den Stufen des Museums krümmte ich mich vor Seitenstechen, der Schweiß lief mir in Strömen hinab. Als ich mich wieder aufrichtete, blickte ich an den zwei riesigen Etagen aus Glas und Stein empor. Es schien fast, als würde das Gebäude das ungeheure Ausmaß meines Vorhabens widerspiegeln. Ich drehte mich zu der langen Reihe gelber Busse am Bordstein um und entdeckte den kleinen Bus mit der Aufschrift *Fairfax County Public Schools* zwischen unzähligen anderen.

Teddy war noch hier.

Ich nahm zwei Stufen auf einmal. Ich kannte das Museum, ebenso wie die anderen auf der National Mall, von unzähligen

Schulausflügen in den letzten Jahren. Der gewohnte sterile Geruch schlug mir entgegen, sobald ich die schwere Glastür aufzog. Da ich nichts weiter als meinen Kapuzenpulli dabeihatte, konnte ich ohne Weiteres durch den Sicherheitscheck gehen. Zum Glück hatte ich meinen Rucksack in der Schule gelassen. Eine Taschenkontrolle hätte mich bloß aufgehalten.

Ich schoss durch die Eingangshalle zum Empfangstresen.

»Entschuldigung«, sagte ich durchgeschwitzt und völlig außer Atem. »Ich suche eine Gruppe von der West River Highschool. Wissen Sie, wo ich die finden kann?«

Die Frau hinterm Tresen blickte mich an. Ihr Gesicht war verkniffen und ihre Haltung in dem gestärkten Smithsonian-Blazer steif. Unter ihrem kritischen Blick zog ich schnell meine von Druckerschwärze schmutzigen Finger vom Tresen.

»Tut mir leid.« Sie sah mich noch einmal genau an und lächelte gezwungen. »Das weiß ich nicht. Soll ich jemanden ausrufen lassen?«

»Nein«, sagte ich schnell, als sie bereits nach dem Telefon griff. »Schon okay. Ich finde sie auch so.« Ich konnte ihn nicht ausrufen lassen. Das hätte zu viel Aufmerksamkeit auf mich gelenkt.

Ich drehte mich um und überlegte. Zwei Etagen mit tausenden von Leuten. Der Mörder wollte, dass ich Teddy fand. Er würde es mir leicht machen. Es musste eine Nachricht geben, einen Hinweis, den ich bisher noch nicht gesehen hatte.

Ich wandte mich wieder zum Tresen um.

»Hat mir jemand eine Nachricht hinterlassen? Vielleicht in einem Umschlag?«, fragte ich voller Zweifel.

Die Frau zog eine Schublade auf. »Wie ist der Nachname?«

Zögernd dachte ich an die Besucherliste im Krankenhaus, aber es hatte keinen Zweck zu lügen.

»Boswell«, sagte ich schließlich und blickte mich nach der Menge um.

»Bitte sehr, Miss Boswell.« Die Frau schob einen weißen Umschlag über den Tresen, auf dem in frischen blauen Buchstaben mein Name stand. »Der ist für Sie.«

Mein Arm war ganz schwer, als ich den Umschlag entgegennahm. Ich zog eine schmale Eintrittskarte hervor.

»Oje.« Sie blickte mir mit gerunzelter Stirn über die Schulter. »Sie sind zu spät. Die Karte war für die Show um halb fünf.« Sie sah auf die Uhr. »Die ist bereits vorbei. Das Planetarium hat schon geschlossen.«

Ich rannte durch die mir entgegenkommenden Touristenmassen die Treppen hoch. Die Ärmel über die Hände gezogen, bugsierte ich mich wie eine Flipperkugel durch die Leute. Als ich oben ankam, schaute ich noch einmal über das Geländer hinunter und hörte auf einmal die hohe, aufgeregte Stimme von Mrs Smallwood, Teddys Lehrerin. Sie stand unten in der Halle und gestikulierte wild mit dem Klemmbrett in ihrer Hand. Um sie herum hatten sich Sicherheitsleute versammelt. Mein Herz raste. Teddy wurde offenbar schon vermisst.

Ich lief zum Planetarium. Die Türen waren geschlossen, ebenso wie die Fenster des Ticketschalters.

Zu spät.

Ich schlüpfte zwischen dem Samtvorhang hindurch und blickte noch einmal über die Schulter, bevor ich die Klinke herunterdrückte. Abgeschlossen. Ich lehnte mich gegen die Tür. Es musste einen anderen Weg hinein geben. Jedes Kino hat mehr als einen Ausgang. Ich sah nach rechts, dann nach links. Noch eine Tür. Ich schlich mich hinter dem Vorhang an der Wand entlang, drückte die Klinke, und mit einem leisen Seufzen ging sie auf.

Drinnen war es Nacht. Der Gang war ziemlich schmal und bis auf die winzigen weiß-blauen Lichter im Boden, die den Weg markierten, dunkel. Am Ende des Ganges leuchtete etwas. In der Mitte das hohen Kuppelsaals war ein Projektor in den Boden eingelassen, um den herum hunderte leerer Sitze angeordnet waren.

Nichts bewegte sich. Ich konnte nichts hören außer dem Rauschen des Bluts in meinen Ohren.

»Teddy?« Meine Stimme überschlug sich. »Teddy, bist du hier?«

Vorsichtig machte ich einen Schritt. Dann noch einen. Der Vorführsaal kam mir vor wie eine dunkle Höhle.

Hinter den Türen hörte ich gedämpft einen sich wiederholenden Ausruf über Lautsprecher: »Teddy Marshall, bitte zum Empfangsschalter im Erdgeschoss kommen. Deine Klasse wartet hier auf dich.«

Der Projektor warf einen lilafarbenen Lichtwirbel an die Decke, die vielen Reihen aus Klappsitzen lagen jedoch in vollkommener Dunkelheit. Ich griff nach dem Geländer und folgte der bläulich glimmenden Gangbeleuchtung durch den Saal. Mit langsamen Schritten suchte ich Reihe um Reihe ab und wollte schon aufgeben, als ich auf einmal ein grünliches Licht am Boden sah. Ich ging darauf zu und stolperte über etwas Hartes.

Teddy Marshalls Schuhe. Teddy lag mit dem Gesicht nach oben zwischen den Reihen, seine Füße ragten in den Gang. Das Herz klopfte mir bis zum Hals. Ich hockte mich neben ihn, flüsterte seinen Namen und griff nach seiner Hand. Doch sie war kalt, als ich sie berührte.

Das grüne Licht kam von seinem rechten Arm. Auf seinem Unterarm klebten jede Menge Leuchtsterne, wie man sie im Souvenirshop unten kaufen konnte. Sie bildeten ein Muster. Eine Zahl. Fünf.

Ich zwängte mich weiter in die Sitzreihe, klemmte mich zwischen seine Schultern und die Sitze, um näher an ihn heranzukommen. Seine Brille war ihm von der Nase gerutscht, und eine durchsichtige Plastiktüte haftete an den Nasenlöchern und dem geöffneten Mund. Die Tüte hatte sich regelrecht festgesaugt – und bewegte sich nicht. Ich hatte das Gefühl, als bekäme ich selbst keine Luft mehr. Die Tüte war Teddy um den Hals geknotet, mit seinen eigenen Schnürsenkeln. Ich wollte sie ihm vom Gesicht reißen. Atme, Teddy, atme!

Da tauchte auf einmal eine dunkle Hand vor mir auf, und bevor ich nach der Tüte greifen konnte, lag ein Handschuh über meinem Mund und erstickte meinen Schrei. Jemand hielt mich von hinten umklammert und zog mich den Gang hinunter zum Ausgang, weg von Teddy. Ich trat wild um mich, aber es half nichts. Ich atmete heftig durch die Nase, über meinem Mund lag immer noch der Lederhandschuh.

Dann wurde ich gegen die Wand gestoßen. »Was zum Teufel machst du hier?«, wurde ich mit tiefer, verärgerter Stimme gefragt, die mir bekannt vorkam. Reece lockerte seinen Griff. »Du hast hier nichts verloren!« Er blickte besorgt zum Ausgang, bevor er mich wieder eindringlich ansah.

»Teddy Marshall ist da drin. Er ist tot!«

»Ich weiß. Und du solltest besser nicht hier sein, wenn er gefunden wird!« Er nahm mich am Arm und zog mich zum Ausgang. Ich stemmte die Füße in den Boden.

»Was soll das heißen, du weißt es?«

Er zeigte ungehalten auf die Tür. »In ein paar Minuten wird es hier von Bullen nur so wimmeln. Wir müssen hier raus. Jetzt.«

»Wir können ihn doch nicht einfach da liegen lassen! Wir müssen etwas tun!«

»Wir können nichts mehr für ihn tun, Leigh. Er ist tot. Aber wenn wir jetzt nicht sofort von hier verschwinden, musst du sehen, wie du allein klarkommst.« Er warf mir einen ungeduldigen Blick zu. Wartete noch zwei Sekunden, dann lief er zur Tür und zog mich hinter sich her. Er stieß die Tür auf und ich blinzelte, als wir ins Licht traten und die Tür hinter uns zufiel.

Ich stemmte mich noch einmal gegen ihn, um in den Saal zurückzukehren, aber er hatte recht. Uns blieb keine Zeit mehr. Leute in blauen Uniformen eilten an uns vorbei. Sicherheits- und Aufsichtspersonal durchkämmte die Ausstellungsräume. Immer wieder wurde Teddys Name gerufen. Ich folgte Reece in einen Fahrstuhl. Er schlug mit der Faust auf den Knopf fürs Erdgeschoss.

»Wir werden jetzt ganz schnell da durchgehen. Tu einfach, was ich dir sage, und niemand wird dich sehen.« Reece machte einen Schritt auf mich zu, legte besitzergreifend den Arm um mich und stellte sich mit dem Rücken zu den Fahrstuhltüren, um mich vor möglichen Blicken zu schützen. Er war heiß und verschwitzt unter dem schweren Leder, sein Schweiß roch nach Angst. Als sich im Erdgeschoss die Türen öffneten, hielt er eine Hand dazwischen und blickte über die Schulter hinaus.

»Okay, komm.« Er zog mich näher an sich. Ich versuchte, über meine Schulter einen Blick nach oben zu werfen, zur Empore vor dem Planetarium. Jeder Schritt, den wir uns von Teddy entfernten, zerriss mir noch mehr das Herz. Aber Reece zog mich herum, legte mir eine Hand auf den Rücken und zischte mir Kommandos zu, die niemand sonst hören konnte.

Nach links, jetzt rechts, zum Ausgang.

Wir warfen die Türen auf und traten hinaus auf die Independence Avenue. Sobald wir draußen waren, lösten wir uns voneinander. Aber Reece griff sofort nach meiner Hand und zog mich mit großen Schritten hinter sich her zwischen zwei parkende Besucherbusse. Sein Motorrad hatte er verbotenerweise dazwischengestellt.

»Setz den auf.« Er warf mir den Helm zu, während er sich aufs Motorrad schwang und den Motor anwarf. »Beeil dich!«

Ich bewegte mich nicht. »Aber Teddy ...«

»Wir müssen hier verschwinden«, flehte er mich an. Dann riss er die Augen auf, als er hinter mich sah. Unschlüssig drehte ich mich noch einmal zum Museum um. Ein Verkehrspolizist starrte uns an und kam auf uns zu.

»Los jetzt, Leigh!« Reece ließ den Motor aufheulen.

Ich schloss den Helm und sprang hinter Reece aufs Motorrad. Der Motor dröhnte, und ich schlang die Arme um Reece, während wir uns in den Verkehr einfädelten und uns in Schlangenlinien zwischen Bussen und Taxis weiter vorwärtsbewegten, bis das Museum nicht mehr zu sehen war. Ein Krankenwagen kam uns entgegengerast, aber Teddy war bereits tot.

KAPITEL 29

Reece parkte vor einer grasbewachsenen Halbinsel nördlich des Reagan National Airports. Er klappte den Motorradständer herunter und ging ohne ein Wort zum Flussufer. Ich stapfte ihm hinterher, während mir die Tränen über die Wangen liefen.

Reece zog sich die Jacke aus und warf sie auf den Boden. Dann setzte er sich auf die eine Seite und klopfte auf den Platz neben sich. Da ich mich nicht bewegte, zog er an meinem Ärmel, bis ich mich neben ihn fallen ließ. Reece legte die Unterarme auf die Knie und blickte auf die Lichter der Start-und-Lande-Bahn, die rot über der Bucht blinkten.

Ich wischte mir mit dem Ärmel die Nase ab. »Woher wusstest du es?« Aus Angst, wieder zu weinen anzufangen, biss ich die Zähne aufeinander. Ich wusste gar nicht wohin mit meinem ganzen Kummer und meiner Wut.

Reece griff in seine Jackentasche und holte Teddys gelben Zettel und den Kontaktanzeigenteil der Zeitung hervor. Ich riss ihm beides aus der Hand.

»Du warst an meinem Spind!«

Er sah mich nicht an. »Einbruch gehört auch mit zu der langen Liste der Dinge, auf die ich nicht besonders stolz bin. Als ich den Flyer und die Anzeige gefunden hab, konnte ich mir denken, wohin du unterwegs warst. Ich dachte, ich würde mit dem Motorrad vor dir da sein, aber ich war zu spät. Ich hab dich noch die Treppen raufrennen sehen. Dann bist du oben langgegangen, aber ich steckte in der verdammten Sicherheitskontrolle fest und hab dich nicht mehr rechtzeitig erwischt.« Er ließ den Kopf hängen. »Ich muss mich bei dir entschuldigen. Nicht nur, weil ich an deinem Spind war. Ich hätte dich niemals ...«

»Schon okay.« Ich wusste bereits, dass er bereute, mich geküsst zu haben. Ich musste es nicht auch noch von ihm hören. Seine Schuldgefühle konnte ich jetzt nicht auch noch gebrauchen. »Du brauchst mir nichts zu erklären. Ich weiß, warum du mir die ganze Zeit folgst.« Ich blickte aufs Ufer. Versuchte, nicht auf die blinkenden Lichter dahinter zu sehen. Versuchte, nicht an Sterne zu denken.

»Wie bist du dahintergekommen?«, fragte er leise. Seine Haut schimmerte leicht rötlich, der lila-goldene Sonnenuntergang verfärbte seine Wangen. Die Antwort war doch offensichtlich.

»Weil wahnsinnig heiße neue Schüler für gewöhnlich nicht Mädchen wie mich fragen, ob sie ihnen Chemie-Nachhilfe geben ... und mich erst recht nicht zur Schule bringen, zum Essen einladen, sich für mich prügeln, mir meine Klamotten aussuchen oder mit mir in der Öffentlichkeit Händchen halten.« Traurig lächelnd schüttelte ich den Kopf.

Er schenkte mir ein schiefes, vielleicht ein bisschen eingebildetes Lächeln. »Ich glaube, es gibt ein paar Leute, die dir da widersprechen würden. Die ganze Schule hat es uns abgenommen, dass wir zusammen sind. Vielleicht ist es für alle anderen außer dir selbst denkbar.«

»Hör auf. Nicht jetzt.«

Er stieß mich sanft mit dem Ellbogen an. »Erzähl mir, wie du es *wirklich* herausgefunden hast.«

Die Lederjacke unter meinen Beinen war schwer und warm, und ich hätte mich gern hineingelegt und ihm alles erzählt. Stattdessen zog ich die Beine an die Brust und erzählte ihm nur, wonach er gefragt hatte. »Es war Zufall. Ich war bei der Polizei, um zu berichten, was ich wusste, und habe ein Gespräch mitgehört.«

»Und was hast du der Polizei berichtet?«, fragte er leise.

»Eben das, was ich Nicholson erzählt hab.«

»Und woher wusstest du die Dinge, die du Nicholson erzählt hast?«

Auf einmal sträubte sich alles in mir. Das Bedürfnis, mich ihm anzuvertrauen, war verschwunden. Als ob jemand das Licht angeschaltet hätte und ich ihn als das sehen konnte, was er war. Ein Informant, der dafür bezahlt wurde, mich zu verraten.

»Ist das nicht egal?«, fuhr ich ihn an. »Zwei Menschen sind tot! Und irgendjemand lässt es so aussehen, als ob ich sie umgebracht hätte. Es ist nur eine Frage der Zeit, bis ...«

»Drei«, flüsterte er.

Ich verstummte.

»Drei Menschen sind tot.« Er sah mir mit kummervollem Blick in die Augen. »Rose ist auch tot, Leigh.«

»Nein!«, rief ich. »Das ist unmöglich! Ich hab sie gestern gesehen. Es ging ihr gut. In ihrer Krankenakte stand, dass sie ...« Ich brach mitten im Satz ab und hielt den Atem an. Doch die Worte waren draußen, ich konnte sie nicht zurücknehmen. Aber es war auch egal. Mein Name stand sowieso auf der Besucherliste des Krankenhauses. Die Polizei würde wissen, dass ich da war. »Wie ist sie gestorben?«

»Vergiftet. Durch ihre Infusion.«

»Wann?«, fragte ich. Doch ich kannte die Antwort bereits. Rose war ermordet worden, gleich nachdem Mary Jones ihr Zimmer verlassen hatte. Gleich nachdem ich das Treppenhaus hinuntergelaufen war und eine Krankenschwester gekommen war, um den Infusionsbeutel zu wechseln.

»Es war ein langsam wirkendes Gift.« Reece holte ein zusammengefaltetes Blatt Papier aus seiner Tasche. Er hielt es zögernd zwischen Daumen und Zeigefinger, bevor er es mir gab. »Sie ist heute Morgen für tot erklärt worden.«

Ich faltete eine lange Liste handgeschriebener Namen auseinander. Mary Jones und Nearly Boswell standen darauf. Es war die Besucherliste vom Krankenhaus. Mir drehte sich der Magen um. Ich starrte auf die blinkenden Rollbahnlichter, hörte mit halbem Ohr die entfernten Sirenen. »Wie viel Zeit hab ich noch?«

Da klingelte Reece' Handy.

»Ich hab dir das nie gegeben. Es existiert noch nicht mal«, sagte er zu mir. Dann stand er auf und entfernte sich ein paar Schritte, bevor er das Gespräch annahm.

»Was?«, rief er.

Pause.

»Das geht Sie nichts an ... Nein, sie war auch nicht da ... Das weiß ich, weil sie den ganzen Tag mit mir zusammen war, genau wie gestern. Na und, dann haben wir eben die Schule geschwänzt … Ich sollte doch so nah wie möglich an sie rankommen. Ich halte mich nur an meinen Teil der Abmachung … Das hab ich doch bereits gesagt, ich bin nicht in der Stadt …« Ein Jet flog über uns hinweg und setzte zur Landung an. Reece legte den Daumen übers Mikrofon und wartete fluchend, bis das Flugzeug gelandet war, bevor er ihn wieder wegnahm. »Nein, ich bin nicht auf dem Flughafen … Nein, ich verlasse nicht das Land … Ich lege auf, wenn Sie nichts weiter zu sagen haben …« Reece hörte zu und blickte kurz zu mir herüber. Dann senkte er die Stimme. »Im Planetarium? Echt? Geht es ihm gut?« Er massierte sich die Schläfe, während er weiter den Details des Verbrechens zuhörte, von dessen Tatort wir gerade geflohen waren. »Ja, was das angeht, Lonny hat angerufen. Es soll nächsten Freitag über die Bühne gehen …« Reece drehte mir den Rücken zu und sprach noch leiser weiter. »In einem Lagerhaus in der Innenstadt … Ich muss mich darauf verlassen können, dass Sie sich an Ihren Teil der Abmachung halten … Freitagabend. Sie haben mir versprochen …«

Pause.

Auf einmal riss Reece den Kopf hoch und blickte zum Parkplatz hinüber, wo gerade ein Mercedes älteren Datums mit Diplomatenkennzeichen davonfuhr – Oleksas Mercedes. Wir wurden beobachtet, und nicht nur von der Polizei. Woher wusste Oleksa, dass wir hier waren?

»Ich kann jetzt nicht weiterreden. Ich rufe später noch mal an.« Reece steckte das Handy ein und ließ einen ganzen Schwall Schimpfwörter los. Dann setzte er sich wieder neben mich und starrte aufs Wasser. »Wir können hier nicht bleiben. Sie wissen, wo wir sind.«

Ich faltete das Blatt Papier zusammen. Ein wichtiges Beweisstück, das ich eigentlich nicht haben sollte. »Wie bist du daran gekommen?«

Er zögerte, bevor er mir antwortete. »Es war nicht das erste Mal, dass ich an deinem Spind war«, gestand er und sah mich aus den Augenwinkeln an, als wollte er meine Reaktion einschätzen. Mir fiel unser Gespräch im Diner wieder ein, als ich ihm das erste Mal Nachhilfe gegeben hatte. Wie er das zerknitterte erste Kapitel des Chemiebuches hervorgeholt und mir erzählt hatte, er hätte es auf dem Fußboden gefunden.

»Warum?«

Er fuhr sich mit der Hand durch die Haare. Sie standen von seinem Kopf ab wie ein stacheliger Heiligenschein. »Die Bullen wollten, dass ich dich im Auge behalte. Ihnen Informationen besorge. Aber sie haben mir nicht gesagt, wie. Nachdem Romero mich aus seinem Büro geschmissen hatte, bin ich wiedergekommen, um dich zu suchen. Ich wollte mich dafür bedanken, dass du dich für mich eingesetzt hast. Und mich für das entschuldigen, was ... du weißt schon ... was passiert ist.« Er schloss die Augen, als wollte er die Erinnerung ausblenden. »Aber du warst nicht da, also bin ich zu deinem Spind gegangen. Ich wollte dir nur eine Nachricht hinterlassen, dass ich mit dir reden wollte, aber dann habe ich den Zettel gefunden. Den mit Rose' Zimmernummer. Als ich beim Krankenhaus ankam, war es schon zu spät.«

»Also hast du die Besucherliste geklaut?« Ich wedelte mit dem Blatt Papier vor seinem Gesicht herum. »Du lügst die Polizei an und unterschlägst Beweisstücke? Das ist strafbar, Reece! Du wanderst direkt wieder ins Gefängnis …«

»Ich müsste überhaupt nichts Strafbares machen, wenn du einfach mal aufhören würdest, vor mir wegzulaufen, und ausnahmsweise mal da wärst, wo du eigentlich sein solltest!«

»Und was soll das jetzt bitte schön heißen?«

Entrüstet sah er mich an. »Du raffst es wirklich nicht, oder? Du hättest heute nach der Schule mit mir zusammen sein sollen. Ich war dein Alibi!«

»Mein Alibi?«, fragte ich und mir fiel der Zettel wieder ein, den er mir gestern im Spind hinterlassen hatte. *Können wir uns morgen nach der Schule treffen?*

Reece vergrub das Gesicht in den Händen, und seine resignierten Worte drangen nur gedämpft durch seine Finger. »Hat dich irgendjemand zwischen Schulschluss und dem Zeitpunkt, ab dem Teddy vermisst wurde, gesehen?«

»Was meinst du damit?«

Reece hob den Kopf. »Was ich sagen will ist, dass du die Hauptverdächtige in drei« – er hob drei Finger – »zähl mit: in DREI Mordfällen bist! Alle Indizien deuten auf dich, Leigh! Und heute, als du mir zum Zeitpunkt von Teddys Ermordung eigentlich in einem Restaurant voller Zeugen Nachhilfe in Chemie hättest geben sollen, rennst du direkt an den verdammten Tatort! Es kommt mir vor, als würdest du in einen Hinterhalt laufen, während ich versuche, dich aus der Schusslinie zu halten, aber du hörst mir einfach nicht zu! Du hättest mit mir zusammen sein sollen!«

Ich zog die Knie an. »Ich habe nichts davon getan. Nichts davon ist meine Schuld«, flüsterte ich.

»Hör zu«, sagte er und stieß langsam die Luft aus. »Die Polizei glaubt, dass du etwas damit zu tun hast. Sie hat bisher nur noch keine Beweise. Sie suchen nach irgendwelchen Verbindungen. Nach einem Motiv. Möglichen Komplizen. Denn auch wenn du es nicht gewesen bist, glaubt die Polizei, du wüsstest, wer es war. Sie beobachten dich und warten darauf, dass du irgendeinen Fehler machst und dich selbst belastest oder sie zu der Person führst, die hinter der ganzen Sache steckt.«

Er holte tief Luft und rieb sich die Augen. »Leigh, ich weiß, dass du niemanden umgebracht hast, und ich erkenne eine Falle, wenn ich sie sehe. Du musst anfangen, wie die Bullen zu denken. Letztendlich geht es immer um ein Motiv. Denk mal an alle Leute, die du kennst. Überleg, ob es irgendwelche Verbindungen zu den Anzeigen oder den Opfern gibt. Wer hätte einen Grund, Leute umzubringen, die dir wichtig sind? Dich hinter Gitter zu bringen? Wer würde dein Leben ruinieren wollen, Leigh?«

Ich stützte den Kopf in die Hände. »Ich habe nie irgendjemandem etwas getan. Ich habe nie irgendwas Verbotenes gemacht. Aber mein Leben ist sowieso nicht besonders toll. Von daher müsste man sich auch nicht wahnsinnig anstrengen, um es zu ruinieren.«

»Aber dieser Jemand strengt sich an, weil es um etwas Persönliches geht. Sonst würde er nicht so viel riskieren. Es muss irgendjemanden geben, der dich verletzen will. Denk nach. Ich versuche nur, etwas Zeit rauszuschlagen. Ich hebe die Brotkrumen vom Weg auf, bis wir die Lösung haben.«

Er deckte mich. Was bedeutete, dass er mir glaubte. Und wenn er mir glaubte, könnte er auch die Polizei dazu bringen, mir zu glauben. »Warum gibst du dann Nicholson nicht einfach den

Zettel aus meinem Spind? Sag ihm, dass ich verleumdet werde. Ich kann es nicht machen, aber dir wird er glauben, wenn du ihm sagst, dass du ihn in meinem Spind gefunden hast.«

Reece schüttelte den Kopf. »Das geht nicht. Das ist unzulässig. Ich hab den Zettel aus einem Spind gestohlen, für den die Polizei keinen Durchsuchungsbeschluss hatte. Außerdem liegt der Fall nicht mehr bei Nicholson. Die Mordkommission hat ihn schon vor Wochen übernommen. Dass ich immer noch involviert bin, liegt allein daran, dass ich als Einziger den Bullen helfen kann, die Verbindung vom Special K zum Mörder herzustellen.«

»Emily, Marcia und Rose standen unter Drogen.«

»Ketamin«, erklärte er. »Ich schätze mal, dass sie auch in Teddys Blut Spuren davon finden werden. Der Mörder verwendet es, um die Opfer unter Kontrolle zu bekommen. Lonny ist der einzige bekannte Ketamin-Dealer in der Gegend, und er ist bereit, mir welches zu verkaufen. Er hat mitbekommen, dass ich wieder einen Verweis bekommen hab, und schätzt mich inzwischen wohl doch als vertrauenswürdig ein. Wenn ich beweisen kann, dass er derjenige ist, der das Zeug verkauft, kann die Polizei ihn dazu bringen, eine Liste seiner Kunden zu erstellen. Wer auch immer für den Tod von Rose und den anderen verantwortlich ist, wird auf dieser Liste sein.«

Ich schöpfte wieder etwas Hoffnung und setzte mich aufrechter hin. Eine Liste mit Lonnys Kunden würde mich entlasten. Ich hatte noch nie irgendwelche Drogen gekauft und ich hatte auch keinerlei Verbindung zu irgendwelchen von Lonnys Kunden. Wir mussten an diese Liste herankommen.

»Und du triffst dich Freitag mit ihm?«

Er dachte kurz nach, bevor er antwortete. »Auf einem Rave. In Old Town.«

Perfekt. Er wollte, dass ich in seiner Nähe blieb, und ich wollte die Liste. »Okay, wie stellen wir es an?«

»Nein.« Er schüttelte mit übertrieben großen Bewegungen den Kopf. »Da gibt es kein *Wir*.«

»Doch, gibt es. Du hast es doch selbst gerade gesagt. Ich komme mit.«

»Nein!«

»Dann nenn mir einen guten Grund, warum nicht. Du hast gerade eben noch gesagt, ich soll mit dir zusammenbleiben. Zu meiner eigenen Sicherheit.« Ich war entschlossen, in dieser Sache nicht nachzugeben. Es stand schließlich auch mein Leben auf dem Spiel.

»Gena wird Freitagabend mit dir shoppen gehen. Da wird es jede Menge Ladenkameras und Zeugen geben. Ein absolut sicheres Alibi, falls irgendetwas passieren sollte.«

Ich streckte ruckartig die Beine vor mir aus. »Auf keinen Fall! Ich werde mich nicht mit deiner Freundin beim Einkaufen vergnügen, wenn du es mit Lonny vergeigst, weil ich nicht da bin!«

»Verdammt, sie ist nicht meine Freundin!« Er rieb sich die Augen. »Hör zu. Ich kann dich da nicht mitnehmen, Leigh. Wenn irgendwelche Details von den Ermittlungen durchsickern, bekomme ich richtig Ärger.«

»Okay. Wenn du mich nicht mitnimmst, werde ich eben nicht mehr kooperieren.«

»Ha!« Er lachte verbittert. »Seit wann kooperierst du?«

Ich zeigte mit dem Finger auf ihn. »Du brauchst mich.«

»Ich brauche dich?«

»Du brauchst mich.«

Sein Blick wanderte zu meinen Lippen, bis das Gefühl von zu viel Nähe den ganzen Sauerstoff zwischen uns aufgebraucht hatte. Da schien ihm ein Gedanke zu kommen. »Chemie mal außer Acht gelassen, in welcher Hinsicht brauche ich dich?«

Ich ignorierte die Hitze, die mir in die Wangen schoss. »Du hast es doch selbst gesagt. Alle glauben, wir wären ein Paar, und Lonny wird erwarten, dass du deine ›Freundin‹ mitbringst. Was doch auch ganz praktisch ist, wo Nicholson eh denkt, du würdest mich beschatten. Das war doch einer von seinen Leuten, mit dem du telefoniert hast, oder?«

Reece' Kiefermuskeln zuckten. Er antwortete nicht.

»Sieh es doch ein«, sagte ich. »Du hast mir schon viel zu viel verraten. Und wenn du mich nicht mitnimmst, dann …«

Reece hob eine Augenbraue. Sein schiefes Grinsen forderte mich heraus, den Satz zu beenden. Ich konnte ihm nicht damit drohen, ihn wegen Unterschlagung von Beweismitteln anzuzeigen, denn der Beweis allein wäre genug, dass ich selbst festgenommen würde. Und ich konnte auch seine Tarnung nicht auffliegen lassen, ohne dass er umgebracht werden würde. Also sagte ich das Nächstbeste. »… lasse ich Gena sitzen und komme allein.« Ich hob das Kinn und sah ihm direkt in die Augen.

Das Grinsen verging ihm. »Du bist echt eine ganz schöne Nervensäge.«

»Das ist mein Angebot. Ja oder nein?«

Nachdenklich blickte er aufs Wasser. Dann schüttelte er den Kopf und sagte: »Okay, aber nur unter einer Bedingung.«

»Und die wäre?«

»Wenn du meine Tarnung bist, dann machen wir es auf meine Art. Wir ziehen es zusammen durch. Du startest auf keinen Fall irgendwas alleine.«

Mir graute es schon davor, was ich wohl Montag wieder zur Schule anziehen müsste. »Okay«, murmelte ich.

»Und wenn du irgendwas tust, wodurch ich auffliegen könnte, ist unser Deal geplatzt.« Sein Ton war ernst. Da gab es nichts zu verhandeln.

»Okay. Abgemacht.«

Er biss die Zähne zusammen und starrte auf den Fluss. »Gut.«

Ein startendes Flugzeug dröhnte über uns hinweg. Es war so nah, dass ich beinah die einzelnen Passagiere erkennen konnte, deren Gesichter gegen die Fenster gedrückt waren. Waren die Dinge aus zehntausend Metern Höhe wirklich so viel klarer?

Heiße Luft fegte über das raschelnde Gras und die sich kräuselnde Wasseroberfläche hinweg und die Haare wehten mir ins Gesicht.

»Du hast meine Frage noch gar nicht beantwortet«, sagte Reece leise, als es wieder still war.

»Welche Frage?«

»Woher wusstest du, dass die Anzeigen etwas damit zu tun haben?«

Ich entschied mich für noch mehr Halbwahrheiten, auch wenn sogar die wehtaten. »Die erste – Emilys – war Zufall. Anfängerglück, könnte man vielleicht sagen. Die zweite – mit dem Theaterstück – war einfach offensichtlich.«

»Und warum hast du die Anzeigen überhaupt gelesen?«

Argwöhnisch überprüfte ich ihn auf Anzeichen von Herablassung. Als Nicholson mir die gleiche Frage gestellt hatte, triefte dessen Reaktion nur so vor Sarkasmus.

»Ich meine ... suchst du jemanden?« Er wirkte aufrichtig neugierig.

Ich drehte mich weg, denn ich fühlte mich albern wegen der kindlichen Hoffnung, die mich jeden Freitag aufs Neue Geld für die Zeitung stehlen ließ. Die Hoffnung, wegen der dieser ganze Schlamassel überhaupt erst angefangen hatte.

Reece' Pony fiel ihm ins Gesicht und verbarg seine Augen. Ich fragte mich, was er gerade dachte. Ob er sich von mir abgestoßen fühlte. Ob er dachte, ich würde in den Kontaktanzeigen tatsächlich nach einem Freund suchen. Doch ich hatte nicht die Energie, es ihm zu erklären.

Er stand auf und hielt mir die Hand hin. Eigentlich hatte ich viel zu viel Angst, sie zu nehmen. Ich hatte Angst davor, zu erfahren, was er gerade fühlte. Aber ich wollte auch nicht undankbar erscheinen nach allem, was er für mich getan hatte. Zögerlich legte ich meine Hand in seine und ließ mich von ihm hochziehen. Er schmeckte nach Sorge und Trauer – leicht salzig und mild säuerlich, es war die Bitterkeit dieser ständig an ihm nagenden Reue, von der ich langsam den Eindruck bekam, dass sie einfach ein Teil von ihm war. Aber ich wollte nicht über ihn urteilen. Einen langen, unangenehmen Moment standen wir Hand in Hand da.

Er ließ mich zuerst los. »Es ist spät. Ich bring dich nach Hause.«

KAPITEL 30

Jeremys Eltern waren am Samstagvormittag nicht zu Hause. Sein weißer Civic war das einzige Auto in der Auffahrt, also holte ich den Schlüssel unter dem Stein im Blumenbeet hervor und ging hinein. Ich hätte auch anklopfen können, aber ich wusste nicht, ob er reagieren würde, und nachdem wir zwei Tage nicht miteinander geredet hatten, vermisste ich ihn einfach.

Jeremy saß an seinem Schreibtisch über einen dicken Ordner gebeugt. Ich wartete, bis er einen Zeitungsausschnitt aufgeklebt und glatt gestrichen hatte.

»Wow, das ist ja ein ziemlich dicker Ordner.« Ich reckte den Hals und sah ihm über die Schulter. »Was ist das?«

Er blickte nicht auf. Er wusste, dass ich es war, und ich konnte ihm auch, ohne sein Gesicht zu sehen, anmerken, wie es ihm damit ging. In dem Moment, als er meine Stimme hörte, sackte er in sich zusammen. Genauso saß er auch immer in der Schule da, als ob die Erwartungen der oberen Gesellschaftsschicht schwer auf seinen Schultern lasten würde. Aber zu sehen, wie er beim Klang meiner Stimme zusammensackte, versetzte mir einen Stich. Ohne sich umzudrehen, antwortete er: »Mein Portfolio.«

»Darf ich mal sehen?«

Er drückte es mir in die Hand. Ich blätterte die Seiten durch und bewunderte die chronologisch angeordneten Artikel, beginnend mit dem ersten Tag des Schuljahrs. Lauter Berichte mit Fotos über Schulveranstaltungen. Und unter jedem Bericht stand der Name Jeremy Fowler.

»Das ist toll. Wie viele sind es?«

»Ein Bericht für jede Schulveranstaltung in diesem Jahr.«

»Und wofür ist das?«

»Meine Bewerbung für das Journalismus-Programm in Syracuse.« Er sah mich mit tiefen Falten auf der Stirn an. Keiner von uns beiden sagte etwas. Ich legte den Ordner auf den Schreibtisch.

»Syracuse? Was ist mit Maryland?«

»Hab's mir anders überlegt.« Er schloss den Ordner.

»Da wird deine Mom sich aber freuen.«

Mit gesenktem Blick fingerte er an dem blau-orangen Bewerbungsordner.

»Warum gehst du?«

Er gab ein schroffes Lachen von sich. »Gibst du mir vielleicht einen Grund zu bleiben?«

Sein Blick hatte etwas Herausforderndes. Darin lagen Fragen, die Jeremy sich nicht traute laut auszusprechen, weil er die Antworten bereits kannte. Er wollte mehr als das, was zwischen uns war. Mehr als das, was ich ihm geben konnte. Ich wusste nicht, was ich sagen sollte. Ich stellte meinen Rucksack ab und ließ mich auf sein Bett fallen. Meine egoistischen Bedürfnisse gingen nicht mit dem zusammen, was das Beste für ihn gewesen wäre. Wenn er auf die University of Maryland ginge, würden Jeremy und ich uns nahe bleiben, aber nicht auf die Art, die er wollte.

Ich holte eine ungeöffnete Packung Twinkies aus meinem Rucksack. Er sah sie verwirrt an. »Wofür ist das?«, fragte er.

»Dafür, dass ich dich Freitag versetzt habe.« Die Plastikverpackung knisterte. Es war nur ein kleines Geräusch, das sich in der Stille aber viel lauter anfühlte, während ich darauf wartete, dass er sowohl mein Geschenk als auch die Entschuldigung annahm.

Er wandte sich wieder seiner Arbeit zu. »Du hast jetzt einen Freund. Ich hab kapiert, dass ich dich nicht mehr zur Schule fahren muss.«

»Er ist nicht ... Reece ist ...«, stammelte ich kopfschüttelnd. Ich hatte Angst, ihn ganz zu verlieren, wenn ich noch eine Lüge mehr anhäufte. Aber ich hatte eine Abmachung mit Reece getroffen. »Es ist nicht, wie du denkst, Jeremy.«

»Hat er Schluss gemacht oder was?« Ich hörte den Funken Hoffnung hinter seinem Sarkasmus und ich fand es schrecklich, ihn schon wieder enttäuschen zu müssen.

»Nein, ich hab ihm nur gesagt, dass ich mehr Zeit für mich brauche.«

Jeremy bewegte die Lippen, fing an, Worte zu formen, und hielt dann doch inne, als hätte er es sich anders überlegt.

»Vergiss es. Geht mich nichts an.« Er drehte sich wieder zum Schreibtisch um, nahm sein iPad und fing an, Fotos durchzuscrollen. Ich wollte ihm schon antworten, wollte sagen, dass er nicht albern sein sollte, doch dann sah ich ein Foto, das mich innehalten ließ.

»Warte mal«, sagte ich, fasste ihm über die Schulter und fuhr mit dem Finger übers Display. Ich scrollte durch ein paar Fotos von einem Fußballspiel und der vorausgehenden Party in der Sporthalle zurück, bis ich bei einem Bild von zwei sich umarmenden Menschen ankam. »Ist das Emily Reinnert?« Der lange blonde Pferdeschwanz gehörte eindeutig ihr, aber wen küsste sie da? Ich konnte sein Gesicht nicht erkennen, aber für TJ war er zu groß. Und er trug auch keine Beinschiene. Ich schob den Vorhang beiseite und hielt das iPad vor das Haus auf der anderen Straßenseite – in dem Vince wohnte. Die Veranda mit der Haustür sah genauso aus wie die auf dem Foto. »Von wann ist das?«

Jeremy zuckte die Achseln. »Von vor drei Monaten vielleicht.«

»Weiß TJ davon?«

»Natürlich. Was meinst du, warum ich das Foto gemacht hab?« Er riss mir das iPad aus den Händen. »Gibt es einen besseren Weg, meine Dankbarkeit für all die Jahre der öffentlichen Erniedrigung zu zeigen? Ich hab TJ einen Abzug gemacht. Er war stinksauer! Ist total ausgerastet. Das hättest du mal sehen sollen.«

»Und dann?«

»Ich hab die ganze Zeit darauf gewartet, dass er sich mit Vince anlegt und Emily den Laufpass gibt. Aber nichts ist passiert. Stattdessen haben Vince und Emily sich zerstritten, und TJ und Emily haben sich wieder zusammengerauft und sind anscheinend drüber hinweggekommen. Seitdem hat keiner mehr ein Wort darüber verloren.«

»Merkwürdig.«

»Nicht unbedingt, wenn man mal etwas drüber nachdenkt. Vince und TJ sind schon genauso lange beste Freunde wie wir. Die zerstreiten sich nicht wegen einem blöden Kuss. Vielleicht hatte er überhaupt keine Bedeutung. Vielleicht war es nur eine einmalige Sache. Ein Fehler.« Er sah mich lange an, als steckte mehr hinter seinen Worten. Vielleicht war es seine Art, mir zu sagen, dass alles okay wäre. Dass er darüber hinweg wäre und er mir verzeihen würde. Oder er wartete darauf, dass ich eingestand, einen Fehler gemacht zu haben. Dass ich Reece nicht hätte küssen sollen und es nicht wieder vorkommen würde. Er sah mich immer noch erwartungsvoll an. Ich wandte den Blick ab und wechselte das Thema.

»Also hat TJ deinen Vergeltungsplan durchkreuzt, indem er weder Vince gegenüber durchgedreht ist noch seine Freundin abgeschossen hat. Warum hast du das Foto nicht einfach in der Schulzeitung abgedruckt oder es per E-Mail rumgeschickt? Warum hast du ihn so einfach davonkommen lassen?«

»Wir haben uns geeinigt wie echte Gentlemen.« Jeremy verdrehte die Augen und grinste verlegen. Es war das erste Mal seit Tagen, dass ich ihn lächeln sah. »Ich habe ihm versprochen, das Foto, auf dem seine Freundin den heißen reichen Typen mit intakten Beinen küsst, nicht zu verbreiten, und er hat mir im Gegenzug versprochen, mir meine Beine nicht zu brechen.«

Ich lachte. »Wie echte Gentlemen also, ja?« Ich hatte das Gefühl, die dunkle Wolke hätte sich etwas verzogen, und fasste wieder über seine Schulter, um weiter durch die Fotos zu scrollen. »Was für belastende Bilder versteckst du noch auf diesem Ding?«

Da fiel mein Blick auf einen lächelnden Mund voller Zahnlücken. Langsam drehte ich das iPad weiter zu mir.

Eine Gruppe von Schülern posierte vor einem Gebäude mit hoher Glasfassade. Teddy strahlte mich an und mir krampfte sich der Magen zusammen.

»Du warst gestern beim Museum?« Ich blätterte durch eine kurze Reihe von Bildern und suchte hinter den lächelnden Gesichtern nach mir selbst. Als ich weder mich noch Reece auf den Fotos entdeckte, schob ich das iPad aufatmend wieder zurück.

Jeremy war noch blasser als gewöhnlich und sah ziemlich müde aus. »Ich hatte frei bekommen, um von dem Ausflug zu berichten. Ich schätze mal, du hast das mit Teddy mitbekommen«, sagte er, klickte das Foto weg und fühlte sich offensichtlich unbehaglich. »Tut mir leid, was ich beim Kettenkarussell über ihn gesagt habe. Ich hab es nicht so gemeint, wie es sich angehört hat.«

Ich nickte. Ich bezweifelte, dass schon irgendwer wusste, dass auch Rose tot war, aber es war nur eine Frage der Zeit. Montagmorgen würde die gesamte Schule darüber reden. Als ob er meine Gedanken lesen könnte, sagte Jeremy: »Du solltest Montag auf jeden Fall rechtzeitig zur Schule kommen. Die Polizei will die Anwesenheitslisten durchsehen, und ich habe gehört, wer ohne Entschuldigung zu spät kommt, muss nachsitzen. In der ersten Stunde soll es eine große Ansprache geben und in jedem Kurs Vorträge über Sicherheitsmaßnahmen. Ich könnte mir vorstellen, dass erst einmal alle außerschulischen Aktivitäten ausfallen werden. Die Schulpsychologen aller sechs Highschools wurden einberufen und sollen mit uns reden und allen, die Trauerbegleitung brauchen, Hilfe anbieten.« Er rieb sich unter den Brillengläsern die Augen, dann nahm er die Brille ab und legte sie auf den Tisch. »Ich bin kein großer Fan von Therapeuten, aber ich dachte, ich sag es dir. Für den Fall ... na ja ... dass du jemanden zum Reden brauchst.«

»Woher weißt du das alles?«

Jeremy machte die Packung Twinkies auf und legte sich neben mich aufs Bett. »Entgegen der gängigen Meinung bin ich tatsächlich gar kein so mieser Reporter«, grinste er. Er wusste ganz genau, dass er ein ziemlich guter Reporter war. Ich hatte einfach Glück gehabt, dass er mich nicht im Museum gesehen hatte.

»Und, wie war es?«, fragte er mit dem Mund voller Schaumkuchen.

Ich biss in meinen. »Wie war was?«

»Du weißt schon ...«, murmelte er. »Dein erster Kuss?«

Ich hörte zu kauen auf. Jeremy auch. Wir starrten beide an die Decke, statt uns anzusehen. Ich suchte die Decke nach kleinen Macken ab – Macken, von denen ich wusste, dass sie nicht da waren –, während ich darüber nachdachte, was ich sagen sollte.

»Schon okay. Du musst nicht antworten.« Ich merkte, wie er sich mit dem Finger die Brille die Nase hochschieben wollte, obwohl er sie gar nicht aufhatte. Das tat er immer, wenn er sich unwohl fühlte – so wie manche Leute auf den Fingernägeln kauten oder hin und her liefen oder mit ihren Haaren spielten.

»Das war nicht mein erster Kuss.« Mein erster Kuss hatte mit Jeremy stattgefunden, als er mich vor sechs Monaten auf einer Party ziemlich betrunken plötzlich geküsst hatte.

Jeremy runzelte die Stirn, als ob die Erinnerung schmerzte. »Der zählt nicht.«

»Dass du zu betrunken warst, um dich daran zu erinnern, heißt nicht, dass er nicht zählt.«

»Ich kann mich sehr wohl und noch sehr gut daran erinnern. Mir hat noch zwei Tage später das Gesicht wehgetan.«

»Das nennt man einen Kater.«

»Nein, das nennt man einen Kinnhaken. Und der Kuss zählt nicht, weil du nicht mitgemacht hast.«

Von all dem, was an dem Abend schiefgelaufen war, belastete das Jeremy am meisten. Nicht der Streit mit seinem Vater, weswegen er sich überhaupt so betrunken hatte. Nicht dass er zu voll war, um noch mitzubekommen, wie ich Nein sagte. Nicht, dass ich ihn geschlagen hatte, oder der Streit, bevor ich ihm die Autoschlüssel abnahm und zu Fuß nach Hause ging. Nein, was ihn am meisten störte, war, dass ich seinen Kuss nicht erwidert hatte. Kein bisschen. Dabei hatte er eigentlich nicht anders angefangen als der Kuss von Reece, doch er hatte vollkommen anders geendet. Er hatte mich einfach nicht mitgerissen. Hatte mich nicht überwältigt, wie es Reece' Kuss getan hatte. Ich hatte mich nicht für eine einzige Sekunde in dem Kuss verloren. Weil ich ihn sowieso nie gewollt hatte.

Aber das hatte ich ihm nie gesagt. Stattdessen hatte ich mich hinter Monas Regeln versteckt. Und es ihm jetzt zu erklären, wo wir uns gerade wieder etwas annäherten, wäre mir unnötig grausam vorgekommen.

»Also, für mich hat er gezählt. Und wenn du nicht so furchtbar betrunken gewesen wärst, hättest du auch besser geküsst als Reece Whelan.« Ich entlockte ihm ein trauriges Lächeln. Jeremys Kuss war vielleicht eine Katastrophe gewesen, aber für ihn war er echt gewesen. Er hatte es gewollt. Er hatte mich gewollt. Ich wusste nicht, ob ich von Reece das Gleiche sagen konnte.

Ich ließ mich auf die Matratze zurückfallen und streckte mich. Ließ meine schmerzenden Muskeln mit der dicken Daunendecke verschmelzen. Die Anspannung der letzten Wochen hatte sich in Form von Knoten in meinen Muskeln festgesetzt. Doch mit der geschlossenen Tür und den zugezogenen Vorhängen konnte ich mich mit Jeremy neben mir in dem stillen Haus entspannen.

Jeremy räusperte sich leise. »Ich hab gehört, Reece ist von der Schule geflogen?«

»Er hat nur einen Verweis bekommen«, sagte ich.

»Ah, okay. Ich dachte, vielleicht brauchst du noch eine Begleitung für den Abschlussball? Wir könnten … zusammen gehen, wenn du magst?«

Für einen Augenblick sagte keiner von uns beiden etwas, und sein Gesichtsausdruck war vielleicht zu zwei Dritteln bedauernd und zu einem Drittel hoffnungsvoll. Ich öffnete den Mund, um etwas zu antworten, aber ich konnte nicht die richtigen Worte finden. Ich hatte nicht vorgehabt, ihn zu verführen, als ich gesagt hatte, dass er wahrscheinlich besser küssen könnte als Reece, aber jetzt war es zu spät, es zurückzunehmen.

»Ich dachte, du würdest mit Anh gehen.«

Jeremy runzelte die Stirn. »Ich hab bisher niemanden gefragt. Ich hatte gehofft, du würdest vielleicht mit mir hingehen wollen. Ich meine, ich weiß, dass du Menschenmengen nicht erträgst. Und ich weiß, dass dort wahrscheinlich tausend Leute sein werden, aber ich dachte nur, vielleicht …«

Der Gedanke an eine so große Menschenmenge ließ mich innerlich erschaudern, aber wenn ich mir dazu auch noch Alkohol, Drogen und Berührungen vorstellte, kam mir der Abschlussball im Vergleich mit dem Rave am Freitag eigentlich ziemlich harmlos vor. Doch was beides unterschied, war meine Entscheidungsfreiheit. Was den Rave anging, hatte ich keine Wahl – ich musste dorthin, das war wie ein Pflichtfach in der Schule. Der Abschlussball fühlte sich eher wie ein Wahlfach an.

»Du solltest vielleicht besser Anh fragen«, sagte ich so behutsam wie möglich. »Ich hasse solche Veranstaltungen. Ich würde nie im Leben auf so eine Riesenparty gehen.« Ich sah Jeremy an. Er starrte an die Decke und schien den Atem anzuhalten. Ich verschränkte meine Finger mit seinen und spürte, wie die leise Hoffnung aus ihm verschwand und schwereren Gefühlen Platz machte, die seine Mundwinkel herunterzogen und ihm die Farbe aus dem Gesicht weichen ließen. Er war immer noch wütend auf mich. Es fühlte sich wie ein saurer, metallischer Knoten in meinem Hals an, aber ich schluckte ihn wie Medizin. Ich hatte es verdient.

»Ist okay«, sagte er benommen. »Hatte ich mir eh schon gedacht.«

Still lagen wir da, Hand in Hand, bis seine Enttäuschung anfing, wie bittere Entschlossenheit zu schmecken.

»Freitag ist ein Rave.« Seine Finger zuckten vor eifriger Erregung, die mir eine Gänsehaut bereitete.

Ich ließ seine Hand los und setzte mich auf. »Da gehst du doch aber nicht hin, oder?«

»Ich dachte, das wäre noch eine coole Sache für mein Portfolio. Ein bisschen was Ausgefallenes könnte mich irgendwie ...« Er hielt kurz inne und suchte nach den richtigen Worten. »Das würde mir mehr Aufmerksamkeit bringen als so etwas Langweiliges wie noch ein Bericht über Suppenküchen.«

»Hältst du das für eine gute Idee?« Womit ich meinte: *Das ist die schlechteste Idee, die du jemals hattest.* Jeremy hatte ja keine Ahnung, worauf er sich da einließ. »Ich meine, du weißt schon, was auf so einem Rave abgeht ... oder?«

Beleidigt sah er mich an. »Himmel, Leigh. Ich bin vielleicht ein Loser, aber kein Idiot!«

»Das wollte ich damit auch nicht sagen ...«

»Und ich gucke freitagabends *gerne* den History Channel und löse dabei Sudokus. Da ist überhaupt nichts verkehrt dran.«

Lachend trat ich ihn sanft mit der Schuhspitze. »Das habe ich auch nie behauptet. Ich will nur nicht, dass du in Schwierigkeiten gerätst.«

»Werde ich nicht«, sagte er und trat mich zurück. »Ich hab auch schon mit unserer Sponsorin geredet. Sie hat gesagt, solange es keine Fotos mit ›fragwürdigem Inhalt‹ gibt, kann ich den Artikel bringen. Aber ich werde auch keine Fotos machen, auf denen man irgendwen erkennen könnte. Und die Namen werde ich alle ändern, um keine Unschuldigen zu belasten.«

Das Lachen verging mir, als ich darüber nachdachte, wie ich ihm am besten erklären könnte ... ja, was eigentlich? Dass ich als die angebliche Freundin eines Drogenfahnders auf den Rave gehen würde, um einen Deal leichter über die Bühne gehen zu lassen? Dass es gut sein könnte, dass er meinen Namen ändern musste?

»Okay, aber wenn du irgendwelche Fotos von mir machst, werde ich dich umbringen.«

»Du gehst dahin?« Verwirrt setzte er sich auf. »Aber du hast doch gerade eben gesagt, du würdest nie im Leben ...« Er lächelte dünn. »Ah ... verstehe. Du würdest nie im Leben *mit mir* auf so eine Party gehen.«

Es tat mir in der Seele weh. Ich wollte es ihm erklären. Ich wollte etwas in Ordnung bringen, von dem ich doch wusste, dass ich es wieder und wieder kaputt machen würde.

»Jeremy«, fing ich an, unsicher, wie ich es ihm sagen sollte. »Du weißt, dass ich dich wahnsinnig gernhab. Du bist mein bester Freund ...« Ich holte tief Luft und zwang mich, ihm endlich die Wahrheit zu sagen, wozu ich bisher immer zu feige gewesen war. Nicht nur einen Teil der Wahrheit. Oder die halbe Wahrheit. Sondern die ganze. »Aber das ist alles, was du für mich bist.«

Er legte sich wieder zurück und blickte an die Decke.

Meine Stimme zitterte, aber ich musste es von ihm hören, auch wenn ich wünschte, dass er es nicht sagen müsste. »Das muss auch für dich genug sein. Ich kann dich nicht mehr lieben, als ich es bereits tue. Und es wäre für keinen von uns beiden fair, es zu versuchen.«

Er zuckte zusammen. Es war eine so kleine Bewegung, dass ich sie gar nicht gesehen hätte, wenn ich seine Augen nicht so genau beobachtet und darauf gewartet hätte, dass er blinzelte.

»Kannst du das verstehen? Kannst du mich bitte ansehen?«

Sein Schweigen machte mich wahnsinnig. Jeremy war bisher immer der Halt in meinem Leben gewesen. Ich konnte mich immer auf ihn verlassen, er war immer für mich da. Aber jetzt hatte er sich abgewendet und schaute mich nicht mal mehr an.

Auch nicht, als er sagte: »Ich glaube, du solltest jetzt besser gehen.«

KAPITEL 31

Den Sonntagvormittag verbrachte ich mit zugezogenen Vorhängen auf unserem knarrenden, dreckig braunen Sofa. Ich war immer noch im Schlafanzug und hatte mich mit einer ausgeblichenen Wolldecke, die nach Muff und Zigarettenrauch roch, zugedeckt. Der Fernseher leuchtete hell in dem dämmrigen Zimmer. Ich hantierte mit der Fernbedienung durch eine Lücke in der Decke, die ich mir bis zu den Ohren hochgezogen hatte, und schaltete zwischen den Sendern herum. Den Ton hatte ich ganz leise gestellt, damit meine Mutter nicht aufwachte. Die Nachrichtensender brachten alle etwas über das Museum für Luft- und Raumfahrt, jeder Sender zeigte das Gebäude aus einem anderen Blickwinkel, Reihen gelber Schulbusse und blinkendes Blaulicht waren zu sehen. Die Polizei hatte nicht besonders viele Informationen an die Presse gegeben, nur dass man einen Minderjährigen auf einem Schulausflug tot aufgefunden hatte und ein Verbrechen nicht auszuschließen war.

Nicht auszuschließen. Kein Wort davon, dass er mit seinen eigenen Schnürsenkeln erstickt worden war oder dass er eine geheimnisvolle Zahl aus Leuchtsternen auf dem Arm kleben hatte. Fünf.

Emily ... zehn.

Marcia ... achtzehn.

Rose ... drei.

Teddy ... fünf.

Ganz nach deinem System.

Ich blickte an den Reportern vorbei und suchte nach einem bekannten Gesicht im Hintergrund, jemandem, der einen Grund dafür haben könnte, mir einen Mord anzuhängen. Jemand, der das Ganze hier inszenierte, nur um mich ins Gefängnis wandern zu sehen. Doch die Medien achteten darauf, keine Schüler zu zeigen, außerdem verhinderten die Polizeiabsperrungen, dass die Presse zu nah an den Tatort herankam.

Wer schrieb die Anzeigen? Was wollte diese Person von mir, und was wollte sie mir mitteilen?

Ich schaltete den Fernseher aus. Für eine Weile saß ich einfach nur im Dunkeln und hörte Mona beim Schnarchen zu. Dann warf ich die Decke ab, tapste in mein Zimmer und ließ mich aufs Bett fallen. Einstein starrte mich vom Poster an meiner Wand an, als wollte er sagen: »Warum zum Teufel hast du es denn noch nicht herausgefunden? Es geht um ein paar lächerliche Zahlen. Nicht um die Relativitätstheorie, verdammt noch mal!«

Aber dieses Zahlenrätsel war unmöglich zu lösen. Ich hatte keine Ahnung, was die Zahlen miteinander verband. Wie sollte ich x berechnen, wenn ich nicht wusste, wofür x überhaupt stand?

Das Telefon auf meinem Nachttisch klingelte und ich nahm ab, bevor es ein zweites Mal läuten konnte.

»Was machst du?«, fragte Anh, bevor ich überhaupt Hallo sagen konnte. Sie wusste, dass nur ich sonntags so früh ans Telefon gehen würde.

»Mich mit Albert unterhalten.«

»Ich hab dir das Poster geschenkt, damit du den Zusammenhang zwischen lockigen Haaren und wissenschaftlichem Genie erkennst. Nicht, damit du total abhängig von unserem Heiligen Vater der modernen Physik wirst.«

»Es ist Sonntag. Lass mich in Ruhe beten.«

»Na gut. Und was machst du nach deinem Nerd-Gottesdienst?«

»Schlafen.«

»Wollen wir zusammen für die Abschlussprüfungen lernen?«

»Ich kann nicht. Ich hab kein Geld mehr für den Bus, und ich hab niemanden, der mich fahren könnte.«

Anh seufzte. »Jeremy ist einfach nur ein bisschen mitgenommen. Aber er lässt dich bestimmt nicht ewig in deiner Fußgängerhölle schmoren. Und fürs Erste kannst du doch auch laufen.«

Es kam mir irgendwie komisch vor, dass Anh mir erzählte, wie Jeremy sich fühlte. »Mir ist einfach nicht danach.«

»Na los. Ich bringe was zu essen mit. Hummus und Gemüsesticks.«

»Geht nicht. Mein Gehirn arbeitet nur mit Kohlenhydraten und Fett. Genauer gesagt, mit diesen verrückten kleinen Alkaloiden namens Theobromin und Phenethylamin. In der Natur kommen sie in sogenannten Snickers vor. Schon mal davon gehört?«

»Sehr lustig. Kommst du, wenn ich dir Schokolade mitbringe?«

Mir war nicht danach, mein Zimmer zu verlassen. Ich wollte mich einfach nur unter der Decke verkriechen und dabei möglichst nicht an Teddys Gesicht unter der Plastiktüte oder die letzten Worte, die ich mit Rose gewechselt hatte, denken. Aber mein Magen knurrte mich an. Ich blätterte durch die Leseliste auf dem Schreibtisch und murrte: »Und Cola?«

»Koffein gehört dann jetzt also auch zu deiner immer länger werdenden Liste von Lastern?«, tadelte sie mich. »Okay. Ich geh noch kurz bei Bao vorbei und besorg dir Schokolade und Cola. Und wenn deine Arterien sich bis dahin nicht selbst entzündet haben, treffen wir uns in einer Stunde in der Bibliothek. Und dann will ich alle schmutzigen Details deiner skandalösen Liebesgeschichte mit Mr Unglaublich-gut-aussehend-aber-übel-und-gefährlich hören.«

»Von mir aus«, sagte ich und verdrehte die Augen, als ob sie mich durchs Telefon sehen könnte. Ich wollte schon auflegen, als mir noch etwas einfiel. »Anh, sag mal. Was haben die Zahlen zehn, achtzehn, drei und fünf gemeinsam?«

Anh sagte für einen Moment nichts. Ich hörte nur das Rattern und Dröhnen der kleinen Klimaanlage, die mit Klebeband an meinem Fensterrahmen befestigt war. »Keine Ahnung. Ich brauche mehr Infos.«

»Ja«, sagte ich. »Geht mir genauso.« Aber auch wenn ich kein Stück weiter war, das Rätsel zu lösen, fühlte ich mich wenigstens nicht mehr ganz so dumm wie noch kurz zuvor. Anh sah auch keinen Zusammenhang. Ich konnte nur hoffen, dass die nächste Anzeige aufschlussreicher war. Und dass ich sie nicht zu spät entschlüsseln würde.

Wir legten auf und ich zog mich an und packte meine Bücher zusammen. Als ich meine Kapuzenjacke vom Stuhl nahm, raschelte etwas in der Tasche. Die Besucherliste vom Krankenhaus roch immer noch nach Reece' Lederjacke. Ich hätte sie eigentlich vernichten oder das Klo hinunterspülen sollen, aber stattdessen sah ich mich in meinem Zimmer um, wo ich sie verstecken konnte. Ich fasste unter meine Matratze und holte die Plastiktüte hervor. Das war das Einzige, bei dem ich mir sicher war, dass Mona nicht rangehen würde.

Ich steckte die Besucherliste zu dem alten Foto vom Poker-Club meines Dads. Noch so ein Rätsel, das irgendwann gelöst werden wollte. Dann schob ich beides wieder unter die Matratze. Diese Woche ging es nur darum, mich irgendwie normal zu verhalten. Unauffällig. Ich warf mir den Rucksack über die Schulter und wiederholte die Regeln, die mich die nächsten sechs Tage überstehen lassen würden: Keine schlechten Noten, keinen Ärger, keine Berührungen.

• • •

Ich hatte eigentlich vorgehabt, Montag besonders früh in der Schule zu sein, aber das klappte nicht. Ich schmorte immer noch in der Fußgängerhölle. Jeremy hatte mich nicht abgeholt, und Reece hatte ich nicht anrufen wollen. Trotz all meiner Bemühungen hatte unser Kuss ihm eine weitere Woche Schulverbot eingebrockt, und ich wollte Romero nicht noch einen Grund liefern, Reece endgültig der Schule zu verweisen. Reece hatte mir ein Alibi gegeben und das belastende Beweisstück aus dem Krankenhaus verschwinden lassen. Fürs Erste war ich damit sicher. Ich musste bloß ruhig bleiben. Pünktlich sein, wenn die Anwesenheit abgefragt wurde, und genauso schockiert wirken wie alle anderen, wenn bekannt gegeben wurde, dass der im Planetarium ermordete Minderjährige Teddy Marshall war und dass inzwischen auch Rose tot war.

Auf den Stufen vor den Eingangstüren stand ein Reporter mit einem Mikrofon in der Hand und redete vor einer Fernsehkamera. Der Schulsicherheitsdienst und die Polizei standen zu beiden Seiten des Eingangs und ich schlüpfte als eine der Letzten hinein.

In der Eingangshalle standen Eltern bis zum Büro von Romero Schlange, um mit der Schulleitung zu sprechen. Sie unterhielten sich aufgeregt über Sondersitzungen des Elternbeirats und die Notwendigkeit besonderer Sicherheitsvorkehrungen bei Schulveranstaltungen. Die Sekretärinnen schoben sie höflich aus dem Büro und sagten, dass sie einen Termin vereinbaren müssten, wenn sie mit Direktor Romero sprechen wollten.

Ich lief um das Ende der Schlange herum und weiter Richtung Chemieraum. An jedem Schwarzen Brett, an dem ich vorbeikam, hingen rote Flyer mit Sicherheitshinweisen. Ich versuchte, sie möglichst auszublenden.

Genau beim zweiten Klingeln kam ich am Chemieraum an. Es blieb keine Zeit mehr, mir die Testergebnisse oder die neuen Gesamtwertungen anzusehen. Als ich zu meinem Platz ging, wurde ich neugierig beobachtet. Anh saß vornübergebeugt da. Sie war ungewöhnlich blass und sah mich nicht an, als ich mich hinsetzte. Mein Test lag mit der Vorderseite nach unten auf dem Tisch. Ich holte tief Luft, drehte ihn um und merkte, wie Anh auf die umkreiste Punktzahl oben auf der Seite linste.

103%. Auf einem gelben Haftnotizzettel daneben stand: »Richten Sie sich bitte darauf ein, Kylie Rutherford heute um 14:45 zu treffen und sie bis Donnerstag in Geometrie zu unterrichten.«

Ich unterdrückte ein seltsames Geräusch, das meiner Kehle entweichen wollte.

»Herzlichen Glückwunsch, Miss Boswell.« Rankin stand mit dem Rücken zum Kurs und schrieb die Hausaufgabe an die Tafel. »Sie und Mr Petrenko haben bei dieser Prüfung beide sowohl die volle Punktzahl erreicht als auch die Extraaufgabe gelöst.« Er schlug die Hände aneinander, und eine Kreidestaubwolke stieg auf, als er sich zu uns umdrehte. »Die doch recht schwer war. Ich muss sagen, ich bin beeindruckt.«

Langsam blickte ich mich nach Oleksa um. Er hing mal wieder auf seinem Stuhl, als wollte er sagen: Und wie mir das am Arsch vorbeigeht. Der Test würde nicht ausreichen, um sein Gesamtergebnis zu verändern. Sein Laborpartner war eine Katastrophe, er machte nie seine Hausaufgaben und seine Anwesenheit war auch eher lückenhaft.

Ich hätte den Moment gern genossen. Ich hatte die beste Note im Test und ich hatte vier weitere Nachhilfestunden sicher, sodass ich mit meinen gemeinnützigen Stunden nicht zurückfallen würde. Ich hätte mich über Rankins Vertrauen in mich freuen sollen, aber ich konnte das Gefühl nicht loswerden, dass Kylie Rutherford gerade wie ein Lamm zur Schlachtbank geführt wurde.

Anh verdeckte ihren Test und versuchte zu lächeln, aber es wollte ihr nicht recht gelingen, und schließlich gab sie es auf. Aus einem Schuldgefühl heraus öffnete ich den Mund, um zu sagen, dass es mir leidtäte, aber dann ließ ich es bleiben. Egal was ich gesagt hätte, es wäre unbeholfen und unehrlich rübergekommen.

Die Stille, als Rankin die Anwesenheitsliste durchging, war kaum zu ertragen. Schließlich sagte er: »Ich muss Ihnen leider eine sehr traurige Mitteilung machen.« Ich stellte mir vor, wie alle Augenpaare im Raum auf mich gerichtet waren, aber als ich aufblickte, sahen alle Rankin an. »Einige von Ihnen wissen vielleicht bereits, dass dieses Wochenende zwei Schüler unter tragischen und mysteriösen Umständen ums Leben gekommen sind. Rose Washington und Teddy Marshall weilen nicht länger unter uns. Am Freitag wird es hier in der Schule eine Trauerfeier geben.«

Flüstern setzte ein und hinter vorgehaltenen Händen wurde so allerlei gemunkelt. Oleksa drehte langsam den Kopf zu mir. Wir blickten uns kurz in die Augen, dann sah ich weg.

Rankin redete weiter über die bevorstehende Trauerfeier. Ich rutschte auf meinen Stuhl ein Stück tiefer, senkte den Blick. Es war nicht besonders schwer, von den Neuigkeiten erschüttert zu wirken. Ich spielte mit der Ecke des Notizzettels. Ob Kylie Rutherford eine Vorstellung davon hatte, worauf sie sich da eingelassen hatte?

• • •

»Tut mir leid. Ich kann das einfach nicht!« Kylie fuhr sich durch die magentafarbenen Haarsträhnen und presste sich die Finger an die Schläfen. Als ob sie dadurch die Informationen aus ihrem Gehirn pressen und aufs Papier bringen könnte.

»Natürlich kannst du das. Wir haben die ganze Woche Zeit zu üben. Der Test ist erst Freitag.« Ich schob das Buch in ihre Richtung, und sie sah mich durch ihren ausgefransten Pony an. Ihr standen Tränen in den schwarz geschminkten Augen.

»Ich bin nicht so klug wie du.« Das pathetische Jammern passte so gar nicht zu ihrem sonstigen toughen Auftreten. Sie fummelte mit einem Finger unter ihrem Hundehalsband herum, als würde sie versuchen, ihre Krawatte zu lockern. Oder eine Schlinge. Ich versuchte, das Bild abzuschütteln, und schloss die Augen, sah aber gerade noch den Knutschfleck unter dem Lederband.

»Du bist klug«, log ich, unfähig, den Blick von dem Bluterguss abzuwenden. Kylie wohnte ein paar Türen weiter von unserem Wohnwagen. Sie war siebzehn und prostituierte sich bereits. Sie konnte von Glück sagen, wenn sie die Schule schaffte, ganz zu schweigen von diesem Test. »Du kannst das«, sagte ich trotzdem. »Du musst dir nur ein paar einfache Gleichungen merken.« *Und aufhören, dir von irgendwelchen Losern die Zukunft ruinieren zu lassen.*

Kylie wischte sich mit dem Ärmel die schwarz gefärbten Tränen von den Wangen. »Du bist echt nett. Ich glaube nichts von dem, was die Leute über dich reden«, sagte sie schniefend. »Ich meine, nichts von den schlimmen Sachen. Da bist du viel zu nett für.«

Ich versteifte mich. »Was für schlimme Sachen denn?«

»Ach, dieser ganze Kram, von wegen, dass du dich für so viel besser hältst als wir anderen, weil du so intelligent bist. Ich finde es cool, dass du so gut in der Schule bist. Das gibt uns anderen wenigstens ein bisschen Hoffnung, weißt du? Alle reden davon, dass du vielleicht ein Stipendium bekommst – dass du es vielleicht rausschaffst aus Sunny View. Ich hoffe, du schaffst es.« Sie lächelte. Es war ein trauriges Lächeln, das aussah, als müssten ihre Mundwinkel darum kämpfen, sich oben zu halten.

Ich wusste nicht, was ich sagen sollte. Ich war es gewöhnt, dass die Leute über mich redeten, aber nicht so. Normalerweise fühlten sich die Kommentare an, als würde man mich an den Fußknöcheln packen und zurück in den Dreck ziehen wollen. Ich hätte niemals gedacht, dass jemand aus dem Wohnwagenviertel mich unterstützen könnte. So als ob es ihr eigenes Schicksal leichter machen würde, wenn eine von uns es herausschaffte.

»Danke.« Ich sah noch einmal auf ihren Hals. Ich wollte nicht weiter darüber nachdenken, warum ich das Bedürfnis verspürte, sie zu beschützen. Sie bekam lauter rote Flecken im Gesicht, als sie an ihrem Hundehalsband herumfummelte, um beschämt den Knutschfleck zu verdecken – genauso wie meine Mutter immer am Kragen ihres Bademantels herumfummelte. Eines Tages würde Kylie für jemanden die Mona sein. »Ich hoffe, du schaffst es auch.«

Sie blickte auf den Tisch. »Darf ich dir einen Rat geben?« Sie runzelte die Stirn und sah mich besorgt an. »Lonny sagt, du wärst mit diesem neuen Typen zusammen, mit Reece.«

Ich nickte und wurde hellhörig, als ich auf einmal wusste, wer ihr gerade die Zukunft ruinierte.

»Sei vorsichtig«, sagte sie. »Jungs wie der …« Kylie versteckte die Hände in ihren Ärmeln. Ich fragte mich, was für Geheimnisse sie darunter verbarg. »Sei einfach vorsichtig.«

Ich wollte ihr das Gleiche sagen, aber ich konnte es nicht. Nicht, ohne zu viel zu verraten. Also wechselte ich das Thema.

»Gehst du Freitagabend nach dem Test feiern?«, fragte ich ganz beiläufig, als ob ich vor der Antwort überhaupt keine Angst hätte. Als ob nicht ihr Leben davon abhinge.

KAPITEL 32

Am Mittwoch fanden Rose' und Teddys Beerdigungen statt, und die Schulleitung hatte im Vorhinein erklärt, dass alle entschuldigt seien, die daran teilnehmen wollten. Ich wollte es nicht. Ich wollte, dass die beiden lebten. Aber ich ging trotzdem hin.

Ich hatte mir aus Monas Schrank eine schlichte schwarze Bluse herausgesucht und dazu eine schwarze Jeans angezogen. Ich hatte keine anderen Schuhe außer meinen Sneakers, aber unter den Kirchenbänken würde sie wohl eh keiner sehen.

Ich steckte etwas Kleingeld ein und ging zur Bushaltestelle am Ende des Sunny View Drive. Die Sonne brannte wie durch ein Vergrößerungsglas in den Unterstand aus durchsichtigem Hartplastik. Ich stellte mich daneben, die Zehen an der Bordsteinkante. Als ein Auto angerollt kam und vor mir hielt, blickte ich auf und sah Anh auf dem Beifahrersitz von Jeremys Civic sitzen. Sie machte die Tür auf. Sie hatte sich richtig herausgeputzt mit ihrem ärmellosen schwarzen Kleid und der zartrosa Perlenkette. Passend dazu hatte sie sich die Fingernägel blassrosa lackiert, und in den kleinen Händen hielt sie eine elegante schwarze Handtasche, die glänzte wie das Lackleder ihrer Absatzschuhe. Sie sagte nichts zu meinen Jeans und Sneakers. Sah mich nur traurig lächelnd an.

Jeremy trug ein Hemd mit Krawatte und blickte konzentriert aufs Lenkrad.

»Du solltest nicht allein gehen«, sagte Anh leise. »Steig ein. Wir nehmen dich mit.«

Da hielt der Bus geräuschvoll hinter dem Civic, und die Abgase schlugen mir entgegen. Zischend öffneten sich die Türen, aber ich musste Anhs Angebot wohl oder übel annehmen. Die beiden waren genauso wie ich auf dem Weg zu den Beerdigungen, trotzdem sahen sie aus wie ein aufeinander abgestimmtes Paar, und es fühlte sich an, als würde ich in ihr Date reinplatzen. Doch wenn ich den Bus nehmen würde, käme ich undankbar rüber.

Ich öffnete die hintere Tür und setzte mich auf die Rückbank. »Danke.«

Schweigend fuhren wir zur Kirche von Rose' Familie. Keiner von beiden stellte die Fragen, von denen ich wusste, dass sie ihnen durch den Kopf gingen. Warum meine Nachhilfeschüler? Warum ich? Denn solche Fragen konnte man nicht stellen, ohne dass sie sich anhörten wie eine Anklage. Also sagten sie gar nichts.

In der Kirche saß ich ganz hinten neben Anh. Ich hatte mich auf die Hände gesetzt und die Füße fest überkreuzt. Jeremy saß auf Anhs anderer Seite, sie hatte die Beine übergeschlagen und sich zu ihm gewandt. Anh weinte leise in ein sauberes Spitzentaschentuch. Mir liefen die Tränen ungehindert übers Kinn.

Als der Gottesdienst vorbei war, stellte sich Rose' Familie neben ihrem offenen Sarg auf. Die Reihe der Trauernden, die ihnen ihr

Beileid aussprechen wollten, rückte langsam vorwärts. Verwandte und Schüler nahmen Rose' Eltern in den Arm oder schüttelten ihnen die Hand. Ich wischte mir die Hände an meiner Jeans ab, während wir langsam näher rückten. Dann sagte ich, ich müsse auf Toilette, und wartete draußen, bis es vorbei war.

Schweigend und benommen stiegen wir wieder in Jeremys Auto und folgten der Karawane von Autos, die jetzt zu Teddys Beerdigung am anderen Ende der Stadt fuhren. Wir stellten uns an den Rand eines großen Kreises von Trauernden. Das gesamte Fußballteam war da, um seinem Balljungen die letzte Ehre zu erweisen. Vince trug einen dunklen Designeranzug und stand mit gefalteten Händen und gesenktem Kopf da. Verdrossen sah ich zu, wie er auf Teddys Mutter zuging, ihre Hand nahm und ihr Tage zu spät sein Beileid über den Verlust ihres Sohnes aussprach, eines Jungen, über den er nie ein gutes Wort verloren hatte, bis er in einer Grube lag.

Als ob er meine Gedanken lesen könnte, schüttelte Jeremy den Kopf und flüsterte: »Erstaunlich, was? Wie ihn auf einmal alle sehen?« Fasziniert beobachtete er die endlose Reihe von Kondolierenden und seine Hand wanderte auf Brusthöhe, als wollte er nach seiner nicht vorhandenen Kamera greifen.

Anh holte tief und zitternd Luft und lehnte den Kopf an Jeremys Schulter. Der Gedanke, wieder auf die Rückbank in Jeremys Auto zu steigen, war unerträglich. Als ich die Trauergemeinde hinter mir ließ und über den Friedhof ging, war ich mir ziemlich sicher, dass es niemand bemerkte.

• • •

Es war bereits dunkel, als ich aus dem Bus stieg und den von Schlaglöchern übersäten Sunny View Drive hinuntersah. Langsam schleppte ich mich nach Hause. Aus Lonny Johnsons Wohnwagen plärrte Musik, und jede Menge Autos parkten davor auf beiden Straßenseiten. Kylie lehnte sich schwankend über das Geländer der Veranda.

»Boswell!«, rief sie mit schweren Augenlidern. »Komm, feier mit uns!« Nach gleich zwei Beerdigungen hatte ich nicht mehr die Energie zu antworten. Ich lächelte müde und ging weiter. »Komm schon«, brüllte sie mir hinterher. »Dein Freund ist auch hier!«

Ich blieb stehen und sah mir die Reihe der geparkten Autos an, bis ich Reece' Motorrad dazwischen entdeckte. Zögernd blickte ich zu unserem Wohnwagen. Die Rollläden waren heruntergelassen. Mona würde es wahrscheinlich nicht merken. Trotzdem würde ich mir eher die Augen ausreißen, als einen Fuß über Lonny Johnsons Tür zu setzen. Aber wie würde es auf ihn wirken, wenn ich jetzt einfach ginge?

Da ging die Tür auf und Reece kam heraus. Eine Zigarette zwischen den Lippen und eine Bierdose in der Hand unterhielt er sich lachend mit einer von Kylies Freundinnen, einer Tussi mit blonden Strähnen und dunkel nachwachsenden Haaren, krass geschminkten Augen und überproportional großen Brüsten. Kylie stieß ihm den Ellbogen in die Rippen und zeigte mit dem Kinn auf mich. Als er mich sah, veränderte sich sein Gesichtsausdruck schlagartig. Er drückte der Blondine sein Bier in die Hand, ohne sie anzusehen. Dann schnipste er die Kippe weg und stieß den Rauch in Richtung Boden aus. Das Ganze sah ziemlich einstudiert aus.

»Leigh, warte!«, rief er, aber ich ging bereits weiter. Er sprang übers Geländer und holte mich auf halbem Weg zu unserem Wohnwagen ein. »Warte doch.«

Ich ging noch zwei Schritte, bis Reece mich am Handgelenk packte und mich hinter den Wohnwagen unserer Nachbarin zog, wo Kylie und ihre Freundin uns nicht sehen konnten. Ich schwankte ein bisschen von seiner Berührung. Meine Lippen brannten und ich fühlte mich auf einmal ganz benommen. Er zog mich näher an sich heran und hielt mich fest. Er war betrunken. Ich riss mich von ihm los und stützte mich am Wohnwagen ab, bis ich wieder etwas klarer war. Sein Gesicht war gerötet. Mit glasigen Augen sah er mich an. »Ich kann es dir erklären.«

»Du brauchst nichts zu erklären. Ich weiß, wer du bist.«

»Ach ja? Schön, dass wenigstens du das weißt.« Er rieb sich über das Gesicht, als versuchte er, wieder nüchtern zu werden.

Ich ging einen Schritt zur Seite. Er war mir viel zu nah. Hierbei würde nichts Gutes herauskommen. »Ich bin müde, Reece. Ich komme gerade von zwei Beerdigungen. Ich will nur noch nach Hause.«

»Kannst du dir nicht vorstellen, dass ich genau das Gleiche will?« Er deutete mit einer weit ausholenden Armbewegung auf Lonnys Wohnwagen. »Ich muss hier sein. Ich hab keine Wahl.«

»Es gibt immer eine Wahl. Du kannst genauso gut gehen.«

»Kann ich nicht.«

»Warum nicht?«

»Weil ich nicht bin wie du! Ich bin wie die. Vor einem Jahr war ich noch genau wie Lonny. Ich war am Ende der Nahrungskette, und ich hatte Hunger. Ich wollte ein großes Auto, heiße Mädels und ein fettes Portemonnaie, und es war mir egal, wer dabei verletzt wurde. Es gibt nur zwei Wege aus einem Ort wie diesem heraus – den richtigen Weg und den schnellen Weg. Ich hab den falschen gewählt. Und jetzt stecke ich hier fest. Und die einzige Möglichkeit, wiedergutzumachen, was ich getan hab, ist, Typen wie Lonny davon abzuhalten, Leuten wie dir ihre Wahlfreiheit zu nehmen.« Er rieb sich fluchend die Augen. Sie waren blutunterlaufen und müde. »Verstehst du das nicht? Ich muss zu seinen beschissenen Partys gehen. Ich muss seinen Alkohol trinken und mit seinen Freunden abhängen und mich mit Mädels abgeben, die nicht mal halb so viel Mut und Verstand haben wie du. Ich muss jemand sein, den ich selbst nicht ausstehen kann – jemand, dem du nicht vertraust –, damit er mir vertraut ...«

Ich hielt eine Hand hoch, um seinen Redefluss zu stoppen. Mir war immer noch ganz schwindelig von seiner Berührung. Ich wollte gar nicht wissen, was er hinter Lonnys Tür trieb. Es war schon schmerzhaft genug, es mir vorzustellen, und ich wollte gar nicht weiter darüber nachdenken, warum das so war. »Ich weiß, ich weiß ... damit wir die Liste von Lonnys Kunden bekommen. Schon kapiert.«

»Du kapierst gar nichts! Es geht hierbei nicht nur um dich! Ich bin aus einem bestimmten Grund an die West River High gekommen. Um Lonny zu vernichten. Um ihn in eine Falle zu locken und ihn für immer hinter Gitter zu bringen. Und ich lasse mich nicht davon abhalten, nur weil du auf einmal auf seiner Motorhaube auftauchst und alles durcheinanderbringst.«

Reece wurde still. Er schluckte schwer, so als hätte er zu viel gesagt. Wenn er so wütend auf mich war, warum stand er dann so nah vor mir? Wenn ich alles durcheinanderbrachte, warum ging er dann nicht einfach?

»Das verstehe ich nicht«, sagte ich. Ich hätte ihn so gern berührt, ohne mich gleich betrunken zu fühlen. Ich wollte fühlen, was ich in seinem Blick sah, seine Lippen aber nicht verrieten. »Ich dachte, wir wären auf der gleichen Seite. Ich dachte ... ich dachte, wir würden das Gleiche wollen.« Das taten wir doch, oder nicht?

Verwirrt zog er die Augenbrauen zusammen. »Vielleicht weiß ich selbst nicht mehr, was ich will.«

Er beugte sich zu mir vor, öffnete die Lippen und hielt zögernd inne. Ich spürte seinen warmen Atem auf meinem Gesicht. Spürte das Bier und andere Dinge, die die Grenzen zwischen uns verwischten, als er mich berührte. So wie damals mit Jeremy, als er betrunken war und versucht hatte, mich zu küssen.

»Ich sollte besser gehen«, sagte ich und entzog mich ihm.

Er blickte auf seine Füße. »Warum machst du es dann trotzdem?« Er lächelte selbstironisch, während er mit den Händen in den Hosentaschen nach dem Kies trat.

»Warum mache ich was?«

»Warum verschwendest du deine Zeit mit jemand so Kaputtem wie mir?«

Ich verschränkte die Arme und versteckte die Hände darunter, während ich weiter zurückwich. Ich wünschte, ich könnte ihn küssen, ohne dabei seine Gefühle zu spüren. »Vielleicht bist du ja nicht der Einzige, der kaputt ist.«

• • •

Als ich Donnerstagmorgen in die Schule kam, brummte etwas in meinem Spind. Ich zog die Hand vom Schloss zurück und blickte mich um. Ein paar Mädchen aus meinem Trigonometrie-Kurs standen am Ende des schmalen Ganges zwischen den Spinden. Sie senkten die Stimmen, als sie merkten, dass ich zu ihnen herübersah, warfen ihre Spindtüren zu und eilten davon. Die Leute zogen langsam die Verbindungslinien zwischen den Punkten. Es gab erste Gerüchte über den seltsamen Zusammenhang zwischen den Toten, und mir wurden immer häufiger komische Blicke zugeworfen. Es kam mir vor wie in einem dieser Träume, in denen man feststellt, dass man nackt zur Schule gekommen ist. Nur war das hier kein Traum. Und niemand lachte.

Ich stellte mich auf die Zehenspitzen und spähte durch die Schlitze in meinen Spind. Ein rotes Licht blinkte darin. Ich holte tief Luft und drehte meine Zahlenkombination. Langsam öffnete ich die Tür. Auf einem gefalteten Blatt Papier lag ein Handy.

4 neue Nachrichten, stand auf dem Display.

Ich nahm den Zettel und faltete ihn auseinander. Die Handschrift kannte ich.

IST PRAKTISCHER ALS EIN BASEBALLSCHLÄGER.
DU HAST EIN PREPAID-GUTHABEN DRAUF.
VERSCHWENDE ES NICHT.
RW

Ein Handy? Was sollte ich mit einem Handy? Ich drehte es um und sah nach einer versteckten Botschaft, aber es stand nichts weiter drauf.

Wieder vibrierte das Handy. *5 neue Nachrichten.* Die erste wurde angezeigt.

BIST DU DA?

Ich scrollte hinunter zur nächsten.

WO BIST DU?

Dann vibrierte es wieder, und auf dem Display stand *Anruf von REECE*. Ich drückte auf die grüne Taste. »Hallo?«

»Ich schätze mal, du hast das Handy gefunden?« Seine Stimme klang verschlafen. Sie war rau und tief, als wäre er gerade erst aufgewacht.

»Du meinst, das Ding in meinem Spind? Und ich betone, in *meinem*!«, fuhr ich ihn an.

»Schrei nicht so«, stöhnte er. »Mir platzt der Schädel. Wo warst du?«

»Du bist derjenige, der immer noch im Bett liegt.« Ich schüttelte den Kopf, um das Bild loszuwerden.

»Sei nicht so streng mit mir. Es war ganz schön spät gestern.«

Ich fragte mich, mit wem er so spät noch auf war, aber verkniff mir die Frage. »Na und? Ich war auch noch lange auf.«

»Warst du nicht. Du warst um neun schon im Bett, und deiner Mom wollte ich das Handy nicht geben ...«

»Moment ...« Auf einmal bekam ich keine Luft mehr. Ich hockte mich hinter meine offene Spindtür und flüsterte: »Du hast mit meiner Mom geredet?«

»Entspann dich, Leigh. Ich hab nicht mit ihr geredet.«

Mein ganzer Körper kribbelte, als die Panik wieder nachließ, als wäre ich gerade nur knapp einem Unglück entronnen. Bis mir ein beunruhigender Gedanke kam.

»Wenn du nicht mit meiner Mom geredet hast, woher weißt du dann, wann ich ins Bett gegangen bin?« Der Gedanke faszinierte und erschreckte mich gleichermaßen. »Hast du unseren Wohnwagen beobachtet?«

Keine Antwort.

»Wir müssen über Freitag reden«, versuchte er das Thema zu wechseln.

»Hat Nicholson dir aufgetragen, mich zu observieren?«

»Ich hab dir doch gesagt, dass Nicholsons Team mit der Sache nichts mehr zu tun hat …«

»Und in wessen Team bist du dann jetzt?« Das war die falsche Frage und ich bereute sie sofort. Aber ich musste wissen, wem seine Loyalität galt und ob ich ihm vertrauen konnte. Diese ganzen Sachen, die er am Abend zuvor gesagt hatte, von wegen, dass er nicht wüsste, auf wessen Seite er stand … Hatte er unseren Wohnwagen beobachtet, weil er selbst es wollte oder weil irgendwer aus der Mordkommission ihn damit beauftragt hatte?

»Ich bin in dem Team, das versucht, dich nicht ins Gefängnis wandern zu lassen. Was ziehst du morgen Abend an?«

»Wie bitte?«

»Zum Rave? Wir haben eine Abmachung, falls du das vergessen hast.«

Ich konnte ihm nicht ganz folgen. Meine Gedanken kreisten immer noch darum, dass er mein Zuhause beobachtet hatte.

Ich blickte an mir herab auf mein ausgeblichenes T-Shirt. Es war zwei Nummern zu groß und saß wie ein Kartoffelsack.

»Keine Ahnung.« Ich schloss die Augen. Ich wusste, was jetzt kommen würde.

»Keine Sorge. Ich kümmer mich drum. Ich hol dich um acht bei dir ab. Und nimm das Handy mit.«

Es klingelte zur erste Stunde. Ich steckte mir einen Finger ins Ohr und presste das Handy fest aufs andere.

»Du hast noch fünf Minuten, um pünktlich zum Unterricht zu kommen. Du solltest dich besser mal in Bewegung setzen. Ich ruf später noch mal an.« Und damit legte er auf.

Er hatte recht. Ich würde zu spät kommen. Aber ich hatte immer noch so viele Fragen. Ich sah mir die gespeicherten Kontakte an. Sowohl für Gena als auch für Reece gab es Schnellwahltasten. Ich kaute auf der Innenseite meiner Unterlippe. Warum hatte er in einem Prepaid-Handy, das er für mich gekauft hatte, Genas Nummer gespeichert? Mein Finger schwebte schon über der Löschtaste, aber in letzter Sekunde überlegte ich es mir doch noch mal anders. Reece hatte gesagt, er wäre in dem Team, dass mich vor dem Gefängnis bewahren wollte. Wenn Gena auch Teil des Teams sein sollte, dann brauchte ich alle Hilfe, die ich kriegen konnte.

KAPITEL 33

Weil Jeremys Auto nicht auf dem Parkplatz vor dem Bui-Markt stand, hegte ich die Hoffnung, dass er bei Dr. Matthews war. Bao sah nicht auf, als ich den Laden betrat. Aus den Lautsprechern plärrte Metallica. Die Musik war laut genug, dass sie die Ladenklingel übertönte, aber mein Kakao und die Zeitung lagen bereits auf dem Tresen. Baos stachelige Haare wippten im Takt der Musik, während er eine Pfütze neben den Kaffeemaschinen auf der anderen Ladenseite aufwischte.

Ich beugte mich auf Zehenspitzen über den Tresen und tastete nach dem Lautstärkeregler der Anlage. Meine Hand glitt über etwas Hartes, Metallisches an der Unterseite des Tresens, das auf mich zeigte. Vorsichtig zog ich die Hand zurück.

Auf einmal ging die Musik aus. Das einzige Geräusch war das Surren der Slush-Eis-Maschine.

Ich fuhr zusammen, als mir jemand die Hand auf die Schulter legte.

»Suchst du was?«

Bao stand hinter mir. In der Hand hielt er eine Fernbedienung. Der Mopp lag auf dem Boden und hinterließ eine graue Pfütze auf dem Gang.

»Ich wollte die Musik leiser drehen«, sagte ich, während ich seine Hand abschüttelte. »Es gibt da so Studien, weißt du. Achtzigerjahre-Metal-Bands gefährden die Gesundheit. Eigentlich müsste die Musik mit einem Warnhinweis versehen werden.«

»Den gibt es ja schon. Und weißt du, wie er lautet? *Musikhören bei hoher Lautstärke macht sie unglaublich cool und absolut unwiderstehlich für die Angehörigen des anderen Geschlechts.*«

Ich nahm mir einen Marmeladen-Donut aus dem Korb mit den Backwaren vom Vortag, um meine Nerven zu beruhigen. »Vielleicht solltest du trotzdem darüber nachdenken, es etwas leiser zu stellen. Zweihundert Dezibel können einen umbringen.«

Bao hob die Klappe neben dem Tresen hoch und ging hindurch. »Weißt du, was einen noch umbringen kann? Unterm Tresen eines Lebensmittelgeschäfts herumzuschnüffeln, das dieses Jahr bereits dreimal überfallen wurde.« Sein Gesichtsausdruck war ernst. Er legt die Hände auf den Tresen, unter dem sich die Pistole befand. Auf einmal hatte ich keinen Hunger mehr.

Ich steckte den Donut in eine Papiertüte und legte das Geld auf den Tresen. Dann blätterte ich die Zeitung durch, um nachzusehen, ob sie vollständig war.

»Gehst du zu diesem Rave, von dem alle reden?« Bao lehnte sich mit verschränkten Armen gegen den Tresen und sah mir zu, wie ich meine Sachen einpackte. Ich antwortete mit einem vagen Kopfschütteln.

»Anh wollte mit deinem reichen Freund hingehen. Ich hab Dad

gesagt, dass ich sie heute Abend im Laden brauche. Sie ist total sauer, aber sie wird schon drüber wegkommen.« Er zuckte die Achseln. »Ich weiß nicht, was sie an diesem Typen findet. Sie sollte sich mal ein Beispiel an dir nehmen und die Finger von den Kerlen lassen. Sie kann jetzt echt keine Ablenkung gebrauchen. Du allerdings«, er wackelte mit dem Zeigefinger, »du hast den Gewinn die ganze Zeit im Blick. Du weißt, wie das Spiel läuft, und davor habe ich echt Respekt. Deswegen bist du ja so eine Konkurrenz für sie. Wenn Anh nicht aufpasst, schnappst du ihr das Stipendium noch weg.«

»Worauf du dich verlassen kannst«, sagte ich unsicher. Ich drückte mir die Zeitung an die Brust und verließ den Laden.

• • •

Als ich in der Schule ankam, waren die Flure alle leer. Der reguläre Unterricht war abgesagt worden, weil eine Trauerfeier für Rose und Teddy stattfinden sollte. Ich war da, als Rankin die Anwesenheitsliste durchging, aber niemand bemerkte es, als ich zum Gemeinschaftskundetrakt abbog, statt den anderen zur Trauerfeier zu folgen. Ich hatte die Anzeige dabei, meine Schritte auf den Fliesen hallten laut von den Wänden wider, aber es war niemand da, der mich hören konnte.

Am Schwarzen Brett vor den Unterrichtsräumen hing ein laminierter Stadtplan von Alexandria. Ich fuhr mit dem Finger über die sich kreuzenden Straßen und verglich sie mit den Hinweisen in der Anzeige.

Pythagoras hatte zwei gleich lange Beine.

Der Torpedo liegt gegenüber vom Yard.

Folge seinen Spuren.

Es ging also um ein gleichschenkliges Dreieck mit rechtem Winkel. Zwei Punkte des Dreiecks wurden genannt – die Torpedo Factory und der Potomac Yard. Die Torpedo Factory war eine Ansammlung von Boutiquen, Galerien und Restaurants direkt am Flussufer in Old Town am rechten Rand der Karte. Der Potomac Yard war ein altes Eisenbahndepot nördlich der Torpedo Factory. Aber die Anzeige verriet nicht, wo sich der rechte Winkel befand. Wenn er beim Potomac Yard war, würde das bedeuten, dass der unbekannte Winkel irgendwo in Fairlington war. Wenn allerdings die Torpedo Factory den Scheitel des rechten Winkels darstellte, würde mich das mehrere Kilometer weiter nach Süden auf die andere Seite der Stadt bringen. Der Mörder gab mir mal wieder die Möglichkeit, in die falsche Richtung zu rennen, wie ich es schon am Abend der Theateraufführung getan hatte. Aber wenn ich es dieses Mal verbockte, wäre ich nicht am falschen Ende der Schule. Ich wäre am falschen Ende der Stadt.

Ich schob mir die Brille die Nase hoch. Sicher hatte ich irgendeinen subtilen Hinweis übersehen. Ich hielt die Anzeige neben den Stadtplan und las sie noch einmal durch. Setzte den Finger auf Potomac Yard, fuhr entlang der Bahnlinien nach Süden ...

Folge seinen Spuren.

»Ha!«

Auf Höhe der Torpedo Factory bogen die Bahnlinien nach Westen ab und schließlich landete mein Finger in einem Industriegelände in Cameron Run. Dort befand sich ein Gitternetz aus mindestens einem Dutzend Lagerhäusern. Nachdenklich tippte ich mit dem Finger auf die Karte. Mit einem Geodreieck müsste ich den Scheitel des Winkels ziemlich genau auf eine Straße bestimmen können.

Da spiegelte sich auf einmal etwas auf der Karte. Ein geisterhafter Schatten auf der Laminierung. Ich versteifte mich am ganzen Körper, als ein dunkler Ärmel über meine Schulter fasste. Frische rosa Narben verliefen über die schwieligen Fingerknöchel einer großen Hand, die aus einem schwarzen Sweatshirt ragte. Ein teures Aftershave kitzelte mich im Hals – eine widerwärtig süße Mischung aus Moschus und Minze.

Oleksa stützte sich mit der Hand gegen das Schwarze Brett und beugte sich über mich.

»Du denkst zu viel über diese Dinge nach.« Sein schroffer Akzent verursachte mir eine Gänsehaut. »Und zu wenig über andere.«

Ich machte einen Schritt nach links, aber da war jetzt sein anderer Arm, der mich zwischen ihm und dem Stadtplan gefangen hielt. Ich hielt die Luft an und rief mir all die Selbstverteidigungstechniken ins Gedächtnis, die Mona und Butch mir beigebracht hatten. Ferse gegens Schienbein, Ellbogen in die Rippen, Kopf gegens Kinn ...

»Warum bist du nicht bei der Trauerfeier?«

Ich mahlte mit dem Unterkiefer. Ich war ihm überhaupt keine Erklärung schuldig.

»Drei Schüler sind bereits tot. Du solltest vorsichtiger sein«, sagte er. Langsam hob ich den Kopf und sah sein Spiegelbild auf der Karte an. »Whelan ist viel gefährlicher, als du denkst.«

Ich blickte auf die Narben auf seiner Hand. »Reece ist hier aber nicht derjenige mit Aggressionsproblemen.«

Seine Brust berührte meinen Rücken. Er war viel zu nah. »Es gibt eine Menge Dinge, die du nicht über ihn weißt«, flüsterte er mir in die Haare und ließ mich erschaudern. »Alle haben ihre Geheimnisse.«

»War Reece etwa kurz davor, deine Geheimnisse zu enthüllen? Hast du ihn deswegen geschlagen?« Ich sah seinem Spiegelbild in die Augen.

»Ich hab Whelan geschlagen, weil Lonny ihm nicht vertraut. Aber Lonny vertraut dir. Warum warst du also Mittwoch nicht auf seiner Party?«

Ich hätte ihm am liebsten gesagt, dass er mich mal kann, aber die Frage kam mir vor wie ein Test. Als ob Reece den Preis dafür zahlen müsste, wenn ich falsch antworten würde. »Ich war auf zwei Beerdigungen gewesen und einfach müde.«

»Das hat Reece auch gesagt, als wir ihn gefragt haben. Aber pass auf. Lonny erwartet, dass du heute Abend dabei bist. Keine Ausreden. Keine Tricks. Wenn dir was an Whelan liegt, dann kommst du.« Seine Wange strich über mein Ohr, als er flüsterte: »Aber sei vorsichtig.« Er stieß sich vom Schwarzen Brett ab und ging. Ich hatte immer noch eine Gänsehaut. Er glaubte mir, aber sein Unbehagen hinterließ einen sauren Nachgeschmack. Ich beobachtete, wie sein Spiegelbild sich entfernte. Am Schwarzen Brett hing dort, wo seine Hand gewesen war, mit einer Reißzwecke befestigt, ein rosafarbener Flyer, der im Wirbel von Oleksas Abgang in der Luft flatterte.

Ich zog die Reißzwecke heraus. Es war ein Flyer für den Rave heute Abend. Ich fuhr mit den Fingern über die Karte und fand das nadelgroße Loch, wo Oleksa die Reißzwecke hineingedrückt hatte. Eine Straße mit Lagerhäusern in Cameron Run. Das konnte kein Zufall sein. Der Hinweis aus der Anzeige führte mich zum Rave. Wo der Mörder als Nächstes zuschlagen würde. Wo er mich haben wollte. Wo Kylie sein würde.

Ich drehte mich um, aber Oleksa war verschwunden.

• • •

Auf dem Nachhauseweg rief ich Reece an, um ihm zu sagen, dass Kylie möglicherweise in Gefahr war. Wir dachten kurz darüber nach, es der Polizei mitzuteilen. Da Kylie aber vermutlich die ganze Zeit an Lonny kleben würde, könnte das den Drogendeal platzen lassen, wenn eine Horde Zivilpolizisten auf den Plan trat. Wenn die Mordkommission wüsste, dass Kylie ein mögliches Opfer war, würden sie Lonny zu nah kommen und damit die Arbeit der Drogenkommission behindern. Und die wollte genauso dringend an Lonnys Liste herankommen wie ich. Sollte Lonny misstrauisch werden und der Deal damit platzen, würden wir die Liste der Ketamin-Kunden wahrscheinlich gar nicht mehr bekommen, und die Liste war ja das, worum es uns bei diesem Rave überhaupt ging. Und wenn ich jetzt zur Polizei ging, um wieder von einem Verbrechen zu berichten, das noch gar nicht geschehen war, würde ich wahrscheinlich ziemlich lange verhört werden.

Nein, wir würden das allein machen. Dieses Mal würde es anders laufen. Dieses Mal würden wir bereit sein. Wir würden Lonny beobachten und Kylie würde sich die ganze Zeit in seiner Nähe aufhalten. Damit hätten entweder Lonny oder wir sie ständig im Auge.

»Ich werde auf Kylie aufpassen«, sagte ich.

»Nein«, entgegnete Reece. »Die einzige Person, um die ich mir wegen heute Abend Sorgen mache, bist du. Lonny kann selbst auf sie aufpassen. Wir machen den Deal. Wir besorgen uns die Liste. Und mit der Liste können wir beweisen, dass du unschuldig bist. Das ist alles. Ich kann für Kylie keine Verantwortung übernehmen, und du genauso wenig. Denk dran, du hast zugestimmt, dass wir es auf meine Art machen.«

»Okay.« Ich ließ das Thema fallen. Ich würde ihn nicht umstimmen können. Nicht, wo wir so nah dran waren. Dieser ganze Albtraum könnte in ein paar Stunden schon vorbei sein. »Ich werde vorsichtig sein.« Und ich würde den Mörder hoffentlich finden, bevor er Kylie fand.

• • •

Als ich zu Hause ankam, war Mona wach und föhnte sich gerade im Bad die Haare.

Ich schlüpfte in mein Zimmer, ließ mich auf die durchgelegene Matratze fallen und legte mir den Arm übers Gesicht. Jeremy hatte die ganze Woche nicht mit mir gesprochen, und das, obwohl wir praktisch zusammen bei den Beerdigungen gewesen waren. Auch Anh gab sich immer distanzierter. Zusammen zu lernen war inzwischen richtig unangenehm geworden, weil wir beide ständig ganz genau aufpassten, womit die andere sich gerade beschäftigte, um einen Vorsprung zu erlangen. Die Schweigepausen in unseren Gesprächen sagten irgendwie mehr als unsere Worte. Ich hatte dichtgemacht, als sie mehr über meine Beziehung mit Reece hören wollte, und keine von uns beiden wollte auf die Morde zu sprechen kommen. Ich konnte es ihr nicht verübeln, dass sie immer mehr Zeit mit Jeremy verbrachte. Und ich hielt mich an mein Versprechen Reece gegenüber, sein Geheimnis zu bewahren, auch wenn das zulasten der Beziehungen zu meinen besten Freunden ging.

Es tat weh, darüber nachzudenken. Ein eigenartiges Gefühl machte sich in meinem Bauch bemerkbar, als ich an Reece' Lippen dachte. Ich drehte mich auf die Seite, umarmte meine Decke, schloss fest die Augen und träumte.

• • •

Durch den Klang einer Männerstimme wachte ich auf. Seltsam, Mona brachte doch nie jemanden mit nach Hause. Blinzelnd versuchte ich, mir einen Reim darauf zu machen. Dann schoss ich in die Höhe.

Reece.

Ich entriegelte meine Tür und riss sie auf.

Reece wirkte unter der niedrigen Decke unseres Wohnwagens noch größer als sonst, sein Gesicht im schwachen Licht noch krasser. Mona ging um ihn herum, um die Eingangstür zu schließen, dann betrachtete sie ihn ernst von oben bis unten.

Mich sah sie nicht an. Ihre mit Glitzersteinen umrandeten Augen ruhten auf Reece.

»Dieser *Junge* ...« Sie zog das Wort lang wie eine Frage. »Er sagt, er wäre ein Freund von dir?«

Reece senkte den Blick. Mona starrte ihn weiter an.

Ich schluckte.

»Ich kann es erklären.« Meine Gedanken rasten. Was für eine Erklärung könnte ich dafür geben, dass er hier in unserem Wohnwagen stand?

»Du brauchst dir gar keine Mühe zu geben. Du gehst nirgendwohin.« Sie ging zur Küche, nahm ihre Zigaretten, klopfte sich eine aus der Schachtel und zündete sie an.

»Warum nicht?« Ich wollte eigentlich empört und aufsässig klingen, aber die Frage kam eher wie ein Jammern heraus.

»Glaubst du etwa, ich wüsste nicht, was in der Schule los ist? Wenn euer Direktor alle außerschulischen Aktivitäten absagt und Briefe verschickt, in denen er den Eltern rät, ihre Kinder abends nicht mehr vor die Tür zu lassen, habe ich ja wohl einen verdammt guten Grund, dir zu verbieten, an einem Freitagabend auszugehen.«

»Ich gehe ja nicht allein ...«

»Mit ihm gehst du erst recht nirgends hin! Er riecht doch nach Ärger. Er ist mit dem Motorrad gekommen, und ich verbiete dir, darauf mitzufahren!« Sie zog den Kragen ihres Bademantels enger zu. »Außerdem weiß ich, dass er einen gefälschten Ausweis hat.«

Reece wischte sich über die Oberlippe. Ich blickte zwischen dem gereckten Kinn meiner Mutter und seinem gesenktem Haupt hin und her.

Mona aschte die Zigarette ab und sah Reece streng an. »Frag ihn, Nearly. Frag ihn nach seinem Vorstrafenregister. Jungs wie er haben immer eins.« Sie hielt sich mit einer Hand den Bademantel zu und zog an der Zigarette. »Dein Vater hatte auch eins.«

Ich starrte sie an. Ihre Augen glänzten, als ob dieser eine Satz etwas in ihr geöffnet und ein Geheimnis gelöst hätte. »Wovon redest du?«

Reece trat von einem Fuß auf den anderen. »Ich gehe dann mal besser«, sagte er leise.

Da erst fiel mir der seidene Kragen unter seiner Lederjacke auf. Seine Stiefel waren geputzt, er war frisch rasiert und hatte Gel in den Haaren. Er hätte mir auch eine SMS schreiben können. Dann hätte ich mich rausschleichen und ihn an der Ecke treffen können, aber er war hereingekommen, um meiner Mutter zu begegnen. Und jetzt warf sie mit Steinen um sich, obwohl sie selbst im Glashaus saß.

Ich wiederholte etwas lauter: »Was meinst du damit?«

Sie zog wieder an der Zigarette, ohne zu antworten. Das Geheimnis flüsterte weiter hinter ihren Augen.

Reece machte die Tür auf. »War 'ne blöde Idee«, murmelte er. »Wir sehen uns Montag.« Mit gesenktem Kopf schlüpfte er hinaus. Ich sah meine Mutter an und fühlte mich hin- und hergerissen dazwischen, Licht in meine Vergangenheit zu bringen oder meine Zukunft in Ordnung zu bringen.

»Wir fahren«, sagte ich.

Hinter mir fiel der Aschenbecher zu Boden und Dreck wirbelte auf, als ich die Tür aufriss und über das Aufheulen des Motors nach Reece rief. Ich schwang mich hinter ihm aufs Motorrad, schlang die Arme um ihn und lehnte mich gegen seinen Rücken. Mona stand im Bademantel in der Tür und sah uns hinterher. Ich ließ ihn dort nicht ohne mich hinfahren.

KAPITEL 34

Mit geschlossenen Augen, den Kopf zwischen seinen Schultern, atmete ich den Geruch seiner Lederjacke und seines Aftershaves ein und der Rest der Welt verschwamm um mich herum.

Als Reece an einer Bordsteinkante hielt und ich den Kopf hob, wurde ich vom Genas Außenleuchte geblendet. Ich stieg vom Motorrad, nahm den Helm ab und wartete darauf, dass Reece vorging.

»Tut mir leid«, sagte er. »Ich wollte dich nicht in Schwierigkeiten bringen.« Er kratzte sich am Hinterkopf und sah mich verlegen an. Ich wusste nicht, warum. Er hatte nichts falsch gemacht.

»Sie hätte das alles nicht sagen dürfen.«

»Sie ist deine Mom. Sie macht sich Sorgen um dich.«

Ich drückte ihm den Helm in die Hand. »Sie ist eine scheinheilige Glucke ...«

»Wenigstens hast du eine.« Er sah mich mit einem traurigem Gesichtsausdruck an, der fast durchsichtig wirkte und mich gleichzeitig auf Abstand hielt.

»Wo ist deine Mom?« Seine Geheimnisse schienen so greifbar nah zu sein, direkt unter seiner Haut. Ich wollte ihn anfassen und sie berühren, auch die schlechten.

Er starrte auf den Bürgersteig und ließ sich mit seiner Antwort Zeit. »Ich hab ihr etwas genommen. Sie will mich nicht mehr sehen.«

Ich dachte an Mona, an meine Finger in ihrer Keksdose mit dem Trinkgeld. Wie leicht sich ein schlechtes Gewissen mit einem angeschlagenen Becher zum Muttertag beruhigen ließ. Und auch nach unserem Streit heute Abend würde ich wieder nach Hause gehen und auf sie warten. »Kannst du es ihr zurückgeben? Es wiedergutmachen?«

Er blickte mich an. »Ich versuche es«, flüsterte er.

Wir zuckten zusammen, als die Tür quietschend aufging und Gena den Kopf heraussteckte. Ich fühlte mich ertappt und machte einen Schritt von Reece weg. Sie verdrehte die Augen und schlug die Tür wieder zu.

»Gehen wir rein?«, fragte ich und verschränkte die Arme vor der Brust. Vor Genas Haus bekam ich mal wieder Minderwertigkeitsgefühle.

»Ich muss vor dem Rave noch was erledigen. Gena wird sich in der Zwischenzeit um dich kümmern.« Er nahm beide Treppenstufen auf einmal und klopfte an.

»Was?« Der Gedanke, mit Gena allein zu sein, behagte mir überhaupt nicht. »Du lässt mich hier? Aber ...«

»Entspann dich.« Er klopfte erneut und sah mich mit kritischem Blick von oben bis unten an. »Du brauchst ein anderes T-Shirt. Ich hol dich in zwei Stunden wieder ab.«

»In zwei Stunden? Ich brauche keine zwei Stunden, um mir ein anderes T-Shirt anzuziehen!«

Die Tür ging auf. Gena musterte mich, klimperte mit den Wimpern und trommelte mit den Fingern auf ihrer Hüfte. »Oh, Süße. Wir haben hier noch verdammt viel mehr zu tun, als nur dein T-Shirt zu wechseln.« Sie zog mich am Kragen über die Türschwelle.

Reece lachte leise, als die Tür vor ihm ins Schloss fiel.

• • •

Gena führte mich über den Flur.

»Ab unter die Dusche. Zweite Tür rechts. Handtücher sind unterm Waschbecken.«

Mit kalten Fingern fuhr sie mir die Wade hinauf. Ihre rauchige Skepsis verursachte mir eine Gänsehaut. Ich drehte mich zu ihr um. »Hey, was soll das?«

»Damit könnte ich mir ja die Nägel feilen, Mädchen. Du musst dir die Beine rasieren. Im Schrank sind Einwegrasierer.« Sie murmelte etwas auf Spanisch, wovon ich zum Glück kein einziges Wort verstand. »Die Achseln auch!«, rief sie, als ich ihr die Tür vor der Nase zuknallte.

Als ich mein Spiegelbild sah, erschrak ich richtig. Mein Gesicht war geschwollen und von Tränenspuren überzogen, die Haare standen in alle möglichen Richtungen ab. Seufzend blickte ich mich um. Jeder Zentimeter der Waschbeckenkonsole stand mit Duftseifen, Parfüms, Bodylotions und allen möglichen Kosmetikprodukten voll.

Der Schrank quoll vor Schminksachen nur so über. Ich nahm einen Einwegrasierer und wollte den Schrank schon wieder schließen, als mein Blick aufs oberste Schrankfach fiel.

Aftershave, eine extra Zahnbürste, Männerdeo …

Ich schloss die Schranktür.

Dann machte ich sie wieder auf.

Ich nahm das Aftershave und schnüffelte an der Innenseite des Verschlusses. Es roch frisch und extrem nach Minze und kitzelte mich hinten in den Nasennebenhöhlen. Es erinnerte mich an etwas. Aber nicht an Reece. Angewidert von mir selbst – und aus Gründen, über die ich nicht weiter nachdenken wollte, auch erleichtert –, machte ich den Schrank wieder zu und drehte das heiße Wasser auf.

Als ich mit Duschen fertig war, wickelte ich mich in eins von Genas plüschigen rosa Handtüchern und versteckte den Anhänger darunter. Dann ging ich über den Flur, immer der Nase nach in die Küche, wo Gena Reis über eine Schüssel mit dampfendem Eintopf gab. Mein Magen knurrte.

»Setz dich hin.« Sie zeigte auf einen Stuhl und drückte mir die Schüssel in die Hand. »Iss.«

Vorsichtig nahm ich einen Löffel. Der Eintopf bestand aus Fleisch und Gemüse und Bratensoße und roch unglaublich lecker. Mit einer Hand hielt ich das Handtuch fest, mit der anderen schaufelte ich das Essen in mich hinein. Ich wartete kaum, bis es abgekühlt war, bevor ich mir den nächsten Löffel in den Mund schob. Schnaubend machte sich Gena daran, mir das Handtuch über der Brust mit einem Clip festzustecken.

»So viel ist das ja nicht hier, was?« Grinsend machte sie den Clip fest, doch als sie die Hand wegzog, rutschte Reece' Anhänger aus dem Handtuch und das Grinsen verging ihr. Wortlos sahen wir uns an. Dann wendete sie den Blick ab. »Iss.«

Schweigend aß ich auf, kratzte die Schüssel bis auf den letzten Tropfen Soße leer und akzeptierte bereitwillig eine weitere Portion. Gena beobachtete mich und nahm meine Figur, mein Gesicht und meine Haare ganz genau unter die Lupe, während ich das Essen verschlang.

»Du hast keinen Busen und keinen Hintern, weil du nicht genug isst. Du musst mehr essen. Ihr dürren weißen Mädels macht echt einen Fehler, wenn ihr euch so runterhungert. Männer haben gern ein bisschen was zum Anfassen, wenn du verstehst, was ich meine.« Sie klatschte sich mit der manikürten Hand aufs Hinterteil.

Ich leckte den Löffel ab. »Nicht alle dürren weißen Mädels hungern absichtlich, wenn du verstehst, was ich meine.« Ich fühlte mich schäbig, sie in ihren eigenen vier Wänden so zu verhöhnen, doch sie blickte mich amüsiert an, auch wenn sie nicht wirklich lächelte.

»*Tranquilo*, ich hab überhaupt nichts damit sagen wollen.« Sie nahm mir die leere Schüssel ab und stellte sie in die Spüle. »Ich verstehe schon, was Reece an dir findet.«

Das Blut schoss mir in die Ohren und ich steckte den Anhänger wieder unters Handtuch. Ich wollte nicht mit ihr darüber reden. Der Ring bedeutete gar nichts. Es war eine Verkleidung. Es war bloß gespielt. »Es ist nicht, wie du denkst. Er ... findet überhaupt nichts an mir.«

Ihr Blick fiel auf die Kette. »Ach ja?«

Vorsichtig legte ich den Löffel auf den Tisch. Ich konnte ihr nicht in die Augen sehen. Wie viel hatte er ihr erzählt? Sie konnte nicht wissen, dass ich ihn beinah verraten hätte, sonst wäre sie nicht so nett zu mir.

Ohne Vorwarnung zog Gena an meinem Handtuch ... und mich daran hoch. »Komm mit.«

Ich war viel zu satt, um zu protestieren, also ließ ich mich von ihr über den Flur ziehen und auf einen Stuhl vor dem Schminktisch im Badezimmer setzen. Sie föhnte mir die Haare und arbeitete sich dann Strähne für Strähne mit einem Glätteisen durch. Das Klacken des immer wieder auf- und zugehenden Geräts war das einzige Geräusch, das unser Schweigen durchbrach.

»Wie lange kennst du Reece schon?«, fragte ich sie nach einer Weile.

Gena sah mich im Spiegel an und ich meinte eine Spur von Misstrauen darin zu erkennen, wie sie die Stirn runzelte. »Ungefähr ein Jahr.«

Wenn sie sich seit einem Jahr kannten, dann musste sie auch wissen, warum er im Gefängnis war. »Die Leute in der Schule sagen, er wäre gefährlich.« Ich sah sie prüfend an.

»Die Leute reden eine Menge Blödsinn.«

Ich verkniff mir ein Lächeln. Ich wollte sie nicht mögen. »Was denkst du über ihn?«

Stirnrunzelnd versuchte sie, mit den Fingern einen Knoten in meinen Haaren zu entwirren. »Ich denke, er würde alles für mich tun.«

»Ihr müsst euch ziemlich nahestehen«, sagte ich und ignorierte meine nagende Eifersucht. »Wie habt ihr euch kennengelernt?«

Sie zog fest an dem Knoten. Es fühlte sich an wie eine Warnung.

»Ich weiß, wer er ist«, sagte ich und suchte im Spiegel nach ihrem Blick.

»Du weißt gar nichts, Kleine.« Sie zeigte mit dem Glätteisen auf mich. »Und deinetwegen wird er noch umgebracht.«

»Ich würde niemals etwas tun, was ihn in Gefahr bringt.«

»Ach ja?« Ihr anklagender Ton traf mich. Alle Farbe wich aus meinem Gesicht. Sie wusste es. Er hatte Gena erzählt, dass ich in der Schule beinah seine Tarnung hatte auffliegen lassen. Hatte er ihr auch von unserem Kuss erzählt?

Sie legte das Glätteisen weg, beugte sich über meine Schulter und sah mein Spiegelbild an. »Reece meint dich beschützen zu müssen. Er mag dich.« Sie blickte auf die Kette. »Vielleicht mehr, als mir klar war. Gefühle lassen einen manchmal unvernünftig werden, und Reece ist eindeutig gerade dabei, ziemlich unvernünftige Dinge zu machen. Aber er ist für mich wie ein Bruder. Und er hat mich gebeten, ihm zu helfen, also helfe ich ihm. Auch wenn es mir nicht gefällt. Kein bisschen. Und wenn du ihn verletzt, werde ich deinen dürren Arsch aufspüren und dich umbringen. Verstanden?«

Ich hätte mir wegen des *umbringen*-Parts eigentlich Sorgen machen sollen, aber die Worte *wie ein Bruder* flüsterten in meinem Ohr wie ein warmer Wind. Der Rest ihrer Warnung ging ungehört gleich zum anderen Ohr wieder hinaus. Ich nickte.

Gena setzte wieder ihre coole Fassade auf, während sie ein ganzes Arsenal an Puderdosen, Eyelinern und Lipgloss-Stiften herauslegte.

»Nimm die Brille ab«, sagte sie und tupfte mit einem Pinsel in einer Puderdose.

Ich fasste nach den Brillenbügeln und drückte sie fest auf meine Ohren.

Der *Ich-werde-dich-umbringen*-Gesichtsausdruck war wieder da. Gena riss mir die Brille von der Nase, hielt sich die Gläser vor die Augen und ließ sie mir in den Schoß fallen.

»Die wirst du heute Abend nicht tragen«, sagte sie. »Lonny muss glauben, dass Reece wirklich mit dir zusammen ist. Damit siehst du aus wie eine verdammte Büchereiangestellte.«

Ich ignorierte den Stich, faltete die Brille zusammen und schloss die Augen, als sie mir Puder übers Gesicht stäubte. Ihre Hände waren jetzt wärmer und der rauchige Geschmack ihres Misstrauens war nicht mehr so stark wie noch am Anfang.

»Was für Mädchen sind denn sein Typ?«, fragte ich. Ob er mehr auf Mädchen wie Gena stand, mit Temperament und Kurven? Oder auf solche wie das Mädel auf Lonnys Veranda? Ich hoffte nur, ich würde nicht aussehen wie meine Mutter, wenn ich die Augen wieder öffnete.

»Mädels, die ihn in Schwierigkeiten bringen. Die sind sein Typ.« Bevor ich mich ansehen konnte, scheuchte Gena mich schon zu ihrem Schrank und warf mir einen schwarzen String-Tanga aus Satin zu.

»Zieh das an.«

Ich drehte das Teil ein paarmal in den Händen, bis ich herausgefunden hatte, was wohin gehörte. Ich schlängelte unterm Handtuch meine Beine hinein und zog das Teil unbeholfen hoch, aber Gena ließ mir keine Zeit herumzuzappeln. Ich schnappte nach Luft, als sie mir einen halterlosen Push-up-BH umlegte und ihn so fest zumachte, dass sie mir dabei fast die Rippen brach. Ehe ich ausatmen konnte, zog sie mir ein schwarzes Stretchteil über den Kopf und strich es glatt. Mit einer schnellen Handbewegung befreite sie den Anhänger aus dem Neckholder-Kleid und ließ ihn zwischen meine ...

Wow ... Ich sah hinunter auf meine Brüste – ja, ich hatte tatsächlich Brüste. Als ich das Kleid höher ziehen wollte, um sie zu bedecken, schlug Gena mir auf die Finger.

»Lass es so. Du siehst toll aus«, sagte sie und beugte sich vor, um etwas in ihrem Schrank zu suchen. Sie warf ein Paar Schuhe hinter sich. Dann murmelte sie etwas auf Spanisch und ein Paar unförmige hohe Turnschuhe folgten. Sie waren viel zu groß, als dass es ihre hätten sein können, und die roten Schnürsenkel verrieten mir sofort, wem sie gehörten.

Das Aftershave im Badezimmer. Die Schuhe im Schrank. Alles Oleksas.

Oleksa war Genas Freund, und auf einmal glaubte ich zu verstehen, warum er Reece so sehr hasste. Er war eifersüchtig. Aber wusste Oleksa, dass er mit einer Drogenfahnderin zusammen war, oder war Gena aus den gleichen Gründen an ihm dran wie Reece an mir?

Da tauchte Gena mit einem Paar schwarzer Riemchenschuhe mit Absatz wieder aus dem Schrank auf. Ich zog sie an, und sie drehte mich zu einem Ganzkörperspiegel um. Ich ging ganz nah heran und widerstand dem Drang, mein Spiegelbild zu berühren, aus Angst, die kleinste Bewegung könnte das Trugbild zerstören. Es war nicht meine Mutter, die mich aus dem Spiegel ansah. Auch nicht Gena. Es war eine Version meiner selbst, die ich mir niemals hätte vorstellen können. Keine flache, verschwommene Version meiner selbst, sondern eine klar umrissene mit Konturen und Profil. Ich beugte mich noch ein Stück vor, aber in dem Moment wurde eine Tür zugeknallt und ich schreckte zusammen.

Reece erschien im Türrahmen. Ich drehte mich um, und als ich seinen Gesichtsausdruck sah, setzte mein Atem kurz aus. Er ließ den Blick langsam meinen Körper hinabwandern und wieder hinauf zu meinem Gesicht.

»Wow«, sagte er schließlich mit heiserem Flüstern. »Du siehst … wow …« Dann wendete er sich stirnrunzelnd ab. Mit einem Kopfschütteln war alle Faszination dahin. Er rieb sich das Gesicht.

»Wo ist ihr Handy?«, fragte er Gena.

Gena stützte sich eine Hand in die Hüfte. »Schätzchen, wo meinst du, soll sie ein verdammtes Handy in diesem Kleid unterbringen?«

»Irgendwo muss es doch eine Tasche haben«, knurrte er.

Gena trommelte mit den Fingernägeln auf ihrer Hüfte.

»Schon okay, macht euch deswegen keinen Kopf«, mischte ich mich ein. »Wir sind vorhin so übereilt aufgebrochen, dass ich das Handy sowieso zu Hause vergessen habe. Und da ich es nicht mithabe, brauchen wir auch nicht darüber diskutieren, wo ich es hinstecken soll.« Ich sah Gena vielsagend an, um ihr zu signalisieren, die Sache auf sich beruhen zu lassen. Sie quittierte es mit einem kleinen Lächeln.

»Versuch, heute Abend zu entspannen.« Sie zog ihn zur Wohnungstür und gab ihm einen Kuss auf die Wange. »Und mach keinen Quatsch.«

Auf mich zeigend sagte sie: »Ich will das alles wiederhaben.« Sie scheuchte uns hinaus und knallte hinter Reece die Tür zu.

»Dann wollen wir mal«, murmelte er und zog die Schlüssel aus der Tasche. Als wir beim Motorrad ankamen, drehte er sich langsam zu mir um und warf einen Blick auf meine Beine und die Schuhe, die Gena mir geliehen hatte. Er schloss die Augen und fluchte.

»Schon okay. Ich krieg das hin.« Ich nahm den Helm, beugte mich vor und ließ die Haare hineinfallen, bevor ich ihn aufsetzte. Dann machte ich den Verschluss zu und legte, ohne mir von Reece helfen zu lassen, ein Bein übers Motorrad. Das Kleid rutschte hoch, aber nicht zu weit, und durch die Absätze war es einfacher aufzusteigen. Ob mit oder ohne Kleid, ich würde mit ihm kommen. »Siehst du? Alles gut.«

Mit gequältem Gesichtsausdruck riss er den Blick von meinen Beinen. Gedemütigt sah ich weg, als er sich seufzend dazwischensetzte. Er warf das Motorrad an, und statt ihm die Arme um die Hüfte zu legen, hielt ich mich bloß an seinem Hemd fest. Ich wollte diesen Abend nur noch hinter uns bringen, damit er so weitermachen konnte wie vorher und ich vergessen konnte, dass ich mich mal in einen Typen wie Reece Whelan verknallt hatte.

KAPITEL 35

Wir parkten in einer schmalen Gasse. Zu beiden Seiten ragten Backsteinmauern empor und warfen ihre Schatten auf uns. Am Ende der Gasse sah ich im Licht einer Straßenlaterne Leute vorbeigehen und von irgendwoher dröhnte dumpfe Musik.

Ich fuhr vor Schreck zusammen, als Reece nach meinem Kinn fasste und meinen Kopf hob. »Hör zu.« Seine Finger waren eiskalt und seine Angst fraß sich wie ein Echo meiner eigenen in mich hinein. »Du darfst hier nichts essen oder trinken – absolut nichts –, egal, wer es dir gibt. Verstanden?« Ich nickte.

»Und du bleibst in Sichtweite. Immer. Versprich mir das.« Ich nickte wieder. Dann nahm er meine Hand und wir gingen in die Richtung, aus der die Musik kam.

Für alle anderen mussten wir aussehen wie ein normales Pärchen. Aber sein Griff um meine Hand war zu fest, seine Haltung zu steif. Eine Gruppe Jungs pfiff mir hinterher. Reece warf ihnen einen warnenden Blick zu. Wie um mich abzuschirmen, ging er leicht vorgebeugt dicht neben mir, aber nicht zu dicht.

Vor einer rostigen Tür blieben wir stehen. Reece drückte dem Türsteher Geld in die Hand und die Tür ging auf. Stroboskoplicht zuckte auf dem Gehweg, Musik dröhnte uns entgegen. Ich klammerte mich an Reece' Hand, als wir in das Inferno aus Licht und Lärm hineingingen und die Stahltür hinter uns zukrachte.

Er zog mich durch ein Meer aus zuckenden Farben und Lichtern. Leute tanzten auf Vorsprüngen und Plattformen und drängten sich auf der Tanzfläche. Ich sah mich nach Kylie um. Reece hielt sich am Rand, abseits der Menge, und ging mit mir im Schlepptau zu einer Bar, die mit kleinen Plastikbechern vollstand. Er beugte sich über die Theke, um mit dem Barkeeper zu reden, und ließ mich dabei nicht eine Sekunde los. Ich meinte, im Barkeeper den Jungen wiederzuerkennen, der als Tankwart im Bui-Markt arbeitete. Er verschwand im Gedränge, und während wir warteten, atmete ich tief durch.

Einen Augenblick später tauchte Lonny Johnson auf. Hinter ihm stand Kylie, die Hand auf seiner Schulter. Als sie mein Kleid sah, wurden ihre geschminkten Augen schmaler und sie rückte näher an Lonny heran. Doch er schüttelte sie ab, und sie verschwand in der Menge. Besorgt blickte ich ihr hinterher. Als könnte er meine Gedanken lesen, drückte Reece meine Hand. Ich durfte ihr nicht folgen.

Lonny kam auf mich zu und sah mich an wie eine Katze, die einen Vogel durchs Fenster beobachtet.

»Nett. Sehr, sehr nett«, sagte er über die Musik hinweg und doch leise genug, dass es in meinen Ohren wie ein schmutziges Geheimnis klang. »Ich wusste gar nicht, was in dir steckt, Boswell. Nicht schlecht für ein Mädel aus Sunny View. So langsam verstehe ich, was Reece an dir findet.« Lonny strich sich anzüglich grinsend über den Ziegenbart. Die zuckenden Lichter betonten seine harten Gesichtszüge und die Tattoos an seinem Hals. Ich machte einen Schritt zurück.

Reece verstärkte den Druck auf meine Hand und stellte sich vor mich. Ich spürte, wie seine Wut aufflammte, und schluckte den scharfen Kupfergeschmack, den sie hinterließ, hinunter. Ohne ein Wort deutete Lonny mit dem Kopf auf einen Gang hinter sich. Reece nickte kurz und beugte sich dann zu meinem Ohr.

»Bleib hier. Rühr dich nicht von der Stelle. Ich bin in fünf Minuten wieder da.« Dann tauchte er in der Menge unter.

Ich stand da und beobachtete das rhythmische Chaos um mich herum, die unzähligen Körper, die unter den Stroboskoplichtern flackerten. Ich stellte mich auf die Zehenspitzen und suchte nach Kylies Magenta-Strähnen, aber die Leute auf der Tanzfläche erschienen in allen möglichen wechselnden Farben. Die Lichter verwirrten mich und ich trat näher an die Tanzfläche, um Kylie in der Menge ausfindig machen zu können.

Der DJ hatte sein Pult in der Mitte des Raums auf einem hohen Podest. Die tanzende Meute bewegte sich in synkopischen Rhythmen um ihn herum. Da fiel mir ein Licht auf, das weißer und schneller war als die Stroboskoplichter. In einer Ecke auf einem Laufsteg entdeckte ich Jeremy, der fotografierte. Sein Teleobjektiv bewegte sich langsam auf mich zu, und als er mich erblickte, hielt er kurz inne. Er ließ die Kamera sinken. Mit gequältem Gesichtsausdruck drehte er sich um, drängte sich durch die Leute und dann konnte ich ihn nicht mehr sehen.

Ich wollte zu ihm. Wollte es ihm erklären. Aber ich hatte keine

Wahl. Reece aus dem Gefängnis zu halten bedeutete, Jeremy im Dunkeln zu lassen. Und Kylie am Leben zu halten bedeutete, ihn gehen zu lassen.

Ich blickte wieder auf die Tanzfläche, auf die Wand aus sich bewegenden Körpern vor mir. Ich konnte Kylie nirgendwo entdecken. Ich hatte fünf Minuten, bis Reece wiederkommen würde. Fünf Minuten, um sicherzugehen, dass es ihr gut ging.

Ich ließ mich näher an die Tanzfläche treiben, wobei ich darauf achtgab, niemanden zu berühren. Ich zuckte zusammen, als jemand nach mir fasste – eine warme Hand, nass vor Schweiß, die versuchte, mich in den Strom der Leute zu ziehen.

Die Berührung schickte eine Hitzewelle durch meine Adern. Heiß und elektrisch und süß. *Ich sollte nicht hier sein*, dachte ich noch und versuchte, dagegen anzukämpfen. Überall um mich herum war Haut, berührte mich von allen Seiten, bis ich ganz leicht war und schwebte. Ich hob die Hände vor meinem Gesicht hoch, bewegte sie und sah zu, wie sie Spuren in die Luft malten. Jemand packte mich, zog mich an sich, und ich saugte seinen Rausch auf, bis ich ganz benommen war.

Ich war eine von ihnen. Ich war jemand. Teil von etwas. Verbunden und in Berührung. Ich drängte mich weiter hinein. Gegen sie. Trank sie. War ganz betrunken von ihrem Rausch. Versprechungen trieben durch die Musik auf mich zu.

Warte hier. Fünf Minuten.

Der Raum drehte sich. Ich kicherte, lachte, bis es nichts mehr gab außer tanzen, Musik und Rhythmus. Da schlang jemand den Arm um mich, starke Schultern, die sich an meinen Rücken legten.

»Wen haben wir dann da?«, sagte eine tiefe Stimme an meinem Ohr. »Ich wusste gar nicht, dass die kleine Nearly Boswell so heiß ist.« Ich erschauderte unter seinem Atem.

Ich riss die Augen auf, wollte, dass der Raum aufhörte, sich zu drehen. Ich schwankte, und seine Hände fassten nach mir und gaben mir Halt. Er war groß, sein Designer-T-Shirt war eng geschnitten, sodass es seine muskulöse Brust betonte, und an den Ärmeln aufgerollt. Honigblonde Haare fielen ihm höchst verlockend in die Stirn und er lächelte mich an. Eine kleine Stimme in meinem Kopf flüsterte mir warnend etwas zu, aber seine Hände lagen warm auf meiner Taille. Er roch gut, nach teurem Aftershave.

Ich beugte mich vor und zog seinen Kopf zu mir herab. »Ich kenne dich«, schnurrte ich und erkannte meine Stimme kaum wieder. »Du bist gefährlich.«

Vince knurrte an meinem Hals und ich musste lachen. »Du hast ja keine Ahnung, wie gefährlich ich bin.«

Er zog mich weiter in das Meer der Tanzenden, mitten hinein in die sich windende Menge.

»Wo ist dein Freund?« Er vergrub das Gesicht in meinen Haaren, kitzelte meine Schultern. Ich schüttelte den Kopf und legte ihm die Hände um den Hals. Mir war ganz schwindelig.

»Ich hab keinen Freund.«

Seine Hand glitt unter den Saum meines Kleides und wanderte langsam meinen Oberschenkel hinauf. Ein köstlicher Schauder durchfuhr mich, süß wie Kirschsirup mit einer angenehmen Schärfe, die meinen Gaumen kitzelte. Ich ließ den Kopf zurückfallen und Vince liebkoste mein Schlüsselbein.

»Was für ein Jammer. Whelan weiß gar nicht, was ihm entgeht.«

Der Name erinnerte mich an irgendetwas, dann verschwand es wieder im Nebel. Da blickte Vince grinsend über meine Schulter.

»TJ, ich glaube, wir müssen uns bei Leigh entschuldigen«, rief er über die Musik hinweg. »Wir waren nicht gerade nett zu ihr. Hol ihr einen Drink, damit wir es wiedergutmachen können.« Vince zwinkerte TJ hinter mir zu, während seine großen Hände weiter an mir hochwanderten. Etwas an seiner Berührung schmeckte auf einmal sauer, gierig und erstickend und hemmte mich. Dann fiel mir vage wieder ein Versprechen ein, das ich jemandem gegeben hatte. *Du darfst hier nichts essen oder trinken – absolut nichts –, egal, wer es dir gibt.*

»Nein, ich ...« Ich versuchte, seine Hände wegzustoßen. Doch alles um mich herum drehte sich und ich stolperte wieder in seine Arme. Er legte sie mir um die Taille.

»Lass sie, Vince«, sagte TJ hinter mir bestimmt. »Ich hab Whelan gerade eben noch hier gesehen.«

Vince' Blick wurde auf einmal härter. »Ich hab gesagt, die Lady braucht einen Drink, Krüppel. Willst du mitspielen oder die ganze Nacht mit deiner Beinschiene auf der Bank sitzen?«

»Du kannst mich mal. Ich bin nicht dein Balljunge.«

Ein paar Leute blickten mit gläsernen Augen zu uns herüber und wieder weg und der Moment war vorbei. TJ war in der Menge verschwunden. Mein Kopf war ganz schwer und ich ließ ihn gegen Vince' Brust fallen. Durch meine flatternden Augenlider konnte ich einen dunkelhaarigen Typen ausmachen, der auf mich zukam und dabei die Tanzenden zur Seite stieß.

»Leigh kommt mit mir. Jetzt«, sagte er knapp.

Irgendetwas daran kam mir bekannt vor. Ich presste mir die

Finger auf die Schläfen. Wenn der Boden doch nur aufhören würde, sich zu drehen. Er hielt mir die Hand hin.

Ich wollte danach greifen, aber Vince bohrte mir seine Finger in die Schulter. »Ich glaube, Nearly will nirgendwohin gehen.«

Ich blinzelte, alles um mich herum verschwamm.

»Sie kommt mit mir.«

Die Stroboskoplichter blendeten mich. Durch zusammengekniffene Augen sah ich ihn auf mich zukommen. Er steckte die Hand nach mir aus und ich ließ mich in seine Arme sinken. Ein Schauer jagte mir über den Rücken. Seine Berührung schmeckte nach Gewalt. Er packte mich, warf mich über die Schulter, und auf einmal stand die Welt kopf. Genas Schuhe rutschten mir von den Füßen und fielen klackernd zu Boden.

»Lass mich runter!«, schrie ich und trommelte auf seinen Rücken. Meine Haare schleiften über den Boden und ich trat in die Luft. Der Raum drehte sich wie wild. Ich wippte auf und ab, während er sich durch die Menge bewegte, und mein Magen rebellierte. Ich versuchte, die Augen offen zu halten und mich auf einen bestimmten Punkt zu konzentrieren. Jemand kam hinter uns her. Ich fasste nach ihm, griff nach seinem Handgelenk, um mich daran hochzuziehen und ihm ins Gesicht sehen zu können. Sein Hass durchfuhr mich. Wie brennende Säure schoss er mir die Kehle hoch. Es war alles zu viel. Mein Herz raste, mein Magen krampfte sich zusammen und der Raum drehte sich immer schneller. Dann war auf einmal alles verschwunden.

KAPITEL 36

Kalte Luft kroch über meinen Körper. Als ich aufwachte, war es dunkel und ich lag zusammengekauert auf nassem Asphalt. Regen schlug mir auf die Haut und lief mir über die Beine. Ich blickte auf meine tropfenden Hände und wurde langsam nüchtern, als der Regen meinen immer noch spürbaren Rausch davonspülte. Zwischen meinen Augen explodierte ein betäubender Kopfschmerz.

Reece fasste mich unter den Armen, zog mich hoch und lehnte mich gegen die Wand. Um meine nackten Füße bildete sich eine Pfütze. Seine Berührung roch nach panischer Angst.

»Was hast du genommen, Nearly?« Er schüttelte mich. Seine Finger bohrten sich in die blauen Flecken an meinen Schultern und durchschüttelten mein Gehirn.

»Au! Das tut weh!«

»Hast du was getrunken? Hast du irgendwas genommen?« Er hielt mein Gesicht mit einer Hand fest, mit der anderen zog er mein Augenlid hoch und leuchtete mir mit einer Taschenlampe ins Auge. Ich kniff die Augen zu und stieß ihn weg, als er noch näher an mich herantrat, um an meinem Atem zu riechen.

»Ich hab nichts genommen!« Ich schlug ihm mit der flachen Hand gegen die Schulter. »Fass mich nicht an!«

Reece taumelte zurück. Er verzog das Gesicht, als der Regen stärker wurde. »Was zum Teufel hast du dadrinnen gemacht?«

Ich strich mir die nass an den Wangen klebenden Haare zurück. »Ich weiß es nicht! Ich weiß nicht, was passiert ist. Tut mir leid.«

»Es tut dir leid?«, schrie er so nah vor mir, dass ich die Hitze seines Atems spürte. »Das ist alles?« Er wischte sich das Wasser vom Gesicht und fing an, mit kurzen, aufgeregten Schritten vor mir auf und ab zu gehen. Ich zuckte zusammen, als er wieder vor mir stehen blieb und sich zu mir vorbeugte. »Hast du irgendeine Ahnung, wie ich mich gefühlt habe, als ich wiederkam und du nicht mehr da warst?«

Er stützte die Fäuste zu beiden Seiten meines Kopfes gegen die Mauer und hielt mich gefangen. »Und du warst ...« Er wirbelte herum und lief wieder hin und her, verschränkte die Hände hinterm Kopf, offenbar konnte oder wollte er mich nicht ansehen. Er trat gegen die Mülltonne und wieder zuckte ich zusammen. »Ich weiß echt nicht, was du dir dabei gedacht hast! Verdammt!«

»Ich weiß es aber!«, rief ich zitternd. Ich schlang die nackten Arme um mich, packte die Schuldgefühle in mir. »Irgendjemand musste doch nach Kylie sehen! Er war da!«

Er blinzelte das Wasser von seinen Augen. »Was soll das heißen?«

»Der Kerl, der Marcia und Rose und Teddy umgebracht hat. Er war da! Auf dem Rave!« Ich blickte zurück zum Lagerhaus und versuchte zusammenzukriegen, woran ich mich noch erinnerte. Aber es war alles so verschwommen. Ich erinnerte mich daran, dass ich kopfüber hing. Dass jemand hinter mir herging. Dass ich ihn angefasst hatte, bevor ich ohnmächtig geworden war. Ich wusste es, als ich ihn berührte. Der Mörder. Er war da. Im Lagerhaus.

Ich drehte mich zur offenen Seite der Gasse. »Wir müssen wieder rein!« Mit tauben Füßen stolperte ich über den Boden und fing mich mit einer Hand an der Wand ab. Reece stellte sich vor mich und blockierte den Weg.

»Wir gehen da nicht wieder rein! Verdammt, Leigh, ich dachte, du wärst tot!« Er sah mich total entgeistert an. »Ich geh da nicht wieder rein. Nicht mit dir!«

Nicht mit dir. Ich hatte es verbockt. Der Deal war geplatzt.

Ich ließ mich gegen die Wand fallen.

»Wann willst du mir eigentlich sagen, was hier wirklich los ist? Wann wirst du mir endlich mal vertrauen?«, fragte er.

Eine Träne lief mir über die Wange. Mir entglitt gerade alles. Jeremy, das Stipendium, das Vertrauen meiner Mutter, meine Freundschaft mit Anh ... Ich sah Reece in die Augen. Ihn verlor ich auch gerade.

»Ich kann ihn finden, Reece!«, platzte es aus mir heraus. Es war kein Flüstern. Kein Kratzen. Es grub sich seinen Weg hinauf und riss mich entzwei. »Ich kann ihn spüren!«

Er schüttelte den Kopf. Legte die Stirn in Falten. »Was soll das heißen, du kannst ihn spüren? Wen kannst du spüren?«

Ich wollte so gern, dass er mich verstand, ohne dass ich es ihm erklären müsste. Ohne diesen Ausdruck auf seinem Gesicht sehen zu müssen. »Ich kann dich auch spüren! Ich kann dich anfassen und weiß genau, wie du dich fühlst! Und ich kann den Typen spüren, der das alles macht! Ich kann das hier lösen! Ich kann ihn finden! Ohne Lonnys Liste! Ohne deine Alibis!« Mein Kopf dröhnte. Ich fasste nach meinen Schläfen und krümmte mich vor Schmerzen. Mir war richtig schlecht. Mit wackeligen Beinen lehnte ich mich wieder gegen die Wand.

Reece fasste mich am Ellbogen. Verwirrt und besorgt sah er mich an. »Bist du sicher, dass du nichts genommen hast?«

»Fass mich nicht an!« Ich riss meinen Arm weg. Ich hatte ihm gerade mein dunkelstes Geheimnis gestanden, und er dachte, ich wäre high.

Kopfschüttelnd wendete er sich ab. Regentropfen perlten wie Quecksilber von seiner Lederjacke und liefen ihm in Strömen den Nacken hinunter. Er zog sein Handy hervor und beugte sich darüber, um es vor dem Regen abzuschirmen.

»Was machst du?«, fragte ich.

»Dir ein Taxi rufen.« Was er auch tatsächlich tat und sein Handy dann wieder einsteckte.

Ich fröstelte. Dann waren auf einmal hastende Schritte zu hören und das Klack-klack-klack von Absätzen wurde immer lauter, als ein nicht endender Strom von Leuten am Ende der Gasse vorbeilief. Reece verengte die Augen.

»Hey!«, rief er. Das Echo wurde von den Mauern zu beiden Seiten zurückgeworfen und ein Junge mit triefendem Iro hielt im Rennen inne und blickte in die Gasse. »Was ist passiert?«

»Jemand hat die Bullen gerufen. Die Party ist vorbei, Mann.« Der Junge zuckte die Achseln und lief weiter.

Reece fluchte. »Du musst hier verschwinden.«

»Warum? Ich hab nichts zu verbergen. Ich war die ganze Zeit mit dir zusammen.«

Er wischte sich das Wasser von den Augen und sah mich fassungslos an. »Die ganze Zeit? Du warst verschwunden, als ich von meinem Treffen mit Lonny wiederkam! Ich habe dich eine Stunde lang gesucht! Als ich dich hier in der Gasse liegen sah, dachte ich, du wärst tot!«

Ich starrte ihn mit offenem Mund an. »Was meinst du damit, du hast mich hier in der Gasse liegen gesehen? Du hast mich doch rausgetragen.«

Ein gelbes Taxi fuhr an der Gasse vorbei, blieb kurz stehen und kam dann langsam rückwärts hereingefahren. Die Rücklichter blendeten uns und ließen uns verstummen. Als das Taxi hinter Reece hielt, hob ich die Hand, um meine Augen gegen das Licht abzuschirmen. Auf einmal kam Reece auf mich zu und sah mich voller Sorge an. Er strich meine Haare zur Seite und drehte mein Gesicht zum Licht.

»Du blutest ja.« Als er die Hand wieder wegnahm, war sie rot. Wir sahen beide zu, wie das Blut in langen rosa Streifen von seiner Hand lief und auf den Asphalt tropfte, wo er mich gefunden hatte. Ich tastete meinen Hals ab, meine Schulter, mein Gesicht. Nichts. Keine Schnitte. Keine Wunden. Meine Haare lagen schwer und klebrig auf meinen nackten Schultern. Ich fuhr mir mit den Fingern hindurch und hielt sie gegen die Rücklichter des Taxis. Sie glänzten rot. Reece ging in die Hocke und drehte seinen Körper so, dass er das Licht nicht blockierte. Hinter der Mülltonne an der Wand quoll ein roter Strom hervor. Mit langsamen Schritten bewegte sich Reece um die Mülltonne herum, die Arme nach hinten von sich gestreckt, um mich zurückzuhalten. Ich folgte ihm, sah zu, wie der rote Fluss immer zäher wurde, glänzend und fast schwarz, als wir um die Mülltonne kamen. Die Luft roch nach nassen Kupfermünzen und ich schlug mir die Hand vor den Mund.

Im Schatten der Mülltonne lag etwas. Reece schaltete die Taschenlampenfunktion seines Handys an und stolperte rückwärts. Ein Körper in einer riesigen Blutlache. Die Haare klebten ihr an den Wangen und verdeckten das Gesicht. Ihre Hand- und Fußgelenke waren aneinandergefesselt, sodass ihr Körper ein Dreieck bildete. Wo der Regen auf ihre Haut schlug, leuchtete sie weiß, bis auf die Haut des einen Unterarms. Wütende rote Linien waren so tief hineingeritzt, dass die Sehnen zu sehen waren. Aber sie hatte aufgehört zu bluten. Sie war leer. Das letzte bisschen Leben floss gerade über den Gehweg. Klebte in meinen Haaren. Ich hatte in Kylies Blut gelegen.

Ich drehte mich weg und presste mir die Arme auf den Bauch, als sich mir der Magen umdrehte. Ich atmete flach und schluckte. Ich konnte nicht mehr hinsehen.

»Sie hat eine Zahl in den Arm geritzt, oder?«, rief ich über meine Schulter. Ich schloss die Augen und wartete.

»Sechsundsiebzig«, antwortete Reece mit rauer Stimme.

Als der Taxifahrer, der von der grausamen Entdeckung nichts mitbekommen hatte, hupte, packte Reece mich am Arm und zog mich zum Taxi. Er öffnete die Hintertür und schubste mich hinein.

In der Ferne waren Sirenen zu hören. Reece fasste in seine Jacke, warf mir meine Brille in den Schoß und knallte die Tür zu. Dann beugte er sich durchs Fenster der Beifahrertür. Er sah den Fahrer an, während er aus einem Bündel Scheine einen herauszog.

»Das hier ist dafür, dass Sie sie nach Hause fahren.«

Der Fahrer nickte und nahm das Geld.

Dann gab Reece ihm die restlichen Scheine. Der Fahrer riss die Augen auf, als er die Hand darum schloss. »Und das«, sagte Reece mit heiserer Stimme, »ist dafür, dass Sie keine Fragen stellen. Sie waren nie hier.«

Er warf mir einen letzten Blick zu, schlug mit der Faust aufs Dach und das Taxi fuhr los.

KAPITEL 37

Wie erstarrt blieb ich in der Tür stehen. Unter dem harten Neonlicht kräuselte sich Rauch aus Monas Lippen. Sie hatte die Ellbogen auf dem Tisch aufgestützt, dazwischen stand ein überquellender Aschenbecher.

»Warum bist du nicht bei der Arbeit?« Ich fasste nach meinen nassen Haaren und widerstand dem Drang, meine Hände auf Blutspuren zu überprüfen. Ich hatte im strömenden Regen unter dem Licht des Bewegungsmelders gestanden, bis das herunterlaufende Wasser nicht mehr rosa war, aber ich konnte es immer noch fühlen.

Regenwasser tropfte auf den Teppich. Monas Blick wanderte über mein mitgenommenes Kleid und blieb schließlich bei meinen nackten Füßen hängen. Sie zog an der Zigarette. »Jim hat noch ein neues Mädel angestellt. Er hat mich früher nach Hause geschickt.« Sie war die ganzen Tage schon eher nach Hause gekommen. Deswegen war die Trinkgelddose Freitagmorgen viel leichter gewesen als sonst. Das Küchenlicht ließ die Falten um ihre Augen noch tiefer erscheinen und ihre Hände sahen ganz zerknittert aus. »Du bist nie so lange aus.«

»Woher willst du das wissen? Du wartest doch sonst nie auf mich.« Ich lauschte nach Sirenen, dann schloss ich die Tür und verriegelte sie. Ich lehnte mich dagegen und sah sie an, wünschte, sie wäre nicht hier. Ich wollte mir jeden letzten Tropfen von Kylies Blut abwaschen. Ich wollte mich mit dem Ring meines Vaters unter einem Haufen Decken verstecken.

»Gab bisher ja auch keinen Grund.« Mona drückte die Zigarette aus und blies das letzte bisschen Rauch aus ihrer Lunge. Ihr Stuhl schabte über den Boden, dann ging sie ins Badezimmer.

Ich trat mit dem bloßen Fuß nach der Tür. Was hatte ich denn gedacht? Sie wartete nie auf mich, weil sie nie da war.

Einen Augenblick später kam Mona mit einem Stapel frischer Handtücher und einer Bürste wieder.

»Setz dich hin.« Sie zog einen Stuhl hervor und zeigte mit der Bürste darauf. Es kam mir vor wie ein Déjà-vu. Gena hatte noch vor ein paar Stunden das Gleiche zu mir gesagt. Jetzt hing ihr ruiniertes Kleid kalt an mir, und ich hatte ihre verdammten Schuhe verloren. Sie würde mich umbringen. Der Gedanke war so absurd, dass ich einen hysterischen Lachanfall unterdrücken musste. Gena würde gar keine Gelegenheit haben, mich umzubringen, weil ich bis an mein Lebensende hinter Gittern sitzen würde.

Müde ließ ich mich auf den Stuhl fallen. Meine Nerven lagen blank und ich zuckte zusammen, als mir ein Handtuch am Ohr vorbeisauste, um meine nackten Schultern gelegt wurde und mir als Nächstes die Bürste an den Haaren zog. Mona gab sich Mühe, mich nicht zu berühren. Ich wartete die ganze Zeit darauf, dass meine Mutter anfangen würde zu schreien, weil sie eine blutige Haarsträhne fand oder das Handtuch sich rosa färbte. Aber sie bürstete mich ganz ruhig und gleichmäßig. Es war die gleiche Art Bürste, die sie verwendet hatte, als ich noch ein kleines Mädchen gewesen war. Mit jedem Bürstenstrich blieb sie an einem Knoten hängen, aber sie arbeitete sich geschickt hindurch. Es linderte meine wahnsinnigen Kopfschmerzen. Von Müdigkeit überwältigt, fielen mir die schweren Augenlider zu.

Schweigend arbeitete sich Mona weiter durch meine Haare. Der Regen prasselte aufs Dach und leise tropfte das Wasser von meinem Kleidsaum aufs Linoleum. Die Sekunden vergingen. Ich wusste nicht, wie viele mir noch blieben.

»Du hast gesagt, Dad hatte ein Vorstrafenregister. Ich würde gern wissen, was drinstand.«

Sie sagte nichts. Das einzige Geräusch war das der Bürste, die durch meine Haare ging. »Wenn du erst mal etwas über jemanden weißt, kannst du es nicht wieder vergessen.«

»Ich weiß von seinen gefälschten Ausweisen. Ich weiß von seinen falschen Kreditkarten und dass er verschiedene Namen benutzt hat. Aber ich will wissen, wer er war. Nicht, wer er vorgegeben hat zu sein. Ich will wissen, warum er uns verlassen hat.«

Sie hielt mit dem Bürsten inne und ich hörte, wie ihr Feuerzeug anging. Wie sie Luft einsaugte. Sie aschte ab und legte die Zigarette in den Aschenbecher, den sie weit von mir wegschob. »Auch wenn ich es dir sage, wird dich das wohl nicht davon abhalten, die gleichen Fehler zu machen wie ich.«

Ich fragte mich vielmehr, wessen Fehler ich eigentlich machte. Ihre oder seine? »Wie war er?«, fragte ich.

Sie dachte einen Moment nach und ich meinte sie lächeln zu hören. »Wir waren sechzehn, als wir uns kennenlernten. Er sah umwerfend gut aus. Und hatte mich in null Komma nichts um den Finger gewickelt. Ich kannte ihn erst einen Monat, als ich bei meinen Eltern auszog.« Sie zog mit langen, tiefen Bürstenstrichen an den Erinnerungen. »Dabei hatten meine Eltern ein schönes Haus. Ich hatte mich dort sicher gefühlt. Ich kann mich nicht erinnern, dass meine Eltern jemals die Tür abgeschlossen hätten.« Sie klang auf einmal viel jünger, weicher. Der raue Ton war fast weg.

»Warum bist du dann ausgezogen?«

Ich fühlte, wie sie den Kopf schüttelte. Hörte die entfernte, weniger kritische Stimme des Erinnerns. Die so ganz anders war als die scharfen Spitzen, die sie sonst losließ, wenn sein Name fiel. »Ich weiß nicht, was David an sich hatte, außer dass er meine Hand halten und immer genau sagen konnte, wie ich mich gerade fühlte.«

Bis dahin hatte ich ihr zugehört, aber jetzt wurde ich ganz kribbelig.

»Er hatte mich immer im Arm gehalten damals ... am Anfang. Bis wir dann irgendwann erwachsen geworden sind und alles schwierig wurde.«

»Was meinst du damit? Was wurde schwierig?«

Für einen Moment sagte sie nichts, als wollte sie mir Zeit geben, es mir noch einmal anders zu überlegen. Als wollte sie mir eine letzte Chance geben, es nicht zu erfahren. Doch ich saß ganz vorn auf der Stuhlkante und konnte ihre Antwort gar nicht abwarten.

»Dein Vater war sehr charismatisch«, sagte sie schließlich. »Er konnte gut mit Leuten. Vorstellungsgespräche bestand er immer glänzend, aber die Jobs war er sofort wieder los. Er hatte ständig was Neues und drehte irgendwelche krummen Dinger. Er wusste, wie er die Gefühle der Leute für sich ausnutzen konnte. Es war, als könnte er direkt in sie hineinsehen. Die Leute vertrauten ihm. Manchmal zahlte sich seine Fähigkeit, andere zu verstehen, groß aus. Und manchmal ... na ja. Das hat ihn letztendlich in Schwierigkeiten gebracht.« Die ganze Zeit bürstete sie mich, während sie erzählte. Ich fühlte, wie sie wieder den Kopf schüttelte. »Ich hatte ihm immer gesagt, dass er ganz schön tief im Schlamassel stecke, dass es nur eine Frage der Zeit wäre, bis er sich mit den falschen Leuten einlassen würde, aber er hörte nicht auf mich. Er war abhängig von dem Rausch. Betrunken von dem ganzen Geld. Er sah nicht, dass er dabei Leben zerstörte.

Eines Tages kam die Polizei mit einem Haftbefehl. Er hatte die Firma von irgendeinem Typen benutzt, um Geld zu waschen. Der Typ war stinkreich. Hatte ein fettes Haus am Golfplatz in Belle Green. David hatte ihn bei einem Poker-Abend kennengelernt. Er meinte, als er ihm die Hand geschüttelt hatte, wusste er sofort, dass sie gut miteinander zurechtkommen würden.

Ehe ich mich's versah, waren die beiden beste Freunde ... betrieben Glücksspiel-Ringe, Erpressung, Geldwäsche. Bis sie aufgeflogen sind. Das war das letzte Mal, dass ich deinen Vater gesehen habe. Er hat mir einen kurzen Abschiedsbrief dagelassen, ist mit dem Auto über die Staatsgrenze und hat den ersten Flieger nach wer weiß wohin genommen. Er ist nie wiedergekommen.

Aber er hat dich geliebt. Oh Gott, und wie er dich geliebt hat.« Sie seufzte. »Er hätte den Mond für dich geklaut. Er hat dich immer auf den Schoß genommen und stundenlang deine kleinen Hände gehalten, als wenn dich zu berühren irgendwas wieder in Ordnung bringen würde.« Ihre nostalgische Erzählung endete. Es war still, bis auf den Regen, der immer noch aufs Dach trommelte. »Du hast wochenlang geweint, nachdem er weg war.«

Ich wusste nicht, was ich denken sollte. Mein Vater hatte mich geliebt, genauso sehr wie in meinen schöngefärbten Erinnerungen. Und er war mir auf eine Art ähnlich, die Mona niemals verstehen würde. Aber er war ein Dieb. Ein Betrüger. Und er hatte uns mit nichts in einem heruntergekommenen Wohnwagen zurückgelassen, nur um seine eigene Haut zu retten.

Die Bürste glitt mir jetzt ganz leicht durch die Haare, aber Mona hörte nicht auf.

»Warum hast du es mir nie erzählt?«

Sie schnaubte. »Wenn meine Mutter mir, als ich so alt war wie du, erzählt hätte, dass ich mal so werden würde wie sie, hätte ich es ihr niemals geglaubt. Ich hätte gelacht, wenn sie gesagt hätte, dass ich mit siebzehn schwanger sein und mich meine eigene Tochter eines Tages hassen würde und ich ganz allein alt werden würde. Ich wollte damals glauben, dass ich anders sein könnte. Dass mein Leben anders verlaufen würde.« Sie seufzte. »Kein Kind will jemals so werden wie seine Eltern, Nearly. Das ist etwas, womit du dich abfinden musst.«

Sie machte sich Sorgen, dass ich mich in jemanden wie meinen Vater verlieben und meine Zukunft aufgeben könnte, so wie sie es getan hatte. Aber ich war wie *er*. Ich hatte mich mit den falschen Leuten eingelassen, war zu blöd zuzuhören, zu egoistisch, mich der Polizei zu stellen, bevor es zu spät sein würde. Wäre es so schlimm, wenn ich ins Gefängnis käme? Ich hätte gleich zur Polizei gehen müssen. Der Polizei alles erzählen sollen. Dann wäre Kylie jetzt nicht hinter einer Mülltonne verblutet. Und Marcia, Rose und Teddy wären vielleicht auch noch am Leben.

Mona hörte auf, mich zu bürsten, und drehte mir die Haare zu einem festen Knoten auf, wodurch der Kopfschmerz wieder erwachte.

»Du kannst nicht ändern, wo du herkommst, Nearly. Aber du kannst die Richtung ändern, in die du gehst«, sagte sie leise. »Dieser Junge ist nicht gut genug für dich. Eh du dich's versiehst, wird er schon wieder weg sein.«

Mein Stuhl quietschte und fiel hinter mir zu Boden. Ich riss das Gummiband aus den Haaren und warf es meiner Mutter vor die Füße. Ich konnte ihr nicht in die Augen sehen. Ich wollte mir noch nicht mal selbst in die Augen sehen.

Das hier war nicht Reece' Schuld.

Es war meine.

• • •

Ich lehnte mich gegen meine Zimmertür. Wenn es so etwas gab wie eine verkaterte Psyche, dann hatte ich das in seiner übelsten Form, und der Geruch von Kylies Blut hing mir in den Atemwegen.

Auf meinem Bett blinkte ein rotes Licht.

Reece' Handy.

Ich schloss die Augen, als ich daran dachte, wie er mich angesehen hatte, als ich ihm erzählt hatte ... Er hatte mir nicht geglaubt.

Ich nahm das Handy und setzte mich in Genas nassem Kleid aufs Bett.

SCHICK MIR NE SMS, WENN DU ZU HAUSE BIST. REECE

Ich antwortete ihm schnell.

BIN ZU HAUSE. TUT MIR LEID.

Tut mir leid, dass ich mein Versprechen nicht gehalten habe. Tut mir leid, dass vier Menschen gestorben sind. Ich legte das Handy wieder hin, zog das kalte Kleid aus und meinen Pyjama an. Ich nahm Reece' Kette ab. Es fühlte sich irgendwie falsch an, sie weiter zu tragen. Wir hatten eine Abmachung, und ich hatte mich nicht daran gehalten. Und mehr war es auch nicht gewesen ... als eine Abmachung.

Ich steckte die Kette in die Tasche meiner Kapuzenjacke und hängte sie über die Stuhllehne. Dann holte ich die Tüte unter meiner Matratze hervor und schüttete den Inhalt aufs Bett. Ich schob den Ring meines Vaters beiseite und nahm die Zugfahrkarte in die Hand. Ich hatte lange auf diese Fahrkarte gespart. Manchmal, wenn ich dachte, ich würde es nicht einen Tag länger in Sunny View aushalten, nahm ich sie und träumte davon, wegzulaufen. Nie wieder zurückzukommen. Aber dann dachte ich an meine Mutter. Ihr trauriges Lächeln war wie eine Fessel um mein Herz, und ich brachte es nicht fertig, sie zu verlassen.

Ich steckte alles wieder zurück in die Tüte, dann rollte ich mich unter der Bettdecke zusammen und machte das Licht aus.

Da vibrierte das Handy.

1 neue Nachricht von Unbekannt.

HAB DICH AUF DER PARTY VERPASST.

ES IST BLOSS EIN ZAHLENSPIEL.

BLEIB NÄCHSTES MAL LÄNGER UND ICH ERKLÄRE ES DIR GENAUER.

KAPITEL 38

Ich hatte Reece drei Nachrichten auf der Mailbox hinterlassen und ihm viel zu viele SMS geschrieben. Auf nichts kam eine Antwort. Am nächsten Morgen suchte ich im Telefonbuch nach ihm. Ich musste ihn finden. Es gab nur einen Eintrag für Whelan. Ich riss die Seite heraus und nahm mir ein paar Dollar aus Monas Trinkgelddose, dann ging ich zur Bushaltestelle am Ende der Straße. Es war noch früh, aber die Luft war trotzdem schon unerträglich heiß und stickig. Als ich in einem kleinen Viertel von heruntergekommenen Häusern aus dem Bus stieg, waren die Straßen so gut wie leer.

Ich folgte den Hausnummern auf den blassgrünen Fassaden, bis ich die aus dem Telefonbuch gefunden hatte. Ein Fensterladen fehlte, die Rollläden waren heruntergelassen. Der Baum vorm Haus war kahl. Die Sicherheitstür mit ihren schweren schwarzen Gitterstangen war geschlossen, sodass mir nichts anderes übrig blieb, als ans Fenster zu klopfen. Nebenan bellte ein Hund.

Ich wartete und klopfte wieder. Da schob eine Frau den Vorhang zur Seite, kurz darauf machte sie die Tür gerade so weit auf, dass ich ihr Gesicht sehen konnte. »Was willst du?«

Vollkommen perplex, wie ähnlich sie Reece sah, starrte ich sie bloß an. Sie wollte die Tür schon wieder schließen.

»Warten Sie!« Ich steckte die Hand in die Tür. »Ich suche Reece Whelan.«

Ihr Gesichtsausdruck verhärtete sich, so wie ich es von Reece kannte, wenn er wütend war. »Hier wohnt niemand mit diesem Namen.« Sie schaute auf meine Finger, die den Türrahmen umklammert hielten.

»Bitte«, sagte ich und zog die Hand zögernd zurück. »Ich muss wissen, wo ich Ihren Sohn finden kann.«

Ihre Augen wurden ganz glasig. »Mein Sohn ist tot«, sagte sie und schloss die Tür.

Ich hörte, wie sie den Riegel vorschob.

Ich nahm mein Handy aus der Tasche und öffnete das Adressbuch. Es gab nur eine andere Nummer außer Reece', also rief ich die einzige Person an, die wissen könnte, wo er war.

• • •

»Was machst du denn hier?« Reece stand halb bekleidet in der Tür und wollte mich nicht hereinlassen.

»Ich hab dich angerufen. Du bist nicht rangegangen.« Ich stieß ihm das Handy fest genug in den Bauch, dass er keuchend einen Schritt zurück machte. »Ich hab letzte Nacht eine SMS bekommen«, sagte ich, als ich unter seinem Arm hindurchschlüpfte.

Ich sah mich in seiner kleinen Wohnung um. Karg, aber ordentlich. Der warme Zitrus-Sandelholz-Duft, den er am Abend zuvor getragen hatte, hing in der Luft.

Er fuhr sich mit der Hand durch die ungewaschenen Haare und machte erschöpft die Tür zu. Die Jeans hing ihm viel zu weit unten, ich fragte mich, wann er zum letzten Mal etwas gegessen hatte. Dann wandte ich den Blick ab, als er mit finsterem Gesicht durch mein Handy scrollte.

»Wer sonst hat die Nummer?« Er warf mir das Handy zu.

»Nur du.«

»Hat irgendjemand sonst Zugriff auf deinen Spind?«

Jeremy kannte die Zahlenkombination, aber ich wollte ihn hier nicht mit reinziehen. Ich biss mir auf die Zunge. »Nein.«

Prüfend sah er mich an. »Wie hast du mich gefunden?«

Ich wollte ihm nicht sagen, wie ich im Telefonbuch nach ihm gesucht und seiner Mutter einen Besuch abgestattet hatte. Um ehrlich zu sein, hatte ich Angst, dass er mich fragen könnte, was sie gesagt hatte. Und ich hätte ihm niemals in die Augen blicken und ihm erzählen können, dass er für sie tot war. Stattdessen blickte ich mich im Zimmer um und ließ den Teil mit seiner Mutter einfach aus.

»Ich hab Gena angerufen. Ich hab ihr gesagt, es sei ein Notfall, und bin ihr so lange auf die Nerven gegangen, bis sie mir deine Adresse verraten hat. Was hat es eigentlich mit diesen Kisten auf sich? Wieso habt ihr die?«, wechselte ich das Thema und stieß mit dem Fuß gegen eine umgedrehte Getränkekiste, wie sie auch bei Gena in der Wohnung mehrfach zu finden war. Ich wunderte mich, dass Reece sein schiefes Grinsen, das er sonst immer so schnell aufsetzte, nicht zeigte. Er ließ sich auf ein abgewetztes

Sofa mit quietschenden Sprungfedern fallen und verschränkte die Hände hinterm Kopf.

»Ihr? Wen meinst du damit?«

Ich stand in der Mitte des Zimmers und drehte mich langsam um 360 Grad, damit ich das Misstrauen in seinem Gesicht nicht sehen musste. »Ihr aus Nicholsons Team.«

Er setzte eine Limodose an die Lippen und sah mich, einen langen Schluck nehmend, über die Dose hinweg an. Ich konnte spüren, wie er versuchte, sich einen Reim darauf zu machen. Wie er herauszufinden versuchte, woher ich es wusste und wie viel ich wusste.

Ich blickte mich weiter um. Vor seiner offenen Schlafzimmertür blieb ich stehen. Eine ausgeblichene Jeans und eine Boxershorts lagen vor dem ungemachten Bett auf dem Boden. Ich fragte mich, ob irgendjemand dort bei ihm schlief. Oder ob er wirklich allein war.

»Wohnt hier noch jemand? Die Drogenfahndung scheint ja nicht besonders gut zu zahlen.«

»Genug für Getränkekisten.« Träge blickte er auf die zerwühlten Laken. »Und nein, ich wohne allein.«

Ich spürte, wie ich rot wurde, und drehte mich weg.

»Woran erinnerst du dich?«, knurrte er.

»An alles, glaube ich. Ich bin ziemlich schnell wieder nüchtern geworden. Der Regen hat geholfen, aber die Kopfschmerzen bringen mich um.« Die Spannung hinter meinen Augen war immer noch da und meine Brille fühlte sich ganz schwer an. Ich musste ihm die Frage stellen, die mich die ganze Nacht beschäftigt hatte. »War sie schon …?« Ich konnte das Wort nicht aussprechen, obwohl ich bereits wusste, dass sie tot war, sobald ich die blutleeren Schnitte in ihrem Arm gesehen hatte.

Er nickte.

Ich ließ mich neben ihm aufs Sofa sinken. »Was ist noch passiert?«

»Ich bin abgehauen, bevor die Bullen aufgetaucht sind.«

»Werden sie mich holen?«

Die Pause fühlte sich zu lang an. Reece sah auf die Limodose auf seinem Oberschenkel und spielte mit dem Verschluss. »Ich glaub nicht. Gena hat mich heute Morgen angerufen und gesagt, dass die Richterin die Genehmigung für den Haftbefehl verweigert hat.«

»Warum?« Nicht, dass ich nicht froh und erleichtert war, aber es überraschte mich doch.

»Sie haben nicht genug Beweise gegen dich. Sie könnten dich höchstens für ein paar Stunden mit deiner Mutter und einem Anwalt zum Verhör vorladen. Gena und ich waren vor dem Rave mit dir zusammen. Es gibt jede Menge Leute, die bezeugen können, dass du im Lagerhaus warst. Und ein Zivilpolizist hat dich kurz vor dem Mord an Kylie noch gesehen und bestätigt, dass du betrunken und bewusstlos warst und daher unmöglich etwas damit zu tun gehabt haben kannst. Außerdem haben wir die Aussage eines ziemlich kooperativen Taxifahrers, der dich noch vor Mitternacht betrunken und kaum ansprechbar vor deinem Wohnwagen abgesetzt hat.«

Ich hob einen Finger, um ihn zu unterbrechen. Ich war erst um halb zwei nach Hause gekommen und da schon wieder vollkommen bei Bewusstsein gewesen.

Doch Reece fuhr fort, ehe ich ihn korrigieren konnte. »Die Gerichtsmedizin schätzt den Zeitpunkt von Kylies Tod auf halb eins, und da warst du längst zu Hause und hast deinen Rausch ausgeschlafen.« Er sah mich eindringlich an, ihm bloß nicht zu widersprechen. »Du hast ein lückenloses Alibi. Das ist ein Mordfall von großem öffentlichem Interesse. Es geht hier um Minderjährige. Und der Vater von einem der Opfer sitzt im Stadtrat. Die Richterin wird nicht zulassen, dass hier Pfusch betrieben wird, indem jemand Unschuldiges festgenommen wird. Sie wird darauf pochen, dass der Staatsanwalt wasserdichte Beweise liefert, die keinen Zweifel lassen.«

Ich stieß die angehaltene Luft aus. »Das heißt, mir kann nichts passieren? Ich kann nicht verhaftet werden?«

Er dachte kurz nach, dann antwortete er leise: »Fürs Erste nicht.«

Ich massierte mir die Schläfen. Reece verschwand in der Küche und kam kurz darauf mit einem Glas Wasser und einer Aspirin wieder.

Er schüttelte den Kopf. »Ich hätte dich niemals in so eine Situation gebracht, wenn ich gewusst hätte, dass du dich dermaßen zudröhnst.«

Ich nahm die Tablette und einen Schluck Wasser.

»Was meinst du, wie ich mich fühle.« Ich stellte das Glas auf der Getränkekiste ab und würgte die Tablette hinunter. »Der erste Typ, mit dem ich rumknutsche, ist ein Drogenfahnder, der mich nur küsst, damit ich den Mund halte, und der erste Typ, der mich antatscht, ist Vince DiMorello ...« Ich erschauderte.

Reece wurde ganz blass. »Das war dein erster Kuss? Da auf dem Schulflur?«

Ich antwortete nicht.

Er vergrub das Gesicht in den Händen und stieß geräuschvoll die Luft aus.

»Bilde dir ja nichts ein«, sagte ich und stand auf. »Ich hab auch schon mit anderen rumgeknutscht ... Jeremy zum Beispiel.«

Reece versteifte sich. »Mit Jeremy?«

»Ja, mit Jeremy.«

Er erhob sich, und während er sich mit der Hand durch die Haare fuhr, sah er mich ernst an. »Wir müssen reden. Aber vielleicht sollte ich mich erst mal anziehen.« Er ging ins Schlafzimmer. »Warte hier. Ich bin in fünf Minuten wieder da. Und diesmal meine ich es ernst. Fünf Minuten. Hau bloß nicht wieder ab.«

Das hatte ich wohl verdient.

Er ging ins Badezimmer und stellte das Wasser an. Durch die geschlossene Tür hörte ich seine gedämpfte Stimme.

»In der Küche ist noch Pizza, falls du Hunger hast.«

Wir müssen reden. Das war's also, sagte ich mir. Ich hatte mich nicht an unsere Abmachung gehalten, und jetzt war es vorbei. Das offizielle Ende einer nicht-existenten Beziehung. Ich nahm das Handy, das er mir besorgt hatte, und legte es auf ein kleines Regalbrett neben seinen Ring und sein Portemonnaie. Dann nahm ich die Kette ab und legte sie dazu. Ein Stück weiter lag ein gerahmtes Bild. Ich nahm es in die Hand. Das verblichene Foto unter dem Glas war an den Rändern leicht eingerissen. Zwei Jungs standen Arm in Arm, einer war die kleinere Version des anderen. Das gleiche Grinsen und die gleichen blauen Augen. Die unordentlichen Haare fielen ihnen über die gleichen dunklen Wimpern.

Reece hatte doch gesagt, er hätte keine Familie.

Es gibt eine Menge Dinge, die du nicht über ihn weißt.

Ich legte den Bilderrahmen wieder hin. Die Dusche lief immer noch. Ich nahm das braune Lederportemonnaie und sah hinein. Ein Führerschein war darin, mit Reece' Namen und seinem Foto. Ein paar Bankkarten, ein Bibliotheksausweis, ein Mitgliedsausweis von einem Fitnessstudio. Als ich es noch weiter aufklappte, fiel etwas heraus. Ich hob es vom Boden auf. Es war ein grobkörniges Schwarz-Weiß-Foto, das so zusammengefaltet war, dass es ins Portemonnaie passte. Ein Foto von einem Mädchen. Ich sah genauer hin. Sie hatte lange Haare, hohe Wangenknochen und hübsche Augen. Die vollen Lippen glänzten, auch ohne Farbe. Ich erkannte das Kleid wieder, bevor ich mich selbst erkannte. Das war ich. Auf dem Rave. Reece musste es von einer der Überwachungskameras haben. Aber warum? Und war er enttäuscht, dass ich überhaupt nicht so war wie das Mädchen auf dem Foto?

Ich steckte es zurück ins Portemonnaie und legte es wieder auf das Regalbrett. Dann ließ ich mich aufs Sofa fallen, wo Reece eben noch gesessen hatte. Das Sofa war noch warm und machte ein seltsam knisterndes Geräusch, als ich mich setzte. Ich hüpfte ein bisschen darauf herum und fühlte etwas Hartes unter dem dünnen Polster. Als ich darunterfasste, fand ich einen Stapel Papier – das herausgerissene erste Kapitel aus Reece' Chemiebuch. *Ich brauche dich*, stand darauf, und die Worte rissen eine frische Wunde in mir auf. Ich legte es neben mich, und die Seite mit dem Periodensystem segelte zu Boden.

Ich blickte zur Badezimmertür. Das Wasser lief immer noch. Dann steckte ich die Hand wieder unters Sofakissen. Da war noch etwas Schweres darunter. Ich zog einen dicken Aktenordner hervor. Auf dem Rücken stand *Boswell, Nearly*. Auf der Vorderseite in roten Großbuchstaben: *Vertraulich.*

Die erste Seite enthielt meine Daten: Name, Geburtstag, Spitzname, besuchte Schulen, keine Vorstrafen ... Bei den Namen meiner Eltern hielt ich inne. Mutter, Ramona Stevens Boswell. Vater, Donald D. Boswell. Von dem echten Führerschein unter meiner Matratze wusste ich, dass sein zweiter Vorname David war. Darauf folgte eine kurze Notiz zu ihm und ich verschlang die Details, obwohl mir davon ganz schlecht wurde. Er hatte nicht weniger als ein Dutzend Decknamen, war wegen Schwerverbrechen gesucht, seit fünf Jahren verschwunden, und sein einziger bekannter Partner, der nur mit Fallnummer aufgeführt war, saß offenbar noch weitere drei Jahre ein.

Ich blätterte um. Immer wieder tauchte mein Name auf, ergänzt um die Worte *Komplizin* und *mögliche Verdächtige*. Mit meinem ersten »Verhör« bei Lieutenant Nicholson fing es an.

Dann kamen Seiten voller Berichte in Reece' kantiger Schrift. Als ich seine Notizen überflog, war ich erstaunt, wie knapp sie gehalten waren. Nüchtern, nur wenige Details. Diverse Treffen und Gespräche fehlten. Nichts über mein Entkommen aus der Schule am Abend nach der Theateraufführung. Nichts über unsere Unterhaltung unter der Tribüne. Nichts über meinen Besuch bei Rose im Krankenhaus oder unser Gespräch am Flughafen, nachdem wir aus dem Museum geflohen waren.

Ich blätterte weiter durch Laborergebnisse und Autopsieberichte. Eine handschriftliche Nachricht mit dem Datum und der Uhrzeit von heute Morgen bestätigte, dass in Kylies Körper Ketaminrückstände gefunden worden waren.

Hinter den Laborberichten kamen Fotos. Dutzende.

Ich war auf unzähligen grobkörnigen Schwarz-Weiß-Bildern abgelichtet. Ich, wie ich zur Schule ging. Ich, wie ich im Bui-Markt meine Zeitung kaufte und mit Bao redete. Ich, wie ich in Jeremys Auto stieg. Ich, wie ich in einer dunklen Gasse mit Reece Händchen hielt. Ich, wie ich mit Vince DiMorello tanzte. Lonny Johnson, der mir ins Ohr flüsterte. Wieder ich, barfuß und lachend, wie ich über der Schulter eines Typen mit dunklen, kurz rasierten Haaren hing. Oleksa. Oleksa hatte mich in die Gasse getragen?

... ein Zivilpolizist hat dich kurz vor dem Mord an Kylie noch gesehen und bestätigt, dass du betrunken und bewusstlos warst ...

Ich ließ den Ordner sinken und diverse Fotos fielen auf den Boden. Darunter waren Fotos von leblosen Körpern. Nackte Arme mit unheimlichen Spuren ... alles Zahlen. Und – ein Periodensystem.

Das Sofa quietschte, als ich mich leise erhob.

Es ist etwas Persönliches. Ganz nach deinem System. So hatte der Hinweis unter der Tribüne gelautet.

Ich nahm das Periodensystem in die Hand. Reece hatte mit blauem Stift fünf Elemente eingekreist. Die einzelnen Teile schnappten in meinem Gehirn zusammen wie die Seiten eines Zauberwürfels.

Zehn, die Ordnungszahl des chemischen Elements Neon. Symbol Ne.

Als Nächstes kam Marcia Steckler. Sie war die 18, Argon. Symbol Ar.

Bei Rose Washington hielt ich kurz inne. Die Zahl auf ihrem Arm war auf dem Foto schwer zu erkennen, aber ich konnte mich noch genauso gut an sie erinnern wie an den Geruch des verbrannten Fleisches. Ordnungszahl 3. Lithium. Li.

Ich legte Rose' Foto zu den anderen, die ich wie Grabsteine nebeneinander aufreihte.

Teddys Zahl war aus einer Ansammlung von Sternen gebildet, Ordnungszahl 5. Bor. B.

Und jetzt also Kylie. Ich wusste ihre Zahl. Und das fünfte Element war auf dem Periodensystem auch schon eingekreist. 76. Osmium. Symbol Os.

Reece hatte das Rätsel gelöst. Es war so einfach. Ich hatte viel zu kompliziert gedacht. Hatte gedacht, dass die Schmiererei auf meinem Chemietisch und die in meinen Physiktisch geritzte Nachricht eine versteckte Botschaft enthielten, die sich mir noch nicht erschlossen hatte. Ich hatte Reece nie von ihnen erzählt. Als er den Hinweis unter der Tribüne gesehen hatte, war ihm wahrscheinlich sofort das einzige »System« eingefallen, das er mit mir in Verbindung brachte. Das eine System, das wir zusammen durchgenommen hatten. Das Periodensystem der Elemente.

Jede der Zahlen der Opfer stand für eine Ordnungszahl der chemischen Elemente im Periodensystem. Und zusammen, der Reihenfolge nach, ergab sich ein Muster.

Ne + Ar + Li + B + Os = ich.

Der Mörder buchstabierte meinen Namen auf den Körpern meiner Nachhilfeschüler. Und er war noch nicht fertig.

Bist du schlau genug, mich rechtzeitig zu finden?

»Hast du die Pizza gefunden?« Ich fuhr zusammen, als ich Reece' Stimme hörte. Er rubbelte sich mit einem Handtuch durch die nassen Haare, das weiße T-Shirt war rosa, wo es ihm an der feuchten

Haut klebte. Er folgte meinem schuldbewussten Blick zu dem auf dem Boden verteilten Inhalt des Ordners. Seine Hand hielt in der Bewegung inne. »Wo hast du die her?«

»Das Gleiche wollte ich dich fragen.« Meine Stimme zitterte. »Das ist eine vertrauliche Polizeiakte. Wie bist du da rangekommen?«

Er bewegte sich nicht. Sah nicht hin. »Ich hab sie mir geliehen.«

»Warum?« Ich wusste die Antwort bereits. Sie hing im Schweigen zwischen uns. »Du hast selbst gesagt, dass es eine Falle ist. Du unterschlägst Beweismaterial. Warum?«

Er senkte den Blick.

»Sie werden mich verhaften, oder?« Ich zeigte auf die vielen Fotos und die Berichte auf dem Boden. Fotos von einem hübschen Mädchen mit langen Beinen und welligem Haar und einem umwerfend gut aussehenden Freund. Einem Mädchen, das sich auf illegalen Partys mit Drogendealern abgab und aufreizende Kleidung trug. Einem Mädchen mit zu vielen Geheimnissen. Und jetzt war es alles so deutlich ausbuchstabiert. »Das hier – mein Name – ist das Einzige, was ihnen noch fehlt, oder?« Meine Beine fühlten sich ganz wackelig an, der Boden schwankte unter meinen Füßen.

Ich lief zur Tür. Reece griff nach meiner Hand und seine Gefühle stürmten auf mich ein. Doch meine eigenen waren viel zu verworren, als dass ich sie in dem Chaos von Gefühlen hätte ausmachen können. Er zog mich an sich, umfasste mein Gesicht.

»Fass mich nicht an!«

Reece hob die Hände und machte einen Schritt zurück. Ich lehnte mich gegen die Wand und warf ihm einen warnenden Blick zu.

»Sag mir, warum.« Er kam vorsichtig näher, redete mit leiser

Stimme auf mich ein. »Du sagst ständig, ich soll dich nicht anfassen. Wovor hast du eigentlich solche Angst?«

»Ich hab keine Angst.«

»Blödsinn.« Er kam weiter auf mich zu. »Du hast gestern in der Gasse so was gesagt. Dass du den Mörder finden könntest, weil du ihn fühlen kannst. Was hast du damit gemeint?«

Ich schüttelte den Kopf. »Ist egal. Du glaubst mir eh nicht.«

»Ich glaube dir. Ich will dir helfen.«

Ich wandte den Blick ab, um ihn davon abzuhalten, noch näher zu kommen.

»Erklär es mir. Hilf mir, dich zu verstehen. Was passiert denn, wenn ich dich anfasse?« Er wartete, Zentimeter von mir entfernt.

Ich fühlte mich nackt, vollkommen entblößt. Ich ließ die Wahrheit aus mir heraussprudeln, heiser und unsicher. Ich traute mich nicht, ihn anzusehen. »Wenn ich andere berühre, kann ich fühlen, was sie fühlen. Ich kann es schmecken. Ich weiß nicht, wieso und wie es funktioniert. Ich weiß nur, dass ich es nicht kontrollieren kann. Die einzige Möglichkeit, es zu kontrollieren, ist einfach, niemanden zu berühren. Weswegen ich es auch nicht tue. Weil es nicht zu ertragen ist, den Leuten ins Herz zu sehen. Und das ist ätzend.«

Zögernd blickte ich ihn an. »Ich weiß nicht, vielleicht habe ich auch deswegen die Kontaktanzeigen gelesen. Weil ich es satthatte, nicht zu wissen, wie es ist, sich zu verlieben.« Zitternd holte ich Luft, wartete, dass er anfangen würde zu lachen oder sagen würde, dass ich verrückt sei. Aber das tat er nicht. »Und dann waren da auf einmal diese seltsamen Anzeigen, die so aussahen, als wären sie extra für mich geschrieben. Dann zählte ich eins und eins zusammen und wusste, dass da irgendetwas nicht stimmte. Also bin ich zu Nicholson gegangen, und dann ist alles auf mich zurückgefallen.« Ich schluckte und wappnete mich für den verrücktesten Teil. »Ich hab ihn auf dem Rave gefühlt. Ich habe ihn berührt und wusste, dass er es war, aber ich hab sein Gesicht nicht gesehen. Es war einfach alles zu viel. Die ganzen Leute und die Drogen. Ich hab das alles gefühlt, und dann ist die ganze Sache total schiefgelaufen!

Und genau das würde auch passieren, wenn ich dich berühre. Ich würde alles fühlen. Ich würde fühlen, wie sehr du mich hasst und für wie verrückt du mich hältst und ...«

»Dann tu es.« Ich zuckte zusammen, so drängend waren seine Worte. Er trat noch näher an mich heran, bis mein Rücken gegen die Wand gepresst und zwischen uns kein Millimeter Platz mehr war. Er senkte die Stimme, bis sie nur noch ein Flüstern war. »Du glaubst, du weißt, was ich fühle? Dann berühr mich.« Er nahm meine Hand und legte sie sich auf die Brust. Das feuchte T-Shirt klebte auf seiner heißen Haut. Meine Hand bewegte sich im Takt seines schnellen Atems auf und ab.

Behutsam ließ ich meine Finger über den Kragen gleiten und breitete sie auf seiner nackten Haut aus. Sein Puls raste. Mein Herz schlug im gleichen Takt mit seiner Angst und dem Rausch des Verlangens.

Langsam beugte er sich zu mir herab, bis seine Lippen ganz nah waren. Aber sie berührten mich nicht. Er wartete, ob ich den Kopf vielleicht wegziehen würde. Doch ich kam ihm entgegen. Sein Mund war weich und nachgiebig. Vorsichtig erwiderte er meinen Kuss. Ich legte ihm die Arme um den Hals und zog ihn an mich, trank seine Zärtlichkeit und sein Verlangen. Seine Finger fassten nach meinen Hüften und er zog mich noch näher an sich heran. Keine Schuldgefühle. Keine Reue.

»Warum machst du das?« Ich schloss die Augen, fürchtete mich vor seiner Antwort.

Er lehnte die Stirn gegen meine und eine bittersüße Trauer schwappte zu mir herüber. Er öffnete die Lippen, zögerte. »Weil ich vielleicht keine weitere Chance bekommen werde.«

Wir erschraken, als es auf einmal an die Tür klopfte. Keiner von uns rührte sich.

»Polizei. Öffnen Sie die Tür.«

Reece blickte zu den aufgereihten Fotos der Todesopfer auf dem Boden. Wieder klopfte es. Leise fluchend schob er mich zur Seite, doch ich konnte seine Panik noch spüren. Er trat mit dem Fuß nach den Bildern, sodass sie ein zusammenhangloses Durcheinander ergaben, dann schob er alles zusammen und steckte es in den Ordner. Mit dem anderen Fuß kickte er das Periodensystem unters Sofa.

Ich blickte zum Sofa und wieder zu Reece.

Die Polizei wusste nichts von der Botschaft unter der Tribüne.

Ganz nach deinem System. Der Hinweis war der Schlüssel zu dem Ganzen. Es war der einzige Hinweis, der die Polizei zum Periodensystem und damit zu meinem Namen führen würde. Reece hatte der Polizei nichts davon mitgeteilt. Und ohne Reece' Notizen waren die Zahlen – die mich am meisten belastenden Beweise – bedeutungslos. Mir fielen das Telefonat auf der Wiese vor dem Flughafen, die gestohlene Krankenhaus-Besucherliste, der bestochene Taxifahrer wieder ein ... Er hatte systematisch Beweismittel vernichtet. Fakten unterschlagen. Mich gedeckt ... Die Polizei war nicht meinetwegen hier. Sie wollten ihn.

Er holte tief Luft und blickte sich noch einmal im Zimmer um, während er zur Tür ging. Er warf mir einen letzten gequälten Blick zu, dann legte er die Kette vor und öffnete die Tür. Sonnenlicht strömte durch den Spalt. Davor erschienen blaue Uniformen.

»Reece Whelan?« Die Polizeibeamtin hielt ein Blatt Papier hoch. »Wir haben einen Durchsuchungsbefehl.«

Reece schloss die Tür, entfernte die Kette, und im nächsten Moment traten zwei Polizeibeamte ein. Reece deutete gelassen auf den Aktenordner auf der Getränkekiste. »Hey, Rhonda. Ihr braucht gar nicht suchen. Da liegt der Ordner.«

Der andere Polizist durchquerte das Zimmer und sah auf die Beschriftung. Dann blätterte er durch den Ordner, hielt kurz inne, um von den Fotos zu mir herüberzublicken, und nickte seiner Partnerin zu. Sie ging auf Reece zu und drehte ihn entschuldigend lächelnd mit dem Gesicht zur Wand. Offenbar kannten sie sich. Er wehrte sich nicht.

»Tut mir leid, Reece, aber du weißt ja, wie es läuft. Du bist wegen Behinderung der Justiz festgenommen.« Sie ließ den ersten Ring der Handschellen zuschnappen und betete mit monotoner Stimme herunter, dass er das Recht hatte zu schweigen und einen Anwalt hinzuzuziehen. »Hast du deine Rechte verstanden, wie sie dir vorgetragen wurden?«

Reece nickte. Er drehte das Gesicht zur Seite, als der zweite Ring zuschnappte. Während die Polizistin ihn abtastete, reckte er den Hals und fragte über seine Schulter: »Gebt ihr uns noch einen kurzen Moment?«

»Aber wirklich nur kurz«, sagte sie und ging ein paar Schritte zurück. Die beiden Beamten standen mit den Händen in die Hüften gestützt vor der Tür und lauschten ihren Funkgeräten.

Reece sprach leise, damit sie uns nicht hören konnten. »Du musst noch etwas wissen. Wir haben Lonny nach dem Rave noch festgenommen. Ich war die ganze Nacht mit ihm im Knast. Er sollte glauben, dass ich auch festgenommen wurde. Ich hab deine Akte mitgenommen, als ich heute Morgen freigelassen wurde und den Bericht über letzte Nacht auf Nicholsons Tisch gelegt habe. Lonny hat sich auf einen Deal eingelassen und eine Liste seiner Ketamin-Kunden rausgerückt«, sagte er so leise, dass ich ihn beinah nicht hörte. »Du warst nicht darauf ... aber Jeremy.«

»Jeremy?« Ich starrte ihn an. Das war unmöglich. Das musste ein Fehler sein. Jeremy würde niemals Drogen kaufen, vor allem nicht von jemandem wie Lonny.

Ich machte einen Schritt zurück. »Nein. Das kann nicht sein. Es muss mehr als einen Jeremy auf der West River High geben. Es muss noch jemanden anderen auf der Liste geben, den ich kenne. Wer stand noch darauf?«

Die beiden Polizisten unterbrachen ihr Gespräch und drehten sich zu uns um. Reece ignorierte sie und sprach noch leiser weiter. »Vince.« Er beugte sich zu mir herunter und sah mir in die Augen. »Überleg mal, Leigh«, flüsterte er. »Er ist überhaupt nicht schlau genug, um so eine Sache durchzuziehen.«

Aber Jeremy? Jeremy war schlau und er kannte mich besser als irgendjemand sonst. Er wusste, dass ich die Kontaktanzeigen las. Er kannte die Zahlenkombination an meinem Spind. Er war an jedem Tatort gewesen. Und er und Anh ...

Nicholsons Frage fiel mir wieder ein. *Kennen Sie die Person, die diese Anzeigen geschrieben hat, Miss Boswell?*

»Was willst du damit sagen?«

Reece antwortete nicht. Sein Schweigen sagte genug.

Ich schüttelte den Kopf. Ich rang mit mir selbst. Die ganzen Indizien passten. Wer Jeremy nicht so gut kannte wie ich, könnte tatsächlich glauben, dass er es getan hatte.

»Vielleicht stimmt es ja nicht«, sagte ich verzweifelt. »Vielleicht ist es ein anderer Jeremy.«

Reece beugte sich zu meinem Ohr und flüsterte: »Verschwinde aus der Stadt, Leigh. Verlass den Staat. Geh an einen sicheren Ort, bis ich ...« Ich fühlte, wie er Luft holte. »Hau einfach ab, bis das Ganze vorbei ist.«

»Ich kann nicht!«, flüsterte ich. Wo sollte ich denn hin?

Die Polizistin räusperte sich. Reece löste sich von mir und redete etwas lauter, um sie zu besänftigen. »Versuch es. Für mich. Ich bin sicher für zwei Wochen weg – wenn es gut läuft.« Wenn nicht, dann würde er wieder zurück ins Jugendgefängnis gehen. Er hatte alles riskiert. Seine Zukunft. Seine Freiheit. Für meine.

»Nimm den Müll mit runter, wenn du gehst.« Er warf einen vielsagenden Blick aufs Sofa. »Und mach nichts Dummes, ja?« Er richtete sich auf, als die Polizistin ihm eine Hand auf die Schulter legte.

Ich schüttelte den Kopf. Sie konnten ihn nicht festnehmen. Er hatte doch nichts getan.

»Wenn es Probleme gibt, ruf Gena an«, sagte er leise. »Ich werde dich finden, wenn ich wieder draußen bin. Versprochen.«

Sie führten ihn zur Tür. Die Handschellen rasselten und etwas in mir zerfiel. In der Tür blieb er noch einmal stehen und drehte sich um.

»Und Leigh? Ich wusste von Anfang an, dass du es wert bist.« Er lächelte schwach, als die Beamten die Tür zuzogen.

Ich schob den Vorhang zur Seite und sah zu, wie er den Kopf einzog, als er in den Streifenwagen stieg, und die Tür geschlossen wurde. Reece blickte nicht noch mal zurück.

KAPITEL 39

Sobald ich aus dem Bus stieg, wusste ich, dass irgendetwas nicht stimmte. Sunny View war viel zu still. Keine dreckigen Kinder mit unordentlichen Haaren, die in Pfützen herumsprangen oder mit Steinen warfen. Die üblichen Rabauken waren nirgends zu sehen.

Ein paar Meter von unserem Wohnwagen entfernt blieb ich stehen. Schräg davor parkte ein Auto, doch wir besaßen keins. Der Kotflügel des dunkelblauen Fords berührte fast unsere Mülltonnen. Auf dem Dach waren drei Antennen und im Heckfenster befanden sich extra Warnleuchten. Die Polizei. Von meiner Position hinter dem Nachbarwohnwagen konnte ich unsere Tür nicht sehen, aber ich hörte das beharrliche Klopfen.

Ich tastete nach meinem Handy, während ich die Straße wieder in die Richtung zurückging, aus der ich gekommen war. Mist. Ich hatte es in Reece' Wohnung gelassen. Ich würde Gena nicht anrufen können. Ich hatte nichts, wo ich hingehen konnte.

Da hörte ich das Klicken eines Sturmfeuerzeugs. Lonny saß mit auf den Knien aufgestützten Ellbogen auf seiner schiefen Veranda. Sein Muskelshirt war am Halsausschnitt schweißnass und durch den dünnen weißen Baumwollstoff schimmerten geisterhaft seine Tattoos. Mit zusammengekniffenen Augen sah er mich an und griff hinten in den Bund seiner Jeans. Dann legte er etwas zwischen seine Beine. Der silberne Lauf glänzte in der Sonne. Wir starrten einander an, während er die Zigarette an die Lippen führte. Der ausgeatmete Rauch fühlte sich wie eine Kugel zwischen meinen Augen an.

Auf der anderen Straßenseite fiel eine Fliegengittertür zu. Langsam drehte ich mich um. TJ stand barfuß mit einem Müllsack voller Dosen in der Hand vor seinem Wohnwagen. Sein Onkel rief lallend und fluchend etwas durch die offene Tür, aber TJ schien ihn nicht zu hören. Mit zusammengezogenen Augenbrauen sah er erst mich an und dann auf die Pistole zwischen Lonnys Beinen. Lonny und er wechselten einen Blick. TJ stellte den Müllsack ab, aber er ging nicht wieder hinein, sondern beobachtete uns weiter.

Schnell lief ich zwischen das Polizeiauto und unsere Veranda und stellte mich hinter die zwei Zivilpolizisten. Lonny hatte gerade wegen Reece eine Nacht im Gefängnis verbracht und seine Freundin war tot, vielleicht wegen mir. Er würde nicht zweimal darüber nachdenken, mich zu erschießen, aber vielleicht würde er es vor zwei Polizeibeamten und einem weiteren Zeugen doch nicht tun.

Meine Mutter stand im Bademantel in der offenen Tür. Ihre Hände waren nicht zu sehen und die beiden Polizisten blickten argwöhnisch zu ihr hoch. Der Schweiß lief ihnen über die Schläfen bis in den Kragen ihrer Uniform. Ihre Köpfe, nur mit schütterem

Haar bedeckt, leuchteten rosa in der knallenden Sonne. Meine Mutter behielt die beiden scharf im Auge, als sie sagte: »Nearly, rein mit dir.«

Ich lief an ihnen vorbei und unter dem Arm meiner Mutter hindurch.

»Meine Herren«, sagte meine Mutter deutlich, »meine Tochter ist noch minderjährig. Ich kenne ihre Rechte. Sie brauchen meine Zustimmung, um ihr irgendwelche Fragen zu stellen oder mein Haus zu betreten, und ich habe nicht vor, Ihnen diese Zustimmung zu erteilen.« Sie konnten nicht sehen, wie sie die Finger um den Baseballschläger neben der Tür schloss. »Sie verschwinden besser.«

Der Ältere setzte einen Fuß auf die Treppe. »Wir wollen nur ein paar Worte mit ihr wechseln ...«

Sie hob den Baseballschläger an und sagte mit bedrohlicher Stimme: »Wir haben nichts zu sagen, es sei denn, Sie haben einen Haftbefehl.«

Der Mann schien zu überlegen. Den Fuß hatte er immer noch auf der quietschenden Holzstufe. Unruhig blickte er zu Monas hinter dem Türrahmen verschwindenden Arm, dann wich er langsam zurück. Niemand sagte etwas, und als die Stille sich ins Unendliche zu ziehen drohte, knallte Mona die Tür zu. Sie behielt den Baseballschläger in der Hand, während sie die Tür verriegelte und die Kette vorlegte. Dann stellte sie sich seitlich neben das Fenster und blickte durch den Spalt zwischen den Vorhängen. Erst als der Kies aufstob und wie Hagelkörner gegen die Aluminiumwände knallte, trat sie vom Fenster zurück.

Sie ging in die Küche und schnappte sich die Zigaretten vom Tresen.

»Was will die Polizei von dir?«, fragte sie mit unheimlich ruhiger Stimme, während sie sich mit der Zigarettenschachtel gegen die offene Hand schlug.

Ich ließ mich langsam auf den Plastikstuhl sinken. Ich konnte es ihr nicht erklären. Ich hätte gar nicht gewusst, wo ich anfangen sollte.

»Hat es etwas mit diesem Jungen zu tun?«, fragte Mona durch eine Rauchwolke hindurch. »Ich wusste es. Ich wusste, er bedeutet nichts als Ärger.« Kopfschüttelnd stellte sie den Aschenbecher auf den Tisch.

»So ist es aber nicht, Mom ...«

»Lüg mich nicht an, Nearly!« Sie schlug so fest auf den Tisch, dass sie mich ganz durcheinanderbrachte.

Ich sah auf ihre Hand und meine zerknitterte Trigonometrie-Arbeit darunter – die, mit der ich ihr Muttertagsgeschenk eingepackt hatte. In der Arbeit hatte ich 100% erreicht, aber die Extra-Aufgabe nicht herausbekommen, eine unglaublich schwierige Gleichung, die zu knacken sich niemand im Kurs die Mühe gemacht hatte. Doch jetzt war sie in der unordentlichen Schrift, mit der meine Mutter jeden Monat unsere Mietschecks ausfüllte, komplett gelöst.

»Rede nicht mit mir, als wäre ich eine Idiotin«, sagte sie.

Ich zog die Arbeit zu mir. Rechnete die Zahlen und Buchstaben durch, und auf einmal erschien mir die Aufgabe ganz logisch. Meine Mutter, die mit Pole-Dancing unseren Lebensunterhalt verdiente, hatte meine Trigonometrie-Aufgabe gelöst.

»Was machen wir hier?«, flüsterte ich.

Meine Lippen öffneten sich und machten den Weg frei für all

die wütenden Worte, die ich seit Jahren heruntergeschluckt hatte. Aber ich konnte die ganze Verbitterung nicht an dem Knoten in meinem Hals vorbeidrücken. Ich knüllte die Arbeit in meiner Faust zusammen und schrie: »Was machen wir hier?«

Die Augen meiner Mutter glänzten, ihre Lippen waren zu einer dünnen Linie zusammengepresst. Die Zigarette brannte langsam zwischen ihren Fingern herunter.

»Das konntest du schon die ganze Zeit?« Ich schüttelte die Arbeit vor ihrem Gesicht. »Und du hast uns hier dahinvegetieren lassen?« Jahrelange Fragen und Wut kämpften sich an die Oberfläche. Die Arbeit war wie ein Streichholz in meinen Händen. Ich wollte nicht so sein wie sie. Ich wollte so sein wie er. Der einen Weg hinaus gefunden hatte. »Warum?«

Sie weinte. Ihr Make-up lief ihr in langen schwarzen Streifen übers Gesicht. »Ich hab nie einen Highschool-Abschluss gemacht!«, rief sie, als wenn das irgendwie meine Schuld gewesen wäre. »Was sollte ich denn machen? Wie sollte ich mich denn um dich kümmern? Dein Vater hat mich mit nichts zurückgelassen!«

Ich biss die Zähne zusammen, um nicht das Schlimmste zu sagen, was mir eigentlich auf der Zunge lag. Ich wollte ihr alles an den Kopf werfen, wollte ihr alles vorwerfen, was ich jetzt wusste, aber jedes Wort war wie ein Bumerang. Ich konnte sie nicht verletzen, ohne mich selbst zu verletzen.

»Erzähl mir nichts mehr über Jungs oder Noten oder die Schule. Erzähl mir am besten gar nichts mehr über meine Zukunft. Du mit deinem verkorksten Leben! Das war dein Versagen. Nicht meins.« Ich warf einen letzten Blick auf die Trigonometrie-Arbeit, bevor ich sie in den Müll stopfte. »Es ist zu spät für Extrapunkte.«

Ich schloss mich in meinem Zimmer ein und warf mich aufs Bett.

In ein paar Stunden würde ich wahrscheinlich wegen vier Morden festgenommen werden, die ich nicht begangen hatte. Meine Mutter hatte jahrelang Geheimnisse vor mir gehabt. Keiner meiner beiden Eltern war das, wofür ich sie gehalten hatte, und dieser Wohnwagen – dieses Leben, das angeblich immer das Beste gewesen war, was sie für uns tun konnte – war eine Lüge.

Ich fasste unter die Matratze und nahm die Zugfahrkarte aus der Tüte.

Reece war der Einzige, dem ich noch vertrauen konnte. *Verschwinde aus der Stadt*, hatte er gesagt. Lauf weg, bevor alles über dir zusammenbricht. Es war egal, dass ich erst recht den Verdacht auf mich ziehen würde, wenn ich weglief. Die Polizei hielt mich sowieso für schuldig. *Geh an einen sicheren Ort*, hatte er gesagt. Rette dich.

Aber das würde *ihn* nicht retten.

Und wenn ich wegliefe, würde das Jeremy direkt ins Visier der Ermittlungen rücken.

Außerdem hatte ich auch nur die Fahrkarte und kein Geld. Die Fahrkarte würde mich aus der Stadt bringen, aber das Einzige, was mir eine Zukunft sicherte, war mein Stipendium, das ich allerdings sowieso gerade verlor.

Ich schloss die Augen. Kylies blutiges Gesicht starrte mich an. Emily, Marcia, Rose, Teddy und jetzt auch noch Kylie ... Und das Ganze war immer noch nicht vorbei. Wer auch immer mir das anhängen wollte, war noch nicht fertig.

Ne + Ar + Li + B + Os.

Mein Name war noch nicht vollständig.

Wer auch immer das alles tat, hatte offenbar keine Eile, mich verhaften zu lassen, und gab der Polizei nur einen Teil der Informationen. Nur die Körper meiner Nachhilfeschüler. Er hielt noch etwas zurück, wartete den rechten Augenblick ab, das eine Beweisstück zu liefern, das mein Schicksal besiegeln würde – den Hinweis unter der Tribüne –, aber ich konnte ihm nicht mehr entkommen. Er hatte es mir unmöglich gemacht, zur Polizei zu gehen, ohne mich selbst zu belasten. Er zwang mich, das hier ganz durchzuspielen, aber ich war ohnehin geliefert. Letztendlich würde es mein Name sein, der in Blut geschrieben war. Aber warum? Warum ich?

Stundenlang lag ich da und beobachtete, wie das Sonnenlicht durch mein Zimmer wanderte. Am späten Nachmittag rauchte mir der Kopf und ich war kein Stückchen weiter, das Ganze zu verstehen. Ich hätte eigentlich für meine Abschlussprüfung in Chemie lernen sollen, aber das kam mir gerade alles andere als sinnvoll vor.

Die Wohnwagentür fiel ins Schloss, und als ich aus dem Fenster blickte, sah ich, wie meine Mutter den Sunny View Drive hinunterging und langsam von der Dämmerung verschluckt wurde, bis sie nur noch ein kleiner roter Punkt unter der Ampel war. Ich war allein.

Ich machte meine Zimmertür auf und ging in die Küche, hungrig, müde und verwirrt. Mona hatte die Trigonometrie-Arbeit aus dem Müll gefischt und glatt gestrichen auf den Tisch gelegt. Darauf klebte ein Post-it.

N – Das ist für dich. Ich wollte es dir eigentlich zum Schulabschluss geben. Verwende es, wenn du musst. Heb es auf, wenn du kannst. Bitte, halte dich von Ärger fern.
Und pass auf dich auf. Es ist dein Leben. – M

Monas Nachricht lag neben einem dicken braunen Umschlag, auf dem *Für Nearly* stand. Die Handschrift kam mir irgendwie bekannt vor. Es war nicht Monas. Sie sah eher wie meine eigene aus.

Ich nahm den Umschlag in die Hand, und das Papier knisterte laut in der Stille. Ich machte ihn auf. Drehte ihn über dem Tisch um. Dicke Bündel Papier fielen heraus.

Geld.

Eine Menge Geld.

Aber es war der vergilbte Brief, nach dem ich zuerst griff. Das Papier fühlte sich wie die dünne Haut einer Zwiebel an.

M – ich muss untertauchen. Versteck das hier.
Es ist für Nearly. Fürs College. Ich weiß, wie viel dir das bedeutet.
Es ist nicht viel, aber ich werde, sooft ich kann, über Butch noch mehr schicken. Er wird auf dich aufpassen. Es tut mir leid, dass ich dich im Stich lasse. Ich liebe euch beide. – D

Ich riss die Gummibänder von den Geldbündeln und blätterte mit zitternden Händen die Scheine durch, wovon unzählige auf den Boden flatterten. Fünftausend Dollar. Nicht so viel wie das Stipendium, aber genug.

Ich stopfte das Geld wieder in den Umschlag und drückte ihn mir an die Brust. Die Namen von tausend fernen Städten liefen an meinem inneren Auge vorbei wie auf der Abfahrttafel am Busbahnhof. Eine Leichtigkeit erfüllte mich, aber das Gefühl dauerte nicht lange an.

Wenn ich mir nicht solche Sorgen gemacht hätte, was mit Jeremy passieren würde, wäre ich abgehauen.

KAPITEL 40

Ich stahl mich in der letztmöglichen Sekunde in den Chemieraum. Sofort setzte das übliche Flüstern ein und auf dem Weg zu meinem Platz wurde ich von Blicken verfolgt. Es war immer schwieriger geworden, das Flüstern und die Blicke zu ignorieren, seit Teddy und Rose gestorben waren, und inzwischen wusste jeder, was die Opfer miteinander verband. Anh begrüßte mich mit einem nervösen Lächeln.

Ich hielt den Kopf gesenkt, sah kurz auf Oleksas leeren Platz und ließ mich, gerade als es klingelte, auf meinen Stuhl fallen. Anh saß ganz steif da, vor sich nur zwei Bleistifte und ihren Taschenrechner. Den Ringen unter ihren Augen nach zu urteilen hatte sie die ganze Nacht hindurch gelernt – eine ganze Nacht mehr als ich. Ich hätte ihr gern gesagt, dass sie sich entspannen konnte. Dass ihr der Sieg sicher war. Ich würde das Stipendium nicht mehr gewinnen. Ich hatte nicht gelernt und ich hatte meine gemeinnützigen Stunden nicht erfüllt. Sie hätte sich eher Sorgen wegen TJ machen müssen, aber sogar der lag anderthalb Prozentpunkte hinter ihr.

Rankin teilte schweigend die Abschlussklausuren aus. Ein Raunen ging durch den Raum.

»Gibt es irgendein Problem?« Rankin wirbelte wütender, als ich ihn jemals gesehen hatte, herum. Ein paar Schüler warfen sich nervöse Blicke zu, stießen einander mit den Ellbogen an, bis Oleksas Laborpartner schließlich den Mund aufmachte.

»Wir dachten, Sie würden die Klausur heute ausfallen lassen. Wegen dem ... was am Wochenende mit Kylie passiert ist?« Ich hoffte nur für ihn, dass er nicht darauf gesetzt hatte.

Rankins raues Lachen ließ alle zusammenzucken. »Ach so? Ehrlich gesagt überrascht es mich, dass Sie überhaupt ihren Namen kennen.« Sein Blick ließ jedes Flüstern verstummen. »Wenn ein Einziger von Ihnen mir in die Augen sehen und behaupten kann, mit Kylie Rutherford befreundet gewesen zu sein – dass Sie irgendetwas anderes über sie wissen, als welche Haarfarbe sie hatte –, ist derjenige von der Klausur befreit. Die Beerdigung ist am Mittwoch, und ich erwarte, dass Sie kommen.«

Niemand sagte etwas. Ich fühlte, wie mehrere Augenpaare auf mich gerichtet wurden. Ich blickte nicht auf.

»Genau wie ich vermutet hatte«, sagte er. »Drehen Sie die Blätter um. Sie können anfangen.«

Die nächste Stunde verlor ich mich in schwarz-weißen Multiple-Choice-Aufgaben und dem Kratzen von Grafitminen auf Papier. TJ war der Erste, der seinen Stift hinlegte und nach vorn hinkte. Anh und ich sahen uns nicht an, als wir beide gleichzeitig fertig wurden. Wir legten unsere Klausuren auf den Stapel und gingen wortlos hinaus.

Jeremy wartete auf dem Gang. Auf Anh, da war ich mir sicher. Er hatte mich nicht zur Schule abgeholt, und seit dem Rave hatte ich ihn nicht mehr gesehen. Ich setzte für alle Fälle ein neutrales Lächeln auf und erstickte den Keim des Verdachts, den mir Reece vor seiner Festnahme eingepflanzt hatte. Lonny musste einen Fehler gemacht haben. Es musste ein anderer Jeremy gemeint sein. Nicht meiner.

Ich ging über den Gang auf ihn zu und rief nach ihm, aber er schien mich gar nicht zu bemerken. Er lehnte an der Wand, einen Fuß dagegengestützt und den Kopf zurückgelehnt, als hätte er alle Zeit der Welt. Der ungeduldige Jeremy, der mir überallhin gefolgt wäre, war verschwunden. Dieser Jeremy blickte nicht einmal auf.

»Ich muss mir dir reden.«

Er sah durch mich hindurch auf die Tür des Chemieraums. Dann kam auf einmal Leben in sein Gesicht und er winkte Anh hinter mir zu. Er stieß sich von der Wand ab und ging um mich herum, als wäre ich nicht da. Er hatte mich fallen gelassen. Aber ich ließ mich nicht einfach so abschütteln. Ich sprang vor ihn, sodass er ins Stolpern geriet und mir einen finsteren Blick zuwarf. Als ich nach seiner Hand griff, fühlte ich seine Verbitterung.

»Ich hab dieses verrückte Gerücht gehört, du würdest Drogen von Lonny Johnson kaufen.« Ich hielt seine Hand fest und wartete ab, bis die Ungläubigkeit, die Angst und Wut, die sich auf seinem Gesicht widerspiegelten, auf mich eingestürzt waren.

Er riss sich los. »Wär's dir lieber, ich würde sie von deinem Freund kaufen?«

Mir blieb der Mund offen stehen. Sprachlos starrte ich ihn an.

»Das verstehe ich nicht«, stieß ich hervor. »Du machst Witze, oder?«

Er ging weiter, aber ich blieb vor ihm, ließ ihn in mich hineinlaufen. Ich wollte, dass er mich ansah. Ich senkte die Stimme zu einem verzweifelten Flüstern. »Lonny ist gefährlich. Die Drogen, die er verkauft, sind gefährlich. Warum machst du das?« Ich wollte wieder nach seiner Hand fassen, aber er ließ es nicht zu. Ich sah, wie seine Lippe zitterte, bevor er die Zähne aufeinanderbiss. Was versteckte er vor mir? Warum kaufte er Special K? Er konnte nicht für die Morde verantwortlich sein. Ich kannte Jeremy. Oder nicht? »Ich verstehe das nicht, J. Das bist doch nicht du selbst.«

Er lachte durch die zusammengebissenen Zähne. »Ja, genau. Und du bist auch nicht du selbst! Du hast Freitag eine ganz schöne Show abgeliefert.« Sein spöttisches Grinsen kam mir vor wie eine Maske. Ich erkannte ihn kaum noch hinter all der Verachtung. »So langsam glaube ich doch, dass es stimmt, was alle sagen. Ein Mädchen aus dem Wohnwagenviertel kommt nie da raus. Du bist deiner Mutter viel ähnlicher, als du dir selbst eingestehst.«

»Du kannst mich mal.« Ich schubste ihn zurück. Als er sich wieder gefangen hatte, holte er mit dem Arm nach mir aus. Der Blick seiner grauen Augen war hart und ungerührt. Das war ganz und gar nicht mehr mein Jeremy.

»Jeremy, hör auf.«

Die leise Stimme kam von Anh. Sie trat zwischen uns, den Rücken zu mir, und sah Jeremy an. Wusste sie, was er trieb? Hatte er ihr mehr erzählt als mir? Die ganze Zeit hatte ich versucht, ihn zu beschützen, indem ich mich von ihm ferngehalten hatte, dabei hatte ich ihn dadurch nur immer weiter von mir gestoßen.

»Schon okay.« Jeremy strich sich das T-Shirt glatt, wo ich ihn gestoßen hatte. »Unsere Unterhaltung war sowieso beendet.«

Er hielt ihr die Hand hin. Zögerlich legte sie ihre hinein und ließ sich von ihm wegführen. Entschuldigend blickte sie sich noch einmal nach mir um. Das schlechte Gewissen stand ihr ins Gesicht geschrieben.

Dann klingelte es, und ich war allein. Er hatte mich einfach so ziehen lassen.

KAPITEL 41

Ich kam absichtlich zu spät zum Friedhof. Der Schweiß lief mir den Nacken hinunter und ich zog meine Kapuzenjacke aus und band sie mir um die Hüften. Kylie Rutherfords Beerdigung war schon seit Stunden vorbei, aber die Luft war immer noch schwer vor Trauer. Ich schlängelte mich zwischen den mit Engeln versehenen Steinen und Mausoleen hindurch, deren Inschriften durch den farbenfrohen Grabschmuck oft kaum zu lesen waren. Liebevolle Mutter. Geschätzter Vater. Geliebter Bruder und Sohn.

Die Reihen wurden immer enger, bis sich der Boden unter meinen Füßen nicht mehr anfühlte wie Zierrasen, sondern wie das Unkraut, das in Sunny View wucherte. Das Gras war ordentlich gemäht, hatte aber lauter kahle Stellen, und es roch nach Lilien. Ich verlangsamte die Schritte, als ich bei einem Hain mit weniger pompösen Gräbern ankam. Sie waren in ordentlichen, schmalen Reihen angeordnet, und manche hatten bloß einen Grabstein ohne irgendwelchen Blumenschmuck. Vor einem Haufen frischer Erde blieb ich stehen. Auf der kleinen vorläufigen Grabplatte stand:

KYLIE M. RUTHERFORD
1998–2014

Im Umkreis von ein paar Metern waren immer noch die Fußabdrücke der Trauernden im feuchten Gras zu sehen. Ich trat darauf und kam mir wie ein Eindringling in ihren Kummer vor, weil es mein Name war, der in Kylies Haut geritzt war. Ich kämpfte gegen eine unendliche Traurigkeit an, stolperte rückwärts über flache Steine und bereute es schon, überhaupt gekommen zu sein.

Da stieß ich gegen etwas Hartes, das zu groß war, als dass es ein Grabstein hätte sein können, und ich schnappte nach Luft, als mir jemand die Hand auf die Schulter legte. Die Finger waren mit Tattoos bedeckt. Langsam drehte ich mich um und schluckte, als ich in die dunklen, glänzenden Augen von Lonny Johnson blickte.

Schnell machte ich zwei Schritte zurück. »Was machst du hier?« Der Wind wehte mir die Haare ins Gesicht und ich ließ sie dort wie einen Vorhang. Es gefiel mir nicht, wie er mich anblickte.

Er grinste, als ob mein Unbehagen ihn amüsierte. Er kam näher und blieb erst stehen, als seine Schuhe mit den Stahlkappen beinah die meinen berührten. Er drückte meine Schulter und fuhr mir mit dem Finger übers Schlüsselbein. Er schmeckte nach Metall und Blut, nach Wut und Gewalt und dem brennenden Salz seiner Trauer. Unter alldem war ein kaum wahrnehmbarer Stachel der Reue. Es fühlte sich eindeutig nicht nach genug an.

»Ihr meine letzte Ehre erweisen. Sie war ein gutes Mädchen.« Er neigte den Kopf. »So wie du.« Sein kaltes Lächeln löste sich auf, als er die frische Erde auf ihrem Grab anstarrte. »Das hätte nie passieren dürfen.«

Meine Mundwinkel zuckten. Aus einem dunklen Ort in mir stieg Wut empor. Es war nicht gerecht, dass ich mich so schuldig fühlte, wenn doch Lonny derjenige war, der mit Drogen dealte. Er hatte das Ketamin verkauft, das zumindest mitschuldig war an ihrem Tod.

»Fühlst du dich überhaupt nicht dafür verantwortlich?« Meine Haare klebten mir in den Mundwinkeln und dämpften meine Worte. Ich schlug danach und kam mir kindisch dabei vor.

Lonnys Augen leuchteten auf und ich hätte es beinah für so etwas wie Zuneigung halten können, seine eigene unheimliche Art von Wärme. »Ich mag dich, Boswell. Du hast echt Mut. Nicht viele Leute würden so mit mir reden wie du. Und noch weniger würden mich dabei mit einem Baseballschläger bedrohen.« Lonny senkte den Kopf und strich mir die widerspenstige nasse Haarsträhne aus dem Gesicht. Es störte ihn nicht im Geringsten, dass ich zusammenzuckte, als er sie mir hinters Ohr steckte.

»Und weil ich dich mag«, sagte er, »verrate ich dir ein Geheimnis.« Sein Ziegenbart kitzelte mich an der Wange, als er sich weiter zu mir vorbeugte. Erschaudernd wurde mir bewusst, dass wir ganz allein waren. Er flüsterte mir ins Ohr. »Ich fühle mich tatsächlich verantwortlich. Und irgendjemand wird dafür zahlen müssen.«

Lonny richtete sich langsam wieder auf und fasste hinter sich. Eine Stimme in mir schrie: »Lauf!«, aber es war zu spät.

• • •

Lonny zog eine schwarze Rose aus seiner hinteren Hosentasche und hielt sie behutsam zwischen den Fingern. Ich knallte auf die

Knie, meine Beine waren taub vor Angst. Lonny ging an mir vorbei und blieb kurz vor Kylies Grab stehen.

Er warf die Rose auf den Haufen Erde, ungefähr dorthin, wo Kylies Grabstein sein würde. Es wirkte fast herzlos, aber er blieb noch einen Moment mit hängenden Schultern stehen. Dann senkte er den Blick und machte mit der Hand eine kaum wahrnehmbare Hoch-runter-links-rechts-Bewegung vor seiner Brust. Er bekreuzigte sich, stellte ich mit Erstaunen fest. Ich hätte niemals gedacht, dass er in Betracht ziehen könnte, dass es eine Macht gab, die größer war als seine eigene.

»Sei vorsichtig, Boswell«, sagte er, während er noch immer mit gesenktem Kopf vor dem Grab stand. »Vorher war es vielleicht noch ein Spiel, aber jetzt ist es zu weit gegangen.«

»Was meinst du?« Mit wackeligen Beinen richtete ich mich auf und folgte ihm durch ein Labyrinth von Grabsteinen, wobei ich mir immer wieder die Zehen an den flach liegenden Steintafeln anstieß, über die Lonny wie ein Geist hinwegzuschweben schien.

»Denk doch mal drüber nach«, sagte er, ohne sein Tempo zu drosseln. »Steckler? Washington? Marshall? ... Kylie? ... Sie hatten alle etwas gemeinsam.«

Als ob er mich daran erinnern müsste.

Ich biss die Zähne zusammen und stolperte hinter ihm her. »Ich war es nicht.«

Er lachte dröhnend. »Da gehört nicht besonders viel dazu, um sich das denken zu können.« Neben einem leuchtend weißen Grabstein blieb er stehen. Er steckte sich die Hände in die Taschen und lehnte sich dagegen. Ein Bein streckte er zur Seite, als würde er auf einem Barhocker sitzen. Er spielte mit seinem Unterlippen-Piercing, während er mich prüfend ansah. In seinem Blick lag eine katzenartige Neugier. »Du warst es nicht, aber du weißt, wer es war. Und dieser Jemand versucht, es dir anzuhängen. Weil er dir eins auswischen will.«

»Ich habe keine Feinde. Und wenn ich wüsste, wer es war, hätte ich es schon längst der Polizei gesagt.«

»Wenn ich eins gelernt hab, Boswell, dann, dass man weder Kriminellen noch den Bullen trauen kann. Man kann nie wissen, auf wessen Seite sie stehen.« Lonny trat gegen den Grabstein, und da sah ich die Inschrift.

RYAN WHELAN
GELIEBTER SOHN
13. JULI 1995 – 25. MÄRZ 2013

Der Stein war mit einer herabhängenden Distel verziert und es stand dort nichts von einem geliebten Bruder, obwohl noch genug Platz dafür gewesen wäre. Das Grab von Reece' Bruder. Es stimmte also, dass er keine Familie hatte. Nicht mehr.

»Eine Distel.« Lonny massierte sich die Fingerknöchel und beobachtete mich. »Interessante Wahl.«

Ich blickte zwischen Lonny und dem Grabstein hin und her. Lonny wusste etwas über Reece. Etwas, wovon ich nichts wusste. Seine Augen leuchteten auf und er verzog den Mund zu einem schiefen Grinsen. Anscheinend war ihm die Ratlosigkeit in meinem Blick nicht entgangen.

»Ist 'ne alte Legende ...« Lonny betrachtete seine Fingernägel und sah dann an mir vorbei über die sich endlos hinstreckenden

Gräber. »Eine Wikingerhorde hatte einen nächtlichen Überfall auf schottische Krieger geplant. Sie schlichen sich barfuß an, und es hätte auch funktionieren können, nur dass einer auf eine Distel trat und laut losschrie. Diese eine Distel«, Lonny hob einen Finger, »– ein unbedeutender Dorn in der Ferse – hat die Schotten alarmiert. Die Wikinger wurden abgeschlachtet.«

Ich berührte die herabhängende Blüte der Distel. »Und Ryan Whelan war eine Distel?«

»Ryan Whelan war Drogenfahnder. Und sein kleiner Bruder, Reece, wollte sich als Dealer einen Namen machen. Reece war jung und total von sich selbst überzeugt. Er hatte absolut nicht damit gerechnet, dass sein Bruder ihn verpfeifen würde. Vor etwas mehr als einem Jahr packte Ryan über einen Deal aus, in den auch sein kleiner Bruder verwickelt war, und die Polizei hat ein Team von verdeckten Ermittlern zusammengestellt, die den Deal über die Bühne bringen sollten. Als Reece es schnallte, hat er Schiss bekommen und seinen Bruder enttarnt. Die Razzia entpuppte sich als Hinterhalt. Es fielen Schüsse und Ryan hat sich schützend vor eine Kollegin geworfen.«

Eine verdeckte Ermittlerin? *Ich denke, er würde alles für mich tun.* Das passte zusammen. Gena war nicht nur Drogenfahnderin, sie war auch Polizistin. Sie hatte gesagt, sie hätte Reece vor einem Jahr kennengelernt, und sie arbeiteten beide für Nicholson. Deshalb passte sie so auf Reece auf. Deshalb war er wie ein kleiner Bruder für sie. Reece' Bruder hatte sein Leben für sie geopfert.

»Reece' Bruder hat ihr das Leben gerettet?«

»Er ist dabei umgekommen. Und Reece hat neun Monate Jugendgefängnis bekommen. Eigentlich hatte er nur sechs Monate wegen Drogenhandels, aber angeblich ist der Freund der Polizistin während der Gerichtsverhandlung auf ihn losgegangen, und Reece hat noch drei Monate extra wegen Beamtenbeleidigung bekommen.« Lonny schien ganz in der Erinnerung verloren. »Die Distel gewinnt nicht, Boswell. Es ist egal, wer zuerst drauftritt, die Distel geht dabei auf jeden Fall drauf.« Lonny kratzte sich kopfschüttelnd am Kinn. »Genau wie wir. Wir stecken mit unseren Wurzeln fest. Noch bis vor ein paar Tagen war ich mir nicht sicher, auf wessen Seite dein Freund steht. Ein Feind kann manchmal aussehen wie ein Freund. Ein Wolf im Schafspelz.«

Ich sagte nichts. Ich würde Reece' Geheimnis nicht preisgeben. Er war für den Tod seines Bruders verantwortlich und hatte dadurch seine Familie verloren, und jetzt hatte er seine Zukunft verspielt, weil er es wiedergutmachen wollte. Weil er wollte, dass die Gleichung aufging, indem er mich beschützte. Es war mir egal, auf wessen Seite Reece stand. Ich wusste nur, dass er auf meiner war.

»Ich weiß, wer er ist, Boswell.« Lonny richtete sich langsam auf und rollte die Schultern zurück. »Es ist nicht besonders schwer dahinterzukommen. Reece hat seine Seele an Nicholson verkauft, um mit allen abzurechnen, die irgendetwas mit dem Tod seines Bruders zu tun hatten. Er wollte Rache. Er lockt uns in die Falle und reibt sich die Hände, wenn Nicholson uns ins Gefängnis bringt. Reece Whelan ist mein Wolf. Meine Distel. Wer ist deine?«

Lonny sah mich abwartend an.

»Kapierst du's nicht?«, fragte er. »Diese Morde sind eine Falle. Es geht um Rache. Irgendjemand hat seine Seele verkauft, um mit dir abzurechnen. Wer auch immer es ist, er ist dir nah genug, um dich zu kennen, um dich beobachten zu können. Vielleicht ist es sogar jemand, dem du vertraust. Und er stellt dir diese Falle aus einem bestimmten Grund. Weil er einen heimlichen Groll auf dich hat.« Lonny schüttelte den Kopf, während ich versuchte, ihm zu folgen.

Lonny gab mir eine Karte, auf der nichts weiter stand als seine Telefonnummer. »Ruf mich an, wenn du es herausgefunden hast.«

KAPITEL 42

Die Ladenglocke läutete und Bao blickte von der Kaffeemaschine auf.

»Tag der Entscheidung, was?«, sagte er, während er das alte Kaffeepulver wegkippte, die halb leeren Kannen zusammenschüttete und sie gedankenverloren wieder auf die Warmhalteplatten stellte.

Meine Twinkies lagen neben der Kasse, darunter die Zeitung.

Tag der Entscheidung. Dieser Freitag fühlte sich noch mehr als jeder andere wie ein Hinterhalt an. Der letzte Freitag des Schuljahrs. Ich hatte das Stipendium entweder gewonnen oder nicht. Es war eine Anzeige für mich in der Zeitung oder nicht. Das *oder* war das Einzige, dessen ich mir sicher war. Und das flaue Gefühl in meinem Bauch sagte mir, dass ich das eine wie das andere Ergebnis vielleicht lieber gar nicht wissen wollte.

»Du hast Anh verpasst«, knurrte er. »Ihr Country-Club-Freund hat sie gerade abgeholt. Sie wollte früh in der Schule sein, um zu sehen, wer das Stipendium gewonnen hat. Würde mich überraschen, wenn sie es geschafft haben sollte, so viel Zeit wie sie mit diesem Typen verbracht hat. Dabei hab ich ihr tausendmal gesagt, sie muss sich konzentrieren, wenn sie gewinnen will. Alle Ablenkungen ausschalten.« Kopfschüttelnd wischte er das verschüttete Kaffeepulver auf. »Ich hab zu viel aufgegeben, um ihr eine gute Zukunft zu sichern. Wenn sie nicht aufpasst, endet sie noch als Mutter reicher Babys und serviert ihm und seinen Kumpels vom Golfplatz Tee und Gebäck. Sie soll besser Medizin studieren.«

»Medizin? Anh hat doch Angst vor Blut.«

»Da wird sie drüber wegkommen.«

Bao wischte mit energischen Kreisen über die Theke, dann warf er sich den Lappen über die Schulter. Es war mir nie in den Sinn gekommen, dass Bao etwas anderes für Anh wollen könnte als sie selbst. »Hey, gehst du zum Abschlussball heute Abend? Wir könnten zusammen mit meiner Schwester hin. Dann kann ich Fowler im Auge behalten. Es gefällt mir nicht, wie er sie ansieht.«

»Der Abschlussball wurde noch nicht abgeblasen? Ich dachte, alle außerschulischen Aktivitäten wären abgesagt wegen der ... du weißt schon ...« Ich gestikulierte umher und brachte es nicht über mich, das M-Wort zu sagen. »Wegen der Beerdigungen und den ganzen seltsamen Vorkommnissen.«

»Nein, der Ball wurde nur verlegt. Er findet jetzt in der Sporthalle statt und nicht wie ursprünglich geplant in einem schicken Hotel in Old Town. Es soll doppelt so viel Security geben und nur die Party im Anschluss fällt aus. Den Abschlussball selbst würden sie niemals absagen. West River ohne Abschlussball wäre, als würdest du keine Twinkies mehr essen.«

Ohne ein Wort tauschte ich die Twinkies gegen eine Packung

Donuts. Bao schüttelte lachend den Kopf. Ich zog ein paar kleine Scheine hervor, legte sie auf den Tresen und sagte Bao, er solle das Wechselgeld behalten.

»Hey, Boswell«, rief er mir hinterher, als ich schon an der Tür war. »Ich würde dir ja Glück wünschen, aber wir wissen beide, dass es mit Glück nicht viel zu tun hat.« Ich blickte mich noch einmal nach ihm um. Bao sah mich über den Griff seines Mopps an. Er lächelte nicht.

Zutiefst beunruhigt trat ich aus der schweren Stille hinaus und die Ladenglocke zerrte empfindlich an meinen blank liegenden Nerven.

Letztendlich geht es immer um ein Motiv.

Von allen, die ich kannte, hatte Anh wohl am ehesten ein Motiv. Sie wollte dieses Stipendium genauso wie ich und brauchte es fast ebenso dringend. Zum Ende des Schuljahrs war es ein ziemlich knappes Rennen geworden. Knapp genug, um unsere Freundschaft zu belasten. Das änderte aber nichts daran, dass sie kein Blut sehen konnte und niemals auch nur einer Fliege etwas zuleide tun würde. Bei Bao dagegen ... war ich mir nicht so sicher.

Er war geradezu überfürsorglich ihr gegenüber. Und genauso schlau wie sie. Schlau genug, um mich mit solchen Botschaften zu manipulieren. Er wusste, dass ich die Kontaktanzeigen las. Er hatte ein Motiv und er hatte die Möglichkeiten. Und er hatte selbst gesagt, mit Glück hätte es nichts zu tun.

Doch die Person, die dahintersteckte, musste ein dunkleres Motiv haben. Vier Leute zu ermorden, nur um mir etwas anzuhängen? Sich dabei Zeit zu lassen und sich daran zu erfreuen, als wäre das alles bloß ein Spiel? Nein, das passte nicht zu Bao.

Ich ging bis zum Ende der Straße und blickte noch einmal über die Schulter, bevor ich in eine Gasse abbog. Ich schlug die Zeitung auf und warf alles bis auf die Kontaktanzeigen in eine Mülltonne. Dann hockte ich mich hinter die Tonne und breitete die Zeitung auf dem Boden aus.

Ich las die erste Zeile jeder Anzeige, bis ich gefunden hatte, wonach ich suchte. Sie strahlte ein kaltes Selbstvertrauen aus und las sich wie eine abschreckende Einladung.

Manche Kater tanzen nicht.
Er ruht in einer Box, ein Paradox.
Tot oder lebendig, wenn du ihn findest?

• • •

Herzlichen Glückwunsch, Anh Bui, prangte in großen roten Buchstaben ganz oben auf dem Schwarzen Brett. *Nearly Boswell* und *Thomas J. Wiles,* stand in kleiner schwarzer Schrift darunter. Wir waren ihr dicht auf den Fersen mit unserem zweiten und dritten Platz, aber trotzdem nicht gut genug gewesen.

Anh strahlte über das ganze Gesicht. Als ich den Raum betrat, versuchte sie, sich das Grinsen zu verkneifen, aber es war wie mit dem Rollo in meinem Zimmer. Je mehr ich daran zog, desto mehr wollte es wieder nach oben. Ihre Augen glänzten vor Freudentränen, eine strahlende Zukunft voller Möglichkeiten lag vor ihr.

»Tut mir leid«, sagte sie, aber ihre Entschuldigung prallte an mir ab. Ich sagte mir, dass es mir nichts ausmache, als sich alle aufreihten, um ihr zu gratulieren. Ich brauchte das Stipendium nicht mehr. Das Gewicht des Umschlags von meinem Vater in meinem Rucksack beruhigte mich. Ich lächelte sie an und versuchte, mich für Anh zu freuen.

Nach dem Unterricht schaute ich gar nicht erst nach Jeremy. Die Luft auf dem Gang war schwer, was nicht zu den rosafarbenen Abschlussballpostern passte, mit denen die Wände plakatiert waren. Mit gesenktem Blick arbeitete ich mich vor. Die Leute verstummten, sobald ich an ihnen vorbeikam. Die Mädchen hätten an diesem Tag eigentlich über die Farben ihrer Kleider reden sollen und wie sie am Abend die Haare tragen würden. Stattdessen redeten sie über mich.

Ich hob den Kopf gerade rechtzeitig, um Emily Reinnert vor ihrem offenen Spind stehen zu sehen. Ein kleines bisschen Hoffnung flackerte in mir auf und ich lief auf sie zu, aber sie schien mich gar nicht zu erkennen. Sie machte ihren Spind zu und ging.

»Emily, warte!«, rief ich. Es war mir egal, dass alle mich anstarrten. Sie blieb stehen, aber sah mich nicht an.

»Du bist wieder da.« Ich kam mir blöd vor, das Offensichtliche zu sagen, aber mir fiel so schnell nichts anderes ein. Sie war hier, und zwar lebendig, sie war die Einzige, die sich vielleicht an etwas erinnern konnte. Ich wollte ihr die ganzen Fragen stellen, die Rose mir nicht hatte beantworten können. Ich warf einen Blick auf ihren Unterarm, ob die blaue Zahl, von der ich nur gehört hatte, noch zu sehen war. Sie hatte die Ärmel ihres Hemdes nicht zugeknöpft und ich konnte einen verblassten blauen Fleck ausmachen. Wie die blauen Flecken, die ich bei Jeremy manchmal gesehen hatte. Sorgsam platziert. Leicht zu verbergen. Sie verschränkte die Arme und machte einen Schritt zurück.

»Ich bin für die Abschlussprüfungen wiedergekommen«, sagte sie leise und blickte sich ängstlich um. Sie war wie ausgetauscht. Ganz anders als die selbstbewusste Cheerleaderin, der ich Nachhilfe gegeben hatte.

Anscheinend haben Vince und Emily sich in letzter Zeit oft gestritten.

Seit Jeremy TJ das Foto von Emily und Vince gezeigt hatte. Vince war bei dem Fußballspiel. Vince war im Vergnügungspark. Vince war auf der Liste.

»Emily, was ist mit deinem Arm passiert? Wer war das?«

Sie wurde blass. »Ich darf eigentlich gar nicht mit dir reden.«

»Sagt wer?«

»Die Polizei.« Sie lief eiligen Schrittes durch die Schultüren hinaus, hinter denen Blaulicht flackerte.

Zwei Polizeiautos fuhren vor. Die Polizisten stiegen aus und warfen die Türen zu. Sie hatten Papiere in der Hand. Wahrscheinlich einen Haftbefehl. Ich hatte keine Zeit mehr.

Ich lief los. Folgte den Notausgangsschildern zu einer Hintertür. Ich blickte mich um, ob mich auch niemand sah, dann zog ich mir den Ärmel über die Finger und löste den Feuermelder an der Wand aus.

Der Alarm ging los, die Schüler kamen aus den Unterrichtsräumen auf den Gang gelaufen und strömten durch die Ausgänge. Das Chaos würde mir ein bisschen Zeit verschaffen. In einem Pulk von dreitausend Leuten wäre ich unmöglich zu finden.

Ich zog mir die Kapuze über den Kopf und lief zwischen die Bäume hinter dem Baseballplatz. Ich nahm den gleichen Weg, um ungesehen zu entkommen, wie an dem Abend, als ich Marcias Leiche im Schwimmbecken entdeckt hatte. Die Schulleitung würde mindestens eine Viertelstunde brauchen, um herauszufinden, dass es sich um einen Fehlalarm handelte, und alle wieder zurück in die Kurse zu schicken. Bis dahin wäre ich längst verschwunden.

• • •

Ich lief unter der hohen Kuppel der Union Station hindurch und hielt mein Zugticket umklammert. Ich würde es machen, wie Reece gesagt hatte, und so weit wie möglich wegfahren. Der Mörder würde nicht wissen, dass ich nicht mehr da war, und wenn er den Plan wie in der Anzeige heute Morgen angedeutet durchzog, hätte ich ein Alibi, ich wäre in einem anderen Staat, ganz weit weg. Es war die einzige Möglichkeit, noch zu gewinnen. Ich würde lange genug wegbleiben, bis die Polizei herausgefunden hatte, wer der echte Mörder war, und würde wiederkommen und Reece finden, wenn sich die ganze Aufregung gelegt hatte. Problem gelöst.

Mein Instinkt riet mir, mich am Rand der Bahnhofshalle zu halten, fern von den ganzen Leuten mit ihren entblößten Armen und Händen und Gesichtern. Aber ich vergrub die Hände in den Taschen und schlüpfte zwischen den Massen hindurch, bis ich ganz vorn an der Schlange zum Bahnsteig angekommen war. Ich würde die Erste sein. Ich würde meinen Platz nicht verlieren. Ich würde es mir diesmal nicht noch mal anders überlegen.

Hinter mir klingelte ein Handy und hörte gar nicht mehr auf. Ein Mann tippte mich an. »Miss, ich glaube, das ist Ihr Telefon.«

»Kann nicht sein«, sagte ich. »Ich habe gar keins.« Ich drehte mich wieder zum Durchlass des Bahnsteigs um. Der Schaffner kam bereits auf uns zu, um die Leute hereinzulassen, und ich rückte den Rucksack auf meiner Schulter ein Stück höher. Wieder klingelte das Handy. Diesmal hörte es sich näher an.

Irgendetwas bewegte sich an meinem Rücken, ein immer wiederkehrendes Vibrieren in meinem Rucksack. Ich setzte ihn ab, öffnete ihn zögerlich und fasste hinein. In meiner Hand klingelte das Handy, das ich vor fünf Tagen in Reece' Wohnung liegen gelassen hatte.

Auf dem Display wurde eine eingehende Nachricht angezeigt.

Hab einen streunenden Kater gefunden.

Ich glaub, er gehört dir.

Heute Abend um 9. Die Antwort ist in der Kiste.

Das Display erlosch wieder. Jemand hatte sich Zugang zu Reece' Wohnung verschafft, um das Handy zu holen. Er war mir nah gewesen. Nah genug, um es in meinen Rucksack zu stecken. Nah genug, dass ich es noch nicht einmal mitbekommen hatte.

Dann leuchtete das Display wieder auf.

Genas Name wurde angezeigt. Mit zitternden Händen nahm ich das Gespräch an und hielt mir das Handy ans Ohr. Die Leute strömten auf das Tor zum Bahnsteig zu.

»Hallo?« Ich überflog die sich an mir vorbeidrängende Menge.

»Leigh.« Ihre Stimme war gedämpft und immer wieder kurz unterbrochen. »Leigh, ich bin's, Gena ...«

Jemand prallte gegen meine Schulter.

»... wollte mich bei dir bedanken ...«

»Bedanken? Wofür?« Ich drehte mich langsam um die eigene Achse, suchte die Überführungen und Treppen ab. Ich steckte mir einen Finger ins Ohr, um Gena besser verstehen zu können.

»... dass du Reece rausgeholt hast ... wollte ihn besuchen ... der Aufseher hat gesagt ... gestern Abend auf Kaution freigelassen worden ...«

»Freigelassen?« Eine Frau vor mir drehte sich nach mir um und starrte mich an.

»... versucht, ihn zu erreichen ... die ganze Nacht ... keine Antwort ... vielleicht ist er bei dir ...« Aus den Lautsprechern ertönte eine Ansage. Jemand trat mir von hinten gegen den Fuß.

»... irgendeine Ahnung, wo er ist?«, fragte Gena, bevor ich sie auf einmal gar nicht mehr hörte.

»Gena? Gena?« Die Verbindung war tot.

Die Leute schoben sich an mir vorbei und grummelten verärgert vor sich hin, während ich immer noch mit dem Handy am Ohr dastand. Ich ließ die Gesprächsfetzen noch einmal Revue passieren. Reece war nicht mehr im Gefängnis. Jemand hatte ihn auf Kaution herausgeholt und dabei meinen Namen benutzt. Und jetzt war er verschwunden.

Hab einen streunenden Kater gefunden. Ich glaub, er gehört dir.

Reece. Das musste es sein. Er war der einzige Nachhilfeschüler, der noch übrig war.

Wie angewurzelt stand ich da, als ich an die Anzeige aus der heutigen Zeitung dachte. *Manche Kater tanzen nicht. Tot oder lebendig, wenn du ihn findest?*

»Die Fahrkarte, bitte.«

Ich blickte hoch und sah den Schaffner an. Ich presste meine Fahrkarte fest an meine Brust.

»Ihre Fahrkarte, Miss?«, wiederholte er mit angestrengtem Lächeln.

Ich schaute auf meine Fahrkarte. Es hätte alles so einfach sein können. Meine Freiheit wartete auf der anderen Seite des Tors. Aber die einzige Antwort, die Sinn ergab – das Einzige, was ich wirklich wollte –, war etwas anderes.

Ich drehte mich zu den Wartenden um und kämpfte mir meinen Weg hindurch. Ich musste das Rätsel vor neun Uhr gelöst haben.

Ein paar Meter vor mir stand ein Polizist in Uniform. Er verlagerte das Gewicht von einem Fuß auf den anderen, seine Finger lagen auf der Waffe. Als schwitzendes Etwas voller Panik und Verzweiflung lief ich mit gesenktem Blick an ihm vorbei, geradewegs zur Metrostation, und blieb nur kurz stehen, um mir ein Ticket zu ziehen.

Ich tastete nach Lonnys Telefonnummer in meiner Tasche.

Letztendlich geht es immer um ein Motiv …

Ich hörte Reece' Stimme in meinem Ohr.

Wer hätte einen Grund, Leute umzubringen, die dir wichtig sind? Dich hinter Gitter zu bringen? Wer würde dir dein Leben ruinieren wollen, Leigh?

Ich hatte nie irgendwem etwas getan. Hatte nie irgendjemandem etwas weggenommen. Aber mein Vater hatte es getan.

Er sah nicht, dass er dabei Leben zerstörte.

Konnte es sein, dass das hier alles etwas mit ihm zu tun hatte? Ich presste meinen Rucksack an mich, dachte daran, was meine Mutter mir über ihn erzählt hatte. Was er getan hatte. Wie er aufgeflogen war. Mein Vater hatte gelogen und gestohlen und seinen Partner hängen gelassen. Es war ein verrückter Gedanke, aber konnte es sein, dass ich für seine Verbrechen bezahlte, weil er nicht da war, um selbst dafür zu büßen?

Und auf einmal erschien mir alles schrecklich logisch.

Ich wusste, wessen Leben mein Vater zerstört hatte.

• • •

Tot oder lebendig, wenn du ihn findest? Damit schloss sich der Kreis. Damit waren wir wieder am Anfang angelangt. Mit Schrödinger hatte alles angefangen, an dem Morgen, als ich die erste Anzeige gefunden hatte und Rankin über die verdammte Katze schwadroniert hatte. Die Katze war tot. Sie musste tot sein. Das hatte er selbst gesagt. Die Katze konnte nicht tot und lebendig zugleich sein. Tot, wie die Katze vor meiner Tür. Tot, wie Kylie und die anderen. Er würde Reece umbringen.

Bei der Schule stieg ich aus dem Bus und lief im Sprint durch die Seitenstraßen. Ich versteckte mich im Gebüsch und beobachtete, wie die DJs ihre Anlagen und Lautsprecher hineintrugen und die Mitglieder der Schülervertretung die letzten Dekorationen und Ballons in die Sporthalle schleppten. *Manche Kater tanzen nicht.* Nein, der Mörder lockte mich nicht zum Abschlussball. Er wollte mich wieder ganz am Anfang haben. Im Chemieraum, wo wir zuerst von Schrödingers Katze gehört hatten. Wo er die erste Botschaft, *Tot oder lebendig*, auf meinem Tisch hinterlassen hatte.

Eine Zivilstreife fuhr vor dem Haupteingang umher, also nahm ich einen Seiteneingang und hielt mich an die stillen, dunklen Gänge, bis ich schließlich beim leeren Chemieraum ankam.

Das Licht war aus, es roch nach Desinfektionsmittel. Matschige Kreidestriche trockneten auf der Tafel. Ich drehte mich langsam im Kreis und nahm jedes Detail in mir auf. Die Spätabendsonne strömte zwischen den Plastikleisten der Jalousien hindurch und fiel auf die ordentlichen Tischreihen. Ich nahm meinen Stuhl vom Tisch und setzte ihn leise ab. Mein Tisch war sauber. Nichts. Kein Hinweis, keine Schmiererei.

Die Antwort ist in der Kiste.

Ich machte das Licht an und lief zum Schrank. Die vom Boden bis zur Decke reichenden Metallfächer waren voller Kisten, die ich alle eigenhändig sortiert und beschriftet hatte. Ich ging zum Schrank ganz links, wo die Materialien aus dem letzten Halbjahr verstaut waren. Wir hatten Schrödinger vor sechs Wochen behandelt. Wenn es einen Hinweis gab, dann wäre er …

Hier.

Ein Schauder durchfuhr mich. Auf der Kiste stand *Schrödingers Katze*. Der Geruch des blauen Markers, mit dem sie beschriftet war, hing immer noch in der Luft. Die Kiste war lang und breit und füllte das ganze untere Schrankfach aus. Sie war groß genug, dass ein Körper hineinpassen würde.

Er ruht in einer Box …

Tot oder lebendig, wenn du ihn findest?

»Reece!« Ich zog an der Kiste, setzte mein ganzes Körpergewicht ein, um sie aus dem Regal zu hebeln. Außer Atem holte ich einen Cutter und trennte damit die Klebefolie auf. Ich riss die Kiste auf und fuhr mit den Händen hinein. Ich ging auf die Knie, fasste ganz bis nach unten. Zerknülltes Zeitungspapier fiel heraus. Darunter befanden sich eine Reihe schwerer Mikroskope.

Mit einem wütenden Schrei warf ich den Cutter durch den Raum. Ich ließ mich in den Haufen Zeitungspapier fallen und vergrub das Gesicht in den Händen.

Der Mörder wollte, dass ich Reece fand, sonst hätte er mich nicht so weit geführt. Es hatte doch sonst immer einen Hinweis gegeben. Einen Brotkrumen. Eine Nachricht irgendwo, um mir die Richtung vorzugeben. Warum nicht jetzt? Oder hatte ich sie übersehen?

Ich wischte mir mit dem Ärmel den Schweiß von der Stirn. Dann nahm ich einen Arm voll zusammengeknülltes Papier und stopfte es zurück in die Kiste. Ein Stück Zeitung haftete am Boden. Es war das einzige Stück Zeitung, das nicht zu einer Kugel geknüllt war. Es war glatt, bis auf eine Stelle, wo ich es in meiner Eile, das Papier aus der Kiste zu befördern, eingerissen hatte. Ein Nachruf.

Catherine Schrödinger. 2007 mit 88 Jahren in Alexandria an einem Herzinfarkt gestorben. Ich überflog die Informationen zum Trauergottesdienst. Sie hatte im Familienmausoleum auf dem Friedhof ihre letzte Ruhe gefunden.

Das war es. Der Hinweis aus der Anzeige heute Morgen.

Er ruht in einer Box, ein Paradox.
Tot oder lebendig, wenn du ihn findest?

Reece war auf dem Friedhof. Ich steckte den Nachruf in meine Tasche. Dann stopfte ich die Füllung zurück in den Karton, drehte ihn um, sodass die Beschriftung zur Wand zeigte, und schob ihn wieder ins Regal. Wenn die Polizei von der Anzeige bis hierher finden sollte, durfte sie mich nicht festnehmen, bevor ich Reece gefunden hatte. Ich schloss die Schranktür, schaltete das Licht aus, stellte meinen Stuhl auf den Tisch und nahm meinen Rucksack.

Der Raum war vom Sonnenuntergang rosa erleuchtet.

Hab einen streunenden Kater gefunden.

Ich glaub, er gehört dir.

Heute Abend um 9. Die Antwort ist in der Kiste.

Ich blickte auf die Uhr.

Ich hatte nicht einmal mehr eine Stunde, um ihn zu finden.

KAPITEL 43

Die Sonne verschwand bereits hinterm Horizont und die Grabsteine leuchteten weiß gegen den dunkelblauen Himmel. Ich durchblätterte das Friedhofsverzeichnis, bis ich gefunden hatte, wonach ich suchte. Das Mausoleum der Schrödingers lag in einem privaten Teil des Friedhofes, weit abgelegen von der Straße. Ich ging über einen knirschenden Kiesweg durch Skulpturengärten und dunkle Heckenanlagen, bis ich das Wäldchen von der Karte im Friedhofsverzeichnis wiedererkannte.

Ich verließ den Weg und ging auf das erste steinerne Bauwerk zu. Ich las das Namensschild, dann ging ich weiter zum nächsten. Inzwischen war auch das letzte bisschen Sonnenlicht verschwunden. Die Grabmale wurden jetzt von unten angeleuchtet und die Engel und Kreuze warfen unheimliche Schatten über die Pforten der Mausoleen.

Da krachte in dem kleinen Wald hinter mir ein Zweig. Ich drehte mich um, das Herz pochte mir bis zum Hals.

»Was machst du denn hier?«, keuchte ich, als er näher kam.

Jeremy wurde von einem niedrigen Lichtstrahl angeleuchtet, der schräg über seinen glänzenden blauen Kummerbund und sein weißes Smokinghemd fiel. Mit vernichtendem Blick sah er mich an, während er sich Dreck von den Schultern fegte.

»Ich bin dir gefolgt«, knurrte er. »Ich hab gesehen, wie du vorm Friedhof aus dem Bus gestiegen bist. Aber der verdammte Parkplatz war abgesperrt.« Er kickte die Grashalme von seinen Hochglanzschuhen.

Er hatte hier nichts zu suchen. »Warum bist du nicht auf dem Ball?«

»Weil ich versetzt worden bin!« Jeremy ballte die Hände an seinen Seiten zu Fäusten. »Aber das weißt du ja bereits, nicht wahr? Anh und ich wollten uns auf dem Ball treffen. Ich hab die ganze Zeit auf sie gewartet. Aber sie ist nicht aufgetaucht. Da hab ich ihren Bruder angerufen. Er hat gesagt, du hättest sie angerufen. Und dass sie sich mit dir treffen wollte! Dann hab ich dich aus der Schule laufen und in den Bus steigen sehen und bin dir gefolgt. Also, wo ist sie? Warum ist sie nicht hier? Was hast du ihr gesagt, Leigh?«

Meine Gedanken rasten. Jemand hatte Anh angerufen und sich für mich ausgegeben. Und jetzt war Anh verschwunden. Vielleicht war ich schon zu spät ...

Jeremy schüttelte den Kopf und mit lauter, bebender Stimme fuhr er fort: »Aber das ist jetzt auch egal. Ich wollte eh nicht mit Anh zum Ball. Ich wollte mit dir hin!« Er schrie jetzt richtig, lief aufgebracht hin und her. »Seit der achten Klasse bin ich dir hinterhergelaufen, Leigh! Und du hast es noch nicht einmal bemerkt! Weil du damit beschäftigt warst, dich in Kriminelle zu verlieben!« Tränen liefen ihm übers Gesicht, als er mich ansah und mit leiser, flehender Stimme fragte: »Muss ich erst jemanden umbringen, damit du mir hinterherläufst, wie du Reece hinterherläufst?«

Ich wich zurück, als er Reece erwähnte. Mir lief die Zeit davon.

»Jeremy, du musst von hier verschwinden. Du darfst nicht hier sein …«

Er kam auf mich zu. Ich stolperte rückwärts und über eine kleine Steinbank. Mit den Ellbogen fing ich mich ab, und als ich mich wieder aufrichten wollte und Jeremy auf mich zukam und eine Hand nach mir ausstreckte, sah ich hinter ihm plötzlich eine Gestalt.

»Jeremy, pass auf!«

Dann hörte ich einen dumpfen Schlag und Jeremy brach zusammen. Hinter ihm stand schwer atmend Oleksa und hielt eine Pistole am Lauf in der Hand. Ich kroch rückwärts, meine Hände und Füße rutschten im Rindenmulch.

Oleksa strich sich mit dem Ärmel über die Stirn, dann stützte er die Hände auf die Knie und versuchte, wieder zu Atem zu kommen. Er stieß Jeremy mit dem Fuß an. Jeremy bewegte sich nicht. Dann drehte Oleksa die Pistole um, während er sich aufrichtete und mich ansah.

»Ich hab doch gesagt, du musst vorsichtig sein. Deine Freunde sind gefährlich.«

»Du bist derjenige mit der Pistole.« Zweifel plagten mich. Lonnys Warnung fiel mir wieder ein. *Wenn ich eins gelernt habe, Boswell, dann, dass man weder Kriminellen noch den Bullen trauen kann. Man kann nie wissen, auf wessen Seite sie stehen.*

Auf Ellbogen und Fersen robbend rückte ich weiter von ihm ab.

»Wo ist Reece?«, fragte er.

»Wo ist Lonny?« Ich nahm eine Handvoll Dreck, wie Mona und Butch es mir beigebracht hatten, aber Oleksa war zu weit entfernt und der Wind stand falsch. »Er hat keine Ahnung, wer du bist, oder?«

Oleksa setzte einen verwirrten Gesichtsausdruck auf, wie ich ihn noch nie zuvor bei ihm gesehen hatte. Er stand auf einmal ganz steif und still mit weit aufgerissenen Augen da. Ich hörte das leise Klicken, als er die Pistole entsicherte.

Da durchbrach ein Schuss die Stille, und Oleksa zuckte und ging in die Knie. Ich schrie.

Dann fiel er vornüber und knallte mit dem Gesicht auf die steinerne Bank. Ich krabbelte zu ihm, doch dann legte mir jemand von hinten die Hand über den Mund und riss mich gewaltsam zurück.

Würgend nahm ich den bitteren Geruch von Latex wahr, der mir scharf und pudrig in die Nase stieg. Das Gummi zog an meinen Lippen und Wangen, ich rang nach Atem und gab erstickte Schreie von mir.

Ich trat und schlug um mich. Klammerte mich an die Arme um meinen Hals, und im nächsten Moment verlor ich den Boden unter den Füßen. Ich wunderte mich, dass es so einfach für ihn war. Dass er überhaupt nicht stolperte. Er zog mich wie eine Puppe durch die Dunkelheit auf ein leuchtendes Mausoleum zu, weg von Oleksa und Jeremy, deren reglose Körper immer kleiner wurden, bis ich sie in der Dunkelheit nicht mehr ausmachen konnte.

An einer eisernen Pforte blieb er stehen.

Im Gras lag eine Beinschiene. Er drehte meinen Kopf gewaltsam zur Seite. Wieder wurde ich von Entsetzen gepackt.

Ich war zu spät.

Zwei Körper lagen vor der steinernen Krypta. Anhs Unterarm war mit blauer Schrift versehen. Aber es war keine Zahl. Es gab kein chemisches Element mit dem Symbol L. Also hatte er stattdessen den Buchstaben genommen. Aber neben ihr lag Reece und auf seiner blassen Haut prangte die 74. Die Ordnungszahl für das Element Wolfram, W.

Ne + Ar + Li + B + Os + W + L

Der Latexgeruch vermischte sich mit dem Geruch des Markers. Ich schnappte nach Luft, versuchte, trotz der Hand über meinem Gesicht zu atmen. Ich sah schon die ersten Sterne tanzen.

»Es wird dich niemand hören«, nahm ich TJs Stimme durch das Rauschen in meinen Ohren wahr. »Es wird dir kein bisschen helfen, wenn du schreist.« Er ließ die Hand von meinem Gesicht zu meinem Hals hinabwandern und ich schnappte nach Luft.

Da fühlte ich das kalte Metall einer Pistolenöffnung an meiner Schläfe. Ich schloss die Augen.

»Geh rein«, befahl er.

Ich stemmte die Füße in den Boden. Wenn ich erst einmal drin wäre, wäre alles vorbei. Eine von Butchs Lektionen fiel mir wieder ein. *Gib niemals kampflos auf.* Ich versteifte mich am ganzen Körper und stellte mir vor, dass meine Füße mit dem Boden verankert waren.

»Den Brief, los«, knurrte er, aber er meinte nicht mich.

»Bitte nicht«, kam die tränenerstickte Antwort. »Ich kann das nicht. Bitte nicht.«

Das Mädchen kam langsam auf mich zu, und dann erkannte ich ihr Gesicht. Emily Reinnert stand vor mir und befestigte mit zitternden Händen mit einer Sicherheitsnadel einen Umschlag an meinem T-Shirt. Als sie mich berührte, wusste ich ohne einen Zweifel, dass ich recht gehabt hatte. Sie hatte schreckliche Angst und sie war voller Reue. Sie wollte hiermit nichts zu tun haben.

Ihr Gesicht war tränenüberströmt. »Es tut mir so leid«, sagte sie. »Ich wusste nicht, dass es so enden würde. Er hatte gesagt, der Streich unter der Tribüne wäre auf Vince' Kosten. Dass er sich an ihm rächen wollte, weil er mich geküsst hat. Er hat gesagt, wenn es mir leidtut und ich will, dass er weiter mit mir zusammen ist, muss ich ihm helfen. Ich sollte eine Pille schlucken und der Polizei sagen, dass ich mich an nichts erinnern könnte. Es sollte wie ein Streich aussehen. Niemand sollte verletzt werden. Ich würde ein paar Wochen nicht zur Schule gehen und wir würden wieder zusammenkommen. Keine große Sache.«

Sie lachte hysterisch. »Ich wusste nicht, was er in Wirklichkeit vorhatte. Ich hatte keine Ahnung, dass es irgendwas mit dir oder dem Stipendium oder so zu tun hatte. Wirklich nicht. Die Polizei wollte nicht, dass ich mit irgendwem rede. Meine Eltern haben nicht erlaubt, dass ich irgendwelche Anrufe bekomme oder mich außer TJ irgendjemand aus der Schule besucht.« Sie schüttelte den Kopf. »Ich wusste nichts von den anderen. Als ich davon in der Zeitung gelesen hab, hab ich ihm gesagt, dass ich damit nichts zu tun haben will.«

»Halt endlich den Mund!«

Emily hielt ihren geprellten Arm. »Aber dann hat er gesagt, ich würde schon längst mittendrin stecken. Dass es zu spät wäre, es mir jetzt noch anders zu überlegen. Dass er mich auch umbringen würde, wenn ich nicht den Mund halte.«

»Jetzt sei still und tu, was ich dir sage!«, fuhr er sie an. Emily weinte in ihren Ärmel und nickte heftig.

Er hielt einen blauen Marker in der Hand, nahm mit den Zähnen die Kappe ab und spuckte sie aus. Dann drückte er Emily den Marker in die Hand. »Da, mach! Wie ich es dir erklärt habe!« Emilys Hand zitterte, als sie meinen Ärmel hochschob. Die Spitze des Markers war nass und kalt. Emily malte ein umgedrehtes L auf meinen Unterarm, so als hätte ich es selbst gemacht.

TJ deutete mit dem Kinn in Jeremys und Oleksas Richtung. »Jetzt hol dein Auto und fahr so nah wie möglich ran. Ich muss die beiden hier wegbekommen. Und Leigh wird sich um Whelan und Anh kümmern.«

Schockiert schnappte ich nach Luft und blickte auf ihre Körper. Die beiden lebten noch. Und TJ würde mich zwingen, sie umzubringen.

Ich zerrte an dem Arm, der um meinen Hals lag. TJs Atem an meiner Wange war heiß.

»Wenn sie die Kiste öffnen und dich finden, bist du dann tot oder lebendig? Du kannst nicht beides sein.« Seine Hände, die in Latexhandschuhen steckten, fassten nach meinem Kinn und pressten meinen Kopf fest gegen seine Brust. Er drückte mir die Pistole an die Schläfe, seine Wange lag an meiner. Sein Neid und Hass durchfuhren mich, übel riechend und zäh und erstickend. Eine widerwärtige Süße kam dazu, eine selbstzufriedene Freude, während er mir mit dem Pistolenlauf über die Haut fuhr.

»Es war dein Vater«, sagte ich und versuchte, das Zittern in meiner Stimme zu unterdrücken. »Dein Vater ist wegen meinem im Gefängnis gelandet. Deswegen seid ihr doch vor fünf Jahren nach

Sunny View gezogen, oder nicht? Mein Vater hat deinen übers Ohr gehauen und im Stich gelassen. Und sich mit dem Geld davongemacht. Du gibst ihm die Schuld dafür, was deinem Dad passiert ist. Und deiner Mom. Du denkst, es wäre seine Schuld, dass du in Sunny View gelandet bist. Darum geht es dir doch, oder? Du willst dich rächen.«

TJ zog den Lauf über meine Wange. »Weißt du, warum meine Mutter sich umgebracht hat?«

Meine Zunge fühlte sich dick und schwer an. Ich schluckte. »Warum?«

»Weil sie Angst hatte. Angst davor, allein zu sein. Zwei Wochen nachdem mein Dad im Gefängnis gelandet ist, hat sie sich in ihrem verdammten Saab eingeschlossen, sich eine Flasche Whiskey reingeschüttet und den Abgang gemacht. Sie hat es sich leicht gemacht. Einfach alles hingeschmissen.« Er lachte kalt an meinem Ohr. »Aber das Spiel ist noch nicht vorbei. Nicht für mich.«

»Du willst mich also umbringen? Glaubst du ernsthaft, dass du damit davonkommen wirst? Dass irgendjemand glauben wird, ich könnte so etwas tun?«

TJ lachte leise. »Meinst du nicht? Deine Mommy ist 'ne Stripperin, dein Daddy ein Schwerverbrecher. Das Geld ist knapp. Dein bester Freund ist verrückt. Niemand kennt dich. Niemand interessiert sich für dich. Und die ganze Zeit musst du irgendwelchen Verlierern Nachhilfe geben, die in der Essensschlange noch nicht mal ihr Kleingeld zusammengezählt bekommen. Wer würde nicht glauben, dass du einfach ausgetickt bist? Dass du endlich Anerkennung willst? Aufmerksamkeit? Macht? Dann sind da auf einmal diese ganzen Leichen ...«

Ich spürte, wie TJ schluckte, wie Schweiß seine Wangen hinunterlief, während er weitersprach. »Du weißt, dass die Bullen hinter dir her sind, und du drehst durch. Erschießt dich. Es ist alles so klar, warum sollte man da nach einem anderen Täter suchen.« Er zupfte an dem Umschlag vor meiner Brust, den Emily mir angeheftet hatte. »Man wird deinen Abschiedsbrief lesen und glauben, dass du Anh wegen dem Stipendium umgebracht hast. Was hättest du denn sonst für eine Chance gehabt? Auf ein beschissenes städtisches College gehen statt auf eine anständige Uni? Die nächsten zwanzig Jahre einen Kredit abbezahlen? Erzähl mir nicht, du hättest nie darüber nachgedacht. Dass du es nicht so unbedingt gewollt hast, dass es dir schon unter den Fingern gekitzelt hat. Dass du nie daran gedacht hast, die süße kleine Anh vor einen Bus zu schubsen, damit du das Stipendium kriegst? Und dann her mit dem Geld und nichts wie weg!«

»Nein, hab ich nicht.«

»Ich aber!«, schrie er. »Ich hab jeden Tag daran gedacht! Ich habe jeden einzelnen Tag *gehasst*, seit ich in diesen beschissenen Wohnwagen gezogen bin! Mein Onkel hat gesagt, ich soll es gut sein lassen. Dass es nicht deine Schuld war. Dass sie durch nichts wiederkommen würde. Er hat gesagt, ich soll alles mit raus aufs Spielfeld nehmen, hart trainieren und mich aufs Stipendium konzentrieren. Das war der einzige Weg raus. Aber dann bin ich auf der Bank gelandet, und als ich jetzt endlich aus der verdammten Beinschiene rauskonnte, war meine Chance vorbei. Auch wenn ich nächsten Herbst wieder spielen könnte, hab ich bei den Scouts verloren. Den Anwerbern ist es egal, ob mein Bein wieder heil ist. Keine Uni gibt jemandem mit einer Knieverletzung ein Stipendium.« Er trat mir von hinten in die Kniekehlen, sodass ich zusammensackte, und zog mich an den Haaren wieder hoch.

»Und dann erfahre ich vor ein paar Monaten, dass Emily mit meinem besten Freund rummacht, sich nachts auf dem Golfplatz rumtreibt und es ihm auf der Rückbank von seinem 50.000-Dollar-Wagen besorgt. Und da ist mir klar geworden, dass mir nichts mehr geblieben ist. Deine Familie hat mir alles weggenommen. Das hätte *mein* Auto sein sollen. *Mein* Mädchen. *Mein* Leben!«, schrie er und schüttelte mich. »Aber wegen deinem Vater bin ich genau wie du! Jedes Mal, wenn ich dich ansehe, fühlt es sich an, als würde mir jemand die Eingeweide verätzen. Und ich sehe es echt nicht ein, allein in dieser verdammten Scheiße zu verrotten!«

Er war völlig außer Atem. »Du hast es mir so leicht gemacht, Boswell.« Er lachte ein hohes, nervöses Lachen. »Ich hab dich beobachtet, wie du jeden Freitagmorgen diese bescheuerten Anzeigen gelesen hast. So was von armselig. Also dachte ich, was gibt es für eine bessere Möglichkeit, deine Aufmerksamkeit zu kriegen, als den Köder da auszulegen, wo ich wusste, dass du ihn sehen würdest? Dann musste nur noch alles auf dich zurückfallen.«

»Dann lass mich dir mal was sagen«, antwortete ich und versuchte, mich in seiner Umklammerung aufzurichten. »Die Polizei hat eine neue Liste von Verdächtigen, und ich bin nicht drauf.«

TJ verlagerte sein Gewicht. Fasste mir wieder in die Haare. »Was für eine Liste?«

Ich fühlte, wie er sich in die Richtung umdrehte, in die Emily verschwunden war.

»Eine Liste von Leuten, die Ketamin gekauft haben.«

TJs Lachen hallte vom Friedhof wider. »Lonnys Liste? Weißt du was? Ich bin auch nicht drauf. Aber ich wette, Vince ist es. Ich hab das Ketamin aus Vince' Schrank geklaut. Er kauft schon seit Monaten Special K. Was glaubst du sonst, wie ein Arschloch wie er es schafft, so viele Mädels flachzulegen? Er hat so viel von dem Zeug in seinem Spind, dass er es gar nicht merkt, wenn was fehlt. Die Bullen können Vince hopsnehmen. Gegen mich haben sie nichts in der Hand.«

Er blickte wieder unruhig in die Dunkelheit.

»Wo ist Emily?«, fragte ich ihn.

»Emily tut, was ich ihr gesagt habe.« Es klang wie ein Mantra, als ob es, wenn er es nur oft genug wiederholte, wahr werden könnte.

»Sie war es, oder?«, bohrte ich weiter, um ihn am Reden zu halten. »Du hast sie gezwungen, dir zu helfen. Sie war diejenige, die im Krankenhaus angerufen hat und sich für mich ausgegeben hat. Die Reece aus dem Knast geholt hat. Sie hat ihm das Ketamin gegeben und ihm den Wohnungsschlüssel geklaut, als er ohnmächtig geworden ist. So bist du in seine Wohnung und an das Handy gekommen.«

»Sie wird kein Wort sagen. Sie steckt viel zu tief mit drin. Sie hat dir heute Morgen das Handy in den Rucksack gesteckt. Sie hat aufgepasst, dass die Mädchentoilette leer war und niemand reinkam, als ich Rose präpariert hab. Sie hat sich auf der Besucherliste im Krankenhaus eingetragen und deinen Namen verwendet. Wenn das hier alles vorbei ist, bekomme ich das Stipendium. 25.000 Dollar. Ich kann Emily die Kaution zurückzahlen und hab immer noch 20.000. Nicht so viel, wie dein Dad uns geklaut hat, aber es ist immerhin ein Anfang. Und dein Freund wird nicht mehr da sein, um der Polizei irgendwas zu erzählen.«

Ich fühlte einen Stich, als hätte er mir ein Messer in den Bauch gerammt. Grauenvolle Bilder von Kylie und Marcia und Rose blitzten vor meinem Auge auf. »Was hast du mit ihm vor?«

»Ich? Ich hab gar nichts mit ihm vor. Aber du wirst ihn gleich umbringen«, lachte er. »Und Anh auch.«

Es war vorbei. Mein Name war mit den Symbolen des Periodensystems zu Ende buchstabiert. Die Falle schnappte zu. Emily würde jeden Moment wieder da sein und den nächsten Schritt einleiten. Ich musste es jetzt tun, bevor noch irgendjemand verletzt würde, inklusive Emily.

»TJ«, sagte ich und kämpfte gegen das Zittern in meiner Stimme an. »Emily ist wahrscheinlich abgehauen. Du hast doch selbst gesehen, wie fertig sie mit den Nerven ist. Sie hat wahrscheinlich schon die Polizei gerufen und alles erzählt. Sie hat wahnsinnige Angst. Die Polizei wird die Wahrheit längst erfahren haben.«

Ich konnte spüren, wie zerrissen er innerlich war. Konnte den Zweifel schmecken, als er wieder nach Emily Ausschau hielt. Sie kam nicht. Er drückte die Pistole fester an meine Schläfe.

»Du musst niemanden mehr umbringen«, sagte ich mit so fester Stimme wie möglich. »Nimm meinen Rucksack. Da sind 5.000 Dollar in bar drin. Das Geld ist deins. Plus eine Fahrkarte nach Kalifornien. Du kannst abhauen. Lauf weg, bevor die Polizei hier ist.« Ich schüttelte den Rucksack von meiner Schulter und machte den Reißverschluss auf. Ich warf die grünen Geldbündel auf den Boden. Der Druck der Pistole löste sich leicht.

»Da liegst du aber falsch«, sagte er und zog an meinen Haaren, um seine Worte zu unterstreichen. »Es geht mir nicht nur ums Geld. Ich will, dass du bezahlst! Mein Leben hatte etwas bedeutet!«

»Und was ist mit Anhs Leben? Bedeutet das nichts?«, rief ich. »Und Reece' Leben? Und meins? Du kannst nicht einfach entscheiden, dass unser aller Leben nichts wert ist!«

»Hast du es schon wieder vergessen? Nicht *ich* bin der Mörder. *Du* bist es.« TJ legte die Arme um mich und umklammerte meine Handgelenke. Dann drückte er mir die Pistole in die Hand und legte meinen Zeigefinger an den Abzug. Ich wehrte mich und trat nach seinen Schienbeinen, als er meinen Arm auf Reece richtete. Er war viel zu nah, zu groß, zu stark. Wenn er abdrückte, wäre alles, was ich getan hatte, um Reece zu retten, umsonst gewesen. Ich spürte, wie seine Entschlossenheit wieder zunahm.

»Am Ende werden sie das Rätsel lösen«, sagte TJ, während er die Pistole weiter ausrichtete. »Der indirekte Beweis. Sie werden alles zusammenfügen. Sie werden Anh und Whelan finden. Deine Fingerabdrücke auf der Pistole. Deinen Abschiedsbrief.«

Tränen stiegen mir in die Augen, ich sah alles nur noch verschwommen. Ich starrte über den Lauf der Pistole auf Reece und fragte mich, wie lange die Drogen wohl wirkten. Wann er wohl aufwachen würde. Ob er die Augen gerade in dem Moment aufschlagen würde, wenn ich den Abzug betätigte.

»Ich nehme dir jetzt das weg, was dein Vater mir genommen hat. Alles.« Er beugte sich über meine Schulter und zielte direkt auf Reece' Brust. Ich drückte die Knie durch und warf mich gegen ihn, versuchte, die Arme hochzureißen. Meine Muskeln brannten und zitterten, aber TJ zielte immer noch auf Reece. Er verstärkte den Druck seiner Finger auf meine. Ich drehte den Kopf weg, schloss die Augen, damit ich nicht zusehen musste, wie Reece starb.

Ich hielt die Luft an.

»Vermisst du was?«, schnitt eine tiefe Stimme durch die Dunkelheit. »Ich nämlich schon.«

TJ erschrak und lockerte den Griff um meine Finger.

»Lass sie los und die Waffe fallen, und halte die Hände so, dass ich sie sehen kann.«

Erleichtert atmete ich die angehaltene Luft aus. Ein paar Meter weiter sah ich Emily stehen. Mit tränenüberströmtem Gesicht und weit aufgerissenen Augen stand sie da.

Hinter ihr war Lonny.

Er stieß Emily vor sich her ins Licht des Mausoleums. An ihrem Hals blitzte eine Messerklinge auf.

TJ versteifte sich. Er zögerte, ließ mich jedoch nicht los. »Verdammt, was machst du denn hier?«

»Sieht so aus, als wäre ich ein bisschen spät dran, Boswell. Aber ich hab mich sofort auf den Weg gemacht, nachdem du mich angerufen hattest.« Lonnys Lächeln war böse und erschreckend erwartungsvoll. Er drückte Emily die Messerspitze in die Haut und ein Tropfen Blut lief ihr über den Hals. Sie wimmerte. TJ rührte sich nicht.

»Ich glaube, du hast mich gerade nicht richtig verstanden, Wiles. Ich hab gesagt, lass Leigh los und wirf die Pistole weg.«

Lonny verzog das Gesicht zu einem Grinsen und Emily schrie auf.

TJs Hände zitterten, als er mich schließlich losließ. Meine Knie gaben unter mir nach und ich sackte zusammen.

TJ machte einen Schritt über Reece hinweg. Er ging vollkommen sicher ohne seine Beinschiene. Langsam hob er die Hände, aber die Pistole ließ er immer noch nicht los. Doch es war vorbei. Er konnte nicht weglaufen. Er würde uns alle drei umbringen müssen, und das passte nicht in seinen Plan. Er hatte schon zwei extra Leichen, um die er sich kümmern musste. Unsicher blickte er auf die Bündel von Geldscheinen. Dann beugte er sich hinunter, um sie einzusammeln, wobei er Lonny ganz genau im Blick behielt.

»Finger weg.« Lonnys schneidender Befehl ließ ihn in der Bewegung erstarren. »Boswell hat dir ein ziemlich süßes Angebot gemacht, aber ich hab ein Problem damit. Weißt du, mir fehlt immer noch was. Du schuldest mir was, und mir ist irgendwie nicht so nach Großzügigkeit.« Seine Knöchel schimmerten weiß unter der Haut, als er das Messer fester umklammerte.

TJ richtete sich langsam wieder auf. »Was willst du?«

Lonny riss Emilys Kopf an den Haaren zurück. Sie schluchzte. Die Tränen liefen ihr übers Gesicht.

Auf einmal empfand ich einen Anflug von Reue. Ich hatte Lonny angerufen, weil er meine letzte Hoffnung war. Aber er war nicht meinetwegen hier. Lonny war hier, um sich zu rächen.

»Deine eigene Freundin konntest du nicht umbringen, aber bei meiner war es ganz einfach, oder?«, knurrte er mit tiefer Stimme. »War es leichter zuzusehen, wie Kylie verblutete, nachdem du die ganzen anderen schon umgebracht hattest?«

Die Pistole in TJs Hand bewegte sich. Er lockerte die Finger um den Kolben der Waffe, um sie im nächsten Moment wieder fest zu schließen.

»Weißt du, ich kann das verstehen. Wir sind uns da gar nicht so unähnlich«, fuhr Lonny fort. »Nach dem ersten Mal ist die Hemmschwelle weg, man ist irgendwie taub, und dann ist einer mehr oder weniger auch egal.« Lonny entblößte seine Zähne und riss

Emilys Kopf wieder gewaltsam zurück. Das Blut tropfte ihr den Hals hinab. »Jetzt wirf die Pistole weg.«

TJ senkte den Arm, woraufhin Lonny sich minimal entspannte. Aber ich wusste etwas, was Lonny nicht wusste. Emily war TJ inzwischen egal. Für ihn war sie bereits gestorben, als er das Foto von ihr und Vince gesehen hatte.

Ich machte mich auf das Schlimmste gefasst. Da schlüpfte eine kalte Hand von unten in mein Hosenbein und umfasste meinen Fußknöchel. Eine pfefferminzartige Ruhe, die nicht meine war, durchströmte mich. Sie beruhigte sofort meinen Drang, mich zu ducken oder wegzulaufen. Zuversicht erfasste mich und flüsterte mir zu: *Vertrau mir.*

Blitzschnell drehte TJ sich um und richtete die Pistole auf meinen Kopf. Sogar aus einer Entfernung von mehreren Metern konnte ich sie wie einen festen, kalten Druck an meinem Schädel spüren, aber ich blieb ganz ruhig. Ich sah ihn über den Pistolenlauf hinweg an, als er sagte: »Du hast recht. Es wird von Mal zu Mal einfacher.«

TJ drückte ab.

Lonny schrie.

Ich wurde umgerissen und es verschlug mir den Atem.

Ein durchdringender Schmerz jagte durch meinen Kopf.

Und dann wurde alles schwarz.

KAPITEL 44

Es ist schon seltsam, an was man sich so erinnert, und noch viel seltsamer, was man alles vergisst. Ich konnte mich nicht daran erinnern, wie die Polizei und die Rettungskräfte auf dem Friedhof ankamen. Ich konnte mich nicht daran erinnern, wie die Handschellen um TJs und Emilys Handgelenke zuschnappten.

Aber ich konnte mich an eine Stimme erinnern. Eine verzweifelte Stimme, die immer wieder meinen Namen rief. Eine Stimme, die mir sehr bekannt vorkam, aber dann hatte mich die Dunkelheit ganz verschluckt.

In einem kratzigen Krankenhausbett wachte ich wieder auf. Es war dunkel im Zimmer, die Vorhänge waren zugezogen. Neben meinem Kopf piepten Monitore. Die einzige Uhr, die ich sehen konnte, zeigte vier Uhr an. Ob nachmittags oder nachts wusste ich nicht.

Als sich meine Augen an die Dunkelheit gewöhnt hatten, erkannte ich meine Mutter, die auf einem Stuhl am Fußende des Bettes saß und schlief.

Eine Krankenschwester kam ins Zimmer getappt.

»Oh, gut. Sie sind wach«, flüsterte sie. Sie legte mir die Finger auf die Innenseite des Handgelenks und sah zu, wie der Sekundenzeiger ihrer Uhr sich vorwärtsbewegte. Ihre Berührung war beruhigend, wie warmer Kräutertee, und sie roch nach Babypuder. »Wie geht es Ihnen?« Sie überprüfte die Monitore und machte ein paar Notizen auf einem Klemmbrett.

»Mein Kopf tut weh.« Ich ertastete eine dichte Reihe kratziger Fäden zwischen meinen Haaren.

»Sie wurden genäht.« Die Krankenschwester goss mir einen Becher Wasser ein und hielt den Strohhalm, während ich versuchte, mich aufzusetzen. Von der Anstrengung wurde mir ganz schwindelig und schlecht. »Sie bekommen über den Tropf ein Schmerzmittel. Wahrscheinlich fühlen Sie sich davon ein wenig benommen.«

Ich legte den Kopf zurück gegen das Kissen. Das Letzte, woran ich mich erinnern konnte, war TJs Pistole. Mit entsetzlicher Klarheit hatte ich seinen grässlichen Gesichtsausdruck, als er den Abzug betätigte, vor Augen. Und die sonderbare Ruhe, bevor alles explodierte.

»Reece!« Zu schnell setzte ich mich wieder auf. Ein betäubender Schmerz lähmte mich und ich atmete langsam durch den Mund, um mich nicht übergeben zu müssen. Die Krankenschwester eilte herbei.

»Ihren Freunden geht es gut«, beruhigte sie mich und strich meine Decke glatt.

»Aber Reece?«

»Es geht ihnen allen gut. Versuchen Sie jetzt zu schlafen.« Sie legte ihre warme Babypuder-Hand auf meine. Das EKG beruhigte sich wieder, mein Herz schlug ganz regelmäßig. Alles war in Ordnung ... Wie konnte das sein?

»Soll ich sie wecken?« Die Krankenschwester deutete mit dem Kopf auf meine Mutter. »Sie war schon den ganzen Tag hier. Sie wollte Sie nicht allein lassen. Ich hab ihr ein Nikotinpflaster und ein leichtes Beruhigungsmittel gegeben. Vor einer Stunde ist sie endlich eingeschlafen.«

Ich sah meine Mutter genauer an. Sie trug eine Secondhand-Trainingshose, die Haare waren zu einem unordentlichen Pferdeschwanz gebunden und über ihren Knien ausgebreitet lag mein Lieblingskapuzenpulli. Unter den ungeschminkten Augen hatte sie dunkle Ringe und Sorgenfalten. Sie hätte irgendeine Mutter sein können – eine ganz normale, müde Mutter, die krank vor Sorge war. Aber sie war meine.

Als ob sie merkte, dass ich sie beobachtete, rührte sie sich plötzlich und schlug die Augen auf.

»Ich lasse Sie zwei mal allein«, sagte die Krankenschwester und schlich hinaus.

Meine Mutter setzte sich auf und sah mich voller Sorge an. Zögerlich und unbeholfen rückte sie auf ihrem Stuhl vorwärts, als würde sie mich gern berühren, wüsste aber nicht, wie. »Als die Polizei kam und mir erzählt hat, was passiert ist, dachte ich, ich hätte dich verloren.« Sie schluckte und holte zitternd Luft. »Es war meine Schuld. Ich hätte dir von Anfang an alles erzählen sollen. Ich hatte nur solche Angst, dass du ihn suchen gehen könntest. Dass du mich verlassen würdest.« Jetzt weinte sie. Schluchzte richtig und die Tränen liefen ihr übers Gesicht. »David zu verlieren war zwar schlimm, aber ich bin damit fertiggeworden. Aber dich? Ich hätte einfach nicht gewusst, wie ich einen solchen Verlust verkraften sollte. Ich habe mir eingeredet, dass ich es niemals schaffen würde, dich gehen zu lassen. Aber das war falsch. Ich habe mich geirrt. Du bist so intelligent und erwachsen. Ich hätte dir zutrauen sollen, deine eigenen Entscheidungen zu treffen.« Ihre Hände zitterten, als sie sie auf ihre Lippen presste und versuchte, ihre Tränen zurückzuhalten.

Ich streckte die Hand nach ihr aus, hielt sie in dem leeren Raum zwischen uns in der Luft. Sie blickte erst auf meine Hand, dann mich an. Dann legte sie ihre Hand in meine. Ich schloss die Augen und fühlte all die Liebe, die schon immer da gewesen war, die ich mir aber nie erlaubt hatte zu fühlen. All die Dinge, von denen ich gedacht hatte, mein Vater hätte sie mitgenommen, als er uns verließ. Alles, was ich brauchte, war hier, in ihr. »Es tut mir leid«, sagte ich, und auch mir liefen jetzt Tränen über die Wangen, »wenn ich dir das Gefühl gegeben habe, du wärst nicht genug.«

Sie beugte sich vor, gab mir einen zärtlichen Kuss auf die Stirn und legte mir eine Hand aufs Herz. Ihr Stolz – ihre Bewunderung –, fühlten sich unglaublich gut an. »Du bist und wirst immer ganz du selbst sein, Nearly. Alles, was du jemals brauchen wirst, ist genau hier drin.« Sie richtete sich wieder auf und wischte sich über die Augen. Sie waren ganz nass und rot, aber jetzt waren ihre Lachfältchen zu sehen. »Ich geh mal in die Cafeteria und hol uns was zu essen. Obwohl der Fettanteil an den Kalorien hier ziemlich enttäuschend ist.«

Wir lachten beide und es fühlte sich gut an.

Die Tür ging hinter meiner Mutter zu und gleich wieder auf. Die

Krankenschwester mit dem Babypuder-Duft steckte lächelnd den Kopf herein.

»Da ist ein ziemlich gut aussehender, dunkelhaariger junger Mann, der Sie gerne besuchen würde. Ich hab ihm gesagt, er darf erst zu Ihnen, wenn Ihnen danach ist. Wenn Sie wollen, sage ich ihm, dass er sich noch gedulden ...«

»Nein!«, rief ich lauter, als ich es beabsichtigt hatte. »Es ist okay. Er kann reinkommen.« Die Krankenschwester half mir, mich aufzusetzen, und ging wieder hinaus, um meinen Besucher zu holen. Ich hätte mir am liebsten noch die Zähne geputzt, aber so kämpfte ich nur mit den Infusionsschläuchen, während ich mir mit den Fingern durch die Haare kämmte, und war nach kurzer Zeit schon total erschöpft.

Schließlich ging die Tür einen Spalt auf und das Licht vom Flur fiel herein. Jede Nervenzelle in meinem Körper war angespannt, bis Oleksa den Kopf hereinsteckte und sich umsah. Ich ließ mich wieder zurück in die Kissen fallen. Er hob eine geschwollene Augenbraue, als ob er auf meine Erlaubnis wartete, hereinzukommen. Gena kam hinter ihm her. Sie hatten die Finger miteinander verschlungen und trugen beide die gleiche Polizeimarke um den Hals.

Oleksas Marke hob und senkte sich mit jedem Atemzug und ich starrte ihn mit großen Augen an. Er war doch von hinten von einer Kugel durchbohrt worden. Wie konnte es sein, dass er immer noch lebte? TJ hatte ihm vor meinen eigenen Augen in den Rücken geschossen. Das hatte ich mir nicht nur eingebildet.

»Du lebst?«

»Kevlar.« Er klopfte sich mit der Faust auf die Brust und zwinkerte. »Ich bin kugelsicher.« Die Wärme auf dem kalten Gesicht, vor dem ich mich seit Wochen gefürchtet hatte, kam mir absolut merkwürdig vor. Genau wie das mysteriöse Verschwinden seines schweren ukrainischen Akzents. Ansatzweise war er bei den abgehackten Konsonanten noch zu hören, aber sein Dialekt wirkte jetzt genauso entspannt wie sein Lächeln.

»Leigh Boswell«, sagte Gena, »darf ich dir Detective Oleksander Petrenko vorstellen?«

»Du kannst mich ruhig Alex nennen«, sagte Oleksa lässig, als wären wir uns gerade zum ersten Mal begegnet.

Ich sah ihn mit zusammengekniffenen Augen an. »Wir sind uns schon mal über den Weg gelaufen. Ich glaube, es war an dem Abend, als *Detective* Petrenko meinen Freund verprügelt hat.«

Eine peinliche Stille legte sich über den Raum, als wir alle verarbeiteten, was ich gerade laut ausgesprochen hatte. Was ich mir selbst bisher nicht eingestanden hatte. Ich war in Reece verliebt. Auch wenn es mir Angst machte. Ich brauchte ihn auf eine schmerzhafte, komplizierte Art, die sich absolut unlogisch und trotzdem hundertprozentig richtig anfühlte. Er war der Grund dafür gewesen, dass ich nicht in den Zug gestiegen war – er war der eine Mensch gewesen, den ich nicht hatte zurücklassen können.

Oleksa räusperte sich und senkte den Blick, damit die Röte in meinen Wangen wieder etwas abnehmen konnte. »Whelan wusste, was ihm bevorstand«, sagte er leicht abwehrend.

»Ich halte dich auch der Körperverletzung für schuldig, Schätzchen.« Gena grinste ihn an. »Du hast zuerst zugeschlagen. Was hast du denn erwartet, was er tun würde?«

»Wegen Reece wärst du damals beinah erschossen worden.

Wenn Ryan Whelan nicht gewesen wäre, würdest du jetzt an seiner Stelle unter der Erde liegen.«

Gena verdrehte die Augen, als hätte sie das schon tausendmal gehört. »Das ist lange her, Süßer. Du bist doch bloß sauer, weil er dir die Nase gebrochen hat.«

Oleksa fasste nach dem kleinen Knubbel auf seinem Nasenrücken und holte tief und langsam Luft.

»Ich wusste es.« Ich richtete mich in meinem Bett auf. »Du bist die Polizistin. Die Ryan gerettet hat.«

Genas glänzende Lippen lächelten bittersüß. »Ryan war ein guter Junge«, sagte sie leise.

Ich sah auf ihre miteinander verschränkten Hände, und wie durch einen dichten Nebel fiel mir Lonnys Geschichte wieder ein. *Eigentlich hatte er nur sechs Monate wegen Drogenhandels, aber angeblich ist der Freund der Polizistin während der Gerichtsverhandlung auf ihn losgegangen, und Reece hat noch drei Monate extra wegen Beamtenbeleidigung bekommen.* »Und du bist der Polizist, den Reece bei der Gerichtsverhandlung angegriffen hat? Und der mich beim Rave rausgetragen hat?« Oleksa hatte der Polizei erzählt, dass ich vor dem Mord an Kylie bereits bewusstlos gewesen war, und die Richterin dadurch überzeugt, keinen Haftbefehl auszustellen.

»Wie gesagt, er wusste, was ihm bevorstand.« Oleksas Blick wurde ernst. »Whelan ist gefährlich. Was gestern Abend passiert ist, ändert nichts daran.«

»Was genau ist denn gestern Abend passiert?« Ich fasste mir an den Hinterkopf. »Ich weiß nur noch, dass TJ abgedrückt hat, und dann ...« Die Hand an meinem Knöchel, die Gestalt, die sich auf mich gestürzt hatte, konnte nur eine Person gewesen sein. »Die Krankenschwester hat gesagt, Reece geht es gut?«

»Mit Reece ist alles in Ordnung.« Gena lächelte mich beruhigend an. »Er war zum Glück schon wieder so weit bei Bewusstsein, dass er dich aus der Schusslinie ziehen konnte. Du bist dabei mit dem Kopf auf die Stufe des Mausoleums geknallt. Du hast wahnsinnig geblutet und ihn zu Tode erschreckt. Er dachte, er hätte dich umgebracht.«

»Er ist nicht verletzt worden?«

»Er wird an der rechten Schulter eine Narbe behalten. Wird bestimmt mal ziemlich sexy aussehen.« Sie zwinkerte. »Aber die Austrittswunde war sauber. Er wird keinen dauerhaften Schaden davontragen. Er ist schon entlassen worden.«

Gena und Oleksa schwiegen, während ich das sacken ließ. Reece hatte mein Leben gerettet. Gena hatte ihn richtig eingeschätzt, auch wenn Oleksas Gesichtsausdruck etwas anderes sagte. Ich hoffte, Reece' Opfer wäre genug, um sein Vorstrafenregister zu bereinigen, und dass die Kugel, die er für mich abgefangen hatte, reichen würde, um die letzten seiner Dämonen zu vertreiben.

Apropos Dämonen ...

»Und Lonny? Er steckt doch nicht in Schwierigkeiten, oder?« Auch wenn seine Motive eigentlich andere gewesen waren, war Lonny da gewesen, als ich ihn brauchte. Ich erschauderte, als ich daran dachte, was möglicherweise passiert wäre, wenn er nur eine Minute später aufgetaucht wäre.

»Emily wollte ihn wegen Körperverletzung anzeigen, aber wir haben uns darum gekümmert.« Gena kicherte und stemmte sich eine Hand in die Hüfte. »Und dann hat sie es noch gewagt, ihre fünftausend Dollar Kaution zurückzuverlangen, aber sie hatte das Geld ja unter deinem Namen abgegeben. Sie wird nicht beweisen können, dass das Geld eigentlich ihr gehörte, ohne sich selbst noch mehr zu belasten.«

Oleksa schaltete sich ein. »Was Lonny mit Emily gemacht hat, war eine sogenannte ›Jedermann-Festnahme‹. Emily und TJ sind beide in Untersuchungshaft. Gegen Lonny hat bisher niemand Anzeige erstattet.«

»Und es würde seinem polizeilichen Führungszeugnis auch nicht schaden, wenn das weiterhin so bliebe«, ergänzte Gena.

»Was äußerst unwahrscheinlich ist«, murmelte Oleksa.

Gena zeigte auf den Stuhl, auf dem meine Mutter bis vor Kurzem noch geschlafen hatte. Mein Rucksack lehnte dagegen, und darauf lag eine langstielige schwarze Rose.

»Lonny war vorhin schon mal da, um dich zu besuchen, aber da hast du noch geschlafen. Er hat gesagt, dein Rucksack lag noch auf dem Friedhof. Ich soll dir ausrichten, dass ›noch alles da‹ ist – was auch immer er damit meinte – und dass du dich gern bei ihm erkenntlich zeigen darfst, wenn es dir wieder besser geht.« Gena runzelte die Stirn. Sie war ziemlich gut darin, stumme Botschaften zu übermitteln. Diese schien zu sagen: »Pass bloß auf, Süße.«

Ich unterdrückte ein Lächeln. Es wäre gelogen gewesen, zu behaupten, dass Lonny mir keine Angst mehr machte, aber inzwischen hatte ich doch erkannt, dass auch er nicht nur schwarz-weiß zu sehen war.

»Und Jeremy? Geht es ihm gut?«

Gena und Oleksa wechselten einen kurzen Blick und mir zog sich das Herz zusammen.

Oleksa fasste in die Tasche seiner Cargohose und warf mir eine Packung Twinkies aufs Bett. »Jeremy ist im Zimmer nebenan. Er hat mich gebeten, dir die zu geben.«

Dann sagte Gena: »Eine Psychologin führt gerade ein Krisengespräch mit ihm.«

»Krisengespräch?«, fragte ich mit trockenen Lippen. »Was denn für ein Krisengespräch?«

Gena öffnete den Mund, dann machte sie ihn wieder zu. Oleksa drückte kurz ihre Hand und antwortete für sie. »Lonny hat uns während unserer Ermittlungen erzählt, dass Jeremy eine ziemlich große Menge Ketamin gekauft hat. Er hatte wohl niemals vor, irgendjemanden zu verletzen, aber ...« Oleksa stockte. »Wir machen uns etwas Sorgen, dass er vorgehabt hatte, sich selbst Schaden zuzufügen.«

Ich ließ meinen Kopf zurück ins Kissen fallen. Schloss die Augen. Hörte dem Piepen der Monitore zu, während ich mit der Infusion die nächste Dosis Schmerzmittel verabreicht bekam und dankbar für das benommene Gefühl war. Von all den unbeantworteten Fragen riss diese das größte Loch in mein Herz.

Gena und Oleksa wandten sich zum Gehen.

»Ruh dich aus«, sagte Oleksa. »Jemand aus Nicholsons Team wird bald vorbeikommen, um deine Aussage aufzunehmen.«

• • •

Ich fühlte etwas Warmes in meiner Hand. Dann Lippen auf meiner Stirn. Keine weichen Lippen wie die meiner Mutter. Kratzige Bartstoppeln kitzelten meine Haut. Ich schlug die Augen auf. Als sich meine Augen an das dämmrige Licht gewöhnt hatten, erkannte ich Reece' Gesicht über meinem. Seine müden Augen waren hinter einem wilden Durcheinander aus Haaren verborgen.

Ich atmete seinen Duft ein. Es war mir egal, dass er nicht frisch geduscht oder rasiert war. Der Geruch seiner Lederjacke war warm und beruhigend. Ich griff danach und das Leder knarrte, als er sich neben mich aufs Bett setzte.

»Tut mir leid, dass ich so lange gebraucht habe. Ich kann grad nicht Motorrad fahren, also musste ich den Bus nehmen.« Er zuckte mit der rechten Achsel. Der leere Jackenärmel hing schlaff herunter. »Ich hätte dich ja angerufen, aber du hast so eine Angewohnheit, das hier im ungünstigsten Moment zu verlieren.« Er tippte auf meine Hand, die sein Handy umschloss.

»Ich bin so froh, dass es dir gut geht.« Ich schloss die Augen. Ich konnte immer noch den Schuss hören.

»Es wird verheilen. Ich bin heute Morgen entlassen worden, aber da hast du noch geschlafen. Ich war den ganzen Tag auf der Wache und hab mich vom Lieutenant anscheißen lassen.« Er strich mir die Haare aus dem Gesicht. »Ich hätte dich beinah verpasst. Du sollst auch demnächst entlassen werden. Ich bin so schnell gekommen, wie ich konnte.«

»Warum?«, fragte ich.

»Was meinst du, warum? Weil ich dich sehen wollte.« Reece ließ die Schultern hängen. »Und weil ich dir die hier geben wollte.« Er machte die Jacke auf. Sein rechter Arm hing in einer blauen Armschlinge und war ihm fest an die Brust gebunden. In der Hand hielt er einen dicken Strauß lila blühender Disteln. »Ich dachte, die würden dir vielleicht gefallen.«

Ich lächelte. »Das meinte ich nicht. Nicht, warum du gekommen bist.« Es gefiel mir, dass ich zu wissen glaubte, warum er hier war. »Warum musstest du dich anschießen lassen?«

»Ach so«, sagte er und winkte mit der Hand seines guten Arms ab. »Ich stecke ein bisschen in Schwierigkeiten, weil ich mich in die Arbeit der Mordkommission eingemischt hab. Aber ich würde im Nachhinein nichts anders machen, also ist es mir egal.«

»Warte, das verstehe ich nicht. Du kriegst Ärger, weil du mich beschützt hast?« Ich setzte mich auf und die Monitore reagierten sofort auf meinen beschleunigten Herzschlag. »Das ist doch lächerlich! Du solltest mich beobachten, und ich war unschuldig …«

»Beruhig dich, es ist okay.« Er blickte auf die Monitore, legte mir eine Hand auf die Schulter und drückte mich zurück auf die Matratze. Dann fuhr er mit einem Finger über die nackte Haut an meinem Hals, wo ich sonst seine Kette getragen hatte. Seine Berührung war sanft und zärtlich. »Kannst du dich noch daran erinnern, als du mich gefragt hast, warum ich dir folge?«

Ich nickte und seine Finger malten langsame Muster über meinem Herzen.

»Ich bin dir nie gefolgt, weil ich es musste oder weil ich dachte, du hättest irgendetwas Falsches getan. Ich habe es getan, weil du mir wichtig bist.«

Er nahm die Kette von seinem Hals. Sie war noch ganz warm, als er sie in meine Hand gleiten ließ. Dann verschränkte er unsere Finger miteinander. Er fühlte sich anders an. In sich ruhend.

Ich beugte mich vor und er legte mir die Kette mit dem Distel-Anhänger um den Hals.

»Ich wollte dich noch etwas fragen ...« Nervös sah er mich an. »Was die Anzeigen angeht ...«

»Was denn?«, fragte ich. Endlich war ich bereit, ihm die Wahrheit zu erzählen.

»Bevor das alles losging ... bevor TJ angefangen hat, die Anzeigen zu schreiben ... wonach hast du da gesucht? In den Kontaktanzeigen, meine ich.« Ich hatte Reece noch nie zuvor stammeln gehört, er hatte noch nie so verunsichert geklungen. Ich fühlte einen Stich der Eifersucht durch unsere verbundenen Hände. Er fragte nicht nach meinem Vater. Ich merkte, wie ich rot wurde.

»Ich weiß es nicht genau«, sagte ich und dachte daran, wie sich die Freitage vor TJs erster Anzeige angefühlt hatten. »Aber ich glaube, ich habe es gefunden.«

Langsam beugte er sich vor, neigte den Kopf und gab mir einen Kuss auf die Lippen. Alle Regeln und alles, was mich vorher immer hatte zögern lassen, fielen von mir ab. Ich wollte ihn, wollte alles von ihm. Um die Folgen konnte ich mich später kümmern.

Reece löste sich viel zu schnell wieder von mir und grinste. »Ja? Da war doch diese Sache mit dem ›nicht berühren‹?«

Ich schlang die Arme um seinen Hals und zog ihn an mich. »Das war sowieso eine ziemlich blöde Regel.«

Seine Lippen wanderten zu meinem Kinn und von dort aus weiter meinen Hals hinab. »Was hast du jetzt vor?«, fragte ich.

»Mit dir rummachen.« Seine Stimme war ein tiefes Schnurren, es kitzelte an meinem Hals.

»Das habe ich nicht gemeint.« Ich hatte eigentlich fragen wollen, was er in den Ferien machen und wann ich ihn wiedersehen würde, aber es fiel mir schwer, mich zu konzentrieren. Das Piepen der Monitore wurde schneller und das EKG zeigte unregelmäßige Ausschläge. Ich zog an Reece' Jacke und rutschte zur Seite, um ihm Platz zu machen.

Als ob er meine Gedanken lesen könnte, sagte er: »Ich kann nicht lange bleiben.« Aber sein Kuss sagte etwas anderes. Vorsichtig legte er sich neben mich, passte auf, nicht an seiner Armschlinge oder meinen Schläuchen zu reißen, obwohl eigentlich keiner von uns beiden mehr vorsichtig sein wollte. »Ich muss zurück auf die Wache. Ich werde versetzt.«

»Versetzt?« Ich stieß ihn zurück, damit ich sein Gesicht sehen konnte, und hoffte nur, ich würde nicht zu anhänglich klingen. »Wohin? Die Sommerferien haben doch gerade angefangen.«

Er zuckte lässig die Achseln und blickte gedankenverloren auf meinen Mund. »Nicholson will, dass ich zur Sommerschule gehe. Er meint, ich müsse meine versäumten Stunden nachholen.« Mehr Küsse. »Wir haben sozusagen einen Deal.«

»Was für einen Deal?« Ich runzelte die Stirn und sah ihn fragend an. Irgendwie stand ich allem, was Nicholson anging, ziemlich misstrauisch gegenüber.

Reece warf wieder einen sehnsüchtigen Blick auf meine Lippen und seufzte. »Der Vorwurf wegen Körperverletzung wurde aus meiner Akte gestrichen, aber jetzt hab ich noch die Sache mit der Behinderung der Justiz an der Backe. Ich hab eingewilligt, noch ein Jahr als Drogenfahnder zu arbeiten. Aber dafür wird keine Anklage erhoben.«

Sommerschule, Versetzung, ein ganzes Jahr getrennt. Er fasste nach meinem Kinn und gab mir einen langen Kuss. Es fühlte sich an wie ein Abschied, der Monitor piepte unregelmäßig.

»Jetzt ruh dich aus«, sagte er und gab mir einen letzten Kuss auf die Stirn, bevor er aufstand.

Das würde ich wahrscheinlich so schnell nicht können, dachte ich. Ich war ganz aufgekratzt von dem ganzen Adrenalin und fragte mich, wann ich ihn wohl wiedersehen würde. Er war schon halb zur Tür hinaus und mir war ganz flau im Magen, als fiele ich in eine bodenlose Tiefe.

»Reece!«, rief ich ihm hinterher und er drehte sich noch einmal zu mir um. Ich sah die Unterschiede zwischen seinen beiden Seiten kaum mehr. Er war ganz, und ich fühlte mich ganz, wenn ich mit ihm zusammen war. Irgendwie waren wir miteinander im Gleichgewicht. »Für den Fall, dass wir uns erst mal nicht sehen … Danke für …« Für den besten Kuss meines Lebens, dafür dass du meine Ehre verteidigt hast, dass ich mich für eine Nacht meines Lebens wunderschön gefühlt habe, dafür dass du mir einen Grund gegeben hast, zu bleiben und zu kämpfen. Ich fasste es so zusammen: »Für alles.«

Ein breites Grinsen erschien auf seinem Gesicht. »Du wirst mich schon bald wiedersehen. Das ist der andere Teil des Deals. Nicholson kann mich zwar zur Sommerschule verdonnern …« Er biss sich auf die Unterlippe und sah mich von oben bis unten an, dass mir ganz heiß wurde. »Aber ich darf mir meine Lehrerin aussuchen.«

EPILOG

Als ich Freitag früh aufwachte, war es dunkel im Wohnwagen. Ich holte das Foto von meinem Vater unter der Matratze hervor. Ich konnte mich immer noch nicht richtig damit abfinden, was ich über ihn erfahren hatte, wer er war und wie viele Leben er zerstört hatte. Aber ich akzeptierte, dass er ein Teil von mir war und dass er mich einmal geliebt hatte. Weder sein Name noch seine Fähigkeit, die Emotionen anderer zu fühlen, machten mich aus. Ich war eine eigenständige Person, unabhängig davon, was mein Vater war oder was aus ihm geworden war. Unabhängig davon, was meine Mutter von mir erwartete. Ich war nicht nur Nearly, ich war genug.

Die Klimaanlage im Fenster dröhnte viel zu laut in dem kleinen Zimmer, genau wie die unaufhörlichen Gedanken in meinem Kopf. Ich fühlte mich immer noch ganz taub, von meiner Haut bis zu den tiefen, einsamen Flecken in mir. Ich schlüpfte in ein unförmiges Secondhand-T-Shirt und meine ausgelatschten Sneakers, nahm ein paar Dollar aus Moms Keksdose und ging hinaus in das grelle Sonnenlicht eines ansonsten ziemlich tristen Tages. Es würde dauern, bis meine Welt sich wieder sonnig und ganz anfühlte. Es würde dauern, bis ich überhaupt wieder irgendetwas fühlte.

Jeremy hatte nicht angerufen und Anh hatte ich auch seit dem Abend auf dem Friedhof nicht mehr gesehen. Ich war jetzt seit fast einer Woche aus dem Krankenhaus draußen und hatte immer noch nichts von Reece gehört. Mom verkniff sich zum Glück die Bemerkung, dass sie es mir ja gleich gesagt hatte. Aber als ich den Wohnwagen verließ, wusste ich, dass sie genau das dachte.

Es war ein kümmerlicher Ersatz für Reece, aber ironischerweise fand ich mich kurz darauf mit dem Trinkgeld meiner Mutter auf der Türschwelle des Bui-Markts wieder.

Die Ladenglocke klingelte, und ich holte tief Luft und trat ein. Es lief keine Musik, nur das Brummen des Kühlschranks und das Surren der Slush-Eis-Maschine waren zu hören. Bao blickte nicht auf. Er nickte nur ganz leicht mit dem Kopf, um mich zu begrüßen. Der Tresen war leer.

Ich könnte es einfach vergessen, dachte ich. Ohne meine Zeitung wieder gehen und nie wiederkommen. Aber noch viel mehr, als es zu vergessen, wollte ich, dass alles wieder so wäre wie vorher. Als die Einzelheiten des Falles bekannt wurden, hatte Anhs Familie deutlich gemacht, dass ich von Anfang an zur Polizei hätte gehen sollen. Dass, wenn ich es getan hätte, Anh vielleicht gar nicht erst entführt worden wäre. Sie gaben mir die Schuld. Für die Morde. Für das, was Anh erlitten hatte. Für alles. Obwohl ich nach dem zweiten Hinweis gleich zur Polizei gegangen war, obwohl ich meine Unschuld bewiesen hatte, Anh das Stipendium gewonnen hatte und wir überlebt hatten, war ich trotzdem die Böse. Ich hatte auf die harte Tour lernen müssen, dass die Leute manchmal, wenn ihnen etwas Schlimmes widerfahren ist, einfach jemanden brauchen, dem sie die Schuld geben können.

Ich gab Bao das Geld. Er sah die Scheine an, als hätte ich sie bei Gentleman Jim's vom Fußboden aufgekratzt. Ich wollte ihm eigentlich sagen, er könne das Wechselgeld behalten, aber er gab es mir auf den Cent genau heraus und zählte die Münzen mit gesenktem Blick auf den Tresen statt in meine Hand. Er sah mich nicht ein einziges Mal an.

Als ich wieder nach Hause kam, war es still im Wohnwagen. Moms Schnarchen tönte durch die dünnen Wände ihres Schlafzimmers. Ich ging mit der Zeitung in mein Zimmer, aber ich schloss nicht ab.

Ich wusste gar nicht, was ich erwartete, als ich die Kontaktanzeigen durchblätterte. Ich wollte gar nicht wissen, wo mein Vater steckte, oder auch nur, ob er an mich dachte. Ich wusste, es würde keine geheimnisvolle Anzeige geben, aber ich konnte einfach nicht zur Ruhe kommen, solange Reece nicht da war, und ich konnte auch keinen Trost darin finden, dass alles vorbei war.

Also überflog ich die Anzeigen. Da stolperte ich über eine, die auf eine irgendwie vertraute Art anders war. Mein Herz machte einen Sprung, als ich sie las, und in meinem Bauch tanzten Schmetterlinge.

Leicht aus dem Gleichgewicht geratenes Element sucht zum
Ausgleich beinah perfektes Gegenstück.
Ich brauche dich. Ich hol dich um 6 ab.

DANKSAGUNG

Ich bin unglaublich dankbar für die Unterstützung so vieler Menschen, die mich auf dieser Reise begleitet haben. Zuallererst möchte ich meiner außergewöhnlichen Agentin Sarah Davies danken, die Nearly aus dem Manuskriptstapel gezogen und mir den nötigen Anstoß gegeben hat, sie noch weiterzuentwickeln. Ich danke ihr dafür, dass sie bereits an mich geglaubt hat, bevor ich es selbst getan habe, mich an der Hand genommen und sich mit mir auf diesen für mich unbekannten Weg gemacht hat.

Ich danke meiner fabelhaften Lektorin Kathy Dawson, die von Anfang an Nearlys Potenzial gesehen hat. Ich habe so ein Glück mit ihr gehabt. Ich danke auch dem gesamten Team bei Penguin und Kathy Dawson Books: Claire Evans, Regina Castillo, Greg Stadnyk, Nancy Leo-Kelly und den fantastischen Leuten aus dem Vertriebsteam von Penguin, die Nearly Leben eingehaucht haben.

Mein besonderer Dank gilt Lydia Kang, die mir mit ihrem medizinischen Fachwissen bezüglich gefährlicher Säuren und chemischer Verbrennungen geholfen hat.

Ich danke meinen ersten Leserinnen, Tessa Elwood und Tamara Ireland Stone, die sich bereits in Nearly verliebt hatten, als sie noch in den Kinderschuhen steckte, und mich dazu ermutigten weiterzumachen. Und meinen Kritikpartnerinnen, ohne die dieses Buch immer noch ein Chaos aus Notizzetteln und roten Strichen wäre. Ashley Elston, Tessa Elwood und Megan Miranda – ihr habt mich zum Lachen gebracht, habt mir immer wieder Zuversicht gegeben und mich zu einer besseren Autorin gemacht. Ich habe von jeder Einzelnen von euch so viel gelernt.

Man braucht ein ganzes Dorf, um ein Buch zu schreiben, wenn man Kinder hat. Ich danke ganz besonders Mary Behre, die sich um meine Kinder kümmerte, wenn ich schreiben musste, und dass sie mit mir ausging, wenn ich eine Pause brauchte. Und unseren Paamul-Freunden, die unsere Familie mit offenen Armen begrüßt und mich immer wieder ermutigt und unterstützt haben.

Ich danke meinen Eltern, die mir in einem Baumhaus im Dschungel ein Schreibzimmer gebaut und mir gesagt haben, ich solle »ein Buch schreiben« gehen. Ohne euch hätte ich diesen Traum niemals erfüllt.

Ich danke meinem Bruder Shannon für seinen Dienst an unserem Land und für die Opfer, die er gebracht hat, um die Freiheiten zu verteidigen, die ich genieße.

Ich danke Connor, dafür, dass er immer an mich glaubt, und Nicholas, der immer fragt, warum. Ihr habt mich stärker und klüger gemacht.

Ich danke Tony, dafür, dass er jeden verrückten Traum von mir unterstützt, auch wenn ich dafür unsere Welt auf den Kopf stelle. Ich liebe dich.

Heute Nacht lief ich ungefähr in Richtung meiner Schule, verließ die Wohngegend mit ihren Parks und großen Einfamilienhäusern und ging in das angrenzende Viertel, wo hauptsächlich Studenten wohnten und herumhingen. Ich spazierte an ihren vierstöckigen Wohnblocks vorüber, dann den Hügel hinunter, an Cafés, Boutiquen und Restaurants mit geschlossenen Fensterläden. Ein paar Autos fuhren vorbei. Ich sah, wie eine Frau ihre Wohnung aufschloss und wie ein Paar vorbeischlenderte und ein paar Mal vor dunklen Schaufenstern stehen blieb. Logischerweise niemand in meinem Alter.

Am Ende des Hügels bog ich links ab auf eine breitere, tristere Straße, an der hauptsächlich Lagerhallen standen. Mein Schulbus fuhr immer morgens hier entlang. Es war kein Baum in Sicht, nur ein paar weit voneinander entfernte Straßenlaternen und zwei Mädchen auf der anderen Straßenseite. Die einfach dastanden. Mich beobachteten.

Unmittelbar schlug mein Herz schneller und ich schob unauffällig meine Hand in meine Jackentasche, um meinen MP3-Player abzuschalten, damit ich hören konnte, was passierte.

Nach meiner Erfahrung bedeutete es nie etwas Gutes, wenn Menschen mich bemerkten.

»Hey du!«, rief eine von ihnen über die Straße.

Lauf einfach weiter, sagte ich mir. *So wie wenn Lizzie Reardon auf dem Flur deinen Namen ruft. Einfach weiterlaufen. Denk dich unsichtbar, und wenn du Glück hast, wirst du vielleicht unsichtbar.*

»Mädchen da drüben!«, schrie sie noch mal. »Du läufst in die falsche Richtung!«

Als sie das sagte, blieb ich stehen. Aus irgendeinem Grund verwirrte mich die Aussage. Ich ging *nirgendwohin*, wie konnte ich also in die falsche Richtung laufen?

»Komm her!«, rief sie.

Ich befolge direkte Befehle. Deshalb räumte ich einen vollen Cafeteriatisch ab, deshalb gab ich Jordan meinen MP3-Player, und deshalb überquerte ich jetzt die Straße. Weil mir jemand gesagt hat, ich solle es tun.

Die beiden Mädchen lehnten an einer mit Graffiti besprühten Wand. Diejenige, die gerufen hatte, war etwas größer als ich, kräftig und rauchte eine Zigarette. Sie trug ein schwarzweiß gepunktetes Kleid mit einer leuchtend gelben Strickjacke und Federn im Haar.

»Da geht's rein«, sagte sie und zeigte auf das Gebäude hinter sich.

Das war ein weiteres *Ich hab gekillt und Phallus geschickt*. Da geht's rein. Weshalb mussten Leute immer in verschlüsselten Botschaften sprechen?

»Okay«, sagte ich.

»Warst du schon mal hier?«, fragte sie mich.

Ich zuckte auf eine Weise mit den Schultern, die möglicherweise Ja bedeuten konnte, möglicherweise aber auch Nein.

»Wir waren nicht mehr, seit es drüben in Pawtucket war«, sprach das Mädchen im gepunkteten Kleid weiter und deutete mit ihrer Zigarette nach Westen, obwohl Pawtucket ungefähr vierzehn Kilometer nördlich von dort lag, wo wir gerade standen. Und außerdem, wie konnten sie irgendwo nicht gewesen sein, seit es woanders war? Die ganze Sache war ziemlich *Alice im Wunderland*.

»Willst du eine Zigarette?«, bot sie mir an.

»Nein, danke«, sagte ich und fügte dann hinzu: »Ich rauche nicht.«

Sie nickte. »Das ist gut. Die können dich umbringen.« Sie nahm einen langen Zug, als wollte sie es beweisen.

Zum ersten Mal sagte ihre Freundin etwas. Sie war klein und zart und trug einen blonden Pixieschnitt. Ein wenig erinnerte sie mich an ein Fohlen, mit ihren schlaksigen Beinen und runden Augen. Sie sprach mit einem Akzent, der ihre Worte ein wenig schwer verständlich machte: »Vick, es klingt, als wolltest du ihr 'ne Kippe anbieten, um sie umzubringen.«

Dem ersten Mädchen klappte in gespieltem Entsetzen der Kiefer runter und ihr leuchtend roter Lippenstift formte ein großes O. »Ich war *großzügig*.«

Die Freundin zuckte mit ihren knochigen Schultern. »Na ja, sie kennt uns nicht. Bisher weiß sie lediglich, dass du versucht hast, sie mit Krebs zu infizieren.« Sie zupfte ihre Fransenlederjacke über ihrem goldenen Paillettenkleid zurecht.

»Kommst du aus England?«, fragte ich das dünne Mädchen im Versuch, ihren Akzent auszumachen.

»Ursprünglich«, sagte sie. »Ich bin in Manchester aufgewachsen.«

»Manchester!«, rief ich.

»Warst du schon mal da?« Sie klang überrascht.

»Nein, aber ich wollte schon immer hin.«

»Lass es. Manchester ist ein Scheißloch«, sagte sie entschlossen. »Die ganze Stadt sieht so aus wie das hier.« Sie schwang ihren Arm, um auf die leere Straße voller Lagerhäuser zu deuten.

»Aber The Smiths kommen aus Manchester«, sagte ich.

»Und New Order«, fügte sie mit Stolz hinzu. »Und Oasis.«

»Okay, blablabla, wir haben's kapiert, sämtliche großartigsten Bands der Welt kommen aus deiner Heimatstadt«, warf das gepunktete Mädchen ein. »Danke für das Salz in der Wunde.«

»Nur weil es so ein Scheißloch ist«, sagte das britische Mädchen. »Die Menschen müssen Kunst schaffen, damit sie an was anderes als ihr beschissenes Leben denken können.«

»Klar, aber Glendale ist auch ein Scheißloch, und wie viele Weltklassemusiker kommen von *hier*?«, konterte ihre Freundin.

»Du. Zum Beispiel.«

Das gepunktete Mädchen prustete und drückte ihre Zigarette an der Mauer aus. »Ja, genau. Komm schon, wir gehen wieder rein, bevor ich noch eine rauche und wir alle Krebs kriegen.«

Sie liefen ein paar Schritte weg von mir und drehten sich

um, als sie bemerkten, dass ich nicht mitging. »Kommst du oder was?«, fragte das Mädchen mit dem gepunkteten Kleid.

Und irgendwas, das mir das Gefühl gab, in einem Traum zu sein oder in einer Halluzination von Lewis Carroll, machte es okay zu antworten: »Ich komme.«

Ich huschte hinter ihnen her, als sie um die Ecke bogen und einen schmalen Weg zwischen Lagerhäusern entlanggingen. Wahrscheinlich wurde ich gleich gekidnappt. Aber, ganz ehrlich, ich hätte mich lieber von diesen beiden Mädchen entführen lassen, als unentführt bei meinen Klassenkameraden zu sein. Wenn entführen eine Reise nach Manchester bedeutete, war ich ganz dafür.

»Wie heißt du eigentlich?«, fragte das größere Mädchen über ihre Schulter hinweg.

»Elise.«

Sie drehte sich um und musterte mich von oben bis unten. »Wie der Song von The Cure?«

»Ja«, sagte ich.

Sie nickte zustimmend. »Das dürre Huhn hier ist Pippa. Ich bin Vicky, Kurzform von Victoria natürlich.«

»Wie das Lied von den Kinks?«, sprudelte es aus mir raus. Sofort wurde ich rot. Aus meinem Mund klang das dumm. Ich wirkte übereifrig, kindisch. Uncool.

Doch sie schenkte mir ein breites, strahlendes Lächeln. »Genau«, sagte sie. »Wie das Lied von den Kinks.«

Am Ende der Straße stand ein großer, dunkelhäutiger Mann mit kahl rasiertem Kopf und Ohrringen und bewachte eine geschlossene Tür.

»Hi, Mel«, zwitscherte Vicky.

»Hallo, Mel«, sagte Pippa und stellte sich auf die Zehenspitzen, um ihm Küsschen auf beide Wangen zu geben.

»Wer ist das?«, fragte er barsch. Mit zusammengekniffenen Augen schaute er auf mich herab.

»Elise«, sagte ich. Ich wollte seine Hand schütteln, aber er hielt seine muskulösen Arme vor der Brust verschränkt.

»Hast du einen Ausweis?«, fragte er.

Alles, was ich hatte, war mein MP3-Player. »Nicht dabei«, antwortete ich. »Aber ich schwöre, dass ich Elise heiße.«

»Sie ist heute einundzwanzig geworden«, mischte Vicky sich ein. »Ist das nicht aufregend? Happy birthday to you, happy birthday to you, happy birthday, liebe Elise –«

»Wenn dieses Mädchen einundzwanzig ist, dann bin ich das auch«, sagte Mel und rollte mit den Augen.

»Komm schon, Mel«, sagte Pippa leise, und ich konnte nicht sagen, woran es lag, an ihrer Haltung oder ihrem Gesichtsausdruck oder ihrer Stimme oder der zögernden Art, wie sie mit ihren winzigen Fingern durch ihr Haar fuhr, aber ich konnte mir nicht vorstellen, dass irgendjemand auf dieser Welt ihr etwas abschlug. »Sei ein Gentleman. Elise gehört zu uns.«

Und Mel trat einen Schritt zurück und öffnete die Tür für uns.

This Song Will Save Your Life
von Leila Sales
ISBN 978-3-440-14629-3